Der wilde Duft des Todes

1 Müller-Himmelreichs Kanzlei
2 SMARTcenter
3 Polizeipräsidium Wiesbaden
4 Horst-Schmidt-Kliniken
5 Mayfelds Wohnung
6 Paradies
7 Kurfürstliche Burg
8 Himmelreichs Haus
9 Villa Haller
10 Weingut Leberlein
11 Unfallort
12 Fundort der Leiche
13 Mapper Hof
14 Schönheller Hof

------------ Rheinhöhenweg

0 2 4 6 8 10km

Regine Spohner

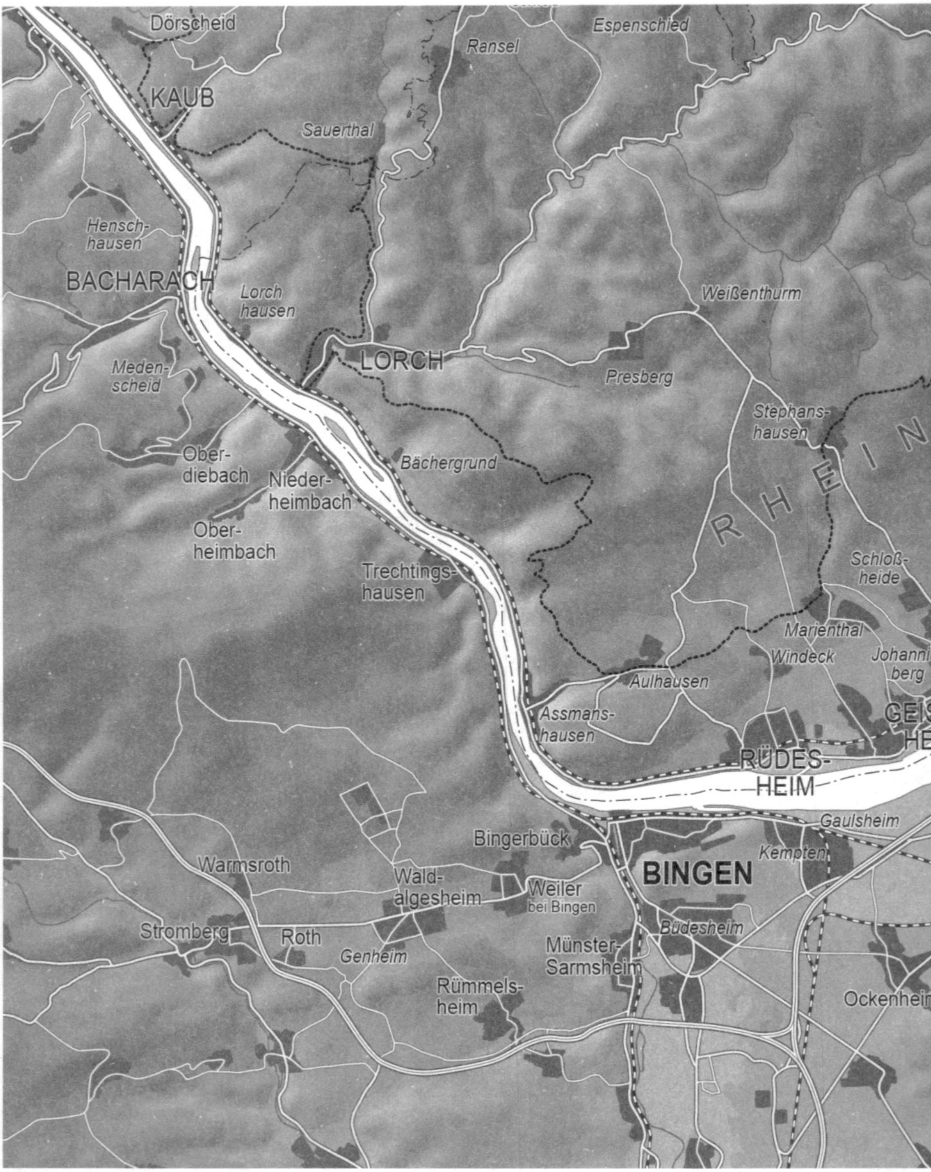

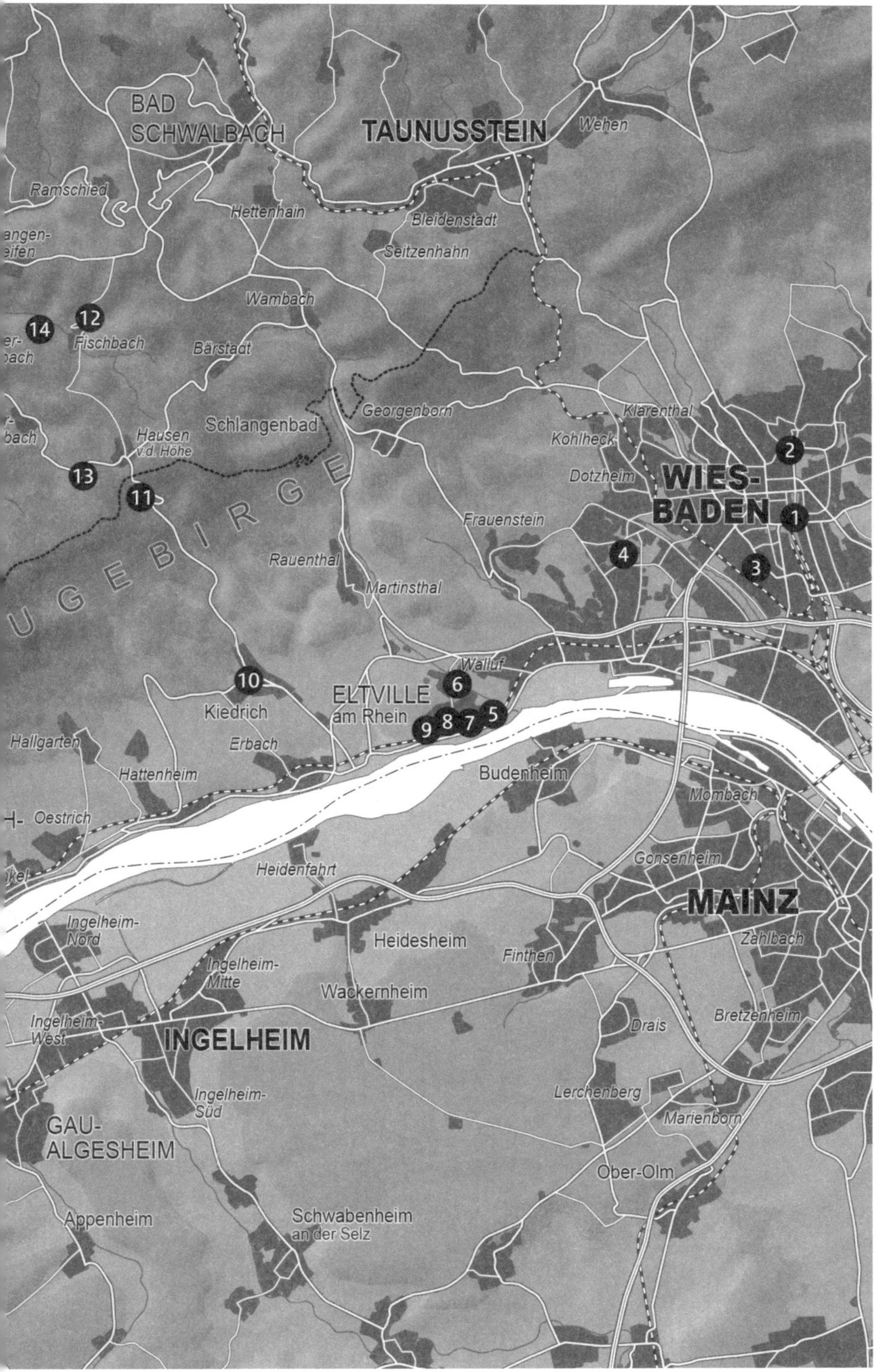
BAD SCHWALBACH
TAUNUSSTEIN
Wehen
Ramschied
Hettenhain
Bleidenstadt
Seitzenhahn
Wambach
12
14
Fischbach
Bärstadt
Georgenborn
Schlangenbad
Hausen v.d. Höhe
Klarenthal
Kohlheck
2
Dotzheim
WIES-BADEN
13
11
1
Frauenstein
4
3
Rauenthal
Martinsthal
Walluf
10
6
ELTVILLE am Rhein
5
9
8
7
Kiedrich
Hallgarten
Erbach
Hattenheim
Budenheim
Mombach
Oestrich
Heidenfahrt
Gonsenheim
MAINZ
Ingelheim-Nord
Heidesheim
Zahlbach
Finthen
Ingelheim-Mitte
Wackernheim
Ingelheim-West
INGELHEIM
Drais
Bretzenheim
Ingelheim-Süd
Lerchenberg
Marienborn
GAU-ALGESHEIM
Ober-Olm
Appenheim
Schwabenheim an der Selz

Roland Stark, geboren 1956, ist Arzt und Psychotherapeut. Er ist verheiratet, hat eine Tochter und lebt im Rheingau. Im Emons Verlag erschienen seine Kriminalromane »Tod bei Kilometer 512«, »Tod im Klostergarten«, »Tod in zwei Tonarten« und »Frau Holle ist tot«.

ROLAND STARK

Der wilde Duft des Todes

RHEINGAU KRIMI

emons:

Bibliografische Information der Deutschen Nationalbibliothek
Die Deutsche Nationalbibliothek verzeichnet diese Publikation in der Deutschen Nationalbibliografie; detaillierte bibliografische Daten sind im Internet über http://dnb.d-nb.de abrufbar.

MIX
Papier aus verantwortungsvollen Quellen
FSC® C083411
FSC
www.fsc.org

Umschlagmotiv: © mauritius images/Alany
Umschlaggestaltung: Tobias Doetsch
Gestaltung Innenteil: César Satz & Grafik GmbH, Köln
Lektorat: Dr. Marion Heister
Druck und Bindung: CPI – Clausen & Bosse, Leck
Printed in Germany 2014
ISBN 978-3-95451-398-7
Rheingau Krimi
Originalausgabe

Für Ingrid

Un dessein si funeste,
S'il n'est digne d'Atrée, est digne de Thyeste.
Edgar Allan Poe, Der entwendete Brief

Prolog

Ihr Lieben!
Wahrscheinlich wundert Ihr Euch, an diesem Tag einen Brief von mir zu erhalten. Ich habe lange mit mir gerungen, bis ich ihn niedergeschrieben habe. Leider hatte ich nie die Kraft, Euch von Angesicht zu Angesicht zu beichten, was ich getan habe.
Auch jetzt fällt es mir schwer, die richtigen Worte dafür zu finden, und ich weiß noch gar nicht, wie ich diese niederträchtige Tat meinem Schöpfer erklären soll, wenn ich vor ihn treten werde.
Lest die nächsten Seiten, und Ihr werdet verstehen, worum es geht. Ich weiß, dass das, was ich getan habe, unverzeihlich ist. Ich kann nur hoffen, dass Euer Zorn gegen mich nicht ewig währen wird und Ihr mir irgendwann vergeben könnt.
Vielleicht ist es ja noch nicht zu spät, vielleicht wird wenigstens für Euch am Ende alles gut.

Freitag, 6. September

Es war ein Routinejob, den Kriminalhauptkommissar Mayfeld vor dem Wochenende erledigen wollte. Eine Vermisstenmeldung, der Vermisste war seit drei Tagen verschwunden. Vermutlich keine große Sache.

»Villa Haller« stand auf dem Messingschild, das an der geschwungenen Spitze des schmiedeeisernen Tors angebracht war, das auf das Anwesen in der Nikolausstraße führte. »Reinhardt und Christel Fassbinder, Markus Fassbinder, Gisela Fassbinder«, so waren die Klingelschilder der in die Mauer eingelassenen Sprech- und Schließanlage beschriftet.

Mayfeld klingelte, nannte seinen Namen, hielt seinen Ausweis in die Überwachungskamera. Der Lautsprecher knackte und rauschte, das Schloss summte, und das Tor öffnete sich.

Hinter der Einfriedung lagen ein parkähnlicher Garten und zwei im Stil des Historismus erbaute Häuser, ein großes und düsteres Gebäude, das an viktorianische Herrenhäuser erinnerte, und ein kleineres, mit Giebeln und Türmchen verziertes Fachwerkhaus. Mayfeld ging auf das größere Haus zu.

Eine Frau mittleren Alters öffnete die mächtige Eichenholztür. Sie trug die dunkle Uniform einer Hausangestellten und ein Namensschild, auf dem Mayfeld »Olga« lesen konnte.

»Bringen Sie mir meine Lea zurück?« Eine ältere Frau mit wirrem Haar und Kittelschürze schob sich an Olga vorbei und packte Mayfeld am Revers seines Sakkos. »Sie hat das doch nicht extra gemacht, extra gemacht? Ganz bestimmt nicht, oder?«

Olga richtete ein paar entschuldigende Worte an Mayfeld und zog die Frau von ihm weg. »Du musst ins Zimmer, Christel«, sagte sie in osteuropäisch eingefärbtem Dialekt.

»Ich muss gar nichts«, versetzte Christel. »Bloß scheißen und sterben muss man im Leben, sonst gar nichts. Ich will in den Weinkeller. In den Weinkeller mit den besonderen Flaschen.«

Olga bat Mayfeld herein. Er betrat eine große Eingangshalle, deren dunkelgraue Bodenfliesen den düsteren Eindruck des Hauses noch verstärkten. Sie dirigierte die Alte in Richtung der geschwungenen Treppe, die nach oben führte, und deutete auf eine Tür.

»Entschuldigen Sie bitte, ich muss mich um Christel kümmern. Da geht es zum Salon. Herr Dr. Fassbinder erwartet Sie.«

»Wo ist meine Lea? Es liegt ein Fluch auf der Familie, Fluch auf der Familie! Gehen Sie nicht weg, hören Sie mir zu«, zeterte die verwirrte Frau, als Mayfeld Olgas Aufforderung Folge leistete.

Er klopfte an die Tür und betrat den Salon. Der großzügige Raum war mit teuren alten Möbeln eingerichtet. Die hohen Fenster öffneten den Blick auf einen gepflegten Park, der bis nahe ans Rheinufer hinabreichte. Zwischen den Bäumen schimmerten die Lichtreflexe, die auf dem Wasser des Flusses tanzten.

Ein groß gewachsener silberhaariger Mann erhob sich aus einem der englischen Clubsessel, kam auf Mayfeld zu und streckte ihm die Hände in einer etwas zu pathetischen Geste entgegen.

»Reinhardt Fassbinder, vielen Dank, dass Sie gekommen sind!«, sagte er mit sonorer Stimme.

Mayfeld zeigte seinen Dienstausweis, dem Fassbinder nur flüchtig Beachtung schenkte, und setzte sich auf den ihm zugewiesenen Platz. Fassbinder klingelte mit einer kleinen Handglocke, wie sie Mayfeld früher an Weihnachten benutzt hatte, um das Christkind für die Kinder zu rufen. Diesmal kam nur Olga, gefolgt von Christel.

»Bringen Sie uns eine Karaffe Wasser«, befahl Fassbinder seiner Bediensteten. »Und bringen Sie meine Frau auf ihr Zimmer.« Eine Spur Ungehaltenheit schwang in seiner Stimme mit.

»Ich will in den Weinkeller«, protestierte Christel Fassbinder. »Haben Sie Lea gefunden?«, wandte sie sich an Mayfeld.

Olga schob Christel nach draußen.

»Meine Frau«, sagte Fassbinder. Es klang so, als ob ihm das peinlich wäre. »Sie hat seit drei Jahren Alzheimer.«

Das macht doch nichts, wollte Mayfeld sagen, aber im letzten Moment schluckte er diese Antwort hinunter. Er musterte Fassbinder. Seine Frau wirkte im Vergleich zu ihm alt.

»Sie haben Stefan Müller-Himmelreich bei der Eltviller Polizei als vermisst gemeldet. Erzählen Sie mir bitte mehr.«

Olga brachte eine Kristallkaraffe mit Wasser und zwei altertümliche geschliffene Gläser auf einem Silbertablett herein und zog sich wieder zurück. Fassbinder schenkte seinem Gast und sich ein.

»Wir haben uns am Dienstagabend mit meiner Tochter und ihrem Mann auf ein Glas Wein verabredet. Die beiden sind aber nicht gekommen. Wir sind daraufhin zu ihnen nach Hause gegangen und haben dort erfahren, dass Lea einen schweren Autounfall hatte. Ich habe versucht, Stefan auf seinem Handy oder in der Kanzlei in Wiesbaden zu erreichen, aber es ging nirgendwo jemand ran. In der Kanzlei ist er auch in den folgenden Tagen nicht mehr aufgetaucht, deswegen habe ich ihn gestern als vermisst gemeldet.«

Was für ein unglaublicher Zufall, der Mann verschwindet, und die Frau hat einen schweren Autounfall. Ärgerlich, dass davon im Protokoll der Vermisstenanzeige nichts zu lesen war.

»Wer ist ›wir‹?«

Fassbinder schien nicht zu verstehen.

»Sie sagten ›*Wir* haben uns mit meiner Tochter verabredet‹. Waren Sie mit Ihrer Frau unterwegs?«

»Natürlich nicht«, antwortete Fassbinder. »Mit ›wir‹ meinte ich meine Schwester und mich. Sie begleitet mich bisweilen, seit meine Frau erkrankt ist. Gisela wohnt im Nachbarhaus.«

»Wann und wo genau haben Sie sich mit den Himmelreichs verabredet? Wie haben Sie vom Unfall Ihrer Tochter erfahren?«

»Wir wollten uns um achtzehn Uhr im ›Anleger‹ treffen, das ist eine Gaststätte am Rheinufer. Es war eine spontane Verabredung, wir haben das erst mittags telefonisch ausgemacht. Als die beiden nicht kamen, sind wir wie gesagt zu ihnen nach Hause gegangen. Sie wohnen in der Rheingauer Straße, das ist vom ›Anleger‹ aus gerade um die Ecke. Dort hat uns das Au-pair-Mädchen aufgemacht. Kurz nachdem wir angekommen waren, hat ein Arzt aus den Horst-Schmidt-Kliniken angerufen und mitgeteilt, dass Lea nach einem Verkehrsunfall bei ihnen eingeliefert worden ist.«

Der Name der verunglückten Ehefrau kam Mayfeld bekannt vor. »Ist Ihre Tochter Lea Himmelreich, die Köchin?«

Fassbinder nickte.

Die Sterneköchin aus dem »Himmelreich« in Erbach. Julia war eine ihrer größten Verehrerinnen, im letzten Jahr hatte sie einen der berühmten Kochkurse bei ihr gemacht und war begeistert und voller neuer Ideen für den Gutsausschank zurückgekommen.

»Wie geht es Ihrer Tochter?«

»Sie liegt im Koma.« Fassbinders Stimme klang immer noch tief und wohltönend, doch ein bitterer Zug schien sich seines Mundes bemächtigt zu haben.

Die Tochter lag im Koma, die Frau litt an Alzheimer, der Mann konnte einem leidtun. »Wenn es ein Au-pair-Mädchen gibt, dann hat Ihre Tochter vermutlich ein Kind?«

»Hannah ist sechs Jahre alt. Gisela ist mit ihr unterwegs.«

»Wie heißt das Au-pair-Mädchen, und wo kann ich sie finden?«

»Sie heißt Chiara Tozzi. Ich habe ihr heute Nachmittag freigegeben.«

Mayfeld ließ sich ihre Handynummer geben. »Wann haben Sie Ihren Schwiegersohn zuletzt gesehen?«

Fassbinder überlegte eine Weile. Erstaunlich bei einer so naheliegenden Frage. »Das ist schon eine ganze Weile her. Ich denke, es war an Hannahs Geburtstag im Juni.« Das deutete nicht auf eine allzu enge Beziehung zwischen den beiden hin. »Normalerweise sehen wir uns häufiger«, ergänzte Fassbinder, so als ob er Mayfelds Gedanken gelesen hätte.

»War Ihr Schwiegersohn in der Vergangenheit öfter ein paar Tage weg?«

»Das ist immer wieder vorgekommen, Stefan musste manchmal für Kunden in die Schweiz, das konnte zwei oder drei Tage dauern. Aber da wusste sein Büro immer Bescheid.« Nach einer Weile fügte er hinzu: »Vielleicht sollte ich nicht in der Vergangenheitsform von ihm sprechen.«

»Ihr Schwiegersohn ist …?«

»… Anwalt und Steuerberater.«

»Wissen Sie, was er in der Schweiz gemacht hat?«

Fassbinder hob Arme und Schultern und schnitt ein Gesicht, das alles und nichts sagen konnte. War vermutlich eine blöde Frage gewesen.

»Hat er Feinde?«

»Als Anwalt? Bestimmt.«

»Welche, die Sie kennen?«

Fassbinder schüttelte den Kopf.

»Kennen Sie Freunde Ihres Schwiegersohns, Menschen, mit denen er regelmäßig verkehrt, denen er vertraut, die wissen könnten, wo er sich befindet?«

»Leider nein.«

»Ist er in irgendeinem Verein, einer Partei, einer Kirche?«

»Er war beruflich ziemlich engagiert. Er ging ins Fitnessstudio, aber fragen Sie mich nicht, in welches – tut mir leid. Er besuchte manchmal irgendwelche Psychoseminare, aber ich weiß nicht, wo. Ich fürchte, ich kann Ihnen wenig Konkretes sagen.«

Fassbinder schien seinen Schwiegersohn so gut wie nicht zu kennen. Kaum zu glauben, wie oberflächlich Beziehungen auch innerhalb des engsten Familienkreises sein konnten.

»Wie war die Beziehung zwischen Müller-Himmelreich und Ihrer Tochter?«

»Sie waren verheiratet …«

»Das ist mir bekannt.«

»… und ich glaube, die Ehe war ganz gut, aber da bin ich mir nicht sicher. Irgendwelche Probleme gibt es ja immer, das soll man nicht überbewerten.«

»Hatte er finanzielle Schwierigkeiten?«

»Das kann ich mir nicht vorstellen.«

Die Tür des Salons öffnete sich, eine sportlich wirkende ältere Frau und ein kleines blondes Mädchen betraten den Raum.

»Meine Schwester Gisela und meine Enkelin Hannah, Kommissar Mayfeld von der Wiesbadener Polizei«, stellte Fassbinder vor.

Hannah war ein hübsches Mädchen, blond, mit rundem Gesicht und adrett angezogen. Aber ihre Augen schauten ernst und traurig in die Welt.

»Wann kommt meine Mama wieder?«, fragte Hannah den Kommissar. Mayfeld blickte zu Fassbinder, der hob hilflos die Schultern.

»Hast du meinen Papa gefunden?«, fragte die Kleine weiter. Sie hatte die Geste ihres Opas genau registriert.

»Ich suche ihn«, antwortete Mayfeld. »Wann hast du deinen Papa das letzte Mal gesehen?«

Die Kleine musste nicht lange überlegen, die Frage war ihr offensichtlich schon öfter gestellt worden. »Nach dem Sport bei Frau Gruber. Sport ist doof, Reiten bei Tante Gisela ist viel cooler. Chiara hat mich mit dem Auto von der Schule abgeholt. Als wir zu Hause waren, ist Papa gekommen.«

»Und wann hast du Sport bei Frau Gruber?«

»Na, am Dienstag.«

Erwachsene konnten ziemlich dumme Fragen stellen. »War irgendwas Besonderes am Dienstag?«

Noch so eine dumme Frage. Aber Hannah beantwortete sie geduldig. Am Dienstagnachmittag war sie auf der Geburtstagsparty von Viktor gewesen. Der war sieben Jahre alt geworden, und die Party war ziemlich cool gewesen.

»Können Sie mir etwas über Stefan Müller-Himmelreich erzählen?«, wandte sich Mayfeld an Gisela Fassbinder.

Reinhardt Fassbinder schnappte sich Hannah und ging mit ihr in den Garten. »Wir schauen mal, was die Brombeeren machen«, schlug er vor.

»Sie hängen an den Büschen«, antwortete Hannah patzig. Sie hätte wohl lieber der Unterhaltung der Erwachsenen zugehört.

»Was wollen Sie wissen?« Gisela Fassbinder ähnelte ihrem Bruder. Sie war groß gewachsen, schlank, silberhaarig. Die lange, gerade Nase und die hohe Stirn gaben ihrem Gesicht ein aristokratisches Aussehen.

»Wann haben Sie Stefan Müller-Himmelreich zuletzt gesehen?«

Sie hatte ihn ebenfalls zuletzt an Hannahs Geburtstag gesehen. Sie hatte genauso wenig konkrete Vorstellungen über etwaige Feinde, auch sie wusste von seinen gelegentlichen Geschäftsreisen in die Schweiz. An einem Punkt war sie allerdings anderer Meinung als ihr Bruder.

»Ich glaube, dass die Beziehung zwischen Stefan und Lea zuletzt nicht mehr so gut war wie früher. Als mir Reinhardt sagte, dass die beiden sich mit uns treffen wollten, dachte ich spontan, dass es irgendeinen Streit gibt, den wir schlichten sollen. Diese Psychoseminare haben der Ehe nicht gutgetan.«

»Von denen hat Ihr Bruder auch gesprochen.«

»Ach ja, fällt dem so was auf?« Gisela Fassbinder lächelte spöttisch.

»Was für Seminare waren das?«

»Genauer kann ich Ihnen das leider nicht sagen.«

»Haben Sie konkrete Anhaltspunkte dafür, dass die Beziehung zwischen Lea und Stefan in eine Krise geraten ist?«

»Als Frau spürt man das. Reinhardt ist freitagabends oft im ›Himmelreich‹. Seit Christel krank ist, begleite ich ihn dorthin. Früher war Stefan gegen Ende des Abends fast immer anwesend, in letzter Zeit so gut wie nie mehr. Das ist auch der Grund, warum wir ihn kaum noch gesehen haben. Ich glaube, dass zwischen Lea und Stefan in den letzten Monaten etwas gründlich schiefgelaufen ist.«

»Ihr Bruder will von Spannungen nichts gemerkt haben.«

Jetzt musste Gisela Fassbinder lachen. »Natürlich nicht. Reinhardt ist ein hervorragender Geschäftsmann. Aber von so was hat er keine Ahnung. Er will so was nicht sehen. Dass er sich das mit den Seminaren gemerkt hat, grenzt an ein Wunder.«

Mehr konnte Gisela Fassbinder nicht sagen. Der Kommissar verabschiedete sich und verließ das Anwesen in der Nikolausstraße.

Mayfeld bestieg das E-Bike, das er sich während seiner Krankheit zugelegt hatte. Manchmal fuhr er damit zum Dienst nach Wiesbaden. Mit dem Elektrofahrrad hatte er mehr Bewegung und musste sich an weniger Verkehrsregeln halten. Zumindest sah er das so. Er fuhr in der Herbstsonne die Matheus-Müller-Straße zum Rhein hinunter. Am Sebastiansturm bog er in die Eltviller Rheinpromenade ein. Das Flussufer war von Einheimischen und Touristen bevölkert, die unter den Platanen flanierten, die historischen Gebäude fotografierten, die Enten fütterten oder am Weinstand einen Schoppen tranken.

Er fuhr am Martinstor und am Eltzer Hof vorbei. Am Ende der Uferpromenade lag die Kurfürstliche Burg mit ihrem mit Rosen bewachsenen Burggraben und dem mächtigen Wohnturm. Gegenüber, direkt am Wasser gebaut, befand sich im historischen Verkaufsraum der Rheinschifffahrtsgesellschaft das Lokal, in dem die Geschwister Fassbinder vergeblich auf die Himmelreichs gewartet hatten. Bis zur Burg Crass nahm Mayfeld den Treidelpfad, der direkt am Flussufer entlangführte, und dann das Freygässchen zur Rheingauer Straße. Die Himmelreichs wohnten in einem apricotfarben verputzten Haus mit blauen Schlagläden.

Er hatte Chiara Tozzi auf dem Handy erreicht und seinen Besuch angekündigt. »Kommen Sie hoch«, hörte er eine tiefe Stimme mit südländischem Akzent in der Gegensprechanlage. Die junge Frau, eine italienische Schönheit mit dunklem Teint, schwarzen Locken und ebenmäßigem Gesicht, kam ihm im Treppenhaus entgegen und führte ihn in ihre Wohnung unter dem Dach.

»Nicht schlecht, Frau Tozzi«, bemerkte Mayfeld, nachdem er auf der Dachloggia Platz genommen hatte. Der Blick von hier oben reichte von der Burg Crass über die Eltviller Aue bis zur Kurfürstlichen Burg.

Sie grinste. »Nenn mich Chiara. Ist ein Superjob bei den Himmelreichs. Die Leute sind voll nett, vor allem Lea, und die kleine Hannah ist supersüß. Die Arbeit ist total gechillt, und die Wohnung, na, du siehst ja selbst.« Dann wurde ihr Gesichtsausdruck ernst, als werde ihr gerade erst die Lage der Familie Himmelreich bewusst. »Wie geht es Lea?«

»Sie liegt im Koma.«

»Immer noch? Scheiße. Die arme *cuoca*. Die arme Hannah.«

»Ich bin hier, weil Stefan Müller-Himmelreich verschwunden ist. Wann hast du ihn zuletzt gesehen?«

Chiara überlegte eine Weile. »Das war am Dienstagmittag. Ich habe Hannah um zwölf von der Schule abgeholt, er kam, kurz nachdem ich zurück war. Ist einfach so hereingeschneit. Kann man das so sagen: ›hereingeschneit‹?«

»Das sagt man, wenn jemand überraschend vorbeikommt. Warst du überrascht? War es ungewöhnlich, dass er zu dieser Zeit zu Hause vorbeischaute?«

»*Certamente.* Normalerweise ist er den ganzen Tag in seinem Büro in Wiesbaden. In letzter Zeit kam er immer spät nach Hause, manchmal gar nicht.«

»Hat er gesagt, warum er an diesem Tag nach Hause kam?«

»Das muss er doch nicht, oder? Ich bin das Au-pair. Er ist der Chef.«

»Ist dir etwas an ihm aufgefallen? Wie war er drauf?«

»Er war hektisch. Aber das ist er in letzter Zeit oft gewesen. Glaubst du, dass ihm was passiert ist?«

»Das wollen wir herausfinden. Es ist merkwürdig, dass der Ehemann in dem Moment verschwindet, in dem die Ehefrau einen schweren Verkehrsunfall hat, findest du nicht?«

»Du glaubst an ein Verbrechen?«

»Das kann man nicht ausschließen. Du warst möglicherweise eine der letzten Personen, die ihn vor seinem Verschwinden gesehen haben. Alles, an das du dich erinnerst, kann wichtig sein. Was hat er hier gemacht? Wie lange war er zu Hause?«

»Er ist um eins wieder gegangen« war alles, was Chiara auf die Frage antwortete. Das Au-pair-Mädchen war plötzlich sehr einsilbig geworden.

»Komm schon, Chiara, lass dir nicht jedes Wort aus der Nase ziehen. Was hat er gemacht, hat er mit dir geredet, wohin wollte er anschließend?«

»Er war in seinem Büro, ich war in der Küche.«

»Weiß du, wohin er danach wollte?«

Einen Moment flackerte Chiaras Blick, sie schien verunsichert. Dann schüttelte sie mit Bestimmtheit den Kopf.

»Wann hast du deine Chefin zuletzt gesehen?«

Chiara nahm sich viel Zeit zum Nachdenken.

»Am Dienstagmorgen, beim Frühstück.«

»Bestimmt?«

Chiara wich seinem Blick für einen Moment aus. Dann hatte sie sich wieder gefasst. *»Sicuramente«*, antwortete sie mit einem Anflug von Trotz in der Stimme.

Mayfeld hatte den Verdacht, dass Chiara aus irgendeinem Grund nicht die Wahrheit sagte, dass sie etwas verschwieg.

»War deine Chefin im ›Himmelreich‹?«

»Ich weiß nicht. Aber ich glaube nicht, dass sie im *ristorante* war. Das hat montags und dienstags geschlossen. Normalerweise unternimmt die Signora an diesen Tagen was mit Hannah, und ich habe frei. Aber diese Woche war alles anders. Hannah war am Dienstag auf einen Kindergeburtstag eingeladen, und Stefan und Lea waren am Montag auf einer Beerdigung. Vielleicht war die Stimmung in den letzten Tagen wegen der Beerdigung so schlecht.«

»Wann hast du vom Unfall deiner Chefin erfahren?«

»Am Dienstagabend. Jemand vom Krankenhaus hat angerufen, wollte Stefan sprechen. Das kannst du Signore Fassbinder fragen, der war gerade mit seiner Schwester da. Sie suchten die beiden, sie wollten sich an dem Abend treffen.«

»Wann war das?«

»Mit dem Anruf? Das war um sechs oder halb sieben.«

Chiaras Angaben stimmten mit denen von Fassbinder überein. Vielleicht war er zu misstrauisch gegenüber der jungen Frau.

»Und wie ging es an dem Tag weiter?«

»Sie haben Hannah und mich mit in die Nikolausstraße genommen. Dort sind wir zwei Tage geblieben. Heute haben sie mir freigegeben. Ich könnte auch eine Woche Urlaub nehmen. Aber wenn die Signora wieder gesund wird, dann braucht sie doch meine Hilfe, oder?«

»Bestimmt. Wenn dir noch etwas einfällt, ruf mich an.« Er gab ihr seine Karte. »Es ist für uns sehr wichtig, alles zu erfahren, was an diesem Dienstag passiert ist, wo dein Chef gewesen ist, mit wem er zusammen war.«

»Du glaubst, dass ihm etwas zugestoßen ist, stimmt's?«

»Und behalte dein Handy angeschaltet, falls ich noch Fragen habe.«

Chiara blickte ihn an, als sei er gerade eben aus dem Mittelalter aufgetaucht. »Hab ich immer an, ich muss doch meine SMS checken.«

Mayfeld verabschiedete sich und verließ das Haus. Er stieg auf sein E-Bike und ignorierte das Schild und die Bitte der Stadt Eltville, als Radfahrer statt des Treidelpfades den Radweg neben Bundesstraße und Bahnlinie zu nehmen. Unten am Fluss war es schöner. Also fuhr er das Freygässchen hinunter zum Rhein und setzte seinen Heimweg entlang der Rheingauer Riviera fort. Die bösen Blicke des einen oder anderen Fußgängers ließen ihn daran zweifeln, dass das freitagnachmittags eine gute Idee war. Nach kurzer Zeit stieg er ab und schob sein Rad.

Der Fall war verzwickter, als er zunächst gedacht hatte. Auch wenn er wusste, dass das Leben zu einem erheblichen Teil aus einer Aneinanderreihung von Zufällen bestand, waren ihm diese in Kriminalfällen ausgesprochen suspekt. Er akzeptierte sie erst, wenn er alle anderen Möglichkeiten ausgeschlossen hatte. Wenn es zwischen dem Verschwinden Stefan Müller-Himmelreichs und dem Unfall seiner Frau einen Zusammenhang gab, war die Wahrscheinlichkeit groß, dass in beiden Fällen etwas faul war.

Mayfeld hatte vor, den Samstag im Rauenthaler Rothenberg zu verbringen. Es war Zeit für den letzten Laubschnitt im Weinberg. An diesem Plan musste er nichts ändern. Weitere Ermittlungen hatten Zeit bis nächste Woche, zumal ja immer noch die Möglichkeit bestand, dass Müller-Himmelreich im Laufe der nächsten Tage von einer unabgesprochenen Geschäftsreise oder einem spontanen Kurzurlaub mit einer Geliebten zurückkam. Aber Mayfeld wollte gewappnet sein. Er rief im Wiesbadener Polizeipräsidium an. Sein neuer Kollege Aslan Yilmaz hatte Bereitschaftsdienst. Er bat ihn, das Polizeiprotokoll vom Unfall Lea Himmelreichs am letzten Dienstag zu besorgen. Und alle verfügbaren Informationen über Lea und Stefan Himmelreich und die Familie Fassbinder zusammenzutragen.

Samstag, 7. September

Es roch nach Alkohol, beißend und süß. Das Böse war um sie herum. Das Böse und ein namenloses, seelenloses Summen und Brummen, das aus ihrem Schädel herausströmte. Daran und an den Schmerzen merkte sie, dass sie noch lebte.

Ich leide, also bin ich.

Ihr Kopf war ein riesiges, brummendes Monster, der verschrumpelte Körper lag halb abgestorben und reglos da, an Schläuchen und Kabeln angeschlossen, durch die etwas Fremdes in sie eindrang. Irgendwer machte sich an ihrem Mund zu schaffen, zog ihre Kiefer auseinander. Ein bekannter Geschmack, ein bekannter Geruch ließen das Brummen leiser werden.

Ein kleines Mädchen sitzt an einem Tisch, hält eine warme Tasse in den Händen und trinkt eine dampfende Flüssigkeit.

Kamillentee hatte sie nie gemocht.

Wer war das kleine Mädchen? Und wer war die Person, die keinen Kamillentee mochte? Ein kurzes, heftiges Erschrecken, Ratlosigkeit. Dann schlief sie ein.

Sie fällt in die Tiefe, ins Boden- und Haltlose, immer kälter und immer dunkler wird es. Schließlich findet sich das Mädchen in einem Kellerloch wieder, ein böser Schatten huscht durch die Tür, der Schattenmann. Die Wände beginnen zu bröckeln und stürzen über ihr zusammen. Die Last der Steine presst die letzte Luft aus ihren Lungen, der Mund füllt sich mit Staub, und sie erstickt japsend und würgend.

Etwas in ihr pochte wie wild. Also war sie doch nicht erstickt.

Das tote Mädchen ist groß geworden und ist jetzt eine tote Frau. Die Frau steht in einem Schlachthaus, hält einen Brief in der Hand, an den gekachelten Wänden hängen enthäutete und zerteilte Kadaver. Die Frau kann nicht erkennen, ob es sich um Tiere oder Menschen handelt. Ein Schatten huscht aus der Tür. Sie rennt davon und rast mit einem roten Sportwagen in den Abgrund, der ihr endgültig den Tod bringt.

Sonntag, 8. September

In der Nacht hatte jemand nach dem Schlüssel für den Giftschrank gefragt. Man wollte sie vergiften. Am besten stellte sie sich tot, vielleicht ließen sie dann von ihr ab, vergaßen sie.

Sie sah das Mädchen und den Schattenmann vor ihrem inneren Auge, das Schlachthaus und die Kadaver, den roten Sportwagen und den Abgrund. Dann verlor sie das Bewusstsein.

Als sie wieder wach wurde, hörte sie Stimmen, die sich beschäftigt etwas zuriefen, hörte ein monotones aufdringliches Piepsen und ein fernes Röcheln. Ihre Augen hielt sie lieber geschlossen. Immerhin war ihr eingefallen, dass sie welche hatte. Sie erwartete nichts Gutes. Sie spürte ihren Körper wieder. Jeder einzelne Knochen tat ihr weh, und sie konnte sich nicht bewegen.

Wenn sie einschlief, war es eine Erlösung. Bis die Bilder vom Schlachthaus und dem Abgrund wiederkamen.

Irgendwann begann sie sich zu fragen, wer sie war. Es fiel ihr keine Antwort ein. Es war besser, wenn sie das Bewusstsein wieder verlor.

Als sie später wieder aufwachte, hatte das Summen in ihrem Kopf aufgehört. Jetzt hörte sie ein rhythmisches Rauschen und Klopfen und ahnte, dass das ihr Herz war. Sie bemerkte, dass sie etwas klarer denken konnte, wusste aber nicht, ob das gut war oder schlecht.

Eine rosa Frauenstimme redete auf sie ein. Sie erzählte von dem schönen Namen, den ihre Mutter ihr gegeben habe. Hörte sie das wirklich, oder war das nur ein Traum? Sie lag regungslos da, wie Schneewittchen in seinem gläsernen Sarg. Die Stimme wurde leiser.

Ein Sarg versinkt in der schwarzen Erde. Ein gläserner Sarg. Ein hölzerner Sarg. Zwei kleine Mädchen schauen zu. Sie schaut zu. Noch ein Sarg wird in die Erde versenkt. Sie ist groß und schaut wieder zu. In der Hand hält sie einen Brief.

Eine zweite Frauenstimme sagte: »Hallo, Lea.« Die Stimme klang rau und braun. Ein Geruch drang in ihr Bewusstsein, ein Duft nach

Vanille, Magnolie und Iris. »Wanted«. Angenehm, furchterregend. Sie würgte. Die braune Stimme gab Ruhe.

Die rosa Stimme erzählte von Lea, der Antilope, und Lea, der Löwin. Von ihrem Lieblingsvideo. Plötzlich wusste sie, was ein Video, aber immer noch nicht, wer sie selbst war.

Die Löwin hatte eine Antilope gerissen. In einer plötzlichen Anwandlung von Mitgefühl verschonte sie das Antilopenkitz, dessen Mutter sie gerade aufgefressen hatte. Sie beleckte das zitternde Tier und ließ es an seiner Seite schlafen. Das Kitz wich der mächtigen Raubkatze nicht mehr von der Seite.

Lea, das war wohl sie. Und die Mutter, die ihr diesen schönen Namen gegeben hatte, hatte Martha geheißen, sagte die rosa Stimme.

Martha? Irgendetwas war hier falsch. Sie gähnte.

Die rosa Stimme sprach weiter von dem Tierbaby und dem Raubtier. Die Stimme roch nach Sandelholz und Jasmin. »Beautiful«.

Das Bild hängt in einer herrschaftlichen Villa. Auf weißem Untergrund erkennt man einen bunten, geschwungenen Schriftzug: »Life is beautiful.« Sie geht näher an das Bild heran. Der Schriftzug besteht aus lauter Messern, die bis zum Schaft in die Leinwand hineingerammt worden waren.

Die Stimme wurde leiser und undeutlicher. Später kam eine Männerstimme in den Raum, in dem sie lag und in dem die beiden Frauenstimmen murmelten.

»Sie kann uns hören«, sagte die rosa Stimme.

»Sie hat sogar gegähnt«, sagte die braune.

»Gähnen, das ist ein ganz schlechtes Zeichen bei Bewusstlosen«, antwortete die Männerstimme, »ein primitiver Reflex. Die treten oft auf, wenn es zu Ende geht. Machen Sie sich lieber nicht zu viel Hoffnung.«

Jemand griff nach ihrem Fuß, ein stechender Schmerz, wie von einem Schlangenbiss, durchfuhr ihr Bein. Sie rührte sich nicht. »Sehen Sie«, sagte der Mann, »keine Reaktion.«

Life is beautiful.

***

Mayfeld und seine Frau Julia standen im Graben der Kurfürstlichen Burg. Nach dem heftigen Platzregen am Vormittag war die Luft klar und frisch, und die Farben des Burggartens erstrahlten im Sonnenschein. Julia bewunderte die üppige Blumenpracht, komponiert aus Rosen, Lavendel und Sonnenblumen, Mayfeld erzählte, was er in den letzten Monaten recherchiert hatte.

»Der älteste erhaltene Teil der Burg ist der Wohnturm.« Er deutete auf das mächtige Bauwerk, das sich hinter den Burgmauern erhob. »Der sich daran anschließende Palas wurde im Dreißigjährigen Krieg von den Schweden zerstört, der heute noch erhaltene Ostflügel wurde erst später gebaut. Im 14. und 15. Jahrhundert war die Eltviller Burg eine mächtige Festung und diente den Mainzer Erzbischöfen als Residenz.«

Sie schlenderten durch die Anlage, gingen durch den Wehrgang, besichtigten den Burghof, warfen einen Blick in die Kunstausstellung im Turm und in das Rosenkabinett der Rosenfreunde Eltville, wo sie die Sammlung von alten Postkarten rund um das Thema Rosen bestaunten.

»Wozu haben die Mainzer Bischöfe denn eine Burg in Eltville gebraucht?«, fragte Julia auf dem Weg zurück zum Rheinufer.

Sie betraten den »Anleger«, holten sich am Tresen zwei Cappuccino und ergatterten zwei freie Stühle auf der beplankten Terrasse direkt über dem Wasser.

»Das ist eine komplizierte Geschichte«, antwortete Mayfeld.

Eine komplizierte Geschichte hatte auch Mayfeld hinter sich. Nach dem Tod von Burkhard und dem Abschluss der Ermittlungen im Fall Holler war er zusammengebrochen. Nachdem er selbst nur knapp dem Tod entronnen war, hatten seine Feinde, zu denen Staatsanwalt Lackauf und einige hohe Beamte in der Polizeiverwaltung zählten, versucht, den in ihren Augen illoyalen und missliebigen Hauptkommissar endlich loszuwerden.

Man hatte versucht, ihm Widerstand gegen die Staatsgewalt anzulasten, weil er seiner in Stuttgart lebenden Mutter bei einer Demonstration gegen den Abriss des Hauptbahnhofs gegen schlagwütige Kollegen zu Hilfe geeilt war. Ein offener Brief während des Verfahrens an den Innenminister, in dem er gegen den Missbrauch der Polizei zur Durchsetzung umstrittener Projekte protestiert hatte,

hatte nicht zur Deeskalation beigetragen. Dass man jedoch eine interne Ermittlung anstrengte, um ihm nachzuweisen, dass er den Tod seines Kollegen vorsätzlich herbeigeführt habe, hatte ihn aus der Bahn geworfen. Diese Niedertracht hatte seine Vorstellungskraft überstiegen. Alle Verfahren wurden letztlich ergebnislos eingestellt, doch sie hatten ihren Zweck, Mayfeld mürbezumachen, fast erreicht.

Aber nur fast. Er ließ sich krankschreiben. Ein halbes Jahr befasste er sich mit allem, was ihn interessierte, nur nicht mit Polizeiarbeit. Er hospitierte in Weingütern, begann wieder mit dem Klavierspielen und trat in den Rheingauer Verein für Heimatforschung ein. Vor Kurzem hatte er eine Prüfung als Eltviller Gästeführer abgelegt. Er beschäftigte sich intensiv mit der Geschichte des Rheingaus. Man musste sie gegen den Strich bürsten, damit nicht nur die Sicht der Herrscher und Sieger überliefert wurde, davon war er überzeugt.

Und er war zurückgekehrt, war wieder da. Vor einer Woche hatte er sich zum Dienst zurückgemeldet.

»Wo bist du, Robert? Wolltest du mir nicht etwas über die komplizierte Geschichte der Burg erzählen?« Julia winkte ihm zu und lächelte spöttisch.

Nun ja, manchmal verlor er sich in Gedanken. Aber meistens war er wieder da.

»Im Mittelalter wurde der Rheingau häufig mit Krieg überzogen, Eltville und andere Städte gingen mehrfach in Flammen auf. Und immer ging es um die Auseinandersetzung zwischen Kaiser, Adel und Kirche. Die Eliten kämpften um Einfluss, Macht und Pfründe, und das Fußvolk zahlte den Blutzoll.«

»Komplizierte Geschichte einfach gemacht«, feixte Julia.

»Von wegen. Hör einfach unbefangen zu.«

Mayfeld begann zu erzählen. Er erzählte von Kaiser Friedrich Barbarossa, dem Helden vieler romantisch verklärter Mythen, und seinem Krieg gegen Papst Alexander und dessen Anhänger.

»Dieser Papst hatte im Laufe seiner Amtszeit vier Gegenpäpste. Bei seiner ersten Wahl haben sich die beiden Papstkandidaten gegenseitig den Papstmantel von den Schultern gerissen und sich mit Waffen bedroht. Auf der einen Seite standen die Parteigänger des Kaisers, auf der anderen Seite dessen Gegner. Je nachdem, aus welchem Adelsgeschlecht die deutschen Erzbischöfe stammten, ergriffen sie Partei für die eine oder andere Seite. Und dann haben sie sich gegenseitig exkommuniziert, haben Krieg gegeneinander geführt und die Ländereien des jeweils anderen verwüstet und niedergebrannt. Der damalige Erzbischof von Mainz, Konrad von Wittelsbach, war zunächst ein Verbündeter des Kaisers, später hielt er zum Papst, obwohl er zunächst vom Gegenpapst eingesetzt wurde. Dafür ließ Kaiser Barbarossa Krieg gegen ihn führen.«

»Und was hat das alles mit der Eltviller Burg zu tun?«

»Wir sind noch bei der Vorgeschichte. Die Besitztümer des Mainzer Bischofs in Eltville wurden damals zerstört. Ein paar Jahre später haben sich Friedrich Barbarossa und Papst Alexander III. in Venedig wieder versöhnt, nachdem sie zuvor halb Oberitalien in Schutt und Asche gelegt hatten. Für Leute wie die wurde der Spruch ›Pack schlägt sich, Pack verträgt sich‹ nicht erfunden, aber er passt auf sie.«

»Mein Mann, der Rebell, der Feind der Herrschenden«, spöttelte Julia.

Mayfeld beschloss, das zu ignorieren. »Auf jeden Fall wurden aus Anlass des Friedensschlusses zwischen Papst und Kaiser alle Exkommunikationen aufgehoben, und Konrad von Wittelsbach, wegen dessen Bündnisses mit dem Papst das halbe Rheintal niedergebrannt worden war, durfte Nachfolger seines Nachfolgers auf dem Stuhl des Mainzer Erzbischofs werden, nachdem dieser Nachfolger auf einem anderen Kriegszug in Oberitalien am Sumpffieber gestorben war. Kannst du noch zuhören?«

»Na ja …«

»Die Bündnisse wechseln, die Begründungen für Kriege wechseln, die Motive Hass, Machtstreben und Habgier bleiben immer die gleichen.«

»Eine Kriminalgeschichte …«

»… mit vielen Fortsetzungen.«

»Erzählst du mir die ein andermal?« Julia wirkte erschöpft.

»Versprochen.« Mayfeld musste schmunzeln. Ob Julia das Versprechen als Drohung auffasste?

»Nächste Woche kann es anstrengend in der Klinik werden,

ein Kollege ist in Urlaub, und eine Kollegin hat sich am Freitag krankgemeldet. Das riecht nach Überstunden. Ich werde kaum dazu kommen, in Kiedrich im Gutsausschank zu helfen.«

Der Gutsausschank von Julias Eltern sollte am Dienstag wieder öffnen. Die erste Zeit würde die Tageskarte dann wohl bescheiden und schlicht ausfallen, aber für die Klassiker Handkäs, Spundekäs, Wildsülze & Co. würden Julias Mutter und die Schwägerin schon sorgen.

»Kannst du mir trotzdem morgen im Weinberg helfen? Ich bin mit dem Laubschnitt gestern nicht ganz fertig geworden.«

Im letzten Jahr hatte ihm seine Tochter Lisa geholfen, aber die war in diesem Jahr im Rahmen eines Schüleraustauschs für einige Wochen in Frankreich.

Julia seufzte. »Na klar. Dann habe ich einen Grund, halbwegs pünktlich aus dem Laden zu gehen. Du sagst mir, was ich machen soll. Vielleicht tut das ja mal ganz gut: einfache körperliche Arbeit, nicht nachdenken, brav machen, was man gesagt bekommt.«

»Es tut nicht weh. Einen Nachmittag hältst du das aus.«

Julia gab ihm einen Knuff zwischen die Rippen. »Und wie ist es dir die erste Woche bei der Polizei ergangen?«

»Es gibt zwei neue Kollegen im Team, Nina Blum und Aslan Yilmaz. Die scheinen ganz in Ordnung zu sein. Ansonsten war nicht viel los, ein Vermisstenfall, der Mann von Lea Himmelreich ist spurlos verschwunden.«

»Die Köchin aus Erbach? Die Arme.«

»Kann man so sagen. Sie hatte einen Verkehrsunfall und liegt in eurer Klinik im Koma.«

Julia wurde blass, die Nachricht schien sie zu bekümmern.

»Wenn sie Glück hat und sich wieder erholt, bekommt sie es vielleicht mit mir zu tun. Gehen wir?« Julia stand auf und warf sich ihren bunt gemusterten Mantel über die Schultern.

»Kleinen Moment, ich hab noch was zu erledigen.« Mayfeld ging an die Theke des »Anlegers«. »Wer von Ihren Kollegen hat am vergangenen Dienstag hier gearbeitet?« Er zeigte der irritierten Bedienung seinen Dienstausweis.

»Boris.« Die junge Frau deutete auf einen hochgewachsenen Burschen, der ein Tablett mit leeren Gläsern balancierend von der

Terrasse hereinkam. Mayfeld zeigte ihm ebenfalls seinen Dienstausweis und dann ein Bild von Stefan Müller-Himmelreich.

»Haben Sie den schon mal gesehen?«

Der Kellner schüttelte den Kopf. »Sollte ich?«

»Das ist Stefan Müller-Himmelreich. Sagt Ihnen der Name was?«

Boris überlegte einen Moment. »Nach dem hat am Dienstag eine Dame gefragt.«

»Aber gesehen haben Sie den Mann an diesem Tag nicht?«

»Weder an diesem Tag noch sonst jemals.«

Mayfeld fragte nach weiteren Kollegen, die am Dienstag im »Anleger« gearbeitet hatten.

»Yvonne war am Dienstag hier.« Boris deutete auf eine junge Frau, die gerade das Lokal betrat.

Auch Yvonne hatte Müller-Himmelreich noch nie gesehen. Auch sie erinnerte sich an die Dame, die nach ihm gefragt hatte.

»Sie hat gesagt, sie heiße Fassbinder, und wollte wissen, ob Herr Müller-Himmelreich oder Frau Himmelreich vielleicht eine Nachricht für sie hinterlassen hätten. Aber wir konnten ihr nicht weiterhelfen.«

Der Kommissar ging nach draußen, dort wartete Julia. Er hakte sich bei ihr ein, gemeinsam schlugen sie den Weg Richtung Walluf ein.

***

»Dauert es noch lang?«

»Wir sind gleich da.«

Chiara war mit Hannah auf dem Fahrrad unterwegs. Entlang des Treidelpfades dauerte es von Eltville bis zum Oestricher Kran eine Dreiviertelstunde, wenn man ein sechsjähriges Kind dabeihatte. Chiara musste raus, etwas tun, sie hielt es in der Rheingauer Straße nicht aus.

Am Tag des offenen Denkmals hatten alle möglichen alten Bauten geöffnet, meistens gab es eine Führung. Beim Weinverladekran von Oestrich war es nicht anders.

Der Kran ähnelte aus der Ferne einer zu breit und zu kurz geratenen Windmühle aus dunklem Holz, wie sie Chiara einmal in

Holland gesehen hatte, bloß ohne Flügel, dafür mit einem Kranausleger. Im Inneren erzählte ein Mann den Besuchern, wann der Kran erbaut worden war und wie er funktionierte. Früher hatten im Rheingau die Erzbischöfe von Mainz das Sagen, sogar den Bau eines Krans mussten sie genehmigen, weil es nämlich mit so einem Kran etwas zu verdienen gab. So ungefähr verstand sie den Mann. Mit dem Kran wurden vor allem Weinfässer im Auftrag der Mönche von Kloster Eberbach verladen, denen die meisten und die wertvollsten Weinberge im Land gehörten. Die eigentliche Arbeit verrichteten die Kranknechte. Das waren Gefangene oder Tagelöhner, die in die riesigen Laufräder im Inneren des Kranhauses steigen und wie die Hamster losrennen mussten. Bremsen gab es nicht; wenn jemand stürzte und zwischen die Räder geriet, während eine Last verladen wurde, hatte er Pech gehabt, brach sich alle Knochen und starb.

Porca miseria, waren das Zeiten gewesen.

»Waren bei Mama die Bremsen kaputt?«, fragte Hannah, als sie wieder nach draußen gingen.

»Ich weiß es nicht, mein Schatz. Wir fragen deine Mama, wenn sie aus dem Krankenhaus zurückkommt.«

»Wann kommt sie wieder?«

Das wusste Chiara nicht. Was sie wusste, war, dass Lea am Dienstagmittag beim Verlassen des Hauses vor Wut geschäumt hatte. Es war gut, dass sie das dem Kommissar nicht erzählt hatte, die *cuoca* war mit dem Unfall gestraft genug.

»Und Papa, wann kommt der wieder?«

Das wusste Chiara ebenfalls nicht. Und es war ihr herzlich egal.

Montag, 9. September

Die Morgenbesprechung des Kommissariats für Tötungsdelikte und verschwundene Personen fand im Konferenzraum im dritten Stock des Polizeipräsidiums statt. Kriminaloberrat Oskar Brandt war auch dabei. Er war Mayfelds zuverlässigster Verbündeter in den höheren Rängen der Wiesbadener Polizei. Seit er von einem Herzinfarkt genesen und wieder zurück im Dienst war, hatten die Attacken und Nachstellungen gegen Mayfeld deutlich nachgelassen. Als höherer Beamter, der seine Karriere ohne Parteibuch gemacht hatte, wirkte Brandt wie aus der Zeit gefallen, ein Relikt der Vergangenheit. Einer, der es weit gebracht und dennoch sein Rückgrat behalten hatte. Trotz fehlender Nähe zur Politik hatte er beste Verbindungen zu den wichtigen Leuten und war in der Lage, seine Mitarbeiter zu schützen. Brandt konnte nur ein weiterer Herzinfarkt, die Beförderung zum Kriminaldirektor oder die Pensionierung von seinem Posten hinwegfegen.

»Willst du die Besprechung leiten?«, fragte Heike Winkler.

Die Kriminalhauptkommissarin hatte Mayfeld während seiner Abwesenheit vertreten. Nun, wo er halbtags zurück war, wollten sie sich die Leitung kollegial teilen. Das war zwar ein ungewöhnliches Arrangement, aber verwaltungstechnisch und beamtenrechtlich nicht unmöglich. Es war etwas, das nur einer wie Brandt durchsetzen konnte. Und es war etwas, das nur mit einer Kollegin wie Heike funktionierte. Wenn es jemanden gab, auf dessen Loyalität sich Mayfeld unbedingt verlassen, dem er blind vertrauen konnte, dann war es Heike. Außerdem war sie ein Arbeitstier. Sie hatte keine Karriereambitionen, sie stürzte sich in die Arbeit, um sich von einer Reihe unglücklicher Liebesbeziehungen abzulenken.

»Aslan haben wir ja schon letzte Woche begrüßt, jetzt heißen wir dich herzlich willkommen, Nina«, begann Brandt. Er stellte die Kollegin vor. Kriminalkommissarin Nina Blum hatte zuvor bei der Kripo Frankfurt bei der Sitte gearbeitet und kam als Ersatz für Hartmut Meyer, der nach einem zweiten Schlaganfall frühpensioniert worden war.

»Hi!« Nina grinste in die Runde. Mit ihrer Stupsnase, den blond gefärbten Haaren und dem rosa Lippenstift erinnerte sie ein bisschen an eine Barbiepuppe, an eine Barbie in Jeans und Westernstiefeln. »Ich dachte, ich lad euch zum Einstand heute Abend auf ein Bier bei ›Walter's Futterkrippe‹ ein. Ich mag es deftig.«

»Gut, beginnen wir mit der Arbeit«, sagte Mayfeld. Ninas Einstand würde er versäumen, aber Currywurst und Bier waren eh nicht sein Fall. »Ein Wiesbadener Anwalt und Steuerberater wird vermisst, Stefan Müller-Himmelreich. Haben wir etwas über den, Aslan?«

Kriminalkommissar Aslan Yilmaz war ein echter Rheingauer Bub, in Rüdesheim geboren, in Geisenheim zur Schule gegangen. Seine Polizeiausbildung hatte er in Wiesbaden gemacht, zuletzt war er im Drogendezernat in Darmstadt tätig gewesen. Mit seinem stets offenen weißen Hemd, aus dem die schwarzen Brusthaare herauslugten, dem Goldkettchen und den mediterranen Gesichtszügen vermutete man schnell einen südländischen Macho in ihm. Aber das war allenfalls die halbe Wahrheit. Mayfeld hatte selten einen gebildeteren und kultivierteren Menschen kennengelernt.

»›*The first thing we do, let's kill all the lawyers*‹«, begann Yilmaz seinen Bericht. »Scherz beiseite. Stefan Müller-Himmelreich hat seit zehn Jahren eine Anwalts- und Steuerberaterkanzlei in der Wiesbadener Adolfsallee. Gute, aber nicht allerbeste Lage. Er arbeitet dort allein und hat sich vor ein paar Jahren auf Steuerrecht spezialisiert. Gegen ihn liegt nichts vor, wenn man von ein paar Punkten in Flensburg wegen zu schnellen Fahrens absieht. Als vermisst gemeldet wurde er am Donnerstagabend von seinem Schwiegervater Dr. Reinhardt Fassbinder aus Eltville. Auch gegen Dr. Fassbinder findet man nichts in unseren Computern.«

»Ich nehme die Vermisstenanzeige ernst«, sagte Mayfeld. »Der Anwalt ist völlig überraschend nicht in seiner Kanzlei erschienen. Er hat deswegen zwei wichtige Terminsachen versäumt, und das sei ganz untypisch für ihn, sagt eine Mitarbeiterin. Hat die Handyortung etwas ergeben?«

Yilmaz schüttelte den Kopf. »Negativ. Das Handy ist abgeschaltet. Nach seinem Auto wird gesucht. Kriegen wir einen richterlichen Beschluss zur Überprüfung seiner Telefonverbindungen? Vermutlich nicht. Bleibt also nur der amerikanische Geheimdienst.«

»Wie bitte?« Brandt stutzte.

»Das war ein Scherz.«

»Die Verdachtsmomente für ein Verbrechen sind zu dünn für eine richterliche Anordnung«, schaltete sich Heike Winkler ein. »Aber war da nicht etwas mit seiner Frau?«

»Das war der zweite Grund, warum ich misstrauisch geworden bin. Am selben Tag, an dem Müller-Himmelreich verschwunden ist, hatte seine Frau einen schweren Autounfall.«

Nina Blum ließ sich mit einem Pfiff durch die Zähne vernehmen. »An dem Tag war ja ganz schön was los bei den Himmelreichs.«

»Stimmt, und ich wüsste gerne genauer, was«, pflichtete ihr Mayfeld bei. »Die Frau kann über ihren Mann nichts sagen, sie liegt im Koma, die Tochter ist mit sechs Jahren zu jung für eine Aussage, die Schwiegereltern des Verschwundenen scheinen ihn nicht besonders gut zu kennen und können nichts Interessantes über ihn berichten. Wir wissen von dem Mann bislang nur, dass er mit einer bekannten Köchin verheiratet ist, als Anwalt und Steuerberater tätig ist, gelegentlich in der Schweiz zu tun hat, in seiner Freizeit ins Fitnessstudio geht und ab und zu psychologische Seminare besucht.«

»Hinter diesen Informationen wird noch keine Person sichtbar«, meinte Winkler. »Was wissen wir über seine Familie?«

»Er ist Einzelkind, seine Eltern sind bereits verstorben«, berichtete Yilmaz. »Er ist mit Lea Himmelreich verheiratet und hat mit ihr eine Tochter. Lea Himmelreich ist Köchin, betreibt ein Lokal in Erbach und hat einen Michelin-Stern. Dem Schwiegervater des Vermissten, Dr. Fassbinder, gehört die FAKE KG, Fassbinder Kellereitechnik, in Geisenheim, die Rüdesheimer Sektkellerei und das Weingut Freund in Eltville. Fassbinder und seine Frau Christel haben vier Kinder, das älteste, Thomas, ist Geschäftsführer der FAKE KG, Lea ist die Köchin, und über die beiden anderen Kinder habe ich in der Kürze noch nichts herausgefunden.«

»Müller-Himmelreich bleibt ein unbeschriebenes Blatt«, sagte

Mayfeld. »Ein Mann ohne Eigenschaften, ohne Freunde, ohne Feinde. Das Auffälligste an seinem Verschwinden ist der gleichzeitige Unfall seiner Frau. Haben wir das Polizeiprotokoll des Unfalls?«

Yilmaz reichte Mayfeld eine Aktenmappe über den Tisch. »Sie ist am letzten Dienstag um vierzehn Uhr dreißig zwischen Hausen und Kiedrich von der Straße abgekommen. Die Straße dort ist ziemlich kurvig, und Richtung Kiedrich geht es steil bergab. Trotzdem muss man wie eine Verrückte rasen, um mit derartiger Wucht die Leitplanke einzureißen und ins Tal zu stürzen. Dass Frau Himmelreich überlebt hat, grenzt an ein Wunder. Unmittelbar nach dem Ereignis kam eine Ärztin an den Unfallort. Sie hat Erste Hilfe geleistet und den Notarztwagen gerufen.«

Mayfeld berichtete weiter über seine Befragungen vom Wochenende. Heikes Handy klingelte. Sie nahm das Gespräch an und machte sich eine kurze Notiz.

»Man hat Müller-Himmelreichs Auto gefunden. Es steht auf einem Parkplatz seitlich des Wiesbadener Hauptbahnhofs. Der Parkschein wurde am letzten Dienstag um siebzehn Uhr dreißig gelöst. Von innen können wir uns den Wagen natürlich nur mit richterlicher Genehmigung ansehen. Oder mit Genehmigung der Ehefrau. Nina kann in den Horst-Schmidt-Kliniken nachfragen, wie es Frau Himmelreich geht. Was ist eigentlich aus dem Wrack des Unfallautos geworden?«

»Dazu steht nichts im Protokoll«, musste Yilmaz einräumen.

»Man sollte es sicherstellen und untersuchen«, schlug Heike Winkler vor. »Darum kümmern sich Nina und ich.«

»Aslan und ich statten Müller-Himmelreichs Kanzlei einen Besuch ab«, ergänzte Mayfeld.

***

In der Nacht war sie immer wieder wach geworden. Sie hatte es aber nicht gewagt, sich bemerkbar zu machen, vielleicht hatten sie den Schlüssel für den Giftschrank ja wiedergefunden und würden sie endgültig vergiften. Oder der Mann mit den primitiven Reflexen würde sie wieder beißen.

Je wacher sie wurde, desto deutlicher spürte sie ihre Schmerzen.

Der Rücken brannte und juckte. Eine Stelle fühlte sich an, als würde jemand ein Messer hineinstechen und es im Fleisch herumdrehen. Sie dachte an die Stimmen, die gestern mit ihr gesprochen hatten. Sie kannte die Stimmen und die Düfte, erinnerte sich aber nicht mehr an die Menschen und Namen, die dazugehören mussten. Sie wusste nicht, wer sie war, und kannte niemanden. Angst durchflutete ihren gemarterten Körper und den dröhnenden Kopf. Wie lange war sie bewusstlos gewesen? War es überhaupt gut, dass sie wieder aufwachte?

Immer wieder ging ihr die Geschichte von der Löwin und der Antilope durch den Kopf. Die Frauenstimme hatte sie Lea genannt und behauptet, eine gewisse Martha sei ihre Mutter. Und eine Löwin habe ein Antilopenkitz adoptiert. Von der Geschichte hatte sie schon einmal gehört. Warum erinnerte sie sich an so einen Quark, aber nicht daran, wer sie war und was mit ihr passiert war?

Quark. Plötzlich kam ihr ein Rezept in den Sinn. Mascarponecreme mit Quittengelee. Zitronenschale abreiben, mit Mascarpone, Sahne, Zucker und Zitronensaft vermischen und aufschlagen, Quittengelee erhitzen, Vanilleschoten auskratzen, Mark in das Gelee geben, abkühlen lassen und über die Quarkmasse geben. Das Rezept war von ihr. War Lea Köchin? Auf jeden Fall war das ein schöner Beruf.

Menschen betraten den Raum, hantierten an ihr herum, verließen den Raum wieder. Sie hielt still, schlief wieder ein, träumte.

Sie steht in einem Schlachthaus. An den gekachelten Wänden hängen Kadaver. Wildschweine, Rehe, Menschen. Kadaver und Leichen. Schwarze gesichtslose Männer hantieren mit Beilen und großen Messern, sie schneiden die toten Körper auseinander. Der Boden ist voller Blut. Das dürft ihr nicht, will sie rufen, aber ihr Mund ist verschlossen. Du bist gleich dran, ruft ihr ein Mann mit dumpfer Stimme zu. Sie will nicht geschlachtet und ausgenommen werden, will nicht sterben. Sie rennt aus dem Schlachthaus hinaus, hetzt durch den Wald, stolpert und fällt in die Tiefe.

Als sie später wieder aufwachte, schien niemand im Raum zu sein. Also konnte sie es wagen: Sie öffnete die Augen. Sie sah Gestänge, Flaschen und eine Leuchtröhre. Kein schöner Raum. Sie drehte den Kopf, zu ihrer Überraschung ging das, und blickte auf Schläuche, Kabel und piepsende Monitore. Sie war in einem Krankenhaus. Auf einer Intensivstation. Es kam ihr vor, als ob sie schon einmal hier gewesen wäre, vor langer Zeit. Aber woher wollte sie das wissen, wenn sie noch nicht einmal bei ihrem Namen ganz sicher war?

Wie war sie hierhergekommen? Was war mit ihr geschehen? Sie musste nachdenken. Das schien ein wenig besser zu funktionieren als zuletzt. Sie schloss die Augen, um sich zu konzentrieren.

»Guten Morgen, Frau Himmelreich! Können Sie mich hören, Frau Himmelreich?«

Eine zwitschernde Frauenstimme schwebte durch den Raum, begleitet von einer Brise guter Laune. Die Frau hatte gut zwitschern. Sie war schließlich nicht in ihrer Lage. Wahrscheinlich freute sie sich, weil sie den Schlüssel zum Giftschrank gefunden hatte. Lea hielt inne. Sie nahm sich vor, positiver zu denken, irgendwer hatte ihr vor einer Ewigkeit einreden wollen, dass das gut sei. Sie konnte es ja mal versuchen. Warum sollte ein gut gelaunter Vogel sie vergiften wollen? Der Vogel roch nach Kastanie und Honig. Keiner der edlen Düfte, wie sie sie gestern gerochen hatte, eher ein Duschgel aus der Drogerie.

Sie spürte ihre Nähe. Wie sie sich über sie beugte. Etwas kitzelte in ihrem Gesicht, vielleicht ein Haar.

»Iiih!« Sie riss die Augen auf und blickte in das Gesicht einer jungen Frau. »Iiih!«

Die Frau im blauen Kittel fuhr zurück und stieß ebenfalls einen Schrei aus, spritzig wie eine Zitrone. Lea presste die Augen wieder zu.

Dann lachte das Vögelchen. »Ja, Frau Himmelreich, das ist ja toll! Sie sind wieder wach! Können Sie mich verstehen, Frau Himmelreich?«

Nichts verstand sie. Was sollte daran toll sein, dass sie wach war und ihr der Rücken wehtat? Was hatte das mit dem Himmelreich zu tun? Das war wohl eher die Hölle. Jetzt bloß nichts Falsches sagen. Sonst überlegte es sich die junge Frau noch und ging zum Giftschrank.

»Sagen Sie doch was, Frau Himmelreich!«

Es dämmerte ihr; Frau Himmelreich, das war sie: Lea Himmelreich, die nicht nach Kastanie und Honig roch wie der zwitschernde Vogel, sondern nach altem Käse. Lea Himmelreich, der der Arsch wehtat. Kastanienschaumsüppchen und Parmesantaler, das war auch ein Rezept von ihr.

»Hallo, Frau Himmelreich! Machen Sie die Augen auf! Ich weiß genau, dass Sie mich hören können.«

Sie hatten sie entdeckt, es hatte keinen Zweck mehr, sich zu verstecken. Außerdem wollte sie ja positiv denken. Sie öffnete die Augen und schaute der lächelnden Schwester ins Gesicht.

»Toll! Wie schön, dass Sie die Augen aufgemacht haben. Sie haben so schöne Augen. Sie sind wieder da.«

Die Schwester strich ihr in einer zärtlichen Geste über das Gesicht. Lea weinte.

»Was haben Sie denn? Es wird alles gut, Frau Himmelreich, nicht weinen!« Sie streichelte ihre Wange. »Sagen Sie doch mal was, bitte!«

Das auch noch. Wahrscheinlich sollte es etwas Nettes, Freundliches, Positives sein.

»Kein Gift!«, röchelte sie und erschrak über ihre raue Stimme.

***

Die Kanzlei von Müller-Himmelreich befand sich im ersten Geschoss eines klassizistischen Gebäudes in der Adolfsallee. Die ehemalige Prachtstraße, die einst zum Flanieren eingeladen hatte, war in den letzten Jahrzehnten von einer Blechlawine aus Autos heimgesucht worden. Mayfeld stellte seinen Volvo im umfunktionierten Vorgarten der Stadtvilla ab, auf einem für Mitarbeiter und Besucher der Kanzlei reservierten Parkplatz.

»Warum hat Müller-Himmelreich sein Auto am Bahnhof abgestellt und nicht hier?«, fragte Mayfeld.

»Wenn er mit dem Zug verreisen wollte, sind es von hier aus höchstens drei Minuten mehr Laufweg«, ergänzte Yilmaz.

Das Treppenhaus machte einen gepflegten und gediegenen Eindruck, und dieser Eindruck setzte sich in den Räumen der Kanzlei fort. Schwere Eichenholztüren, Parkettfußboden, Stuckdecken. Alles gepflegt, aber nicht protzig. Eine unauffällig in einem Winkel an der Decke hängende Videokamera war eines der wenigen sichtbaren Zugeständnisse an die Moderne. Gepflegt und gediegen, so wirkte auch Mathilde Meyer, die sich als Kanzleivorsteherin vorstellte. Sie war Mitte fünfzig, trug eine Zuchtperlenkette über der rosa Seidenbluse und herrschte über drei weitere Mitarbeiterinnen, die sie »unsere Mädchen« nannte.

Frau Meyer führte Mayfeld und Yilmaz in ein Besprechungszimmer, das die gleiche Seriosität ausstrahlte wie die ganze Kanzlei samt Mitarbeiterinnen. Sie bot den beiden Beamten Kaffee an, den sie annahmen und den eines von »unseren Mädchen« kurze Zeit später hereinbrachte.

»Sie wollten uns Kaffee bringen lassen, keine Spülbrühe«, war Mayfeld versucht zu sagen, nachdem er gekostet hatte, schwieg aber.

»Es ist ganz und gar undenkbar, dass Herr Müller-Himmelreich aus freien Stücken in der Kanzlei abwesend ist«, sagte Frau Meyer gestelzt. »Wir haben jetzt schon mehrere Terminsachen versäumt, wie ich schon Ihren Kollegen am Telefon gesagt habe, ständig rufen verärgerte Mandanten an. Das ist nicht der Stil des Chefs.«

»Sie können ausschließen, dass er vergessen hat, Sie über eine Reise zu informieren?«, fragte Yilmaz.

Meyer musterte ihn wie einen dummen Jungen. »Ja, das kann ich, junger Mann. Außerdem hätte er dann auch die Terminsachen vergessen müssen. Und was soll das für eine Reise sein, die jetzt schon bald eine Woche dauert?«

»Aber Ihr Chef ist doch häufig unterwegs?«, hakte Mayfeld nach.

»Zu auswärtigen Gerichtsterminen oder anlässlich von Betriebsprüfungen.«

»Er fährt auch öfter in die Schweiz?«, wollte Yilmaz wissen.

»Auch das. Haben Sie etwas gegen die Eidgenossen? Hegen Sie gar Vorurteile gegen Menschen mit Geschäftsbeziehungen in die Schweiz? Das will ich doch nicht hoffen.« Die Miene von Frau Meyer war zu einer Maske von eingefrorener Höflichkeit und kaum verhohlener Missbilligung geronnen.

»Wann haben Sie Müller-Himmelreich das letzte Mal gesehen?«, fuhr Yilmaz in der Befragung fort.

»Hatte ich Ihnen das nicht schon am Telefon gesagt? Letzte Woche am Dienstagmorgen um zehn Uhr.«

»Welchen Eindruck machte er auf Sie?«, fragte Mayfeld sanft.

Auf ihn reagierte Frau Meyer etwas freundlicher. Sie dachte sogar nach, bevor sie antwortete. »Er war hektisch, ziemlich gereizt. Er hat eine ganze Kanne Kaffee getrunken.«

Bei der Qualität des Kaffees wäre er auch schlecht gelaunt gewesen, dachte Mayfeld. »Kam es in letzter Zeit öfter vor, dass er gereizt war? Ist Ihnen sonst etwas an ihm aufgefallen?«

»Ja, schon«, sagte die Kanzleivorsteherin zögerlich. »Er war in letzter Zeit oft missgelaunt und leicht reizbar. Am Freitag vorletzter Woche kam er ziemlich übel zugerichtet in die Kanzlei.«

»Wie bitte?«

»Sie haben mich schon recht verstanden. Er hatte ein blaues Auge und eine dicke Lippe. Er meinte, er sei nach einem feuchtfröhlichen Abend die Treppe hinuntergefallen. Mal abgesehen davon, dass der Chef nicht getrunken hat, sahen die Verletzungen nicht so aus, als ob man sie sich bei einem Treppensturz zuziehen könnte.«

»Haben Sie eine plausiblere Erklärung für die Verletzungen?«

Frau Meyer schüttelte den Kopf. Sie schien sich unsicher zu sein, ob sie mit ihren Mitteilungen nicht schon zu weit gegangen war.

»Als seine langjährige Kanzleivorsteherin sind Sie sicherlich so etwas wie eine Vertraute.« Mayfeld versuchte es mit Schmeicheleien. Er schien damit Erfolg zu haben. Das erste Mal während ihres Gesprächs lächelte Frau Meyer, ihr Gesichtsausdruck bekam etwas Huldvolles. »Hatte er Feinde? Besonders gute Freunde? Gibt es irgendetwas Besonderes in seinem Leben?«

Frau Meyer dachte nach. Sie wusste etwas, war aber offensichtlich unentschieden, ob sie es den Kommissaren mitteilen sollte. Vermutlich wog sie die Sorge um den verschwundenen Chef gegen das Risiko ab, dass er morgen wieder in der Kanzlei stand und ihr Vorwürfe machte, dass sie Dinge ausgeplaudert hatte, die niemanden etwas angingen. Die Angst vor Vorwürfen gewann die Oberhand. »Ich verstehe Ihre Frage nicht, Herr Kommissar. Sind wir nicht alle etwas Besonderes?«

Frau Meyer hatte sich entschlossen, nichts zu sagen, da konnte man nichts machen.

»Sie haben recht. Wenn Ihnen noch etwas einfällt, rufen Sie mich an. Jede Kleinigkeit kann wichtig sein. Was hatte Stefan Müller-Himmelreich am Dienstag vor, als er die Kanzlei verließ?«

»Fällt das nicht unter das Anwaltsgeheimnis, Herr Kommissar?«

Mayfeld atmete deutlich hörbar aus. Dann versicherte er der Kanzleivorsteherin in seinem freundlichsten Ton, dass dies keinesfalls so sei, dass sie selbstverständlich berechtigt sei, Auskünfte über den Terminkalender ihres verschwundenen Chefs zu geben.

Frau Meyer verließ den Besprechungsraum und kam kurze Zeit später mit einem Terminplaner zurück. Yilmaz holte einen Tabletcomputer aus seiner Umhängetasche und fotografierte die letzten Seiten unter dem missbilligenden Blick der Kanzleivorsteherin.

»Er hatte einen Termin bei seiner Hausbank und einen bei Dr. Makaroff. Den vertritt unsere Kanzlei sowohl anwaltlich als auch in Steuerfragen, außerdem machen wir dessen Buchführung und helfen bei Verwaltung und Geschäftsführung.«

Das waren mehr Auskünfte gewesen, als man erwarten durfte. Mayfeld und Yilmaz bedankten sich für den Kaffee und verließen die Kanzlei.

***

Sie war Lea Himmelreich und lag im Krankenhaus auf der Intensivstation. Wie sie dahin gekommen war, wusste sie nicht. Sie hatte ein feines Näschen und dachte andauernd an Rezepte, weswegen sie überzeugt war, Köchin zu sein. Hintern und Kopf taten ihr weh, der Kopf schien außerdem nicht besonders gut zu funktionieren, aber ansonsten war sie wohl ganz in Ordnung. Es war noch alles dran an ihr, sie konnte alles bewegen. Die meisten Kabel und Schläuche hatte Schwester Mia entfernt.

Das mit dem Giftschrank hatte ihr Mia erklärt und sich vielfach entschuldigt. So nannten ihre Kollegen manchmal den Schrank, in dem die Betäubungsmittel lagen. Sie wollte das mal glauben. Es schien ein wenig aufwärts mit ihr zu gehen. Immerhin blieben die Dinge, die passierten, seit sie wieder wach war, ganz gut in ihrem Gedächtnis haften. Bloß an das, was früher gewesen war, hatte sie so gut wie keine Erinnerung. »Noch haben Sie keine Erinnerung, Frau Himmelreich, noch nicht. Das wird schon wieder«, hatte die

Schwester mit der zwitschernden Vogelstimme aufmunternd gesagt. Auch das wollte sie mal glauben.

Wer waren die zwei Frauen gewesen, die mit ihr gesprochen hatten? Sie hatte die Schwester nicht danach gefragt. Sie hatte es nicht vergessen, das Sprechen war ihr vielmehr unangenehm. Seit Kurzem hatte sie neben dem fehlenden Gedächtnis nämlich eine weitere Sorge. Sie wusste zwar, was sie sagen wollte, aber wenn sie den Mund aufmachte, kamen manchmal andere Wörter heraus als geplant. Das war ziemlich peinlich. Sie vermied es deswegen, viel zu reden. War meistens auch keiner da, mit dem sie hätte schwätzen können.

Plötzlich stand ein Weißkittel vor ihr. Roch nach Zitrone, Veilchen und Zeder. »Fahrenheit«.

»Mein Name ist Dr. Möller, ich bin Ihr Neurologe. Verstehen Sie mich?«

Sie nickte.

»Verstehen Sie mich? Bitte reden Sie mit mir!«

Wieso verstand Dr. Fahrenheit ein Nicken nicht? »Hmm«, brummte sie und nickte noch einmal.

»Na gut, dann beginnen wir erst mal mit der körperlichen Untersuchung.«

Das konnte ja heiter werden. Der Neurologe leuchtete in ihre Augen, klopfte mit einem Hammer auf ihr herum, fuchtelte mit den Händen vor ihrem Gesicht und forderte sie auf, seinen Fingern mit den Augen zu folgen. Sie machte den Scheiß mit.

»Gar nicht schlecht«, meinte er am Schluss der Vorstellung gönnerhaft. »Und jetzt wollen wir uns ein wenig unterhalten.«

Er wollte das vielleicht, sie sicher nicht.

»Wissen Sie, wer Sie sind?«

Das war eine ziemlich schwierige Frage, aber sie wusste nicht, wie sie das dem Doktor erklären sollte.

»Ihr Name«, befahl er ungeduldig.

Zum Glück erinnerte sie sich an das Gespräch mit Mia und an die beiden Frauen, die braune und die rosa Stimme.

»Lea Himmelreich.«

»Gut. Und welches Jahr haben wir?«

Da musste sie raten. »2013?«

»Sehr gut.« Dr. Fahrenheit schien zufrieden.

»Wissen Sie, wo Sie sich befinden?«

»Krakenhaus, Invasivstation.«

Das hatte den Geschmack von Dr. Fahrenheit nicht ganz getroffen. »Krankenhaus, Intensivstation«, korrigierte er sie mit leicht gequälter Miene. Das hatte sie doch sagen wollen.

»Wissen Sie, was mit Ihnen passiert ist?«

Sollte sie jetzt das mit dem Giftschrank erzählen? Lieber nicht, das war zu kompliziert.

»Nein.«

Der Neurologe nickte. »Sie hatten einen Verkehrsunfall und haben eine Contusio cerebri davongetragen.«

Davongetragen? Wie denn das? »Eine Konfusion?«

»Eine Contusio cerebri, eine Gehirnquetschung. Kann es sein, dass Sie Probleme haben, die richtigen Worte zu artikulieren?«

Der merkte aber auch alles. Blödmann.

»Das nennt man eine motorische Aphasie.«

»Notorische Phase.«

»Eine motorische Aphasie. Sie verstehen die Worte, aber wenn Sie sie aussprechen wollen, kommen andere heraus.«

Sie nickte. Das hatten sie also beide verstanden.

»Und wie steht es mit der Erinnerung? Erinnern Sie sich an den Unfall?«

Sie schüttelte den Kopf.

»Und was ist mit der Zeit vor dem Unfall?«

Sie zuckte mit den Schultern.

»Erinnern Sie sich an Ihre Familie?«

»Zu wenig.«

Fahrenheit drückte ihr in einer Anwandlung von Mitgefühl die Hand. »Aber an Dinge, die vor Kurzem passiert sind, erinnern Sie sich schon? Wissen Sie noch, wie ich heiße?«

»Dr. Celsius.«

Fahrenheit schaute sie verdattert an. Falsches Wort.

»Fahrenheit«, korrigierte sie sich. Der Neurologe war immer noch nicht zufrieden. Dann fiel es ihr wieder ein. »Ihr Riechwasser. ›Fahrenheit‹ von Dior. Sie heißen«, sie strengte sich ganz toll an, »Dr. Möller.«

Dr. Möller tätschelte ihren Arm. »Das machen Sie phantastisch. Einen Moment habe ich befürchtet, dass Sie verwirrter sind, als ich dachte. Ihre mnestische Störung nennt man retrograde Amnesie.«

»Rhetorische Meise«, wiederholte Lea.

»Retrograde Amnesie. Sie können sich an Ereignisse nach dem Trauma erinnern, aber nicht an solche davor.«

Lea versuchte es noch einmal. »Rhetorische Ameise.« Wieder falsch. »Läuft das wieder weg?«

Der Neurologe tätschelte schon wieder ihre Hand. »Wir machen heute noch eine Reihe Untersuchungen, EEG, Dopplersonografie, MRT. Und morgen kommen Sie zu uns auf Normalstation. Ich schicke Ihnen die Logopädin und die Psychologin vorbei.« Er ging zur Tür des Raums. »Kopf hoch, das geht wieder weg. Alles wird gut, Sie sind ein Stehaufmännchen!«

Falsches Wort. »Stehauffrauchen«, rief sie ihm hinterher.

***

Das SMARTcenter von Dr. Grigori Makaroff war in einer weißen Villa in der »Schönen Aussicht« untergebracht. Das Anwesen lag eingebettet in einen Park in der begehrten Wiesbadener Höhenlage und strahlte Gelassenheit und Erfolg aus. Mayfeld und Yilmaz betraten den Eingangsbereich des Gebäudes aus Marmor und Glas und wurden von der Assistentin der Geschäftsführung empfangen.

Nicola Schlesinger war eine außergewöhnliche Frau Mitte zwanzig, ihr figurbetontes Kostüm hielt eine atemberaubende Balance zwischen Eleganz und Anmache. Sie bedauerte zutiefst, dass Dr. Makaroff momentan beschäftigt sei und die Beamten daher nicht empfangen könne. Sie bot an, für die nächsten Tage einen Termin zu vereinbaren, aber Mayfeld und Yilmaz zogen es vor, zu warten. Die freundliche Assistentin bat sie daraufhin, auf den Sesseln im Empfangsbereich Platz zu nehmen, und überließ ihnen gerne Informationsbroschüren über das SMARTcenter, das Zentrum für »Self-Management and Resilience Training«. Ob sie sonst noch etwas für die Herrschaften tun könne?

»Kennen Sie Stefan Müller-Himmelreich?« Mayfeld zeigte Nicola Schlesinger ein Foto des Anwalts.

Natürlich kannte sie ihn, so heftig, wie sie reagierte. Aber aus irgendeinem Grund wollte sie das gegenüber den Beamten nicht zugeben. »Das ist der Anwalt von Dr. Makaroff«, sagte sie und bemühte sich, Stimme und Gesichtsausdruck unter Kontrolle zu halten. »Was ist mit ihm?«

»Er ist verschwunden.«

»Ah. Da kann ich Ihnen leider nicht weiterhelfen.«

»Er war am letzten Dienstag hier.«

Sie lächelte verbindlich und strich sich eine Haarsträhne aus dem Gesicht. »Da müsste ich im Terminkalender von Dr. Makaroff nachsehen. Aber ich meine mich zu erinnern. Ja, doch, er war am letzten Dienstag hier. Ich kann Ihnen aber nicht sagen, in welcher Angelegenheit, da müssen Sie sich gedulden, bis Dr. Makaroff für Sie Zeit hat. Ich darf Sie dann einen Moment allein lassen.«

Sie durchquerte die Eingangshalle und verschwand hinter einer Glastür. Der Klang ihrer High Heels hallte lange nach, und mindestens ebenso lange bewegte der Rhythmus ihres Hüftschwungs Mayfelds Gedanken.

»Mein Cousin würde sagen: geile Braut«, bemerkte Yilmaz trocken.

»Und du, Aslan?«

»Ich würde es mit Raymond Chandler sagen: ›Für die würde ein Bischof das Kirchenfenster eintreten.‹ Aber sie ist nur eine mittelmäßige Schauspielerin. Sie hat Angst und verschweigt etwas.«

So ungefähr sah Mayfeld das auch.

Mayfeld vertiefte sich in die Lektüre der Informationsbroschüre. Das »Self-Management and Resilience Center« hieß die Menschen aller Religionen und Weltanschauungen willkommen und versprach ihnen, sie bei der Verwirklichung ihrer Ziele zu unterstützen, gleichgültig, ob es sich dabei um die Erweiterung des spirituellen Horizontes, die Gründung einer Familie oder die erste Million auf dem eigenen Konto handelte.

Jeder könne seine Stärken kennenlernen, seine Potenziale entwickeln und seine Träume verwirklichen. Für mutige Menschen, die sich den Herausforderungen des Lebens stellen wollten, halte das SMARTcenter seine SMOOTH Tools bereit: Selbstmanagement, Organisation, Optimierung, Therapie. Für Firmen und Organisationen jeder Größe biete man Seminare in Rational Choice, Theory of Games, Strategic Decisions und Personal Management an, für Einzelpersonen Beratung, Coaching, Selbsterfahrung, Entspannungstraining und Therapie für privat Krankenversicherte oder Selbstzahler, für Kinder gebe es einen ganzheitlichen Kindergarten mit bilingualer Betreuung und musischer Frühförderung sowie eine Grundschule, die sanft und gleichzeitig erfolgsorientiert auf das Leben vorbereite. Für die ganzheitliche Entwicklung sei aus allen Weltanschauungen, vom westlichen Rationalismus bis zur Weisheit des Ostens, das Beste übernommen und die neuesten Entwicklungen der Psychologie seien integriert worden, kognitive Therapie, Tiefenhermeneutik, Hypnose, systemisches Denken, Familienaufstellungen, Schematherapie, EMDR, NLP und energetische Therapie.

ERFOLG IST ERLERNBAR! SEI DEIN EIGENER COACH! ENTDECKE DEN GEWINNER IN DIR!

»Wenn ich mir den Laden hier ansehe, würde ich behaupten: Die Scheiße wird von vielen gefressen«, bemerkte Mayfeld entgeistert.

»›Den leeren Schlauch bläst der Wind auf, den leeren Kopf der Dünkel‹«, entgegnete sein Kollege. »Ist nicht von mir, ist von Matthias Claudius.«

Endlich betrat Dr. Grigori Makaroff die Eingangshalle des SMARTcenters. Ein Mann im besten Alter, also einer, der etwas darstellte, bei dem das Verfallsdatum aber näher kam. Er hatte grau melierte Schläfen, ebensolches Haupthaar und trug schwarze Kleidung, die ihm vermutlich sowohl Seriosität als auch etwas geheimnisvoll Existenzialistisches verleihen sollte.

»Es tut mir unendlich leid, dass ich Sie habe warten lassen müssen.«

Das war die erste Lüge, dachte Mayfeld.

»Sagen Sie mir, wie ich Ihnen helfen kann, ich will es gerne tun.«

Lüge Nummer zwei.

»Wir ermitteln im Fall Stefan Müller-Himmelreich«, sagte Mayfeld. »Er ist am letzten Dienstag spurlos verschwunden. Zuvor war er noch bei Ihnen. Können Sie uns sagen, was Sie zu besprechen hatten, welchen Eindruck er auf Sie machte, was er an diesem Tag noch vorhatte?«

»Fragen über Fragen.« Dr. Makaroff lächelte weise. »Herr Müller-Himmelreich ist mein Anwalt und Steuerberater, wir hatten Dinge zu besprechen, die nur ihn und mich etwas angehen, die dem Steuergeheimnis unterliegen. Was er an diesem Tag noch vorhatte, kann ich Ihnen nicht sagen, und aufgefallen ist mir nichts an ihm.«

»Auch nicht die Verletzungen im Gesicht?«

»Doch, jetzt, wo Sie es erwähnen, fällt es mir wieder ein. Er sagte etwas von einem Sportunfall.«

»Er ist Ihr Steuerberater. Ist er auch Ihr Klient?«

»Er hat gelegentlich Seminare bei uns gebucht. Und seine Tochter hat unseren Kindergarten besucht. Ist daran irgendetwas auszusetzen?«

Ganz viel, wollte Mayfeld antworten, Sie vermengen auf ungute Weise verschiedene Ebenen, aber das würde eine Diskussion werden, die er nur verlieren konnte. Er stellte noch ein paar Fragen, doch dem vermissten Müller-Himmelreich kam er nicht einen Zentimeter näher.

***

Schwester Mia war vorbeigekommen, um sich zu verabschieden.

»Wenn ich morgen meinen Dienst antrete, sind Sie schon auf Normalstation.« Sie klemmte die Infusion ab und verschloss den Schlauch in Leas Arm. »Die Venüle kommt morgen weg«, sagte sie und deutete auf die Ellenbeuge. »Es ist so schön, dass Sie sich erholen. Die ersten Tage sah es sehr ernst aus.«

Wieso nur die ersten Tage? Sie wusste kaum etwas von sich und konnte nicht vernünftig reden. Lea erschien ihre Lage immer noch ernst genug.

»Wir haben Ihre Familie benachrichtigt, dass Sie aufgewacht sind. Bestimmt kommt bald jemand. Freuen Sie sich?«

Nein, sie freute sich nicht. Sie wusste ja gar nicht, wer kommen würde. Sie war eher neugierig. Und ängstlich.

»War schon jemand da?« Wenigstens die einfachen Worte und Sätze gelangen ihr mittlerweile öfter.

»Sie meinen Besuch in den letzten Tagen? Ja, mehrfach. Einmal Ihr Vater und dann zwei Freundinnen.«

»Name?«

Den wusste Schwester Mia nicht. Sie strich Lea über das Gesicht und entfernte sich.

Lea musterte ihre Umgebung. Sie lag in einer Box, deren Wände zum großen Teil aus Glas bestanden. Links und rechts ihres Bettes standen verschiedene Apparaturen, die mittlerweile größtenteils ausgeschaltet waren. Nur noch der Monitor, der ihre Herzaktion anzeigte, war erleuchtet. Das Neonlicht war kalt, und es roch nach Desinfektionsmittel.

Sie griff nach dem Zettel, der auf dem Betttischchen lag, und las laut: »Notorische Phase, notorische Aphasie, motorische Aphasie. Reziproke Amnestie, retrograde Amnestie, retrograde Amnesie.« Die Worte waren oft noch die falschen, aber sie kamen wieder flüssiger aus ihr heraus. Erschöpft ließ sie sich ins Bett zurückfallen und schlief ein.

Sie träumte, dass die Glasbox zu einem Sarg wurde. Dort lag sie zusammen mit einer alten Frau. Sie wollte den Trauernden zurufen, dass sie noch am Leben sei und aus dem Sarg herauswolle, aber sie fand die Worte nicht. Da bemerkte sie einen Geruch von Tannenzapfen, Bergamotte und Pfeffer. »Chance« von Chanel.

»Meine Liebe, wie schön, dass es dir wieder besser geht«, sagte eine silbrige Stimme.

Lea öffnete die Augen und blickte in das braun gebrannte Gesicht einer älteren Frau, die ihr silberblondes Haar zu einem Pferdeschwanz zusammengebunden hatte. Lea meinte, einen leichten Pferdegeruch wahrzunehmen.

»Erkennst du mich?«, fragte die Frau.

Leas Mund wurde trocken und rau, das Herz schlug bis zum Hals. Sie hätte nicht gedacht, dass es ihr so peinlich war, jemanden nicht zu erkennen.

»Ich bin es, Tante Gisela«, sagte die Frau und lächelte ihr zu.

»Tante Gisela«, sprach sie nach und bekam die Worte unfallfrei heraus.

»Erinnerst du dich, was mit dir passiert ist?«

Sie schüttelte den Kopf. »Gib es mir.«

»Wie bitte?«, fragte die Tante bestürzt.

Lea lächelte hilflos. »Notorische Phase.« Sie zeigte Gisela den Zettel mit den Worten, die der Neurologe aufgeschrieben hatte.

Giselas Gesichtszüge entspannten sich wieder. »Du findest nicht die richtigen Worte, das macht gar nichts. Wir wollten uns am letzten Dienstag treffen, am ›Anleger‹, aber ihr seid nicht gekommen.«

»›Anleger‹?«

»Der ›Anleger‹ ist eine Gaststätte an der Eltviller Uferpromenade, bei euch um die Ecke.«

Sie wohnte also in Eltville. Mit der Stadt konnte sie etwas anfangen, aber dass sie dort lebte, musste sie der Tante einfach glauben.

»Ich will dich nicht aufregen, meine Liebe, lassen wir das«, sagte Gisela.

»Wer ist ›wir‹? Wer wollte sich am Dienstag treffen?« Das waren zwei Sätze hintereinander, die sie flüssig und ohne Fehler ausgesprochen hatte.

»Du und Stefan, Reinhardt und ich.«

»Stefan, Reinhardt?«

»Stefan, dein Mann, Reinhardt, dein Vater.«

Ein Vater und ein Mann, an die sie sich nicht erinnerte. Sosehr sie sich bemühte, das alles befand sich hinter einer schwarzen undurchdringlichen Wand. Sie hob verzweifelt die Schultern.

Es klopfte an der Tür.

»Das wird Markus sein«, sagte Gisela. »Markus, dein Bruder.«

Ein schmächtiger Mann mittleren Alters betrat das Zimmer. Er roch nach Spiritus und hatte ein paar mit Cellophan umwickelte Nelken in der Hand. Ihr wurde übel.

»Hallo!« Der Mann kam an ihr Bett, packte ihre Hand. Sie zog sie zurück unter die Bettdecke. Feuchte Hände konnte sie nicht leiden. »Freust du dich?«, wollte der Schmächtige wissen. Sie drehte den Kopf weg, auch wenn das unhöflich war.

»Das wird schon wieder«, sagte der Mann mit dem Spiritusgeruch. Na prächtig. Ein Würgereiz ergriff ihre Kehle.

Eine Weile schwiegen sie.

»Ich glaube, das wird alles zu viel für dich, meine Liebe. Ich kann mir denken, dass das Essen hier im Krankenhaus fürchterlich ist. Ich hab dir deswegen ein paar Sushi-Rollen und etwas Sashimi mitgebracht, das magst du doch?«

Gisela packte eine Plastikbox aus.

Lea winkte ab. »Tut mir leid, Tunte. Ich bin Mörder – mörderisch müde. Stell das Essen auf den Fisch.«

»Natürlich. Ich sorge dafür, dass du nicht mehr gestört wirst.« Tante Gisela und Markus gingen aus dem Zimmer.

Lea fiel in einen unruhigen Schlaf. Sie träumte von Tokio. Selbst im Traum fiel ihr auf, dass sie die Hauptstadt von Japan kannte, aber nicht wusste, woher. War sie einmal dort gewesen? Sie konnte nicht erkennen, ob es sich bei den Bildern, die an ihrem inneren Auge vorbeizogen, um eine Erinnerung handelte oder einen Alptraum.

Der Koch lächelt stolz. In der Hand hält er eine Platte mit Scheiben von rohem Fisch. Frisches Sashimi. Der Kopf des filetierten Fisches liegt daneben. Er hängt noch am Skelett und schnappt nach Luft, während die rohen Fischscheiben serviert werden.

Life is beautiful.

***

Die Abendsonne vergoss ihr warmes Licht über dem Rheintal. Häuser und Dächer der Ortschaften verschwammen in goldenem Dunst, man konnte die Türme der Eltviller Burg und der Kirche St. Peter und Paul nur mit Mühe erkennen. Die Sonne zeigte sich in ihrer ganzen Pracht, bevor sie ihre Kraft verlieren und untergehen würde.

Julia hatte vor vielen Jahren einige Morgen Weinberg im Rauenthaler Rothenberg geerbt, einer der besten Rheingauer Weinlagen. Die Halbhöhenlage war ideal, um die Sonnenstrahlen des Herbstes einzufangen, der rote Phyllitschiefer verlieh dem Wein eine ganz eigene Charakteristik. Mayfeld bewirtschaftete den Wingert und baute den Wein im Weingut von Julias Eltern aus. Drei Halbstücke besten Rieslings waren jedes Jahr der Lohn der Arbeit.

Er griff nach ein paar Blättern und ließ die Rebschere zuschnappen. Das meiste im Weinberg war getan, was blieb, waren Feinheiten. Die entscheidenden Dinge passierten nun ohne menschliches Zutun. Vor zwei Wochen hatte er die grüne Lese abgeschlossen. Er hatte einen Teil der Trauben weggeschnitten, damit die Rebstöcke ihre Kraft konzentrieren konnten. Jetzt stiegen Saft und Aromastoffe bereits in die Beeren auf, und er konnte nur noch einen Teil des Laubs entfernen, damit die schwächer werdende Sonne die verbleibenden Trauben erreichte.

In der Sommerhitze war es ganz nützlich gewesen, dass die Blätter Schatten warfen, aber das war jetzt nicht mehr wichtig. Es war sogar von Vorteil, dass der Wind besser durch die Rebzeilen wehen konnte, das half gegen etwaigen Pilzbefall. Doch das Entscheidende war jetzt der Wetterverlauf. Wenn die nächsten vier, fünf Wochen sonnig würden, gäbe es einen großartigen Jahrgang; würden sie nass und trüb, reichte es bloß für Mittelmaß.

Es blieben nur noch wenige Rebzeilen, die Mayfeld und seine Frau von den wuchernden Blattranken befreien mussten, sie waren gut in der Zeit.

Seit einer Weile war das Schnappen der Rebscheren das einzige Geräusch im Rothenberg gewesen.

»Kennst du Dr. Makaroff?«, fragte Mayfeld.

»Diesen Psychoguru aus Wiesbaden? Klar kenne ich den.« Julias Stimme klang frostig. »Kriegt er endlich einmal Ärger mit der Polizei?«

»Warum sollte er?«

»Er hätte es auf jeden Fall verdient. Der Typ macht Leute abhängig und saugt sie dann aus. Er arbeitet ohne den religiösen Firlefanz von Scientology, aber ansonsten durchaus vergleichbar. Von wegen Stärkung der Autonomie und Resilienz, es geht um das genaue Gegenteil. Er verkörpert perfekt das WYSINWYG-Prinzip.«

»Was für ein Prinzip?«

Julia lachte. »Das ›What you see is not what you get‹-Prinzip. Er ist ein Schaumschläger und Opportunist reinsten Wassers. Vor ein paar Jahren ist er noch auf der Esoterikwelle geschwommen, jetzt macht er fit für den neoliberalen Konkurrenzkampf. ›Schlechtes Karma anhäufen‹ hätte er das früher genannt.«

Den konnte Julia wirklich nicht leiden. »Warum unternimmt die Ärztekammer oder die Psychotherapeutenkammer nichts gegen ihn?«, fragte Mayfeld.

»Vermutlich, weil niemand den Typen anzeigt. Er hat sich auf die

Gutbetuchten spezialisiert, und er ist clever. Ich habe gesagt, dass er seine Klienten aussaugt, aber das ist wahrscheinlich das falsche Bild. Er ist keine Spinne, die ihre Opfer aussaugt. Er ähnelt eher einer Ameise, die Blattläuse melkt, oder einem Bauern, der seine Kühe melkt. Er melkt sie, aber er schlachtet sie nicht. Was hast du mit ihm zu tun?«

»Der vermisste Müller-Himmelreich war sein Kunde und sein Steuerberater und Anwalt.«

»So ein Arrangement passt perfekt zu Makaroff. Bloß keine klaren Verhältnisse. Vielleicht kann man den eigenen Anwalt so besser kontrollieren und manipulieren. Oder man hat einen verdeckten Mitarbeiter in den Selbsterfahrungsseminaren, der einem beim Manipulieren der anderen Klienten hilft.«

»Erfolgreich ist Makaroff aber schon.«

»Na klar!« Julia lachte bitter. »So wie Fast-Food-Ketten, Schlagerfuzzis und Schundautoren.«

Sie schwiegen eine Weile und arbeiteten weiter.

»Es ist recht schwer, eine griffige Vorstellung von dem verschwundenen Müller-Himmelreich zu bekommen«, sagte Mayfeld dann. Er berichtete von den dürftigen Ergebnissen seiner Ermittlungen. »Natürlich suchen wir noch nicht lange nach ihm. Vielleicht verschweigen mir die Leute, die ich befrage, etwas. Vielleicht befrage ich die falschen Leute. Aber merkwürdig ist es trotzdem, dass er so blass bleibt.«

»Genau solche blassen Menschen zieht Makaroff an. Menschen, die gerne etwas bedeuten würden, es aber nicht tun. Die noch nicht einmal in der Lage sind, ihr eigenes Ego aufzublasen, die sogar dafür jemanden brauchen.«

Sie waren an den letzten beiden Rebzeilen angelangt. Eine Weile widmeten sie sich wieder ihrer Arbeit.

»Weißt du, wie es Frau Himmelreich geht?«, fragte Mayfeld dann.

»Sie ist mir als Patientin angekündigt worden. Wir sollten darauf achten, dass wir unsere beruflichen Tätigkeiten auseinanderhalten. Ich werde dir nichts über sie sagen dürfen, alle Anfragen sollten über Dr. Möller oder Professor Liebherr laufen. Ist sie denn irgendwie in den Fall verwickelt?«

»Weiß nicht. Das mit dem Auseinanderhalten der beruflichen Tätigkeiten gilt wohl auch für mich.«

»Stimmt.« Sie schwiegen wieder eine Weile. »Hast du gestern nicht etwas von einer Fortsetzungsgeschichte rund um die Eltviller Burg gesagt?«, fragte Julia dann.

So bekam Mayfeld die Gelegenheit, die Geschichte des Zollkriegs zu erzählen.

»Nicht nur zwischen Kirche und Kaiser, auch zwischen Kaiser, Fürsten und Städten wurden die Rivalitäten kriegerisch ausgetragen. Die Erzbischöfe hatten nicht nur religiöse Funktionen, sie waren zugleich Landesfürsten. Um 1300 betrieb der Mainzer Erzbischof die Absetzung des Königs. Die ganzen Namen erspare ich dir heute, ich habe meinen Spickzettel nicht dabei.«

»Danke. Du solltest solche Vorträge immer im Weinberg halten«, lästerte Julia.

»Man machte sich gegenseitig den Prozess und erfand für die Anklagen so bizarre Beschuldigungen wie Hostienschändung«, fuhr Mayfeld fort. »Der neue König erwies sich für den Mainzer Erzbischof als schlechte Wahl, denn er riss sämtliche Zollrechte am Rhein an sich, verbündete sich mit der Stadt Mainz und führte Krieg gegen das Bistum. Stadt, Stift und Bistum waren damals erbitterte Feinde. Der Rheingau gehörte zum Bistum und wurde deswegen von den kaiserlichen Truppen im sogenannten Zollkrieg niedergebrannt. Auch die Eltviller Burg wurde zerstört und damit der Platz für den späteren Neubau geschaffen. Dem König wurde einige Jahre später übrigens von einem Neffen der Schädel gespalten, weil er ihn bei der Erbfolge hintergangen haben soll. Bestattet wurde der König im Speyrer Dom, direkt neben seinem Vorgänger, den er einige Jahre zuvor ins Jenseits befördert hatte.«

»Es ging um Heuchelei, Macht und Gier. Keine erbauliche Geschichte.«

»So ist es doch immer.«

Die Schatten im Rothenberg wurden länger, das Licht wurde fahl, die Arbeit im Weinberg war getan.

***

Den Nachmittag über war Chiara mit Hannah auf der Bubenhäuser Höhe gewesen. Es war leider nicht windig genug gewesen, um Drachen steigen zu lassen. Gerade waren sie zurück in die Nikolausstraße gekommen. Jetzt saßen sie in dem ungemütlichen Salon mit dem tollen Blick auf den Fluss und tranken Apfelsaft aus teuren Kristallgläsern.

Hannah wollte wieder in der Rheingauer Straße schlafen, Signore Fassbinder war das nicht recht.

»Ich habe schließlich die Verantwortung«, erklärte er. Hannah zog eine beleidigte Schnute.

Die Tür ging auf, und Christel kam in den Salon, im Schlepptau Olga, ihre Pflegerin.

»Ich habe alles gehört. Du musst nicht immer bestimmen, Reinhardt«, schimpfte die Alte. »Alles bestimmen, das wolltest du schon immer. Ich erinnere mich genau, genau, immer alles bestimmen. Meine bloß nicht, dass ich alles vergessen habe wegen dieses Herrn Altersheimer.«

»Olga, würdest du meine Frau bitte wieder auf ihr Zimmer bringen?«, sagte der Signore gereizt. *Povera nonna.*

Olga nahm Christel sanft, aber bestimmt am Arm und zog sie in Richtung Tür.

»Immer willst du alles bestimmen«, zeterte Christel. »Du und die olle, olle Olga.«

Aber es half nichts. Die resolute Russin war kräftiger und setzte sich durch.

»Die Oma ist ein bisschen durcheinander«, sagte der Signore zu Hannah und lächelte, als seine Frau das Zimmer verlassen hatte. »Ich will gar nicht alles bestimmen. Tagsüber bist du in der Schule, danach unternimmst du was mit Tante Gisela oder mit Chiara oder besuchst mich, und wenn du partout bei dir zu Hause schlafen möchtest, dann darfst du das natürlich.«

»Danke, Opa«, sagte Hannah artig.

»Sag der Tante noch Tschüss.«

Hannah rannte aus dem Salon.

Der Signore wandte sich Chiara zu. »Es findet sich für alles eine Lösung«, sagte er begütigend. »Was hat dich eigentlich der Kommissar am Freitag gefragt?«

»Wann ich Lea und Stefan zuletzt gesehen habe.«

»Und?«

»Das war am Dienstag. Wie ich es Ihnen auch erzählt habe.« Signore Fassbinder war einer der wenigen Menschen, die Chiara siezte. Bei ihm passte nichts anderes.

»Und weiter?«

»Dass die Signora am Mittag noch mal im Haus war, habe ich ihm nicht erzählt. Und auch nicht, was sie gesagt hat.«

»Das hast du richtig gemacht, Chiara. So etwas sagt man schnell dahin, wenn man wütend ist. Lea hat das bestimmt nicht ernst gemeint. Sie braucht jetzt Ruhe und ganz bestimmt keinen Ärger mit der Polizei, die ihre Worte am Ende auf die Goldwaage legt und falsch deutet. Bleib bitte dabei und vergiss die ganze Sache. Es soll dein Schaden nicht sein. Wolltest du nicht mal ein Wochenende zum Shoppen nach New York?«

Das war Chiaras Traum seit Jahren. Sie hatte es irgendwann mal erzählt und war erstaunt, dass sich der Signore das gemerkt hatte.

»Das mache ich bestimmt irgendwann einmal.«

»Ich finde, du solltest es bald machen. Wenn Lea wieder zu Hause ist, braucht sie deine Hilfe jeden Tag, da können wir dir nicht einfach ein paar Tage freigeben.«

»Macht nichts, Signore. Ich hab das Geld sowieso noch nicht zusammen.«

»Lass das mit dem Geld meine Sorge sein. Du machst das ganz toll in dieser schwierigen Situation. Du hast eine Belohnung verdient. Und vergiss nicht, wir müssen zu Lea halten.«

»Aber das ist doch selbstverständlich, *patrone*.«

***

Tief in der Nacht wachte Lea auf. Erinnerungen überschwemmten ihr Gehirn, als wäre irgendwo ein Damm gebrochen. Nicht die Erinnerungen an die letzten Tage oder Wochen, nicht die Erinnerungen an die letzten Jahre rollten heran wie Sturmwellen. Was gegen die Gestade ihres Bewusstseins anbrandete und den Gedanken an Schlaf völlig unmöglich machte, waren Erinnerungen an ihre Kindheit in der Villa Haller. An Christel, Reinhardt und Gisela, an Thomas, Claudia und Markus. Und an Gertrud.

Sie ist sieben Jahre alt und steht in der Küche. Es riecht nach in Butter Gebratenem und nach Zimt. In der Pfanne auf dem Herd brutzelt ihr Lieblingsgericht, arme Ritter. Die gehen so: Brötchenscheiben in Eiermilch einweichen, mit Zimt, Zucker und Zitronenschale würzen, in Butterschmalz ausbacken. Sie dürfen weder zu trocken noch zu feucht sein. Da hat Christel gestaunt: Dass du so was schon kannst – und gleich so raffiniert. Sie ist stolz, dass sie schon allein kochen kann. Als die Brötchenscheiben schön goldgelb und knusprig sind, hebt sie sie aus der Pfanne in die bereitstehenden Teller und gibt einen Klecks Zwetschgenmus darauf, damit aus den armen Rittern reiche Ritter werden. Dann bringt sie die Teller einen nach dem anderen ins Esszimmer, wo die anderen warten: ihre Geschwister Thomas, Claudia und Markus, Christel, ihre Mutter, und Gertrud.

Den anderen Kindern schmeckt es genauso gut wie ihr. Vor allem Markus kann gar nicht genug bekommen, während Claudia ein wenig schnäkig an dem süßen gebackenen Brot herumknabbert. Thomas, der Älteste, lässt sich zu einer wohlwollenden Bemerkung herab. Mama Christel lobt sie für das tolle Essen und streicht ihr lächelnd über die Haare. Die alte Gertrud blickt stumm auf dem ganzen Tisch herum. Als alle fertig sind, heißt sie Lea mit finsterem Blick, das Geschirr wieder in die Küche zu bringen. Christel kommt mit und hilft ihr beim Abwasch.

Lea steht gerne und oft in der Küche. Sie kocht ihre Lieblingsgerichte: Milchreis, Kartoffelpuffer mit Apfelmus, Dampfnudeln, Linseneintopf, Wiener Schnitzel, Fischstäbchen. So bekommt sie das Lob von Christel und eine gewisse Anerkennung ihrer Geschwister. Reinhardt, ihr Vater, kommt meist erst abends nach Hause, ebenso Tante Gisela, die im Nebenhaus der Villa Haller wohnt und oft bei ihren Pferden ist. Für die beiden kocht sie erst später, als ihre Gerichte raffinierter und komplexer werden.

Tante Gisela und Papa Reinhardt sind Geschwister. Die alte Gertrud ist ihre Mutter. Also ihre Oma. Die drei sind nicht besonders freundlich zu ihr. Claudia und Thomas dürfen bei Tante Gisela reiten, sogar Markus darf das, obwohl er sich ziemlich ungeschickt anstellt. Mit ihm hat Tante Gisela sogar besonders viel Geduld. Nur Lea darf nicht reiten. Du passt viel besser zu mir in die Küche, ich reite auch nicht, tröstet Christel sie. Verwöhne das Gör nicht, schimpft Oma Gertrud.

An Papa hat sie nur wenige Erinnerungen. Wenn er nach Hause kommt, hat er Zeit für Markus, für Thomas und für Claudia. Mit Lea spricht er kaum. Wenn Christel von ihr erzählt, wird er schnell ungeduldig. Er interessiert sich nicht für ihre Schulnoten, nicht für ihre Freunde, nicht für ihre Hobbys.

Manchmal überkommt sie eine unerklärliche Traurigkeit, und sie muss weinen. Nicht nur, wenn Gertrud an ihr herummeckert oder Christel verbietet, »dem Gör« in der Küche zu helfen. Das ist schlimm. Aber schlimmer ist es, wenn die Farben blass werden und die Gerüche aus der Welt verschwinden, wenn sie sich allein in der Welt fühlt. Dann spürt sie eine Traurigkeit, die sich wie ein zäher, feuchter Hefeteig anfühlt, der überall anklebt und inwendig alles verkleistert, wenn man zu viel davon in sich hineinfrisst. Wenn sie diese Traurigkeit spürt, legt sie sich ins Bett, zieht die Decke über den Kopf und verschläft ganze Nachmittage. Christel sorgt dann dafür, dass sie nicht gestört wird, dass niemand sie sieht. Lea ist froh darüber, sie will nämlich auf gar keinen Fall und unter keinen Umständen als Heulsuse dastehen. Einmal schreibt Christel sogar eine Entschuldigung für die Schule. »So macht es die Lea halt, wenn sie nicht mehr weiterweiß, dann legt sie sich ins Bett und schläft ein. So war das schon immer, du weißt doch«, sagt Christel zu Tante Gisela.

Warum hatte Christel das gesagt? Was hieß »schon immer«? An frühere Zeiten konnte sich Lea nicht erinnern. Die früheren Zeiten lagen hinter einer dichten schwarzen Wand.

Später zog sie sich nicht mehr einfach so ins Bett zurück. Sie war nämlich keine Heulsuse.

Jeden Morgen geht sie zusammen mit Markus in die Freiherr-vom-Stein-Schule in der Adolfstraße. Markus ist ein bisschen schusselig, aber zusammen mit Lea schafft er den Weg. In der ersten Zeit ist es jeden Tag ein Abenteuer: Von der Nikolausstraße geht es in die Matheus-Müller-Straße, dann kommt ein gefährlicher Teil, am Zebrastreifen an der Tankstelle in der Erbacher Straße erst links, dann rechts schauen, dann geradeaus gehen. Vom Kiliansring laufen sie über den Roßpfad am alten Forsthaus vorbei und anschließend unter den Bahngleisen hindurch in die Wörthstraße. Dort wird es noch einmal gefährlich.

An der Ecke Roßpfad/Wörthstraße wartet meistens Lothar auf sie und piesackt Markus. Er schubst, kneift und tritt ihren Bruder. Markus wehrt sich nicht, ist ja klar, der andere ist einen Kopf größer und bestimmt doppelt so schwer. Markus hat sogar wieder angefangen, in die Hosen zu machen, aus Angst vor diesem Kerl. Das ist peinlich für Markus und riecht ziemlich streng. Dass Markus, der immer so gerne ihre armen Ritter spachtelt, dem sie eine Extraportion macht, damit er kräftig wird, und der von allen Kindern in der Nikolausstraße am nettesten zu ihr ist, dass Markus wegen Lothar in die Hose pisst, geht gar nicht. Aber was soll sie machen? Sie kann Lothar keine Abreibung verpassen, dafür ist er zu stark, und zu Hause oder in der Schule darf sie nichts erzählen, darum hat Markus sie angefleht. Hosenpisser und Petze ist ja auch ein bisschen viel auf einmal.

Eines Tages nimmt Lea ein Kneipchen mit, schön scharf und spitz, in Christels Küche gibt es ein paar davon. Der dicke Lothar steht am Ende des Roßpfads, er ahnt noch nichts von der Überraschung, die Lea für ihn parat hat. Sie kommen dem Fettsack näher.

»Na, Hosenpisser?«

Damit hat der Dickwanst leider recht, Lea hat es schon den ganzen Weg über gerochen. Wobei Lothar lieber still sein sollte. Seine Käsefüße verpesten den ganzen Klassenraum. Oder ob der ganze Kerl so streng riecht? Lea schweigt, sie will keinen Streit, noch nicht. Sie lächelt ihn an. Lothar grinst doof zurück, als sie an ihm vorbeigeht, und versperrt Markus den Weg.

»Abstand halten, du Hosenpisser!«

Sie dreht sich um. Lothar tritt dem armen Markus vors Schienbein und watscht ihn rechts, links ab, wobei er wie ein zufriedenes Schwein grunzt. »Schwein« passt. Sie umfasst den Schaft des Kneipchens in ihrer Jackentasche, macht ein paar schnelle Schritte auf Lothar zu und sticht ihm, so fest sie kann, das kleine Messer in den Arsch. Jetzt schreit die fette Sau wie ein abgestochenes Schwein, und bevor er sich eine Antwort auf die Attacke ausdenken kann, hat sie Markus an der Hand gepackt und rennt mit ihm davon. Das Kneipchen wirft sie in einen Gully, an dem sie vorbeikommen. Das hat sie in einer Folge von »Die drei ???« so gelesen.

Lea erschrak. War sie als kleines Mädchen zu so einer verwegenen und gewalttätigen Attacke in der Lage gewesen? Es musste so gewesen sein. In der Schule gab es am nächsten Tag peinliche

Befragungen durch Frau Schöller und einen Polizisten. Aber Markus und sie hielten dicht, sodass der Polizist unverrichteter Dinge wieder abziehen musste. Das Kneipchen wurde nie gefunden, und Christel kaufte für ihre Küche kommentarlos ein neues.

So etwas Schlimmes hatte sie bestimmt nur einmal getan. Die Erinnerungen wurden schwächer, zogen sich zurück. Lea schlief ein.

Dienstag, 10. September

Die nächste Welle erreichte sie am frühen Morgen und ließ sie aus dem Schlaf schrecken.

Im Parterre der Villa Haller liegen der Salon und die Küche und die Bibliothek. Von der Eingangshalle geht eine Treppe ins Obergeschoss, wo die Schlafzimmer und die Kinderzimmer liegen, hinter einer dunklen Holztür mit vielen Schnitzereien führt die Kellertreppe nach unten. Lea rennt die Treppe aus dem Obergeschoss hinunter, sie will in den Garten, nimmt die letzten Stufen mit einem Satz. Sie ist ein ganz schöner Wildfang, sagt Christel oft, das Wort gefällt Lea. Sie springt, kommt auf dem glatten Marmor nicht richtig auf, rutscht aus und fällt hin, schlägt mit dem Kopf auf dem Boden auf. Sie war kurz weg, eine kleine Gehirnerschütterung, sagt Christel später. Als das Schwarze vor den Augen wieder verschwindet, schaut sie auf die Kellertür, das dunkle Holz, das geschnitzte Gesicht. Das Gesicht schneidet Fratzen, sie will es nie mehr wiedersehen. Sie fängt an zu schreien, kotzt auf den grauen Marmor. »Sie ist so labil«, sagt Christel. »Das ist doch nur die Kellertür mit einem Bild von Bacchus«, sagt Reinhardt. »Komm schon, Lea, stell dich nicht so an.«

Lea stellt sich nicht mehr so an. Bloß in den Keller geht sie nicht mehr. Jedes Mal, wenn sie die Treppe hinuntersteigt, an der Kellertür vorbeigeht, hält sie die Luft an, stell dich nicht so an, sagt sie sich, enttäusche Papa Reinhardt nicht. Ich bin nicht so labil wie – wie wer?

Lea dämmerte weg, schlief eine Weile, bevor neue Erinnerungswellen am Gestade ihres Bewusstseins leckten.

Der Garten der Villa Haller ist groß, sehr groß für ein Kind. Das Grundstück fällt von der Nikolausstraße ab bis zur Josef-Hölzer-Straße, die am Rheinufer entlangführt. Lea ist traurig. Wenn sie traurig ist, verzieht sie sich hinter das Gestrüpp zwischen Kirschbaum und Haselnussbusch. Da sieht sie keiner, und sie hat den größten Teil des Gartens im Blick. Lea ist traurig, weil ihr Christel gerade erklärt hat, dass sie nicht nach Geisenheim aufs Gymnasium, sondern auf die Realschule in Eltville gehen wird. Ihre Klassenlehrerin Frau Schöller hat etwas anderes gesagt, aber Christel hat es ihr erklärt. »Du und Markus«, hat sie gesagt, »ihr beide seid doch die ganze Zeit in der Schule zusammen gewesen, habt immer zusammengehalten. Das war doch schön. Und jetzt müsst ihr eben wieder zusammenhalten. Für Markus ist das mit dem Gymnasium nichts, und du willst doch bestimmt Köchin werden, da braucht man kein Abitur. Später kannst du das immer noch machen, wenn du willst. Sei nicht traurig, Markus braucht dich. Papa wird dir das nicht vergessen.«

Also wird sie sich weiter neben Markus setzen, ihn gegen böse Klassenkameraden verteidigen, ihm die Hausaufgaben machen, ihn bei Klassenarbeiten abschreiben lassen. Alles für Markus, der ihre armen Ritter so mag. Den Liebling von Papa Reinhardt und Tante Gisela. Irgendwie tut sie das gerne für Markus, aber ungerecht und schade ist es auch.

Jetzt kommt Markus aus der Villa in den Garten. Ihren geheimen Platz zwischen Kirschbaum und Haselnussbusch kennt er nicht. Er hockt sich auf den Rasen und schaut in den Himmel. Ein Zitronenfalter flattert um ihn herum. Mit einer blitzschnellen Bewegung schnappt er sich das Insekt, birgt es in der Kuhle seiner Hand. Lea presst die Augen zusammen, damit sie alles genau sehen kann. Er nimmt den Falter ganz zart zwischen die Spitzen von linkem Daumen und Zeigefinger, betrachtet lange sein hilfloses Geflatter. Dann, ganz langsam, reißt er dem gelben Schmetterling mit der Rechten die Flügel aus, einen nach dem anderen.

Danach konnte sie nicht mehr einschlafen. Trotz der unruhigen Nacht fühlte sie sich viel wacher als am Tag zuvor, aufgekratzt, etwas missmutig. Ein Pfleger von der Frühschicht kam in ihre Box, brachte das Frühstück und fragte, ob sie gut geschlafen habe. Er roch nach Knoblauch. In Italien hatte sie in einer Trattoria einmal ein Hühnchen aus dem Ofen gegessen, das war mit fünfzig Knoblauchzehen und zwei Zitronen gefüllt gewesen. Keine große Küche, aber der Himmel auf Erden.

Lea nickte, ja, bestens geschlafen, danke. Der Mann hätte sonst am Ende nachgefragt, und so früh am Tag wollte sie vor allem ihre Ruhe. Die Erinnerung an das Knoblauchhühnchen war bislang das einzig Erfreuliche an diesem Tag gewesen.

Dann war die dunkle Wand wieder da.

***

»Ist das jetzt ein Fall, oder ist es keiner, Leute? Dass einer eine Woche weg ist, darum hätten wir in Frankfurt nicht so viel Aufhebens gemacht.« Nina Blum schaute kaugummikauend in die Runde.

»Wir sind halt weniger Menschen im Rheingau, wir können auf keinen verzichten«, antwortete Mayfeld.

Ninas Lachen klang wie ein verstimmtes Martinshorn. Sie schlug mit der flachen Hand auf den Tisch. »Der war jetzt gut! Schade, dass du gestern bei meinem Einstand nicht dabei warst.«

Heike Winkler rollte mit den Augen.

»Find ich auch, wir hätten bestimmt was zu lachen gehabt«, stimmte Mayfeld der jungen Kollegin zu. »Um deine Frage zu beantworten: Ja, es ist ein Fall, den wir ernst nehmen werden. Der Mann würde sich beruflich durch ein willkürliches Verschwinden erheblich schaden, seine Mitarbeiterin meint, so etwas sehe ihm gar nicht ähnlich, seine Ehefrau hatte am selben Tag einen schweren Unfall. Das sind mir zu viele Ungereimtheiten und Zufälle. Letzte Woche ist er zusammengeschlagen worden, hat aber versucht, das zu vertuschen. Und dass er sein Auto auf einem gebührenpflichtigen Parkplatz am Bahnhof parkt, wo er ein paar Minuten weiter einen Parkplatz vor seiner Kanzlei hat, verstehe ich auch nicht.«

»Ich habe Adler von der KTU gebeten, dass er sich das Unfallauto von Lea Himmelreich genauer anschaut«, berichtete Heike Winkler. »Nina hat herausgefunden, wo das Wrack steht, und Horst hat sich gleich gestern Nachmittag an die Arbeit gemacht. Er hat nichts gefunden, was auf eine Manipulation des Wagens hinweist, und meinte bloß, es sei ein Jammer um den Wagen, ein Jaguar E-Klasse aus den siebziger Jahren. Auch wenn die Straßenlage von Oldtimern nicht so toll ist, muss Frau Himmelreich mit erheblich überhöhter Geschwindigkeit gefahren sein, um aus der Kurve zu fliegen.«

»Wir müssen dringend mit ihr reden. Hat jemand in der Klinik nachgefragt, wie es ihr geht?«

»Sie ist aufgewacht«, sagte Nina. »Sie ist noch nicht vernehmungsfähig, aber das kann sich schnell ändern. Wir sollen öfter mal nachfragen.«

Lea Himmelreich war Julia schon als Patientin angekündigt

worden. Wenn sie mit einer Psychologin reden konnte, wieso dann nicht mit einem Kriminalkommissar, überlegte Mayfeld.

»Ruf täglich an«, bat er Nina. »Müller-Himmelreich war vor seinem Verschwinden bei einem Mandanten, einem gewissen Dr. Makaroff. Kann mal jemand checken, ob wir über den was haben?«

»Hab ich schon gemacht«, berichtete Yilmaz. »Bei der Steuerfahndung ist er kein Unbekannter. Es wurde mehrfach gegen ihn ermittelt, aber alle Verfahren wurden niedergeschlagen.«

»Vielleicht hat er mächtige Freunde«, vermutete Mayfeld. »Oder einen guten Anwalt.«

»Oder er hatte Glück«, widersprach Nina, »und kam öfter mal in die ›Grüne-Welle-Woche‹.«

»Was ist denn das?«, wollte Heike wissen.

»Kennst du nicht? Ich hab einen Kumpel bei der Frankfurter Steuerfahndung. Hey, die sind da so unterbesetzt, dass sie alle zwei, drei Monate Grüne-Welle-Wochen veranstalten. In denen wird alles, was reinkommt, unbesehen durchgewinkt. Ich weiß nicht, wo sie die Akten verstecken, im Keller oder wo, auf jeden Fall lassen sie die so lange vermodern, bis der Scheiß verjährt ist. Irre, oder?«

»Es gab auch mal eine Anzeige wegen Missbrauchs Abhängiger«, fuhr Yilmaz fort.

»Du meinst, er hat als Therapeut mit einer Klientin gevögelt? Dafür kann er in den Knast wandern.«

»Wir kennen die gesetzlichen Bestimmungen, Nina«, warf Heike ein.

»Und er stand auch schon im Verdacht, beim Eintreiben von Schulden nicht zimperlich zu sein. Er soll dabei gerne auf Freunde aus seiner russischen Heimat zurückgreifen. Aber alle Anzeigen wurden zurückgezogen. Offiziell hat Dr. Makaroff eine weiße Weste«, schloss Yilmaz seinen Bericht ab.

»Was können wir jetzt noch unternehmen?«, wollte Nina wissen.

»Vielleicht erlaubt uns Müller-Himmelreichs Frau, zumindest die Telefondaten von zu Hause auszuwerten. Vielleicht hat sie einen Schlüssel für das Auto ihres Mannes, und sie erlaubt uns, den Wagen mal unter die Lupe zu nehmen. Viel mehr Möglichkeiten haben wir derzeit nicht.« Eine unbefriedigende Situation, fand Mayfeld.

Winklers Telefon klingelte. Sie nahm das Gespräch an, machte sich ein paar Notizen. »Vorerst haben wir anderes zu tun. Vielleicht ist es auch derselbe Fall. In Fischbach bei Schlangenbad wurde eine Leiche gefunden.«

***

Der Pfleger mit dem Knoblauchduft hatte sie in einen Rollstuhl gesetzt und auf die neurologische Station gefahren. Sie hatte protestiert, sie könne durchaus selbst gehen.

»Das üben Sie mal schön auf Normalstation«, hatte sie der Pfleger beschieden, »bei einer Verlegung können wir keine Zwischenfälle gebrauchen.« Sie hatte sich in ihr Schicksal ergeben. Auf der neuen Station wurde sie von einer Schwester mit extrem mütterlicher Ausstrahlung in Empfang genommen. Die Frau war Mitte vierzig, blond und roch nach süßer Sahne und Vanille. Schwester Marlies war es zwar gar nicht recht, dass sie noch keine Krankengymnastik gehabt hatte und schon laufen wollte, aber es bedurfte nur eines kurzen flehentlichen Blickes von Lea, und sie bot ihr den Arm, ließ sich unterhaken und führte sie einmal den Gang auf und ab und dann in ihr Zimmer.

»Ein Einzelzimmer, meine Liebe, weil Sie es sind.« Lea schaute sie ungläubig an. »Weil Ihre Familie das so wollte«, erklärte Marlies. »Und die Psychologin kommt auch gleich.«

Lea legte Zahnbürste und Waschlappen ins Bad, den Morgenmantel aus weißer Seide mit den schwarzen japanischen Schriftzeichen behielt sie an. Sie musterte ihr Zimmer: ein Bett, ein Tisch, drei Stühle und ein Fernseher. Beigebraune Einbauschränke, in die sie nichts zu verstauen hatte.

Es klopfte. Eine Frau Mitte vierzig mit einer braunen Lockenmähne, rotem Flatterkleid und schwarzem Lederrucksack kam ins Zimmer. Sie umwehte ein roter Duft, den Lea sehr gut kannte: Beeren, Rosen, Moschus, Sandelholz. »Insolence«, ihr Duft seit ihrer Zeit in Paris.

Da war sie also auch schon gewesen. Sie hatte dort gekocht.

Der Maître hatte es gar nicht gemocht, wenn sie parfümiert bei der Arbeit erschienen war. Das lenke von den Aromen der Küche ab, sagte er immer.

Die Frau streckte ihr die Hand zum Gruß entgegen, Lea ergriff sie gerne.

»Ich bin Julia Leberlein-Mayfeld, die Psychologin, die man Ihnen angekündigt hat. Und wer sind Sie?«

Das wusste sie doch bestimmt, wenn sie extra zu ihr kam. Aber Lea wollte freundlich bleiben, sie konnte die Frau gut riechen. »Lea Himmelreich, die Frau mit der notorischen Amnestie.« Das traf es nicht ganz, sie versuchte es noch einmal. »Mit Aphasie und Amnesie. Sie kennen meine Akte.«

»Nennen Sie mich Julia, wenn es Ihnen recht ist.« Julia lächelte und wartete ab.

Es dauerte einen Moment, bis sie begriff. »Ja, ich bin Lea.«

»Sie haben recht, ich kenne Ihre Akte, Lea. Insofern war meine Frage gerade eben überflüssig. Ich wollte herausfinden, wieweit Sie sich schon wieder in der Realität orientieren können. Ich kenne Sie übrigens von einem Ihrer Kochkurse, dem Soßen-Workshop.«

Daran konnte sich Lea leider überhaupt nicht erinnern. Aber wenn sie mit der Frau bekannt war, dann konnte sie sich ja vielleicht trauen.

»Sie tragen mein Parfüm, haben Sie vielleicht eine Probe dabei? Könnten Sie mir mit etwas ›Insolence‹ aushelfen?« Erstaunlich, wie flüssig sie wieder sprechen konnte. Die Psychologin und ihr Parfüm schienen ihr gutzutun. »Ich meine den Duft, über Unverschämtheit verfüge ich in reichlicher Muse.«

Julia lachte hell auf, kramte in ihrem schwarzen Lederrucksack und reichte ihr einen Reiseflakon. »Scheint ja schon wieder einiges an Gedächtnis zurückgekommen zu sein, wenn Sie Parfüms erkennen. Das freut mich für Sie. Wollen wir uns hier weiter unterhalten oder sollen wir in mein Zimmer gehen?«

Lea sprühte sich von dem Parfüm auf die Handgelenke und den Hals und gab den Flakon zurück. »Verscheiden Sie. Mist. Entscheiden Sie.«

»Dann schlage ich vor, wir machen das heute hier in Ihrem

Zimmer, und morgen kommen Sie zu mir, dann sehe ich auch gleich, wie es mit der Orientierung klappt.«

Lea setzte sich und machte eine einladende Geste. »Ich kann Ihnen leider nichts anbieten.«

Julia grinste. »Macht nichts. Kommen wir gleich zur Sache, Lea. Sie hatten einen Verkehrsunfall, den Sie wie durch ein Wunder körperlich fast unverletzt überstanden haben. Sie haben allerdings einen sehr heftigen Schlag auf den Kopf erhalten, und der erklärt Ihre neuropsychologischen Beschwerden.«

Julia erklärte ihr, was es mit der Aphasie und der Amnesie auf sich hatte. Sie erzählte ihr in Sätzen, die fast ohne Fachvokabular auskamen, von den schwierigen ersten Tagen auf der Intensivstation, der Erhöhung des Drucks im Schädel, dem künstlichen Koma, in das man sie vorsichtshalber versetzt hatte. Julia war zuversichtlich, dass sich alle Ausfälle wieder komplett zurückbilden würden. Es sei normal, dass sie anfangs nur abgehackt habe sprechen können und die richtigen Worte oft verfehlt habe, es sei auch normal, dass sie mittlerweile ganze Sätze wieder fehlerfrei sprechen könne, sogar viele Sätze hintereinander, und dass es dann wieder hapere, vor allem bei schweren, aber auch mal bei alltäglichen Worten. Das gehe mit logopädischer Behandlung und Training wieder weg. Dass sie sich an die Zeit vor dem Unfall nicht erinnere, sei auch normal. Eine kurze Zeitspanne direkt vor dem Unfall sei möglicherweise unwiederbringlich verloren.

»Aber Sie müssen das alles natürlich überhaupt nicht für normal halten.«

Wie schön, dass sie nicht auch noch glücklich über ihre Lage sein musste. Aber vielleicht sollte sie das ja wirklich sein, alles hätte offensichtlich viel schlimmer kommen können.

»Es ist nicht nur die Zeit vor dem Umfall weg. Vor dem – Unfall. Alles ist weg, fast alles. Und es kommt falsch herum wieder zurück.«

»Falsch herum?«

»Die Erinnerungen aus der Kindheit kommen zurück. Aber nichts aus meinem gewaschenen Alter. Ist das auch normal?«

Julia nickte. »Steht sogar so im Lehrbuch. Bei ausgeprägten Amnesien kommen die ältesten Erinnerungen häufig als Erste zurück.«

»Aber nicht alle. Es bleiben blinde Flecken und schwarze Wände, hinter denen sich Dinge verstocken. Meine Erinnerungen beginnen mit dem siebten Lebensjahr.«

»Das muss nichts mit dem Unfall zu tun haben. Eine Gehirnverletzung ist ja nur ein Grund für Gedächtnisausfälle. Wenn sich das Gehirn und damit Ihr Gedächtnis wieder erholt, dann können Dinge, die Sie aus seelischen Gründen nicht erinnern können, verdrängt bleiben.«

»Aus seelischen Gründen ertränkt?«

»Dinge, die uns sehr verletzt haben, die uns zu sehr verängstigen oder beschämen, nehmen wir manchmal gar nicht in unser Gedächtnis auf oder schließen sie später aus unserer Erinnerung aus. Das kann ein nützlicher psychologischer Vorgang sein, ein Schutz für unser Selbstwertgefühl oder vor erneuter Verletzung.«

»Ein Schutzvorhang?«

»Ein Mechanismus, mit dem Sie sich schützen.«

Lea wurde unruhig. Obwohl sie sich in Gegenwart von Julia wohlfühlte, wäre sie gerne davongerannt, irgendwohin, wo alles gut und sicher war, falls es so einen Ort überhaupt gab. Wenn es stimmte, was die Psychologin behauptete, vor welchen Erinnerungen schützte sie sich dann? Was wollte sie nicht wissen? Lea wurde schlagartig klar, dass davonrennen möglicherweise gar nichts nützte.

»Warum erinnere ich mich nicht an meine Familie von heute? Ist das auch Ertränkung?«

Julia legte ihre Hand auf die von Lea. »Ich glaube nicht, dass es sich da um Verdrängung handelt. Machen Sie sich deswegen keine Sorgen. Die Erinnerungen kommen wieder. Im Moment erst ältere, später dann jüngere, irgendwann vielleicht alle auf einmal. Manchmal tauchen erst wenige Erinnerungen wie kleine Inseln auf, die sich dann zu ganzen Ländereien ausweiten. Es kann Wochen dauern, es kann auch ganz schnell gehen. Achten Sie auf jede Kleinigkeit, heißen Sie alles willkommen, nehmen Sie Düfte, Gefühle, Ihre Träume wahr, alles kann helfen. Wenn Sie aus der Klinik entlassen sind, gehen Sie an bekannte Orte oder an Orte, von denen Ihnen andere sagen, dass sie Ihnen bekannt sein müssten, machen Sie bekannte Wege. Wir haben Ihre Familie benachrichtigt. Es kann helfen, mit Freunden zu sprechen, mit Menschen, die Sie von früher her kennen, all das hilft der Erinnerung auf die Sprünge.«

»Vielleicht sollen die Schutzvorhänge zubleiben.«

»War noch niemand von Ihrer Familie da?«

»Eine Frau. Nannte sich Tante Gisela.«

»Und? Haben Sie sie wiedererkannt?«

Lea zuckte mit den Schultern. »Weiß nicht.« Sie benahm sich wie ein trotziges Kind. Sie sollte sich lieber etwas mehr Mühe geben. »Ich habe geklaut, was sie gesagt hat. In der Nacht sind Erinnerungen aufgetaucht. Da gab es eine Tante Gisela, die aussah wie die Frau, die gestern da war.«

»Aber es gibt keine neueren Erinnerungen an Ihre Tante?«

»Die Erinnerungen kommen falsch herum. Und ich hab eine ziemlich lange Zeitung. Scheibe. Leitung.«

»Sie haben heute noch Ihre erste Stunde bei der Logopädin. Haben Sie etwas Geduld mit sich. War sonst noch jemand da?«

Lea kramte in ihrem Gedächtnis. Da waren noch die rosa und die braune Stimme, die Geschichte mit der Löwin und der Antilope.

»Jemand hat mir ein Märchen erzählt. Zwei Personen. Ich kenne sie, aber ich komme nicht an die Namen. Ich habe Angst, dass alle möglichen Leute daherkommen, mich wie eine Scheißbudenfigur begucken und sich wundern, dass ich sie nicht erkenne. Lea, die Dame ohne Oberstübchen.« Sie spürte, wie sie wütend wurde. Das fühlte sich besser an als die verdammte Angst.

Die Psychologin blätterte in der Akte. »Sagen Ihnen die Namen Elke und Kathrin Schönhell etwas?«

»Kommen mir bekannt vor. Weiß aber nicht, woher.«

»Die haben Sie auf der Intensivstation besucht. Ihr Vater war nicht gerade begeistert darüber. Er hat sich ähnlich wie Sie gerade geäußert, er meinte, man solle Sie in Ruhe lassen. Ich habe meine Zweifel, dass das für die Zukunft eine gute Strategie ist. Hat Dr. Möller Ihnen ein paar persönliche Daten mitgeteilt?«

»Dass ich Lea Himmelreich mit der Retortenamnestie bin. Und ein Stehaufmännchen.«

»Sagte er ›Stehauf*männchen*‹?«

»Ich fand es auch unpassend.« Julia und sie verstanden sich wirklich ziemlich gut.

»Ist es recht, wenn ich Ihnen erzähle, was ich von Ihnen weiß?«

»Warum haben Sie das nicht schon lange gemacht?«

»Sie heißen Lea Himmelreich, Sie sind sechsunddreißig Jahre alt und haben am 4. Oktober Geburtstag. Sie sind verheiratet und haben eine sechsjährige Tochter. Sie wohnen in Eltville in der Rheingauer Straße. Von Beruf sind Sie Köchin, eine ziemlich berühmte sogar. Sie haben ein Restaurant in Erbach, das ›Himmelreich‹, und haben jede Menge Auszeichnungen erhalten, unter anderem einen Michelin-Stern.«

Ein Restaurant, ein Michelin-Stern: Vage Erinnerungen flackerten auf, Erinnerungen an die Zeit, als sie in Frankreich gearbeitet und gelernt hatte. Bilder von einem Fachwerkhaus in einem kleinen Ort, ein schmiedeeiserner Schriftzug über der schweren Holztür: »Himmelreich«. Dann endlich schob sich ein anderes Bild davor, das Bild eines kleinen Mädchens mit dunkelblondem Pony. Nicht eines der Mädchen aus ihren Träumen, die den Brief lasen oder auf der Beerdigung waren. Es ähnelte diesen Mädchen zwar, wirkte aber anders als diese, unbekümmerter, lebensfroher. Wie hatte sie nur ihre Tochter vergessen können? Gleich würde ihr der Name wieder einfallen. Sie spürte Schweißperlen auf ihrer Stirn. Wieso fiel ihr der Name nicht ein?

»Wie heißt meine Tochter?« Sie wäre vor Scham am liebsten im Boden versunken.

»Hannah.«

Sie nickte. Das Kind mit dem Pony hieß Hannah. Ihre Tochter, die sie vergessen hatte. Sie wurde müde, wollte dieses Gespräch nicht fortführen. Aber Julia machte keine Anstalten, zu gehen. Plötzlich beschlich sie ein fürchterlicher Verdacht.

»Ich hatte einen Autoumfall. Hannah …«

»… geht es gut. Sie ist bei Ihren Eltern.«

»Wieso nicht beim Vater? Wie heißt der?«

»Stefan Müller-Himmelreich.«

Übelkeit machte sich in ihrem Magen und den Gedärmen breit, wie bei einer Lebensmittelvergiftung. Von einem Stefan Müller-Himmelreich habe ich noch nie gehört, wollte sie antworten, aber das war Unsinn. Gisela hatte von ihm gesprochen. Jetzt sah sie ihn vor sich. Ein paar Jahre älter als sie, ein spitzbübisches Grinsen im Jungengesicht. Oder war es ein hämisches Grinsen?

»Komischer Name«, sagte sie.

»Er hat Ihren Namen als zweiten angenommen, was ist daran komisch? Ihre Eltern heißen übrigens Reinhardt und Christel Fassbinder. Stammen Sie aus einer früheren Beziehung Ihrer Mutter?«

Lea zuckte mit den Schultern. »Ich verstehe die Frage nicht.«

»Irgendwo muss das ›Himmelreich‹ ja herkommen.«

Da war sie wieder, die schwarze Wand mit dem kellerfeuchten Geruch. »Wieso haben mich mein Mann und Hannah noch nicht besucht?«, fragte sie, statt der Psychologin zu antworten.

Jetzt schien Julia um eine Antwort verlegen zu sein. Lea spürte, wie sie zwischen Lüge und Ausrede schwankte.

»Ihr Mann ist zurzeit nicht auffindbar«, sagte sie schließlich. »Tut mir leid, Ihnen nichts anderes sagen zu können.«

Was hatte das zu bedeuten? Lea lachte bitter.

»Himmelreich zurzeit nicht auffindbar.«

Kaum war ihr Mann in ihrem Gedächtnis wieder aufgetaucht, teilte man ihr mit, dass er in der Realität verschwunden war. Hatte er sie verlassen? War ihm etwas zugestoßen? Den ganzen Tag hatte sie keine Kopfschmerzen gehabt. Jetzt kamen sie wieder. Lea bat darum, das Gespräch zu beenden.

Julia schlug vor, es am nächsten Tag fortzusetzen. »Ich rufe Ihre Familie an und bitte sie, Ihnen ein paar persönliche Sachen mitzubringen. Auf jeden Fall Ihr Parfüm. Und ein Fotoalbum. Das hilft Ihnen beim Erinnern.«

Die Psychologin drückte ihr den kleinen Flakon mit dem unverschämten Duft in die Hand.

***

»Was hältst du von den beiden Neuen?«, fragte Mayfeld Heike. Gerade waren sie von der Autobahn abgebogen und fuhren die Straße Richtung Kiedrich.

»Ich kenne Nina von einem Lehrgang. Ihre Art ist ein bisschen gewöhnungsbedürftig, sie sagt ziemlich unverblümt ihre Meinung, aber ich finde das gut. Sie gefällt mir viel besser als die ganzen stromlinienförmigen Karrieristen, die es mittlerweile bei uns gibt.

Außerdem ist sie ein Computerass. Aslan ist sowieso klasse. Der Jahrgangsbeste, gebildet und trotzdem nicht eingebildet. Nervt nur manchmal mit seinen literarischen Zitaten. Oskar hat sich sehr dafür eingesetzt, dass die beiden zu uns kommen.«

Sie fuhren durch Kiedrich, an der Valentinuskirche und dem Weingut von Mayfelds Schwiegereltern vorbei, und nahmen die Straße nach Hausen. Das Kiedrichtal wurde enger, die Straße führte in Serpentinen auf den Bergkamm des Rheingaugebirges hinauf.

»Hier irgendwo kam Lea Himmelreich von der Straße ab und landete kopfüber im Gebüsch«, sagte Mayfeld. Sie durchfuhren eine enge Kurve, an der die Leitplanke durch weiß-rotes Signalband ersetzt worden war. »Ich denke, es war hier.«

»Ob sie von der Straße abgedrängt wurde?«

»Unmittelbar danach kam die Zeugin, die den Notarztwagen gerufen hat, aus Richtung Kiedrich. Sie hat von keinem entgegenkommenden Auto berichtet. Aber vielleicht wurde sie auch nicht danach gefragt. Ich werde noch mal mit ihr reden.«

Sie erreichten den Bergkamm. Links zweigte eine Forststraße zu einem Parkplatz und zum Hofgut Mappen ab. »Hier endete früher der Rheingau«, erzählte Mayfeld. »Wenn du die Straße hier links weiterfährst, kommst du zur Mapper Schanze und zum Gebück. Das Gebück war über Jahrhunderte die Befestigung des Rheingaus. Es bestand aus undurchdringlichem Gebüsch und zu Boden gebogenen Bäumen, und durch die Mapper Schanze, ein Tor aus Stein, führte früher die Straße zwischen Eltville und Hausen.«

»Man erkennt den Heimatforscher und Gästeführer.«

Sie erreichten Hausen und bogen in die Straße nach Fischbach ein. Die Straße führte einige Kilometer durch eine hügelige Landschaft mit Wäldern, Feldern, Wiesen und Weideflächen. Fischbach war ein kleines Straßendorf, das in einer Senke lag. Es besaß eine große Feuerwehrhalle, ein Feuerwehrmuseum und viele Fachwerkhäuser.

»Hinter Fischbach führt die Straße den Berg wieder hoch, einen Kilometer danach geht ein unbefestigter Weg in den Wald ab. Da müssen wir hin«, instruierte Heike ihren Kollegen.

Der Abzweig des Weges war von einem Polizeiauto versperrt. Mayfeld parkte seinen Volvo am Straßenrand hinter dem Kleinbus der Spurensicherung. Ein uniformierter Beamter wies ihnen die Richtung. Sie gingen in den Wald hinein. In der nächsten Biegung stand ein weiteres Einsatzfahrzeug. Die Beamtin, die sie empfing, reichte ihnen zwei Schutzanzüge.

»Der Kollege, der bei der Leiche ist, hat darauf bestanden, dass ich niemanden durchlasse, der nicht so ein Ding angezogen hat«, sagte sie in einem Ton, als ob sie sich dafür entschuldigen müsste.

Mayfeld und Winkler zwängten sich in die weißen Overalls und gingen weiter. Fünfzig Meter hinter dem Wagen verzweigte sich der Weg. Dort kauerten mehrere Menschen in weißen Schutzanzügen in der Hocke und machten sich an etwas auf dem Boden Liegendem zu schaffen.

»Ihr kommt zur rechten Zeit«, begrüßte sie Kriminaloberkommissar Horst Adler, der Leiter der Wiesbadener KTU. »Es ist angerichtet.«

Er stand auf und trat einen Schritt zurück. In der Grube, die er und seine Kollegen freigelegt hatten, lag ein Körper in einem verdreckten, ehemals dunkelblauen Anzug. Die Beine waren an den Oberkörper herangezogen, die Arme sahen aus, als hätten sie einmal die Knie umschlungen. Die Körperhaltung erinnerte entfernt an einen Fötus im Mutterleib. Die Hände, die aus den aufgeweichten Hemdmanschetten herausragten, waren angefressen, und in den Falten des Anzugstoffs krochen Maden. Besonders dicht war das Gewimmel aus Maden und Würmern allerdings dort, wo einmal der Anzugkragen gewesen war. Dort, wo Hals und Kopf der Leiche sein sollten, klaffte ein schwarzbraunes Loch. Die Leiche war enthauptet worden, bevor man sie hier verscharrt hatte. Mayfeld hatte Mühe, seine Übelkeit niederzukämpfen.

»Habt ihr den Kopf gefunden?«, fragte er Adler.

»Als Grabbeilage war er nicht dabei. Wir suchen ihn als Nächstes.«

»Wie lange liegt die Leiche hier?«

»Dafür werden wir ein entomologisches Gutachten machen. Man kann das am besten anhand der Würmer und Wurmeier in der Leiche bestimmen. Aber ich würde mal grob schätzen, dass er seit einer Woche hier liegt.«

»Wir brauchen eine DNA-Analyse der Leiche. Wir haben seit einer Woche einen Vermisstenfall in Eltville.«

»Die Probe ist bereits auf dem Weg nach Wiesbaden.«

»Was habt ihr jetzt vor?«

»Wir warten auf die Leichenhunde, die wir angefordert haben, und suchen die Umgebung nach dem Kopf ab. Und wir suchen nach sonstigen Spuren in der Umgebung. Es sieht nicht danach aus, dass der Fundort der Leiche auch der Tatort ist. Wir haben in der Grube kaum Blut gefunden.«

»Das heißt?«

»Das heißt, dass er aller Wahrscheinlichkeit nach woanders getötet und die Leiche hierhergebracht und vergraben wurde. Dabei müssten der oder die Täter Spuren hinterlassen haben. Ob wir die nach dem großen Bahnhof hier allerdings noch finden werden, bezweifle ich. Die Kollegen, die zuerst hier waren, hatten nichts Besseres zu tun, als mit dem Wagen bis zur Fundstelle zu fahren. Falls die Leiche mit dem Auto hierhergebracht wurde, sind mögliche Reifenspuren mit großer Wahrscheinlichkeit vernichtet.«

»Bravo!« Mayfeld seufzte.

»Weißt du, wo der Spaziergänger ist, der die Leiche gefunden hat?«, fragte Winkler.

Adler wies mit dem Kopf in Richtung des Polizeifahrzeugs. »Der müsste bei den Kollegen im Wagen sitzen.«

Der Spaziergänger hieß Berthold Wagner, war Ende sechzig und saß zitternd im Fond des Polizeiwagens. Man hatte ihm eine Decke über die Schultern gelegt, aber auf das Zittern hatte das keinen Einfluss. Die Wagentür war geöffnet, und vor der Tür saß ein Irish Setter, der sein Herrchen aufmerksam beobachtete. Er sah aus, als erwarte er eine Belohnung. Mayfeld öffnete die Tür auf der anderen Wagenseite und setzte sich neben Wagner, Heike nahm vorne auf dem Beifahrersitz Platz. Die beiden Beamten stellten sich vor.

»Sie haben also den Toten gefunden«, begann Mayfeld das Gespräch.

Der zitternde alte Mann schüttelte den Kopf. »Das war Whiskey.« Er deutete auf den Setter. »Whiskey braucht viel Auslauf, er ist noch ein junger Hund. Deswegen gehe ich jeden Tag mit ihm spazieren, bei jedem Wetter. Jeden Morgen eine große Runde.«

»Immer dieselbe?«, fragte Mayfeld hoffnungsfroh.

»Wo denken Sie hin, junger Mann?«, fragte Wagner empört. »Sie halten mich wohl für einen dieser unflexiblen Alten, die in Routine erstarren und niemals mehr ausgetretene Wege verlassen. Geben Sie es zu!« Die Empörung half Herrn Wagner gut gegen das Zittern. Er wendete sich dem Setter zu. »Na komm, Whiskey, komm zu Herrchen!«

Auf den Befehl hatte Whiskey gewartet. Er bellte laut, sprang mit den Vorderpfoten auf die Oberschenkel von Wagner und schleckte ihm das Gesicht ab.

»Gegen Routinen ist gar nichts einzuwenden, und wer jeden Tag mit einem jungen Hund im Wald unterwegs ist, gehört bestimmt nicht zu den unflexiblen Alten«, entschuldigte sich Mayfeld.

»Platz«, befahl Wagner dem Setter. »Da haben Sie recht. Ich gehe jeden Tag einen anderen Weg, ich meine, jeden Wochentag. Heute war der Dienstagsweg dran.«

»Den sind Sie letzten Dienstag auch gegangen?«

»Sagte ich das nicht gerade?«

»Und letzte Woche ist Ihnen nichts aufgefallen?«

»Es war alles wie immer. Also fast alles. Der Haufen Äste, der vorne an der Weggabelung lag, war letzte Woche noch nicht da, der wäre mir aufgefallen. Aber ich wäre weitergelaufen, wenn Whiskey nicht begonnen hätte zu buddeln. Er ließ sich gar nicht davon abbringen, bis er eine Hand zwischen den Zähnen hatte. Er war es aber nicht, der die Hand angefressen hat.« Wagner klopfte auf seinen Oberschenkel, der Hund sprang auf, und Herrchen tätschelte ihm den Kopf. »Nein, so was macht mein Whiskey nicht. Whiskey ist ein feiner Hund. Ein feiner Hund.«

Mehr wusste Wagner nicht zu berichten.

»Wir bringen Sie nach Hause, Herr Wagner«, sagte Mayfeld.

»Oder sollen wir einen Arzt holen?«, fragte Winkler.

»Wo denken Sie hin«, protestierte Wagner. »Ich bleibe gerne noch ein Weilchen hier. Es passiert so wenig in Fischbach. Eine Leiche findet man nicht alle Tage. Und dann laufe ich zurück. Whiskey braucht den Auslauf.«

Die beiden Beamten verabschiedeten sich. Als sie zurück auf der Landstraße waren, stand der Polizist, der den Zugang zum Fundort der Leiche bewachte, immer noch am selben Platz.

»Wohin führt die Straße?«, fragte Mayfeld.

»Normalerweise zur Bundesstraße, aber seit ein paar Wochen nirgendwohin. Kurz vor der Auffahrt auf die Bäderstraße ist sie nämlich wegen Bauarbeiten gesperrt, und die wollen einfach nicht vorankommen.«

»Und der Weg hier? Wie weit ist der befahrbar?«

»Der endet weiter hinten auf einer Lichtung. Danach ist es nur noch ein Trampelpfad.«

»Wir sollten uns mal in Fischbach umhören«, meinte Winkler.

***

Das Krankenhausessen war ein Verbrechen gegen den guten Geschmack gewesen, ein Anschlag auf Riechzellen und Geschmacksknospen, eine Provokation für Gallenblase und Bauchspeicheldrüse. Fleischklops an brauner Soße mit Kartoffelgummipüree und Glutamatkraut. Danach Gallertmasse mit vorgetäuschtem Fruchtgeschmack. Sie hatte das sogenannte Essen zurückgehen lassen.

»Muss ich mir Sorgen machen?«, hatte Schwester Marlies gefragt.

»Nicht, solange ich das nicht zu mir nehme«, hatte Lea geantwortet.

Es gelangen ihr immer mehr unfallfreie Sätze. Das Gespräch mit der Psychologin, die logopädische Therapie und die Übungen mit der Krankengymnastin hatten sie erschöpft, aber noch war sie nicht so geschwächt und wehrlos, dass man ihr diesen Ekelfraß aufzwingen konnte. Lieber schlief sie eine Runde, um wieder zu Kräften zu kommen.

Der Geruch von Schokolade, Erdbeeren und Vanillesahne weckte sie. Die Stimme, die von der Löwin und der Antilope erzählt hatte, war wieder da.

»Ich hab dir Schokokuchen, wie ihn deine Mutter gemacht hat, mitgebracht, mit frischen Erdbeeren und Sahne. Das hast du immer gerne gegessen.«

Sie öffnete ihre Lider und erblickte eine freundliche ältere Frau mit lebendigen grauen Augen und offen getragenem silbrigem Haar. Sie hatte den Stuhl herangerückt und saß neben ihrem Bett.

»Erkennst du mich, Lea?«

Sie kannte die Frau, und das nicht erst seit gestern oder vorgestern. Gleich kam sie auf den Namen.

»Ekel«, sagte sie, was die Frau erschrocken zurückfahren ließ. Sie schüttelte den Kopf. »So meine ich das nicht. Elke. Du bist Elke.«

Die Frau nickte zufrieden. »Schön.«

»Elke Schönhell.«

»Es ist noch jemand mitgekommen«, sagte Elke und deutete mit dem Kopf in Richtung der Zimmertür.

»Kathrin?«, fragte sie und wunderte sich über den hoffnungsvollen Unterton in ihrer Stimme. Sie drehte sich zur Tür. Es war nicht Elkes Tochter. »Na ja«, begrüßte sie die Frau, die sich in die Zimmerecke gedrückt hatte, so als ob sie jederzeit aus dem Raum flüchten wollte.

»Anja, deine Schwester«, sagte Elke.

»Hab ich doch gemeint. Ich hau oft die falschen Worte raus.« Lea richtete sich auf, setzte sich auf die Bettkante. Anja kam aus ihrer Ecke und reichte ihr den Kimono, der über dem Fußende des Bettes hing.

Als Lea sich den Morgenmantel übergeworfen hatte, umarmte die Alte sie, gab ihr einen Kuss auf die Wange. »Kathrin war am Sonntag hier. Sie lässt dich grüßen.« Dann deutete sie auf den Tisch, der mit drei Tellern, einem runden Schokoladenkuchen, einer Schüssel Erdbeeren und einer Schüssel Sahne gedeckt war. »Die Schwester hat mir gesagt, du hättest heute keinen Appetit. Kann dich das umstimmen?«

»Ich komme um vor Hunger«, rief Lea, sprang auf, setzte sich an den Tisch und fiel über den Kuchen her, ohne weiter auf ihre Umgebung zu achten. »Saftig und bittersüß, so ist's recht«, sagte sie zwischen dem ersten und dem zweiten Stück. Er war mit einer guten Schokolade gemacht, das konnte sie herausschmecken. Ein Schuss Mokkalikör hätte dem Kuchen gutgetan oder eine Prise Sternanis, und als Begleitung hätte sie Brombeeren oder ein Zwetschgenkompott bevorzugt, wer brauchte schon Erdbeeren im September? Aber das war Meckern auf allerhöchstem Niveau.

Beim dritten Stück begann sie, etwas langsamer zu essen. Sie versuchte, ihre Gedanken zu ordnen. Sie hatte also noch eine

Schwester. Klar war Anja ihre Schwester. Sie schaute von ihrem Teller auf, betrachtete die Frau, die gegenüber am Tisch saß und ihr Stück Kuchen wie in Zeitlupe Krümelchen für Krümelchen aß. Anja war schlanker als sie, hatte einen harten Zug um die Mundwinkel, sah ihr ansonsten aber ziemlich ähnlich, hatte ihr Alter. Wieso war sie in ihren Erinnerungen bislang nicht aufgetaucht? Wieso nur Thomas, Claudia und Markus?

Ihre Mutter steht vor ihr in der Küche. Christels Gesicht strahlt gütig und voller Stolz. Du kannst so gut backen, sagt sie zu ihr, das ist etwas, was mir gar nicht liegt.

Das sollte Christels Schokoladenkuchen sein? Bestimmt nicht, und dennoch war ihr der Geschmack vertraut. Was hatte das alles mit Elke zu tun? Sie sollte fragen. Die Psychologin hatte ihr geraten, mit Menschen zu reden, die sie kannten, um ihrem Gedächtnis auf die Sprünge zu helfen. Aber es fiel ihr unendlich schwer, ihnen zu offenbaren, dass sie mit ihren Namen und Gesichtern nichts anfangen konnte. Wollte sie die anderen nicht kränken, oder war sie selbst die Gekränkte? Wenn sie daran dachte, dass sie bloß eine Art Standbild ihrer Tochter vor Augen hatte statt konkreter Erinnerungen, dann wäre sie am liebsten schreiend aus dem Zimmer gerannt, um sich in einem Erdloch zu verstecken. Da war es leichter, über einen aus der Erinnerung gefallenen Verkehrsunfall zu sprechen.

»Was ist mit mir passiert?«, fragte sie die beiden Frauen.

»Hast du alles vergessen?« Anja starrte sie ungläubig an.

»Sie hat eine Amnesie, das weißt du doch, Anja«, erklärte Elke.

»Das meine ich nicht«, antwortete Anja patzig.

Lea wurde unwohl, und das hatte nichts mit den drei Stücken Schokoladenkuchen zu tun, die sie gefuttert hatte. Was sollte Anjas Frage? Worauf wollte sie mit ihren Andeutungen hinaus? Mit dieser Schwester konnte Lea nichts anfangen, da mochte sie ihr noch so ähnlich sehen.

Elke beantwortete die Frage. »Du hattest einen Unfall am letzten Dienstag. Du warst morgens bei Kathrin, nachmittags bist du von der Straße, die von Hausen nach Kiedrich führt, abgekommen.«

Für einen kurzen Augenblick war Lea in einer anderen Welt.

Bäume und Büsche rasen auf sie zu.

Dann war das Bild wieder verschwunden.

»Wo ist meine Tochter?«, fragte sie unvermittelt.

»Bei den Fassbinders«, antwortete Elke.

»Ist das eine gute Idee?« Anja schob ihren Kuchenteller schroff von sich.

»Und Chiara passt auf sie auf. Chiara, das Au-pair-Mädchen.«

Sie hatte also ein Au-pair-Mädchen für ihre Tochter. Das hatte ihr Elke freundlicherweise erklärt, bevor sie fragen musste. Und Anja konnte Leas Eltern nicht leiden, die Elke »die Fassbinders« nannte. Waren sie nicht auch ihre Eltern?

»Was hast du gegen Christel und Reinhardt?«

Ungläubiges Entsetzen verzerrte Anjas Gesicht. Sie sprang vom Stuhl auf, der nach hinten umkippte.

»Du kapierst nie etwas!«, schrie sie, und es war viel mehr Schmerz als Wut in ihrer Stimme. »Es ist zum Verrücktwerden.« Sie stürmte zur Tür hinaus.

***

Winkler hatte Yilmaz und Blum nach Fischbach beordert, und gemeinsam gingen sie von Tür zu Tür, um die Bewohner zu befragen, ob ihnen am vergangenen Dienstag oder Mittwoch etwas Ungewöhnliches aufgefallen war. Nina Blum wurde schließlich fündig und informierte Mayfeld, der sie in der Hauptstraße vor einem kleinen Haus neben dem Feuerwehrmuseum traf.

»Darf ich dir Herrn Gärtner vorstellen? Herr Gärtner hat mir ganz viel über Fischbach erzählt, er lebt hier nämlich schon seit über siebzig Jahren. Ganz interessant war das, gell, Herr Gärtner?« Sie klopfte dem alten Herrn auf die Schultern.

Herr Gärtner war ein schmächtiger kleiner Mann mit einem dicken Gips am linken Bein. Er saß auf einer Bank im Vorgarten des kleinen Hauses. Nina sollte ihn nicht wie einen Trottel behandeln, dachte Mayfeld, aber Herr Gärtner schien das Gespräch zu genießen. Nina war ja auch etwas ganz Besonderes mit den hautengen Jeans, den Cowboystiefeln, dem für die Jahreszeit zu luftigen Top und den rosa Pulswärmern.

»Erzählen Sie mal meinem Chef, was Sie mir gerade erzählt haben! Nicht alles, nur das von der letzten Woche.«

Gärtners Gesicht sah aus, als ob er lieber das Gespräch mit der jungen Kommissarin fortgeführt hätte, aber er fügte sich in sein Schicksal.

»Also ich sitze hier oft draußen auf der Bank. Wir haben ja einen wunderschönen Altweibersommer dieses Jahr. Und mit dem Gips darf ich noch nicht viel rumlaufen, bloß ein paar Schritte, von der Stube hier auf die Bank und von der Bank zurück in die Stube. Da les ich halt Zeitung und schau, ob was auf der Gass' passiert. Was soll man sonst schon groß machen? Mit meiner Frau mich unterhalten geht nicht mehr, weil, meine Frau ist vor drei Jahren gestorben. Also guck ich, was auf der Gass' passiert. Passiert aber nicht so viel. Es kommen nur wenige Autos vorbei in letzter Zeit. Das kommt daher, weil weiter hinten die Straße gesperrt ist, jetzt schon seit fünf Wochen. Die Leute, die von Hausen nach Bad Schwalbach wollen, die fahren jetzt entweder über Bärstadt oder über Dickschied. Deswegen ist jetzt auf der Straße nicht mehr so viel los. Aber deswegen«, Herr Gärtner schaute jetzt bedeutungsvoll und wichtig in die Runde, »kann ich mir auch besser merken, was auf der Straße passiert, ich meine, das wenige, was noch passiert. Also, am letzten Dienstag, da war ziemlich viel Verkehr hier. Ich meine jetzt Verkehr mit fremden Autos, die von den Fischbachern, die Autos kennt man ja, wenn man so lang hier lebt wie ich. Das ging schon morgens los, da ist ein roter Sportwagen hier vorbeigefahren, so ein schnittiger Oldtimer, ich meine, das war ein Engländer. Wo der hingefahren ist, weiß ich nicht, weil, ich habe da noch in der Stube gesessen und nicht draußen. Von dort kann ich zwar nach draußen gucken, aber nicht um die Ecke. Also, der rote Sportwagen ist hier vorbeigefahren, und ob und wann der wieder zurückgefahren ist, das weiß ich nicht, zwischendurch mach ich ja auch mal was anderes, als die Straße zu beobachten. Der rote Sportwagen ist übrigens schon öfters hier durch den Ort gefahren, das ganze Jahr über macht er das schon, der biegt sonst in den Siedlerweg ein. Eine Frau sitzt immer drin, und ich hab gehört, dass die Frau die Kathrin vom Schönheller Hof besucht. Die Kathrin ist nicht von hier, die lebt erst seit Kurzem hier, so seit sieben oder acht Jahren. Hat den Hof vom alten Schorsch gekauft und macht dort jetzt auf

Ökobauernhof, mit Pferden aus Island, Hühnern aus Frankreich, Rindviechern aus Schottland und eigener Schlachtung. Beliefert die teuren Restaurants im Rheingau, in Wiesbaden und Mainz. Und dann sind an dem Dienstag noch ein paar Wagen hier vorbeigefahren, die ich nicht kenne. So Geländewagen. Sind die Straße hochgefahren und später wieder zurück. Aber ich meine, das hat gedauert, bis die wieder zurückgekommen sind. Wenn die nur bis zu der Baustelle gefahren, wieder umgedreht und zurückgefahren wären, das wäre schneller gegangen.«

»Wann war das?«, unterbrach Mayfeld den Redefluss von Herrn Gärtner.

»Also ich trage ja schon seit längerer Zeit keine Uhren mehr, weil ich diese neumodischen Uhren mit Batterie nicht mag, und die letzte Uhr zum Aufziehen, die ich hatte, die ist kaputtgegangen, und wer bitte schön repariert denn heute noch Uhren? Früher gab es einen Uhrmacher in Hausen, aber das ist jetzt auch schon zwanzig Jahre her, der –«

»Wann ungefähr sind die Geländewagen hier vorbeigefahren, vormittags, nachmittags, abends?«

»Also morgens war das nicht, weil –«

»Nachmittags?«

Herr Gärtner schaute hilfesuchend zu Nina, als wollte er fragen, warum ihr Chef so ungeduldig war.

»Vorhin haben Sie gesagt, dass es nach dem Mittagsschlaf gewesen sei und dass die Sonne noch auf die Bank geschienen hat. Und dass Sie meistens bis zwei Uhr Mittagsschlaf halten und die Bank ab vier im Schatten liegt.«

Mayfeld war Nina sehr dankbar für die Zusammenfassung und fragte sich, warum sie diese Abkürzung nicht schon früher genommen hatten.

»Gibt es sonst noch was zu berichten?« Vorsichtshalber stellte er Nina die Frage, nicht Herrn Gärtner.

Nina strahlte. »Das war doch interessant. Herr Gärtner hat noch ganz viel zu erzählen, aber ich glaube, der Rest hat nichts mit unserem Fall zu tun. Marken, Farben und Nummernschilder der Wagen hat sich Herr Gärtner nicht merken können, falls du das noch fragen wolltest.«

Mayfeld gab Herrn Gärtner die Hand. »Vielen Dank, Sie haben uns sehr geholfen.«

***

Lea war ihrer Schwester hinterhergerannt, hatte sie aber nicht einholen können. Nach kurzer Zeit hatte sie atemlos aufgegeben. Ihr war schwindelig, und sie zitterte vor Anstrengung. Elke brachte sie zurück in ihr Zimmer, wo sie sich hinlegte und sofort einschlief. Als sie wieder aufwachte, saß Elke immer noch neben ihrem Bett.

»Ich will hier raus. Ich will nach Hause.« Sie rappelte sich aus dem Bett auf.

»Das scheint mir zu früh zu sein. Du bist vorhin nach ein paar Metern Rennen fast zusammengebrochen und danach ohne Vorwarnung eingeschlafen. Anschließend hast du dich mehr als zwei Stunden lang nicht gerührt. Ich hatte schon die Schwestern alarmiert, aber die meinten, du bräuchtest noch viel Ruhe.« Elke reichte ihr den Kimono.

Lea ging zur Tür. »Gehst du ein paar Schritte mit mir?«

Sie gingen den Stationsflur entlang. Lea war sicherer auf den Beinen als zwei Stunden zuvor. Dennoch ergriff sie den Arm von Elke gerne, als Zeichen der Verbundenheit. Sie überredete die alte Freundin, mit ihr mit dem Fahrstuhl nach unten zu fahren. Im Erdgeschoss liefen sie durch lang gestreckte Flure, bis sie einen kleinen Innenhof mit Tageslicht und einigen Stühlen entdeckten, wo sie sich hinsetzten.

»Warum ist Anja davongerannt? Was für eine Schwester ist das überhaupt?«

»Erinnerst du dich denn an gar nichts?« Das hatte Anja auch schon gefragt.

»Das weißt du doch. Ich habe eine Amnestie.« Schon wieder das falsche Wort. Vielleicht war es aber genau das, was sie wollte: Vergebung. Sie erinnerte sich flüchtig an das, was die Psychologin am Morgen über den seelischen Schutzmantel gesagt hatte.

»Anja und du, ihr seid Zwillingsschwestern. Nach dem Tod eurer Mutter Martha wurdet ihr getrennt.«

Das Zittern und der Schwindel kamen wieder. Ein Standbild

aus dem Film ihres Lebens tauchte auf, um sogleich wieder zu verschwinden.

Zwei Mädchen und eine Frau in einer Küche. Die Frau lacht und füllt gerade Teig in eine Backform. Es riecht nach Schokolade, nach Zimt, Anis und Kardamom.

»Ihr zwei gingt mit Kathrin in den Kindergarten. So habe ich eure Mutter kennengelernt.« Elke machte eine Pause.

An nichts davon erinnerte sich Lea. »Erzähl bitte weiter«, flüsterte sie.

»Ich weiß nicht, ob es richtig …«

»Erzähl bitte weiter.«

»Wie du willst. Martha arbeitete bei Walter Haller als Haushälterin. Kurz nach Walters Tod ist eure Mutter ebenfalls gestorben. Walters Neffe, Reinhardt Fassbinder, hat dich in seine Familie aufgenommen.«

»Und Anja?«

»Sie war sehr krank, sie redete ein Jahr lang nichts, schrie nur. Es wäre für die Fassbinders zu viel gewesen. Sie hatten schon drei Kinder.«

Zwei Mädchen kauern in einem Bett zusammen. Das eine Mädchen schreit und schreit und schreit, es hört gar nicht mehr auf.

»Anfangs hast du Anja mit Christel noch im Krankenhaus besucht, später haben die Besuche aufgehört, es war wohl zu belastend für alle Beteiligten.«

Das eine Mädchen winkt dem anderen zu. Bis zum nächsten Mal! Der Blick der anderen ist leer und verzweifelt. Sie weiß, dass sie allein bleiben wird.

»Ich habe sie im Stich gelassen«, sagte Lea.

Elke runzelte die Stirn. »Rede keinen Unsinn. Du warst sechs oder sieben Jahre alt. Was erwartest du von einem Kind?« In ihren Augen spiegelten sich Traurigkeit und eine Mischung aus schlechtem Gewissen und trotziger Selbstbehauptung. »Eher könnte ich mir Vorwürfe machen. Ich habe Anja anfangs zwar im Krankenhaus besucht, aber mehr habe ich auch nicht getan. Ich habe auf das gehört, was alle gesagt haben: Anja ist zu krank, du kannst sie nicht zu dir nehmen, die Verantwortung ist zu groß, denke an dich und an Kathrin.«

»Haben wir uns später aus den Augen verschworen?«

»Aus den Augen verloren? So kann man das nennen. Ich bin mit Kathrin nach Wiesbaden gezogen. Meine Mutter hat ein Haus gekauft, und ich war als alleinerziehende Mutter froh über die billige Wohnung, die sie mir angeboten hat. Außerdem war sie der Meinung, du müsstest zur Ruhe kommen und dafür sei ein kompletter Neuanfang das Beste. Das meinten auch Christel und Reinhardt. Dass Kathrin und du euch als Jugendliche wieder über den Weg gelaufen seid, darauf hatten wir Erwachsene keinen Einfluss mehr.«

»Meinst du, wir können mal aus dem Krankenhaus raus?«

»Hier ist es doch ganz schön.«

»Ich brauche einen feinen Blick.«

Sie liefen wieder Krankenhausflure entlang, durchquerten die große Eingangshalle und traten nach draußen. Vor dem Krankenhaus erstreckte sich ein riesiger Parkplatz, das war praktisch, bot aber weder einen feinen noch einen freien Blick.

»Ich darf mich nicht in der Kindheit verheddern. Vor allem muss die Erinnerung an die letzten Tage herauskommen.«

Bäume und Büsche rasen auf sie zu. Jemand ist hinter ihr her. Ein heftiger Schlag. Schwärze. Ein Frauengesicht. Ein heulendes Martinshorn.

»Ich hatte einen Unfall zwischen Hausen und Kiedrich.«

»Du bist von der Straße abgekommen.«

»Was war vorher?«

»Vor dem Unfall? Du warst bei Kathrin in Fischbach.«

»Und sonst?«

»Am Tag vor deinem Unfall haben wir meine Mutter beerdigt.«

Ein Sarg versinkt in der schwarzen Erde. Ein hölzerner Sarg. Sie schaut zu.

»Ich habe dir einen Brief von ihr gegeben. Er war an Anja und dich gerichtet. Erinnerst du dich?«

Die schwarze Wand war wieder da. Lea schüttelte den Kopf. »Davon weiß ich nichts. Ist auch nicht wichtig. Ich suche ein Bild von Hannah im Kopf. Ich kann es zwar finden, aber es verrutscht immer wieder.«

»Sie ist ein entzückendes Kind. Freundlich, hübsch und klug. Bitte doch Reinhardt oder Gisela, dass sie die Kleine das nächste Mal mitbringen.«

»Wieso Gisela, nicht Christel?«

»Das hast du auch vergessen? Natürlich. Christel ist schwer krank. Sie hat Alzheimer. Sie würde dich vielleicht gar nicht mehr erkennen.«

»Es geht ihr wie mir«, sagte Lea. Sie hatte plötzlich den Eindruck, dass sich alles um sie herum verfinsterte. »Was ist mit meinem Mann? Mit Stefan?« So hieß er doch.

»Ich habe ihn zuletzt auf der Beerdigung meiner Mutter gesehen. Er soll verschwunden sein.«

»Das hat die Psychologin auch gesagt.« Und es machte ihr an diesem Nachmittag genauso wenig aus wie am Morgen.

»Haben Stefan und ich eine gute Ehe geführt?«

Die Frage war Elke sichtlich unangenehm. »Ich finde, das solltest du besser Kathrin fragen. Sie kann dazu bestimmt mehr sagen.«

In diesem Moment wurde das Gespräch unterbrochen.

»Was macht ihr denn hier unten? Ich dachte, Lea liegt noch im Bett.« Ein großer, gut aussehender Mann mit silbrigen Schläfen, um die sechzig Jahre alt, hatte sich ihnen genähert. Er lächelte freundlich und beobachtete Lea mit großen aufmerksamen Augen.

»Lea wollte mal frische Luft schnappen«, antwortete Elke. Fast hörte es sich an, als ob sie sich rechtfertigen müsste. »Guten Tag, Herr Fassbinder. Wir haben gerade über Sie gesprochen.«

Das also war Reinhardt Fassbinder, ihr ehemaliger Pflegevater.

»Über mich? Was gibt es da Interessantes zu erzählen?«, fragte Reinhardt aufmerksam.

»Dass Hannah bei euch ist. Ich will sie sehen«, antwortete Lea.

Reinhardt legte ihr in einer väterlichen Geste seine große Hand auf die Schulter und lächelte sie an. »Schön, dass es dir schon wieder so gut geht, Lea. Wollen wir nicht zurück auf Station gehen und dort alles in Ruhe besprechen?«

»Das wird das Vernünftigste sein«, pflichtete Elke bei.

Irgendwie war ihr das gar nicht recht, aber was sollte sie tun? Missmutig hakte sie sich bei Elke und Reinhardt ein und ging mit ihnen zurück in die Klinik.

***

Der Siedlerweg führte aus Fischbach hinaus, schlängelte sich am Hang entlang, zog durch Wiesen und Weiden, dann eine Weile durch den Wald, bevor er vor einer großen Scheune mit dem Schriftzug »naturland« endete. Neben dem Logo des Ökoverbandes warben zwei Schilder mit den Aufschriften »Eigene Bäckerei« und »Hofschlachtung« für den Schönheller Hof, ein weiteres Schild wies zum Reitplatz.

Ein Teil des Polizeiaufgebots war aus Fischbach wieder abgerückt, die enthauptete Leiche war in die Pathologie auf dem Wiesbadener Südfriedhof abtransportiert worden, einige Beamte suchten zusammen mit der Hundestaffel die Umgebung nach dem Kopf des Toten ab. Mayfeld wollte der Spur nachgehen, die sich aus den langatmigen Ausführungen von Herrn Gärtner ergeben hatte. Ein roter Sportwagen, ein Oldtimer, das passte zu Lea Himmelreichs Jaguar, mit dem sie vor einer Woche verunglückt war. Die Identität der Leiche aus dem Fischbacher Wald war zwar noch nicht geklärt, aber er hatte den Verdacht, dass es sich um Stefan Müller-Himmelreich handelte. Es passte einfach alles zu gut zusammen.

Die Seite der Scheune war offen, Mayfeld konnte jede Menge landwirtschaftliches Gerät erkennen. Am Rand der Scheune führte ein unbefestigter Weg zum Hof. Der Hof wurde an drei Seiten von Backsteinbauten umrahmt. Der Boden war gepflastert, neben dem Seitengebäude an der Südseite schloss sich ein Bauerngarten mit Sonnenblumen, Rittersporn und Stockrosen an. Die letzten Sonnenstrahlen des Tages schienen auf das spätsommerliche Idyll.

Eine Klingel oder Namensschilder suchte Mayfeld vergeblich. Er betätigte den Türklopfer am Seitenhaus und wurde daraufhin von einem laut bellenden und freudig mit dem Schwanz wedelnden australischen Schäferhund begrüßt, der wie aus dem Nichts plötzlich neben Mayfeld aufgetaucht war. Kurze Zeit später erschien in der Tür eine athletische Frau in Blaumann und kariertem Hemd. Sie hatte ebenmäßige, etwas herbe Gesichtszüge und grüne Katzenaugen.

»Ist gut, Conny«, sagte sie zu dem Australian Shepherd, der sofort verstummte. »Suchen Sie jemanden?«, fragte sie Mayfeld und blickte ihn prüfend an. Eine Frau, die hier ganz eindeutig der Chef war.

»Wer sind Sie?« Mayfeld zeigte ihr seinen Dienstausweis, den sie eingehend studierte.

»Ich bin Kathrin Schönhell, mir gehört der Schönheller Hof«, antwortete sie höflich. »Wie kann ich Ihnen behilflich sein?«

»Können wir uns irgendwo setzen?«

Kathrin Schönhell entschuldigte sich. »Wo hab ich bloß meine Manieren? Kommen Sie rein!«

Sie betraten das Haus. Im Flur beobachtete ein riesiger Keilerkopf die Besucher, darunter hing ein gefährlich aussehender großer Spieß an der Wand. Die Hausherrin führte Mayfeld in einen Wohnraum, der ganz aus Holz bestand, aus Holzdielen, Holzwänden, Holzdecke, Holzmöbeln.

»Am schönsten ist es draußen«, sagte sie und lachte. Sie öffnete eine Tür im hinteren Teil der Wohnstube, die in den Bauerngarten hinausführte. Dort standen ein grober Holztisch und zwei Bänke auf einer kleinen Veranda.

»Ich kann Ihnen einen Tee anbieten. Zitronenverbene aus dem eigenen Garten.« Sie deutete erst auf eine Kanne mit Stövchen und Tonbechern auf dem Tisch, dann auf die Kräuterschnecke im Garten.

Mayfeld bedankte sich, lehnte das Angebot aber ab.

Kathrin Schönhell zuckte mit den Schultern und goss sich einen Tonbecher voll.

»Was führt Sie zu mir, Herr Mayfeld?«

»In der Umgebung ist ein Toter gefunden worden. Ist Ihnen in der letzten Woche irgendetwas Besonderes aufgefallen?«

»Ein Toter? Wo? Hier, auf meinem Land?«

»Beantworten Sie einfach meine Frage!«

Kathrin Schönhell überlegte kurz. Die Zurechtweisung schien ihr überhaupt nicht zu passen. »Nein, mir ist nichts Besonderes aufgefallen. Wenn Sie eine konkrete Frage haben, denke ich gerne noch mal nach. Befragen Sie eigentlich alle Bewohner von Fischbach, oder haben Sie einen speziellen Grund, sich an mich zu wenden?«

Auch wenn ihn der rebellische Ton der Frau beeindruckte, konnte er sich keinesfalls gefallen lassen, wie sie mit ihm sprach. »Ich möchte zwei Dinge klarstellen, Frau Schönhell: Erstens, ich ermittle in einem Mordfall, und zweitens, ich stelle hier die Fragen.«

Kathrin Schönhell schluckte. »Ich habe Ihre Frage beantwortet. Haben Sie weitere Fragen?«

»Kennen Sie Lea Himmelreich?«

Kathrin schluckte erneut. »Warum wollen Sie das wissen?«

Mayfeld schwieg.

»Wir sind befreundet, geschäftlich und auch persönlich. Sie ist Köchin, ich produziere Biofleisch. Lea hatte einen Unfall, Sie haben doch keine schlechten Nachrichten von ihr? Das kann doch gar nicht sein, da hätte sich Mama doch gleich gemeldet ...« Panik verzerrte ihr Gesicht, sie holte ihr Smartphone aus der Brusttasche des Blaumanns und begann, darauf herumzuwischen.

Mayfeld winkte ab. »Lassen Sie das bitte für den Moment. Ich habe keine schlechten Nachrichten von Lea Himmelreich. Im Gegenteil, sie ist wieder aufgewacht.«

Kathrins Gesicht glättete sich wieder. »Das hat meine Mutter heute Nachmittag geschrieben.«

»Kennen Sie Leas Mann?«

»Stefan Müller-Himmelreich?« Die Frage klang eher nach einer Beschwerde.

»Sie scheinen ihn zu kennen.«

»Ich bin mit Lea befreundet.«

»Woher wissen Sie vom Unfall Ihrer Freundin?«

Kathrin legte das Smartphone weg, nahm einen Schluck Tee und dachte eine Weile nach. Es sah so aus, als überlegte sie, was und wie viel sie ihrem Gegenüber mitteilen sollte.

»Ich weiß es von Anja. Anja ist Leas Schwester und arbeitet hier auf dem Hof.«

»Und wie hat die es erfahren?«

»Ist das denn so wichtig?«

»Wir hatten uns darauf geeinigt, dass ich die Fragen stelle.«

»Weiß nicht genau. Wahrscheinlich über Facebook. Tratsch war gestern, heute läuft so was über soziale Netzwerke. Anja ist mit Chiara befreundet, dem Au-pair der Himmelreichs. Gut, dass Lea wieder aufgewacht ist. In welchem Zustand ist sie denn? Ich habe sie im Krankenhaus besucht, da war sie noch bewusstlos. Es war fürchterlich.« Sie wischte sich eine Träne aus dem Augenwinkel.

»Lassen die nicht nur nahe Angehörige auf die Intensivstation?«, fragte Mayfeld.

»Bei mir haben sie eine Ausnahme gemacht, weil ich so nett darum gebeten habe«, antwortete Kathrin Schönhell.

»War Lea Himmelreich am letzten Dienstag hier?«

Kathrin Schönhell sah aus, als wollte sie schon wieder wissen, warum das wichtig sei, aber sie unterließ es zu fragen. »Ja, am Vormittag. Sie kam gegen neun und fuhr um eins wieder zurück.«

»War es nicht eher eine Stunde später?«

»Es war nach dem Mittagessen, also um eins. Eher etwas früher als später.«

Der Unfall hatte sich um vierzehn Uhr dreißig ereignet. Vom Schönheller Hof bis zum Unfallort waren es mit dem Auto höchstens fünfzehn Minuten. Wenn Kathrins Angaben stimmten, wo war Lea Himmelreich dann zwischen eins und halb drei gewesen?

»Wer kann bestätigen, dass Lea in dieser Zeit bei Ihnen war?«

»Braucht sie denn ein Alibi? Ist gut, Sie stellen die Fragen. An dem Vormittag waren Anja und meine Mutter anwesend, zum Mittagessen war außerdem Micha da, mein Mitarbeiter auf dem Hof. Heute Abend ist allerdings niemand hier, um Ihnen das zu bestätigen, meine Mutter wohnt in Wiesbaden, Anja in Walluf, und Micha hat heute Abend frei, ich weiß nicht, wo er sich rumtreibt.«

Mayfeld ließ sich von allen die Adressen geben.

»Wann haben Sie Stefan Müller-Himmelreich zuletzt gesehen?«

»Auf der Beerdigung meiner Oma. Die war gestern vor einer Woche. Er kam zusammen mit Lea.«

»Und ist Ihnen etwas an ihm aufgefallen?«

»Ja, er sah scheiße aus. Hatte ein Veilchen und eine aufgeplatzte Lippe.«

»Ihr Mitgefühl hält sich in Grenzen.«

»Stimmt. Er tut Lea nicht gut. Er denkt nur ans Geld, hat sie finanziell über den Tisch gezogen, geht zu einem bescheuerten Psychoguru auf überteuerte Seminare und hat ein Verhältnis mit einer Nicola oder wie sie heißt.«

»Sie sind gut über die Familie Himmelreich informiert.«

»Ist Stefan am Ende der Tote, den Sie gefunden haben? Stellen Sie deswegen diese Fragen?«

»Wie kommen Sie darauf?«

»Ich weiß, dass er vermisst wird. Da ist es nicht abwegig, so etwas zu denken.«

»Und woher wissen Sie, dass er verschwunden ist? Kann man das auch auf Facebook lesen?«

»So ist es. Chiara hat es gepostet. Außerdem hat es Dr. Fassbinder erzählt.«

»Den kennen Sie also auch.«

»Flüchtig. Er war gestern Abend hier. Er meinte, es sei besser, wenn wir die Besuche bei Lea aufschieben würden, bis es ihr wieder besser gehe. Hat sich als Papa aufgespielt, dabei ist Lea gar nicht seine richtige Tochter. Und außerdem schon ein ziemlich großes Mädchen.«

Kathrin Schönhells Smartphone signalisierte, dass sie eine neue Nachricht hatte. Sie wischte auf dem Display herum, las die Nachricht und atmete auf.

»Lea redet wieder.«

Mayfeld stöhnte auf. »Schon wieder Facebook?«

Kathrin Schönhell grinste. »SMS von meiner Mutter.«

***

»Wie kannst du die Kleine nur bei diesen Leuten lassen? In diesem Haus? Weißt du denn nicht, was du damit anrichtest?«

Anja saß auf der Dachloggia, hielt ein Glas Latte macchiato krampfhaft in ihrer Hand und starrte Chiara entgeistert an.

»Nein, das weiß ich nicht. Das Haus in der Nikolausstraße ist altmodisch, so wie die Fassbinders altmodisch sind, na und? Sie sind nett und mögen Hannah und wollen mit ihr zusammen sein. Sie sind die *famiglia* und ich nur das Au-pair.«

Anja konnte ziemlich nerven, fand Chiara. Dass sie sie an ihrem freien Tag besuchte, *nessun problema*. Aber wieso erwartete sie, dass Hannah auch dann bei ihr zu Hause war, und warum regte sie sich darüber auf, dass die Kleine stattdessen ihren Großvater besuchte?

Und was war so schlimm, wenn Chiara mal ein paar Tage Urlaub machen wollte?

»Es liegt ein Fluch auf dem Haus. Aber ich sollte dich da vermutlich nicht mit reinziehen.«

Dann halte doch die Klappe, dachte Chiara.

»Du solltest Hannah und Lea nicht im Stich lassen. Die beiden brauchen dich.«

»Ich bin doch nur ein paar Tage weg!« Sie würde sich das Wochenende in New York von dieser Verrückten nicht verderben lassen. »Ich bin zurück, bevor die Signora aus dem Krankenhaus entlassen wird.«

»Du kapierst gar nichts«, giftete Anja sie an.

Allmählich reichte es. Sie hatte sich mit der komischen Schwester ihrer Chefin angefreundet, weil Lea das gerne sah, so war ihr das zumindest vorgekommen. Außerdem fand sie Anja ganz lustig. Aber ein wenig unheimlich war sie ihr von Anfang an gewesen. Und dieses Gefühl wurde gerade ziemlich stark. Ihr Misstrauen und ihr Hass auf die Fassbinders hatte etwas Krankes. Anja war ganz besessen von der Idee, ihre Schwester und ihre Nichte beschützen zu müssen, und mischte sich in Dinge ein, die sie nichts angingen. Sie war ein richtiger Kontrollfreak.

»Hannah versteht sich prima mit den Fassbinders.«

Anja lachte höhnisch. »Vorhin hast du mir erzählt, dass sie lieber zu Hause schläft als beim ach so tollen Opa. Und dass es ziemlichen Stress gab, bis die Kleine ihren Willen bekommen hat. Und bereits am folgenden Nachmittag ist sie schon wieder bei ihrem sogenannten Großvater. Fällt dir nichts auf? Bist du so blind, oder willst du nichts sehen?«

Anja verstand alles gerade so, wie es ihr in den Kram passte. »So viel Stress war das gestern auch nicht. Man kann doch nicht jeder Laune der *ragazza* nachgeben, man darf nicht jedes Wort von Hannah auf die Goldwaage legen.«

Anjas Miene verfinsterte sich. »Du bist noch so jung und doch schon so alt, *Chiara mia*. Nicht jedes Wort eines Kindes auf die Goldwaage legen, wenn ich so einen Mist schon höre! Da kann einem speiübel werden.«

Mamma mia, worauf lief das hinaus? Sie drehte ihr schon wieder das Wort im Munde herum. »Woher nimmst du dir das Recht, mich, Hannah und die ganze Familie herumzukommandieren? Was geht dich Hannah überhaupt an?«

»Blut ist dicker als Wasser«, antwortete Anja mit bedeutungsvollem Ton in der Stimme. »Und ich weiß Dinge, die willst du gar nicht wissen. Die würdest du mir auch nicht glauben.« Sie trank den Latte macchiato in einem Zug aus.

***

»Ist das eine gute Idee?«, fragte Reinhardt.

Der Blick seiner hellen blauen Augen ruhte ununterbrochen auf ihr. Sie lag im Bett, er saß auf dem Besucherstuhl daneben. Er roch nach Rosmarin, Jasmin und Eichenmoos, aber der Name des Parfüms fiel ihr nicht ein, irgendetwas war blockiert. Sie wusste nicht, ob sie es schon einmal an ihm gerochen hatte. Lea erahnte Spuren von Kreuzkümmel und Koriander. Beide Gewürze gehörten zu ihren Lieblingen. Die Korianderkörner knackten so schön, wenn sie beim Rösten in der Pfanne tanzten und ihr süß-spritziges Aroma entfalteten. Sie passten wunderbar zu einem Zwiebelschmorgericht. Und Kreuzkümmel mit seinem erdig-mystischen Geruch war der König ihres Gewürzschranks. Vielleicht sollte sie einmal ein Rezept für Aprikosenbrot mit Kreuzkümmel entwickeln.

»Bist du noch da, Lea?«

Verdammt, sie ließ sich ziemlich leicht ablenken.

»Wir können Hannah ins Krankenhaus mitbringen, aber wenn du weiter so tolle Fortschritte machst, wirst du bestimmt bald entlassen. Logopädie, Physiotherapie und Psychotherapie kannst du auch zu Hause haben, deswegen brauchst du nicht in der Klinik zu liegen. Das Essen ist zu Hause sowieso besser, wir lassen es dir aus dem Restaurant bringen. Wenn du willst, rede ich mit dem Chefarzt.«

Natürlich sprach einer wie Reinhardt gleich mit dem Chefarzt, darunter tat er es nicht. Reinhardt Fassbinder, ihr ehemaliger Pflegevater, war Herrscher über ein kleines Imperium aus Immobilien, Weingütern und einer Fabrik für Kellereitechnik, das war Lea in der Zwischenzeit wieder eingefallen. Er hatte ihr das Restaurant in Erbach gekauft. Er war es gewohnt, zu entscheiden. Es war nett, wie er sich um sie zu kümmern versprach, aber Lea schmeckte diese Fürsorge nicht. Sie war zu süß und zu schwer, man konnte schnell zu viel davon bekommen. Jetzt hätte sie die Unterstützung von Elke gebraucht, aber die hatte sich auf einen Wink von Reinhardt verabschiedet und versprochen, Lea zur Ruhe kommen zu lassen.

Natürlich würde sie selbst bestimmen, wer sie wann und wo besuchte, aber es schien zwecklos, Reinhardt zu widersprechen. Nach einem kurzen Wortwechsel gab man ihm recht und verstand überhaupt nicht mehr, wie man zuvor anderer Meinung gewesen sein konnte.

Lea schilderte ihm, wie sie versuchte, ihrem Gedächtnis auf die Sprünge zu helfen.

»Ich finde, du solltest nicht so sehr in den alten Geschichten kramen, das hat doch Zeit. Das ist ja fast wie bei Christel, die lebt nur noch in der Vergangenheit.«

»Wie bin ich in eure Familie gekommen?«

Reinhardt lächelte. »Dickköpfig warst du schon immer. Aber nur so kommt man zu was.«

Reinhardt bestätigte die Geschichte vom Selbstmord der Mutter und den Zwillingsschwestern, die diese Tragödie so unterschiedlich verarbeitet hatten.

»Wir glaubten damals, Anjas Labilität könnte ansteckend für dich sein.«

Das hatte sie befürchtet. Anja war von allen im Stich gelassen worden, um sie zu schützen. Der faule Apfel wurde aussortiert, um eine Ansteckung des gesunden Apfels zu verhindern. Lea wurde flau im Magen. Reinhardt hatte recht, sie sollte sich nicht in den alten Geschichten verheddern, sie lebte schließlich heute.

»Wann haben wir beide uns zuletzt gesehen?«

»In der Woche vor deinem Unfall, freitags, im ›Himmelreich‹. Wir kommen gerne freitags und läuten so das Wochenende ein.«

»Christel und du?«

Er schüttelte betrübt den Kopf. »Das geht leider nicht mehr. Bei solchen Anlässen begleitet mich meine Schwester. Das Essen, das du uns gezaubert hast, war übrigens ganz wunderbar: Erbsen-Apfel-Gazpacho, Calamaretti mit Zimttomaten und Ricottacreme,

Lammrücken mit Cassisartischocken und ein Trifle mit Pistazien, Mango und Pfirsich. Du solltest mehr ans ›Himmelreich‹ denken. Dort liegt deine Zukunft.«

»Schön. Hatte ich mir die Menüfolge ausgedacht?«

»Wir haben à la carte gegessen.«

Deswegen die süßen Fruchtkomponenten in allen Gängen.

»Du hast recht, ich werde mich der Gegenwart und dem Kommenden zuwenden. Aber wie komme ich da hinein? Dafür brauche ich das Vergangene. Nach dem Freitag haben wir uns nicht mehr gesehen?«

Reinhardt seufzte. »Das habe ich doch gerade gesagt. Telefoniert haben wir noch mal, am Dienstagmittag. Ihr wolltet euch mit uns treffen.«

Das hatte Gisela auch erzählt. »Hatten wir einen Grund für das Treffen?«

»Ihr habt den Vorschlag gemacht, wir waren selbst sehr neugierig.«

»Was heißt: ›Wir haben den Vorschlag gemacht‹?«

»Ihr habt beide bei mir angerufen. Offen gesagt hatte ich den Eindruck, dass ihr Krach miteinander hattet und es darum ging, die Wogen zu glätten.«

Sie hatten sich gestritten, kurz darauf war Stefan verschwunden. Und sie war nicht im Geringsten traurig darüber, konnte sich an nichts erinnern. Eine große Müdigkeit überkam sie.

»Ich möchte jetzt schlafen.«

Reinhardt strich ihr über die Haare. »Schlaf dich gesund.«

***

Mayfeld fuhr von Fischbach nach Kiedrich, um sich mit Julia im Gutsausschank ihrer Eltern zu treffen. Dort versuchte er, sich vom überfüllten Gastraum bis zur Küche durchzukämpfen, wo er seine Frau vermutete, kam aber nur bis zum Stammtisch, wo das Straußwirtschaftliche Quartett saß. Im Hintergrund spielte Mayfelds Vater Herbert einen Bossa nova auf dem Klavier, das Julia für ihn hatte aufstellen lassen. Das erhöhte den Geräuschpegel zwar um etliche Dezibel, aber den Leuten gefiel es, solange er nur Klavier spielte und keine belehrenden Bemerkungen einstreute. Als er seinen Sohn bemerkte, kam Herbert zum Stammtisch herüber.

»Ihr sucht den Mann von der Himmelreich?«, fragte Batschkapp. »Er wird vermisst, hat in der Zeitung gestanden. Stimmt das?«

Endlich mal jemand, der seine Informationen aus analogen Medien bezog. Natürlich ein Rentner.

»Weißt du was über Müller-Himmelreich?«, fragte Mayfeld zurück. Recherche am Stammtisch, das war Informationsbeschaffung aus dem letzten Jahrhundert, ganz nach seinem Geschmack.

»Mit der Himmelreich hat er eine gute Partie gemacht«, behauptete Batschkapp. »Der Müller war früher ein ganz kleiner Krauter.«

»Ein Feld-Wald-und-Wiesen-Anwalt«, ergänzte Gucki. »Seine Eltern kamen aus Schierstein. Ich kannte den schon, als er noch ein kleiner Bub war. Ein Gassenglänzer war das damals und ist er geblieben. Ich glaub aber nicht, dass er das Geld von seiner Frau hat. Mir hat er was von Geschäften an der Börse erzählt.«

»Früher sind die Zocker in die Spielbank gegangen«, maulte Batschkapp. »Das hatte wenigstens Stil.«

»Vielleicht kommt das Geld doch von der Lea. Am Restaurant hängt noch ein kleines Hotel dran. Das Gesamtpaket macht es«, vermutete Trude. »Eine Freundin von mir bringt da immer den Blumenschmuck hin, die lassen sich nicht lumpen, die wollen immer das Schönste und Feinste.«

»Das Geld hat der alte Fassbinder, ihr Stiefvater«, behauptete Zora. »Er hat ihr das Restaurant finanziert. Hätte er wahrscheinlich nicht gemacht, wenn seine Frau nicht darauf bestanden hätte. Der Fassbinder ist ein kalter Hund.«

»Bloß weil er Geld hat?«, stichelte Gucki. »Bist du für Klassenkampfparolen nicht allmählich zu alt?«

»Dafür ist man nie zu alt«, entgegnete Zora. »Außerdem ist es einfach die Wahrheit.«

»Superdiskussion«, schaltete sich der alte Mayfeld in das Gespräch ein. »Man kann doch nicht in die Leute hineinschauen, wir spielen alle nur Rollen. Nur ganz selten gelingt es, einen Blick hinter die Fassade zu werfen, in einem besonderen Glücksmoment oder in einer Krise.«

In der Runde herrschte für einen Moment Stille.

»Komm mit«, sagte Herbert zu seinem Sohn und zog ihn vom Tisch weg. Ein paar Schritte weiter flüsterte er ihm ins Ohr: »Bevor sich deine Freunde überlegt haben, ob es vielleicht kompletter Käse oder eine Binse war, was ich von mir gegeben habe, sind wir über alle Berge.«

Mayfeld schmunzelte. »Du bist ein echter Menschenkenner.«

In der Küche saß Julia mit ihrer Mutter am Tisch in der Mitte des Raums. Vor ihnen standen Schüsseln mit Wurstsalat, Spundekäs und Handkäs mit Musik. Ihre Schwägerin stand an der Theke und streute Zwiebeln und Speckwürfel über eine mit Schmand bestrichene Teigplatte.

»Nächste Woche zauberst du wieder was für uns«, sagte Hilde und blickte voller Stolz auf ihre Tochter. »Mach schon mal den Einkaufszettel.«

Mayfeld gab Julia einen Kuss, begrüßte Hilde und Elly.

»Ich denke, wir sollten Fleisch und Geflügel in Zukunft vom Schönheller Hof beziehen«, sagte Julia zu Hilde. »Ich habe mit Kathrin Schönhell gesprochen; wenn wir morgen bestellen, klappt es mit den Hühnern schon ab nächster Woche.«

»Du kennst Kathrin Schönhell?« Mayfeld war überrascht, heute schien jeder jeden zu kennen. Aber so ungewöhnlich war das im Rheingau nicht.

»Sie backt tolles Brot und produziert das beste Biofleisch in der Region, Galloways, Bunte Bentheimer und Les Bleus.«

»Die Blauen?«

»In Frankreich sind das die Bressehühner, außerhalb des Zuchtgebiets darf man sie aber nicht so nennen. Es sind Zwiehühner, also Tiere, die sowohl Eier legen als auch gegessen werden. Das hat aus Sicht des Tierschutzes den Vorteil, dass man die männlichen Küken nicht schreddern muss wie bei den reinen Eierhühnern. Auf dem Schönheller Hof achten sie die Würde der Tiere. Sie schlachten sie auf dem Hof, damit bleibt ihnen der quälende Tiertransport erspart. Am liebsten würde Kathrin ihre Galloways auf der Weide erschießen, aber das ist in Deutschland verrückterweise verboten.«

Mayfeld musste an die enthauptete Leiche im Wald denken. »Hast du Lea Himmelreich gesehen?«, fragte er Julia.

»Sie ist meine Patientin.«

Mayfeld konnte eine gewisse Reserviertheit in Julias Stimme hören und ahnte die Verwicklungen, die auf sie beide zukommen könnten. Lea Himmelreich war Julias Patientin und Kathrin Schönhell ihre Geschäftspartnerin. Das war so lange kein Problem, wie der Tote im Wald nicht Stefan Müller-Himmelreich war und die beiden mit dem Tod des Mannes nichts zu tun hatten. Aber wie wahrscheinlich war das?

Eine Bedienung kam herein und orderte drei Flammkuchen, zwei Handkäs mit Musik, einen Spundekäs und zwei Winzersteaks.

»Ich mache für Hilde noch den Einkaufszettel, dann fahren wir nach Hause.«

Herbert Mayfeld hatte Julia am Nachmittag mit seiner Harley nach Kiedrich gefahren, aber Julia war der Meinung, dass er nach drei Schoppen nicht mehr auf ein Motorrad steigen und besser bei ihnen übernachten sollte. So fuhren sie alle in Mayfelds Volvo zu der alten Villa zwischen Eltville und Walluf.

Es war ein für die Jahreszeit ungewöhnlich milder Abend, den man gut auf dem Balkon bei einem Glas Riesling oder Spätburgunder ausklingen lassen konnte.

»Was macht die Geschichtsforschung?«, fragte Herbert.

Eigentlich hing Mayfeld noch dem grausigen Leichenfund nach. Er hätte gerne mit Julia darüber gesprochen, aber das ging nicht. Vermutlich war es das Beste, sich einem anderen Thema zuzuwenden.

»Da begegnet mir oft das Gleiche wie in meinem Job als Kriminalist. Momentan beschäftige ich mich mit der Kurfürstlichen Burg in Eltville und all dem Mord und Totschlag, der in ihr oder um sie herum stattgefunden hat.«

»Schieß los, mein Sohn!«

»Fang bitte da an, wo du das letzte Mal aufgehört hast«, bat Julia.

»Die unmittelbare Vorgeschichte begann 1324. Da beschloss Papst Johannes XXII., dass er in Zukunft das alleinige Recht habe, den Kaiser des Heiligen Römischen Reichs zu krönen, und dass vor einer solchen Krönung das Reich allein ihm unterstehe.«

»Römisches Reich?«, fragte Julia. »Ging es da um die deutsche Kaiserkrone?«

»So ist es. Die deutschen Könige betrachteten die Kaiserkrönung als eine innerdeutsche Angelegenheit und der Papst als eine, in der er das Sagen hatte. Der damalige Beschluss richtete sich gegen Ludwig den Bayern, der gerade einen mit dem Papst verbündeten Rivalen um die Kaiserkrone aus dem Haus Habsburg ausgeschaltet hatte. Papst Johannes hat Ludwig und seine Anhänger exkommuniziert, das Abhalten der Messe in deren Ländereien untersagt und den König enteignet. Ludwig wiederum ist in Italien einmarschiert, hat einen Gegenpapst installiert, den alten Papst exkommunizieren und sich selbst zum Kaiser krönen lassen.«

»Alles im Namen des Vaters, des Sohnes und des Heiligen Geistes«, warf Herbert ein.

»Natürlich. Und an diesem Punkt kam Mainz ins Spiel, damals nach Köln die größte Stadt Deutschlands. Das Amt des Mainzer Erzbischofs war eines der wichtigsten im Deutschen Reich, der Erzbischof war gleichzeitig Kurfürst und Reichskanzler. Dieses Amt wollte das Mainzer Domkapitel, das war die adlige Geistlichkeit im Bistum Mainz, besetzen. Sie wählten Balduin von Luxemburg, der bereits Erzbischof von Trier und ein Verbündeter Ludwigs von Bayern war.«

»Ämterhäufung war kein Problem …«

»Selbstverständlich wollte auch der Papst dieses wichtige Amt besetzen, und er ernannte den Neffen des Erzbischofs von Köln, Heinrich von Virneburg, der ein Verbündeter von Papst und Habsburgern war.«

»Nepotismus war auch nicht weiter schlimm …«

»Der Papst exkommunizierte daraufhin den Erzbischof von Trier und Mainz sowie das gesamte Mainzer Domkapitel. Die Bürgerschaft der Stadt Mainz hingegen …«

»Bürger spielten auch eine Rolle?«

»Zu dieser Zeit vor allem die Patrizier. Die Bürgerschaft also, die sich von dem päpstlichen Kandidaten die Abschaffung der Privilegien des Domkapitels erhoffte, verbündete sich mit Heinrich von Virneburg. Die Domherren wurden aus der Stadt verjagt, ihre Häuser und Stifte geplündert und zerstört. In diesem Jahr, 1329, hat Balduin von Trier mit dem Bau zweier Festungen begonnen, in Flörsheim und Eltville. In Eltville nutzte er die Ruinen der knapp dreißig Jahre zuvor vom Kaiser zerstörten bischöflichen Burg. Die neuen Burgen hatten vor allem den Zweck, Mainz vom Rhein- und Mainhandel abzuschneiden. Daher auch der Name ›Trutz Mainz‹. Um die Befestigungsbauten zu legalisieren, verlieh König Ludwig Eltville die Stadtrechte. Balduins Politik hatte Erfolg, die Mainzer Bürgerschaft musste vier Jahre später in Eltville einen Sühnevertrag unterschreiben und sich zu Reparationszahlungen verpflichten. Weitere vier Jahre später hat sich besagter Balduin allerdings einem neuen Papst, Benedikt XII., unterworfen und das Bistum seinem Gegenspieler Heinrich von Virneburg überlassen.«

»War dann endlich Ruhe?«

»Ein knappes Jahr. Dann begann die zweite Mainzer Stiftsfehde.«

Herbert goss sich und seinen Gastgebern Wein nach. »Einer geht noch.«

»Die päpstlichen Gesandten, die die Übergabe des Bistums an Heinrich regeln sollten, traten in Mainz derart arrogant auf, dass es zu erneuten Aufständen und Plünderungen kam. Heinrich hatte jetzt zwar den Titel des Bischofs, aber keine Macht. Er hat daraufhin das gemacht, was die hohen Herren damals am laufenden Band getan haben, er hat die Koalition gewechselt, wurde zum Verbündeten von Kaiser und Domkapitel. In Mainz konnte sich Heinrich daraufhin nicht mehr blicken lassen, die Bürger nahmen ihm den Verrat übel. Deswegen baute er die Eltviller Burg aus, er hat unter anderem den Wohnturm errichten lassen. Vom Papst wurde er wegen seiner Untreue – na was?«

»Exkommuniziert?«

»Bingo. Wenige Jahre später wechselte auch Balduin von Trier die Koalition und wurde Verbündeter des Papstes, während Heinrich und das Mainzer Domkapitel dem König und Kaiser in Eltville die Treue schworen. In dieser Zeit wurde in Eltville große Politik gemacht, der Kaiser kam 1344 zu Besuch. 1346 wurde der Mainzer Erzbischof von einem neuen Papst, der sich Clemens VI. nannte, nochmals aus der Kirche ausgeschlossen.«

»Ich verliere langsam den Überblick, man kommt beim Zählen der Kirchenausschlüsse gar nicht mehr nach. Heißt ›Clemens‹ nicht ›der Sanftmütige‹?«, fragte Herbert.

Mayfeld nahm ein Buch, das auf dem Balkontisch lag, und suchte die entsprechende Seite. »So ist es. Und dieser Clemens schloss

Heinrich mit folgenden schönen Worten aus der Kirche aus: ›Mit Wahnsinn, Blindheit und Raserei möge er geschlagen werden. Der Himmel entlade über ihm seine Blitze! Der Zorn Gottes und der Heiligen Peter und Paul entbrenne gegen ihn in diesem und im künftigen Leben! Die Erde öffne sich und verschlinge ihn lebendig!‹«

»Das sind wahrlich fromme Wünsche.«

»Papst Clemens bestimmte daraufhin Gerlach von Nassau zum Erzbischof von Mainz. Der hatte zwar in Mainz keine Macht, aber er hat es geschafft, zusammen mit einigen weiteren Kurfürsten einen neuen Gegenkönig gegen Ludwig den Bayern zu wählen, Karl IV. Und damit beginnt der nächste Abschnitt der Stiftsfehde.«

»Geht das immer so weiter?«, fragte Julia.

»Jetzt kommt der blutigere Teil. Aber diese Geschichten erzähle ich euch ein anderes Mal.«

***

Sie steht mit Mama und Anja in der Küche, sie immer ein bisschen weiter vorne als Anja. Sie stampft das gekochte Gemüse und die Kartoffeln durch ein Sieb. Sie kann den Topf allein nicht halten, Anja darf helfen, verbrennt sich die Finger, als sie gemeinsam die Brühe für die Kartoffelsuppe angießen. Was passt sie auch nicht besser auf. Anja weint, Mama tröstet sie, dann ist alles wieder gut. Manchmal macht Mama Kalbskopfsülze. Es ist gruselig, wenn sie den Kalbskopf nimmt und in einen großen Topf mit sprudelndem Wasser gibt. Einmal kommt der Kalbskopf direkt vom Schlachter, bloß das Fell des Kälbchens ist schon abgezogen. Mama schneidet die Augen aus dem Kopf heraus, bevor sie ihn abkocht. Anja schaut sich solche Sachen nicht gerne an, sie schreit und rennt aus der Küche. Anja ist manchmal eine ganz schöne Heulsuse. Lea nicht, sie schaut Mama gerne bei der Arbeit zu.

Auch im Kindergarten ist Anja manchmal eine Heulsuse. Doch sie halten zusammen, Anja, Lea und Kathrin. Kathrin ist das stärkste Mädchen in der Bärengruppe. Vor ihr haben sogar die großen Jungs Respekt, deswegen lassen sie Anja in Ruhe. Im letzten Kindergartenjahr ist Kathrin schon in der Schule, und Lea ist Anjas Beschützerin.

Über dem Gartentor des Hauses, in dem sie wohnen, hängt ein glän-

zendes Metallschild mit der Aufschrift »Villa Haller«. Lea ist stolz, dass sie das lesen kann, obwohl sie noch gar nicht in die Schule geht. Anja kann das nicht. Den Haupteingang der Villa sollen sie nicht benutzen, hat Mama gesagt. Sie müssen um die Ecke gehen, auf die Seite des Gebäudes, wo die Sonne nur selten hinkommt, zu dem kleinen Eingang für die Angestellten. Sie betreten das Haus. Hier leben sie mit Mama in zwei kleinen Zimmern. Sie dürfen in der Villa wohnen, weil Mama für Walter Haller arbeitet. Aus einem anderen Flügel der Villa hört Lea Frieda rufen. Frieda ist eine alte, kranke Frau, die immer nur im Bett liegt, weil sie keine Kraft mehr hat. Sie ruft andauernd nach Mama oder betet. Dafür reicht die Kraft noch. Einmal in der Woche kommt der Pfarrer und hilft ihr beim Beten. Beim Essen und wenn sie ein Geschäft machen muss, hilft Mama. Jeder hilft, wie und wo er kann, sagt Mama. Einmal sind Lea und Anja in das Zimmer gegangen, als Frieda geklingelt hat, weil sie auch helfen wollten. Aber da hat die alte Frieda Herzbeklemmungen bekommen. Seither ist das strengstens verboten. Anja sagt, dass Frieda eine böse Hexe ist. Das sollst du nicht sagen, Mama hat es verboten, antwortet Lea.

Am Abend kommt Walter Haller nach Hause. Er ist Mamas Chef, sie wäscht ihm die Kleider, putzt die Wohnung, kocht das Essen. Er hat ein goldenes Halstuch um und riecht gut. Hallo, Walter, sagt Mama, wenn sie ihm die Tür öffnet. Hallo, Walter, ruft Lea vom Flur aus. Heute gibt es Suppe, Fisch, Fleisch und Eis. Lecker, antwortet Walter und lacht. Dann geht er durch den Flur zu Frieda mit den Herzbeklemmungen.

Walter ist immer nett zu ihnen, sie dürfen abends alle im Esszimmer zusammensitzen. Aber Walter will nicht, dass sie zu seiner Mutter, der alten Frieda, gehen, wahrscheinlich wegen der Herzbeklemmungen. Und wenn Gäste kommen, ist alles anders. Lea und Anja müssen in ihrem Zimmer bleiben, Mama bedient und trägt den ganzen Abend Speisen auf. Walter ist ein Schleckermaul, sagt Mama oft, sie ist stolz, wenn er sie lobt.

Geht in euer Zimmer, ruft Mama eines Tages, als sie von der alten Frieda kommt. Sie ist ganz aufgeregt und duldet keine Widerrede. Bald darauf kommt Walter nach Hause, obwohl es noch gar nicht Abend ist. Frieda ist tot, sagt Mama später, jetzt hat sie endlich ihren Frieden.

Walter ist seitdem öfter zu Hause. Er lädt Gäste ein, es ist laut, die Gäste lachen, trinken und tanzen. Mama bleibt lang bei Walter, sie darf mitlachen, mittrinken und mittanzen. Eines Tages holt Kathrins Mama sie vom Kindergarten ab. Ihre eigene Mama sitzt zu Hause am Küchentisch und weint. Walter ist tot, sagt sie, wie soll es denn nun weitergehen?

Dann ist Mama verschwunden. Deine Mutter war eine ganz liebe Frau, aber sehr labil, sagt Christel. Anja ist auch so labil. Ich pass auf dich auf.

Lea schlief in dieser Nacht sehr unruhig. So glücklich war die Kindheit in der Villa Haller also nicht gewesen. Sie wunderte sich, dass sie keine weiteren Erinnerungen an ihre Mutter hatte. Reinhardt hatte gesagt, dass sie sich das Leben genommen habe. Aber davon wusste Lea nichts. Auch nicht, wo sie begraben war.

Da war sie wieder, die schwarze Wand. Lea schlief ein.

Aus der Ferne beobachten zwei Mädchen einen Trauerzug. Sie haben nicht auf die Beerdigung mitkommen dürfen. Aber sie haben es geschafft, aus der Villa wegzulaufen. Sie stehen hinter einem großen Busch und sehen, wie sich der Zug, angeführt vom Pfarrer, dem Loch nähert. Männer in schwarzen Anzügen lassen den Sarg in die Erde hinab. Es sind viele Menschen da, weinende Menschen, die dem Sarg Blumen und Erde hinterherwerfen. Die Mädchen sind allein. Sie wären so gerne bei ihrer Mutter, die weinend am Rand der Menge steht.

***

Heute wollte sie nicht ins Fischbachtal, zu den Hühnern und den Rindern, den Schweinen und Pferden, zum Backhaus und zum Schlachthof, zu Kathrin und Micha. Sie fühlte sich leer und ausgelaugt und abgestorben. Das Böse hatte sie gestern im Fischbachtal heimgesucht, es griff immer weiter um sich. Deswegen wollte sie heute lieber im Paradies bleiben, auch wenn sie dafür an der alten Hexe und ihren Gänsen vorbeimusste. Sie fuhr ihre klapprige Ente an die Bordsteinkante in der stillen Straße, huschte durch den im Zwielicht der Dämmerung liegenden Hof, ignorierte das matt beleuchtete Fenster, hinter dessen Vorhang sich etwas bewegte, und verzog sich in ihr Reich.

Es bestand aus einer Wohnküche, in der auch das Bett und die Dusche standen, und einem Kabuff, in das man erst kam, wenn man das Regal beiseiteschob, das die dahinterliegende Tür verdeckte. Sie schlüpfte in den kleinen Raum, der alle ihre Geheimnisse und die Heiligtümer in sich barg.

An der rechten Wand des fensterlosen Zimmers war ein Pfahl festgeschraubt, ein Wingertstickel, den sie mit Schnitzereien verziert und bemalt hatte. Darüber hing ein Bauscheinwerfer. An der linken Wand stand eine große beschlagene Schatzkiste, und an der Stirnseite stand ein Holztisch, über dem ein Schwarzes Brett und ein kleiner Spiegel angebracht waren.

Sie starrte auf die Zeitungsausschnitte, die sie gesammelt hatte. Der Feind war auf dem Vormarsch. Die Südlichen und die Nördlichen Cheyenne durften sich nicht auseinanderdividieren lassen.

Sie öffnete die Holzkiste und nahm Farben, Federschmuck, Flöte, Lederriemen und eine dicke Nadel heraus. Sie setzte sich auf den klapprigen Stuhl vor dem Holztisch, rückte den halb blinden Spiegel zurecht und trug die Farben sorgfältig auf. Erst im Gesicht, dann zog sie ihr T-Shirt aus und bemalte Arme und Oberkörper. Danach flocht sie sich die Federn ins Haar.

Die schwierigste Prozedur kam zum Schluss. Sie fädelte den Lederriemen in die Öse der gebogenen Nadel. Sie packte sich eine Hautfalte unter dem Rippenbogen, presste sie zusammen und stieß die Nadel durch das Fleisch. Der Schmerz signalisierte ihr, dass sie noch am Leben war, genauso wie das Blut, das aus der Stichwunde floss und sich mit den Farben mischte. Sie zog die Nadel auf der anderen Seite wieder heraus, pfriemelte den Lederriemen aus der Öse und verknotete ihn über der Hautfalte. Jetzt war alles bereit.

Sie ergriff die Flöte, ging zum Totempfahl und befestigte das lose Ende des Lederriemens an einem Nagel, den sie in das Holz geschlagen hatte. Dann schaltete sie den Bauscheinwerfer an.

Der Sonnentanz konnte beginnen.

Sie blickte in das Licht der Sonne und tanzte. Tanzte und spielte auf der Rohrflöte. Das Licht blendete sie, aber es gab ihr auch Kraft und brachte sie Maheo, dem Gott der Cheyenne, näher. Sie tanzte auf den Pfahl zu und von ihm weg; wenn sie sich von ihm wegbewegte, zerrte und riss der Lederriemen an ihrem Fleisch. Es war ein schneidender Schmerz, der sich im ganzen Körper ausbreitete und sie mit Lebendigkeit und neuer Kraft erfüllte.

Sie tanzte und tanzte. Blies immer heftiger auf der Flöte. Zog an dem Riemen, durch den ihr Fleisch mit dem Totempfahl verbunden war. Die Welt um sie herum zerfloss und tanzte den Sonnentanz mit ihr.

Als der Riemen aus ihrem Fleisch herausriss, fiel sie zu Boden. Es war vollbracht. Jetzt war sie Maheo ganz nahe. Maheo, der unter den Menschen gelebt hatte und jetzt vom Himmel aus über die Cheyenne wachte.

Und siehe, sie wusste, was zu tun war.

Mittwoch, 11. September

Die Sonne hatte das Regiment über den Tag an sich gerissen, ohne auf Nebel oder Morgendunst Rücksicht zu nehmen: Eine halbe Stunde am Morgen ließ sie die Feuchtigkeit in den Niederungen gewähren, dann übernahm sie das Kommando, und niemand hatte den Eindruck, dass das Himmelsgestirn sich bis zum Abend das Heft noch einmal aus der Hand nehmen lassen würde.

Im Konferenzraum des K11 hatten sich Mayfeld, Winkler, Blum, Yilmaz und Adler versammelt.

»Was wissen wir über die Leiche?«, fragte Mayfeld.

Adler ergriff als Erster das Wort. »Es handelt sich um Stefan Müller-Himmelreich. Der DNA-Abgleich war positiv.«

»Dr. Enders hat die Obduktion noch gestern Abend vorgenommen«, fuhr Heike Winkler fort. »Die Ergebnisse sind nur vorläufig, einige toxikologische Befunde und der Abschluss des entomologischen Gutachtens stehen noch aus. Sicher ist: Als Müller-Himmelreich enthauptet wurde, war er bereits tot, sonst wäre der Blutverlust größer gewesen. Tatwerkzeug bei der Enthauptung war wahrscheinlich ein schweres Schlachtermesser oder ein Beil, das schließt Enders aus der Beschaffenheit der Wunde. Woran das Opfer gestorben ist, kann Enders nicht sagen, er macht deswegen noch toxikologische Untersuchungen. Außer der Enthauptung und den nach dem Tod dazugekommenen Bissverletzungen, die vermutlich von Ratten stammen, weist der Leichnam nämlich keine Verletzungen auf. Über den Zustand des Kopfes hingegen wissen wir nichts, aber Enders vermutet eine Kopfverletzung als Todesursache.«

»Nur damit ich das richtig verstehe: Der Doc meint, man habe dem Opfer den Schädel erst ein- und dann abgeschlagen?«, fragte Blum. Ihr Outfit, ein grell pinkfarbener Flauschpulli, hautenge Jeans und weiße Lackstiefel bis über die Knie, war so schrill wie ihr Auftritt. »Was für ein Umstand!«, rief sie aus.

»Wir kommen gleich darauf zu sprechen, lass erst Heike zu Ende kommen«, bat Mayfeld.

»Beim Todeszeitpunkt hat sich Enders auf die Zeit zwischen Dienstagmittag und Dienstagnacht letzter Woche festgelegt.«

»Wie kann er das so genau machen?«, fragte Blum.

»Wir wissen, dass das Opfer bis Dienstagmittag noch lebte«, erklärte Winkler. »Dass es spätestens Dienstagnacht im Wald abgelegt wurde, schließt Enders aus dem Reifungsgrad der Maden und Wurmeier in der Leiche.«

Details über die Maden und Würmer in der Leiche wollte sich Mayfeld gerne ersparen. »Was verrät uns der Fundort?«

»Leider wenig.« Adler zog einen kleinen Papierstapel an sich heran und blätterte darin. »Er ist vermutlich nicht der Tatort. Auch wenn wir davon ausgehen, dass die Enthauptung erst nach dem Tod durchgeführt wurde, es also nur einen geringen Blutverlust gegeben hat, wären doch Spuren am Tatort zu erwarten.«

»Ein bisschen Sauerei macht das denn doch«, warf Blum ein. Sie nickte mit dem Kopf, als hätte sie sich genau das gedacht. »Und Saubermachen ist im Wald ziemlich schwierig.«

»So ist es, Nina.« Adler lächelte. »Jemand hat eine kleine Grube im Waldboden gegraben, den Körper hineingelegt und mit Erde und Laub bedeckt. Die Leiche wurde vermutlich in den ersten sechs Stunden nach Eintritt des Todes am Fundort abgelegt, die Totenflecken entsprechen nämlich genau der Lage, in der wir Müller-Himmelreich gefunden haben.«

»Wenn die Leiche schon vorher so gelagert wurde, zum Beispiel in einem Sack, könnte sie aber auch später in das Loch im Wald gelegt worden sein«, bemerkte Yilmaz.

»Stimmt«, antwortete Adler. »Und das war es dann auch schon, was wir halbwegs sicher wissen. Wir haben einen Fetzen Stoff an einem dornigen Ast gefunden. Der hing dort noch nicht lange, aber natürlich wissen wir nicht, ob er mit Tat oder Täter in Zusammenhang steht. Was man auf den ersten Blick sagen kann: Es ist gewachste Baumwolle, ein Gewebe, wie es für Reiter- oder Jägerjacken, aber auch für sonstige Outdoorkleidung benutzt wird. Wir untersuchen, ob es irgendein seltenes oder ein Nullachtfünfzehn-Gewebe ist. Wir haben auch Reifenspuren in der Nähe des

Fundortes gefunden. Die meisten stammen von unseren Kollegen von der Bereitschaftspolizei, die als Erste am Fundort waren. Ein paar weitere Reifenspuren wurden niedergetrampelt, von wem auch immer.« Adler machte eine Pause in seinen Ausführungen. »Wann wird eigentlich auch der letzte Idiot im Polizeiapparat kapiert haben, dass wir von der Spurensicherung die Ersten sein sollten, die einen Tatort oder Leichenfundort betreten?«, polterte er dann los.

»Nie«, antwortete Nina trocken. »Es kommen nämlich immer wieder neue Idioten dazu.«

Adler lächelte gequält. »Ein paar wenige Reifenspuren, die nicht zertrampelt wurden und nicht von einem Polizeiauto stammen und die möglicherweise irgendwann im Lauf der Ermittlungen noch von Bedeutung sein könnten, haben wir auch gefunden. Sie lassen sich einem SUV zuordnen.«

»Zwei solche Wagen hat ein Zeuge in Fischbach am Dienstag vor einer Woche gesehen«, erinnerte sich Mayfeld.

»Das ist der Vorteil von Morden auf dem Land«, lästerte Blum. »Zeugen können sich an einzelne Autos erinnern.«

»In unserem Fall leider nicht auch an die Kfz-Nummern«, ergänzte Winkler.

Mayfeld seufzte. »Bis auf den recht weit gefassten Zeitraum, in dem der Tod des Opfers eingetreten ist, wissen wir nichts mit Sicherheit.«

»Vielleicht können wir ein Bewegungsprofil für Müller-Himmelreich aus den Funkzellendaten seines Handys rekonstruieren«, schlug Heike vor.

Yilmaz schüttelte den Kopf. »Dafür ist es zu spät. Müller-Himmelreich benutzte ein Prepaidhandy. Sein Mobilfunkprovider speichert diese Daten nur zwei Tage lang.«

Die Spurenlage brachte sie im Moment nicht weiter. Die moderne Überwachungstechnologie ebenfalls nicht. Sie hatten auch noch keine Ideen zum Motiv für den Mord. Sie fanden nichts Sinnvolles, weil sie nicht wussten, wonach sie suchen sollten.

»Beschäftigen wir uns doch mal mit den ungewöhnlichen Aspekten des Falls«, schlug Mayfeld vor. »Welche sind das eurer Meinung nach?«

»Dass jemand dem Opfer erst den Schädel ein- und dann abschlägt«, wiederholte Nina Blum ihre Bemerkung.

»Erstens«, sagte Mayfeld.

»Dass die Leiche gekrümmt wie ein Fötus im Mutterleib im Wald verscharrt wurde«, schlug Yilmaz vor.

»Zweitens.«

»Dass die Ehefrau des Opfers an dem Tag, an dem ihr Mann ermordet wurde, in der Nähe einen schweren Verkehrsunfall hatte«, sagte Winkler.

»Drittens. Beginnen wir mit Punkt eins.«

»Niemand muss Müller-Himmelreich den Kopf eingeschlagen haben«, stellte Adler klar. »Wenn er an einer Kopfverletzung gestorben ist, könnte das auch ein Sturz gewesen sein oder ein Schuss.«

»Was könnte das Motiv für die Enthauptung sein?«, hakte Mayfeld nach.

»Der Täter könnte damit etwas verdunkeln wollen. Vielleicht hat er das Opfer durch einen Kopfschuss getötet, die Kugel blieb im Schädel stecken, und der Täter befürchtete, dass man, wenn man die Leiche findet, durch die Kugel die Waffe und damit ihn identifiziert.«

»Es würde sich dann um eine angemeldete Waffe mit geringer Durchschlagskraft handeln«, überlegte Mayfeld.

»Eine Pistole oder ein Kleinkalibergewehr, wie es Sportschützen verwenden. Oder eine kleine Jagdflinte«, ergänzte Adler.

»Statt die Kugel zu entfernen, entfernt er den ganzen Kopf. Wenn wir den Kopf finden, nutzt dem Täter das gar nichts«, meinte Nina Blum.

»Den hat er vielleicht sorgfältiger als den Rest der Leiche versteckt«, entgegnete Winkler.

»Diese Vorgehensweise setzt einen besonders kaltblütigen und überlegten Mörder voraus«, gab Yilmaz zu bedenken. »Denkbar ist auch das Gegenteil: ein besonders irrationaler Mensch, für den die Enthauptung zu einem Ritual gehörte.«

»Ein Irrer oder eine Irre?«, fragte Nina.

»Dazu würde die fötale Stellung der Leiche passen«, sagte Yilmaz.

»Wenn die nicht ganz pragmatische Gründe hat«, widersprach Adler. »Vielleicht lag die Leiche so in dem Loch, weil sie anders nicht hineingepasst hat. Der Mörder hatte möglicherweise keine Zeit, ein größeres Loch zu graben. Wenn der Täter die Leiche noch bei Tageslicht vergraben hat, ging er ein hohes Risiko ein, entdeckt zu werden. Je kleiner das Loch, desto schneller war er mit dem Graben fertig. Dafür spricht auch, dass das Loch nicht sehr tief war, die Leiche war kaum von Erde bedeckt, der Täter hat notdürftig noch etwas Laub über ihr verteilt.«

»Vielleicht waren es mehrere Täter, dann war das Risiko, entdeckt zu werden, geringer; einer konnte graben und später die Leiche ablegen, ein zweiter stand Schmiere.«

Die Einfälle der Kollegen versiegten. Einer oder mehrere Täter, ein Ritualmord oder eine kaltblütige Verdunkelungsaktion, alles war möglich.

»Wem fällt etwas zu Punkt drei ein, dem Unfall der Ehefrau?«, fragte Mayfeld.

»Das ist ein weites Feld«, bemerkte Yilmaz. »Es können zwei zufällig zeitnah auftretende Ereignisse sein, das ist wenig wahrscheinlich, aber nicht so unwahrscheinlich, dass wir es außer Acht lassen können. Wenn die Ereignisse zusammenhängen, ist völlig unklar, wie sie das tun. Sind die Eheleute Opfer ein und desselben Täters, eines Komplotts?«

»Wir haben keine Hinweise darauf, dass Lea Himmelreichs Wagen manipuliert wurde«, stellte Adler fest.

»Wir sollten die Zeugin des Unfalls fragen, ob sie irgendetwas beobachtet hat, das für eine Fremdbeteiligung spricht«, sagte Mayfeld.

»Oder ist die Ehefrau in die Tötung ihres Mannes verwickelt?«, fuhr Yilmaz fort.

»Und hat anschließend die Nerven verloren und deswegen ihre Karre zu Schrott gefahren?«, fragte Nina Blum.

»Hat jemand im Krankenhaus nachgefragt, ob Frau Himmelreich mittlerweile vernehmungsfähig ist?« Wenn sie mit Julia sprechen konnte, konnte sie das auch mit ihm tun, fand Mayfeld.

»Wir sollen am späten Vormittag auf Station anrufen, nach der Chefvisite. Ich erledige das.«

»Danke, Nina. Vielleicht kann und will sie einige unserer Fragen beantworten. Wenn sie uns Einblick in Telefonverbindungsdaten,

Konten und so weiter gibt, können wir möglicherweise leichter und weitergehender ermitteln als mit richterlichen Durchsuchungsbeschlüssen. Wir fahren zweigleisig. Wir versuchen, ihr Einverständnis und einen Durchsuchungsbeschluss zu bekommen. Apropos richterliche Verfügung: Wer ist von der Staatsanwaltschaft zuständig?«

»Dr. Eva Morgenthaler.« Winkler schien damit genauso zufrieden zu sein wie Mayfeld.

Es war ein Segen, dass Staatsanwalt Lackauf ins Innenministerium abgeordnet war, wo er an seiner politischen Karriere arbeiten konnte. So richtete er zumindest im Polizeipräsidium keinen Schaden mehr an. Frau Morgenthaler war eine für die polizeilichen Ermittler ideale Staatsanwältin, so empfand das zumindest Mayfeld. Sie mischte sich selten ein und gab Unterstützung und Rückhalt, wo man ihn brauchte.

»Morgenthaler ist bereits informiert. Ich habe nachher einen Termin mit ihr beim Untersuchungsrichter«, fuhr Winkler fort. »Müller-Himmelreichs Auto haben wir in die KTU bringen lassen. Gibt es schon Ergebnisse, Horst?«

»Die kommen im Lauf des Tages.«

Was die Motive für den Mord betraf, kamen sie keinen Schritt voran, fand Mayfeld. »Wir müssen uns mit dem Umfeld des Toten beschäftigen. Leider haben wir bislang nichts über Freunde oder Feinde von Müller-Himmelreich erfahren.«

»Ein Mann ohne Eigenschaften«, warf Yilmaz ein.

»Seine Eltern sind, wie wir wissen, früh verstorben. Hat er sonst noch Familie?«, fragte Mayfeld.

»Eine Cousine in den USA«, berichtete Yilmaz.

Mayfeld seufzte. »Wir werden den Mord an Müller-Himmelreich und den Unfall von Lea Himmelreich bis auf Weiteres als einen zusammenhängenden Fall behandeln. Ich habe mir überlegt, wer für uns im Lichte der neuen Erkenntnisse interessant ist. Da gibt es zum einen Kathrin Schönhell: Die Leiche wurde in der Nähe ihres Bauernhofs gefunden. Sie führt Schlachtungen auf ihrem Hof durch, hätte also das Werkzeug, das gebraucht wurde, um Müller-Himmelreichs Leiche so zuzurichten. Sie ist eine Freundin von Lea Himmelreich und hat ihre Abneigung gegen deren Mann kaum verborgen.«

»Wenn sie was mit dem Mord zu tun hätte, wäre das ziemlich dumm gewesen«, wandte Yilmaz ein.

»Oder sie gibt es zu, weil sie davon ausgeht, dass wir das sowieso herausbekommen hätten«, fuhr Mayfeld fort. »Dann gibt es zweitens Anja Himmelreich, die Schwester der Köchin. Sie arbeitet auf dem Schönheller Hof. Anja müssen wir genauso befragen wie Elke Schönhell, die Mutter von Kathrin. Beide haben Lea Himmelreich am Tag des Unfalls gesehen. Und wir müssen noch einmal mit Dr. Makaroff und mit Nicola Schlesinger reden.«

Mayfeld verteilte die Aufgaben für den Tag.

***

Gegen Morgen hatte Lea endlich ein paar Stunden geschlafen, bevor eine gut gelaunte Krankenschwester sie viel zu früh weckte, um ihr den Blutdruck zu messen. Irgendwie kam ihr die junge Frau, die sich als Luisa vorstellte, bekannt vor.

»Kennen wir uns?«, fragte sie.

»Ich glaub schon«, antwortete Luisa zu ihrer Überraschung. »Während meiner Ausbildung war ich eine Zeit lang auf der Entbindungsstation. Ich erinnere mich an Sie, Sie haben hier im Krankenhaus entbunden. Sie und Ihr Mann waren so glücklich über Ihre kleine Tochter.« Sie löste die Blutdruckmanschette, machte eine Notiz in ihr Buch und nickte Lea freundlich zu. »Haben Sie sie schon gesehen, seitdem Sie wieder wach sind?«

Und schon war Schwester Luisa, ohne eine Antwort abzuwarten, wieder aus dem Zimmer verschwunden.

Lea schloss die Augen. Plötzlich kamen die Erinnerungen wieder. Erinnerungen an den Kreißsaal, an die Wehen, die Schmerzen und das überschäumende Glück, als Hannah nach vielen Stunden endlich auf der Welt war und auf ihrem Bauch lag. Erinnerungen an den Geruch von neuem Leben und an ein Gefühl, das viel stärker als jeder Schmerz war, durchfluteten sie. Und es tauchten Bilder von einem Mann auf, der damals genauso glücklich zu sein schien wie sie.

Lea schlief wieder ein. Sie träumte von der Hochzeit mit Stefan, vom ersten Jahr, das sie zu Hause geblieben war mit ihrer Kleinen, von der schönsten Zeit in ihrem Leben.

Dann wurde sie durch das Frühstück geweckt, das eine Stationsschwester klappernd auf den Tisch stellte.

»Zeit zum Aufstehen, Frau Himmelreich«, rief sie und verschwand wieder.

Lea stand unwillig auf, ging ins Bad und setzte sich anschließend vor das Tablett, verrührte etwas von der zuckrigen Marmelade in den faden Magerquark und löffelte ein paar Bissen in sich hinein.

Zuletzt war ihr das Leben zu Hause allerdings eintönig geworden. In dem Jahr, in dem sie zu Hause gewesen war, hatte das Restaurant den Stern und zwei Kochlöffel verloren, und Lea wollte diese Auszeichnungen zurückgewinnen. Sie hatte versucht, die kleine Hannah mit ins Restaurant zu nehmen, aber es wurde ihr schnell klar, dass das keine gute Idee war. Sie kochte nicht allein in einer kleinen Küche für ein paar Leute, sie befehligte eine Hochleistungs-Küchenbrigade. Die Gäste fragten zwar nach dem Kind, aber Nachsicht für die überlastete Mutter gab es keine, nicht auf diesem Niveau und nicht bei diesen Preisen. Das konnte Lea verstehen. Sie musste das Kind anderweitig versorgen. Ein Mandant von Stefan hatte die Lösung für das Problem. Er hatte in Wiesbaden einen bilingualen Kindergarten mit flexiblen Öffnungszeiten und ganzheitlicher Förderung der Kinder eröffnet. Der Besuch war nicht billig, aber dafür war Hannah mit Kindern aus gutem Hause zusammen und bekam eine intensive Betreuung. Sie war gut untergebracht.

Lea spürte einen bitteren Geschmack im Mund. Es lag nicht am Krankenhausquark. Untergebracht. Versorgt. Problem. Na prima. Den Stern und die Kochlöffel hatte sie nach einem Jahr wieder zurück. Großartig. Jetzt kamen zu dem bitteren Geschmack noch Kopfschmerzen und Schwindel. Sie musste sich für einen Augenblick aufs Bett legen. Dort schlief sie sofort ein.

Sie wurde von der Visite geweckt. Viele Weißkittel umringten ihr Bett. Sie erkannte Schwester Marlies und Dr. Möller.

»Lea Himmelreich, Contusio cerebri nach Verkehrsunfall am Dienstag vergangener Woche«, referierte Dr. Möller. Er schaute dabei auf den grauhaarigen Weißkittel neben sich, der der Chef der Truppe zu sein schien. Irgendwie kam ihr der alte Herr bekannt vor. »Zunächst hatte die Patientin erhebliche Hirndruckzeichen. Wir haben sie vorgestern aus dem künstlichen Koma aufwachen lassen, sie ist seit gestern hier auf Station. Sie leidet an einer retrograden Amnesie und einer motorischen Aphasie, ist aber auf dem Weg der Besserung. Sonst bestehen keine neurologischen Ausfälle, vielleicht manchmal ein inadäquat läppischer Affekt.«

Läppisch? Sie musste Dr. Möller unbedingt etwas Passendes antworten, egal, ob sie die richtigen Worte fand oder nicht. »Mein Gefühl ist kein Lappen«, protestierte sie.

Der Chef warf Dr. Möller einen missbilligenden Blick zu und streckte Lea die Hand entgegen. »Mein Name ist Professor Liebherr, ich bin Chefarzt der Neurologie«, stellte er sich vor. »Ich kenne Sie aus dem ›Himmelreich‹. Ich bin ein großer Bewunderer von Ihnen. Wie geht es?«

Beschissen, wollte sie antworten. »Jeden Tag geh ich ein wenig besser«, sagte sie stattdessen. »Geht es besser.« So etwas hörte der Professor bestimmt gern.

Er stellte die offensichtlich unvermeidlichen Fragen zu Person, Zeit, Ort und Situation. Bat sie, ein paar komplizierte Worte nachzusprechen, was ihr meistens gelang. Klopfte auf ihren Gelenken herum und ließ sie sich mit geschlossenen Augen vor das Bett stellen, was sie nur ein ganz klein wenig schwindelig werden ließ.

Professor Liebherr wandte sich Dr. Möller zu. »Was Frau Himmelreich sagt, klingt nicht nach einer motorischen Aphasie. Ich würde es eher eine amnestische Aphasie mit semantischer Paraphasie nennen. Was meinen Sie, Herr Kollege?«

Sein Mitarbeiter lächelte verlegen. »Das trifft es sicherlich besser, Herr Professor.«

»Ob Sie das notorische Phase oder Amnestie mit schematischer Phrase nennen ist mir wurst. Hauptsache, die Worte fliegen leichter und schneller heraus, auch wenn sie nicht immer treffen.« Da war jetzt wieder ziemlich viel danebengegangen.

Der Professor lächelte freundlich. »Genau das habe ich gerade eben zu dem jungen Kollegen gesagt, Frau Himmelreich. Insgesamt sieht es gar nicht schlecht aus.«

»Wann kann ich nach Hause?«

Professor Liebherr schaute jetzt wieder ernst. »Das hat mich Ihr Vater heute Morgen am Telefon auch schon gefragt. Ich würde Sie gerne noch ein paar Tage beobachten und dann einige abschließende Untersuchungen machen. Wenn die Heilung weiter so rasch verläuft, steht einer Entlassung Mitte nächster Woche nichts im Wege.«

»Aber …«

»Ich weiß, Sie haben eine kleine Tochter, Sie haben ein Unternehmen, das sie braucht, aber bedenken Sie bitte, dass Sie einen schweren Unfall hatten, dass es Ihnen eine Weile sehr schlecht ging. Als wir gerade hereinkamen, haben Sie geschlafen. Es ist völlig normal, dass Sie noch sehr leicht erschöpfbar sind. Und Ihre Sprache sollte auch noch etwas präziser werden. Sie müssen sich eine Weile schonen, dürfen nichts überstürzen.« Er warf einen Blick auf ihre Patientenkurve. »Es stehen noch neuropsychologische Untersuchungen an, Logopädie, Physiotherapie, EEG und MRT. Am nächsten Mittwoch reden wir über die Entlassung. Weiter gute Besserung!« Der Professor verließ mit seinem Tross das Zimmer.

Kurz darauf klopfte es an der Tür, Tante Gisela kam herein, ein Geruch nach Tannenzapfen, Bergamotte und Pfeffer. »Chance« von Chanel.

»Jeden Tag geht es ein bisschen besser, wie mich das freut«, hörte Lea die silbrige Stimme.

»Wo ist Hannah?«

»Aber meine Liebe, wo soll sie denn sein? In der Schule natürlich.«

Natürlich, wie konnte sie das vergessen. »Ich möchte sie gerne sehen.«

»Das hat mir Reinhardt schon gesagt. Wie wäre es an einem der kommenden Nachmittage? Musst du überhaupt noch lange in diesem Krankenhaus bleiben? Reinhardt meinte, deine Therapien könntest du auch zu Hause bekommen.« Gisela stellte eine Tasche ans Fußende des Bettes, öffnete sie und holte einen kleinen Glasflakon heraus. Sie hielt ihr den Flakon unter die Nase. »›Insolence‹. Ein recht passender Duft. »Bleib ruhig liegen, das tut dir bestimmt gut.« Gisela packte die Tasche aus. Ein Nachthemd, Unterwäsche, ein Hausanzug, das Ladegerät für ihr Handy, Kochzeitschriften.

Kochzeitschriften! Als ob sie so was jetzt lesen würde … »Hast du Fotos mitgebracht?«

»Tut mir leid, die hab ich nicht gefunden. Ich wusste gar nicht, dass ihr die Bilder noch auf Papier habt.«

»Die Fotobücher stehen im Regal im Wohnzimmer.« Sie war enttäuscht über den dürftigen Inhalt der Tasche, aber sie war froh, dass sie wieder wusste, wo in ihrer Wohnung die Fotobücher zu finden waren.

»Ich freue mich, dass es mit dir so steil bergauf geht. Was machst du eigentlich den ganzen Tag in der Klinik?«

»Ich vertusche. Entschuldigung, ich versuche, mich zu erinnern.«

»Und dafür zahlst du ein paar hundert Euro am Tag?« Gisela schüttelte den Kopf. »An was erinnerst du dich denn?«

»An zu wenig. Noch nicht einmal an die Beerdigung meiner Mutter.«

Gisela nickte. »Damit beschäftigst du dich also. Deine Mutter hat einen Abschiedsbrief hinterlassen, in dem sie schrieb, sie wolle in den Rhein gehen. Ihre Leiche wurde nie gefunden.«

Ein kalter Hauch umwehte Lea. Warum nahm Gisela sie jetzt nicht in den Arm? Eine Weile schwiegen die beiden Frauen.

»Was ist mit den Erinnerungen, die die letzten Tage betreffen?«

»Ich erinnere mich an Hannah, an meinen Mann, an das Restaurant.«

»Was ist mit dem Unfall?«

»Der Tag ist für mich ein schwarzes Loch.«

»Vielleicht ist es so am besten.«

Gisela hatte recht. »Seit wann haben wir ein Au-pair-Mädchen?«

»Seit ein paar Monaten. Es muss sich ja abends jemand um Hannah kümmern. Außerdem wolltest du, dass Hannah in Eltville in die Schule geht und nicht in diese Wiesbadener Ganztagsschule.«

Und dafür hatte ich gute Gründe, wollte Lea einwerfen, aber sie hätte nicht sagen können, welche das waren.

»Hattest du in letzter Zeit Stress mit Stefan?«, fragte Gisela unvermittelt.

»Das hat Reinhardt gestern angedeutet.«

»Ihr klangt am Telefon so.«

»Wir wollten uns am Dienstag treffen.«

»Ich weiß.«

Wieder war die schwarze Wand da.

»Das ist alles zu viel für dich«, sagte Gisela. Sie klang besorgt.

»Es bekommt mir nicht, dass sich meine Mutter das Leben genommen haben soll.« Schon wieder war sie mit den falschen Worten in der Vergangenheit gelandet.

»Deine Mutter war ziemlich labil. Nach ihrem Suizid kam heraus, dass sie schon vor eurer Geburt einmal versucht hatte, sich das Leben zu nehmen. Anja ist ganz nach ihr geraten. Und du hast ja auch nur ganz knapp die Kurve gekriegt.«

Die schwarze Wand kam bedrohlich nahe. »Was soll das denn heißen?«, fragte Lea beklommen.

»Willst du das wirklich alles wissen?«, fragte Gisela.

Warum frag ich sonst? »Danke! Bitte!«

»Also gut. Nach der Realschule wolltest du partout Abitur machen, du bist nach Wiesbaden auf die Elly-Heuss-Schule gegangen. Die erste Zeit hast du dort alles Mögliche getrieben, bloß nicht gelernt. Schließlich hast du einen ziemlich schweren Suizidversuch unternommen. Wir hatten Angst, dass du in die Fußstapfen deiner Mutter und deiner Schwester treten würdest.«

Die schwarze Wand war um sie herum, es gab kein Entkommen mehr. Lea atmete schwer. Um sie herum drehte sich alles. Sie schloss die Augen.

Eine junge Frau liegt in einer Glasbox. Sie ist an Schläuche und Kabel angeschlossen. Um sie herum blinken und piepsen Monitore.

»Ich kann mich nicht erinnern.«

»Ich bin so dumm. Ich hätte von alldem nicht reden sollen. Verzeih mir bitte.« Gisela stand auf. »Es kommt alles wieder ins Lot. Komm bald nach Hause. Ich freue mich schon. Vielleicht schläfst du jetzt eine Runde?« Sie verließ das Zimmer.

Lea blieb eine Weile mit geschlossenen Augen auf dem Bett liegen. Dann stand sie langsam auf und schloss ihr Handy an das Ladegerät an. Zum Glück hatte sie die PIN für das iPhone nicht vergessen. Die Telefonnummer, die sie suchte, hatte sie gespeichert.

***

»Das ging aber schnell«, begrüßte Frau Meyer die beiden Kommissare.

»Dass wir uns wiedersehen?« Mayfeld war etwas irritiert über die Begrüßung. Er stand mit Yilmaz und der Kanzleivorsteherin im holzgetäfelten Eingangsbereich der Anwaltspraxis.

Frau Meyer runzelte die Stirn. »Kommen Sie denn nicht wegen des Einbruchs? Ich habe vor einer halben Stunde das Polizeirevier angerufen.«

»Wir bearbeiten Morde und Vermisstenfälle«, erklärte Mayfeld. »Aber ein Einbruch interessiert uns in diesem Fall trotzdem. Was ist geschehen?«

Frau Meyer klärte sie auf. Als sie am Morgen zur Arbeit gekommen war, wie immer als Erste, war die Eingangstür nicht zugesperrt gewesen. Sie war sicher gewesen, dass sie am Vorabend abgeschlossen und die Alarmanlage aktiviert hatte, war dann aber ins Zweifeln gekommen. »Ich dachte schon, ich hätte mich geirrt, und wollte die Sache auf sich beruhen lassen, als eines der Mädchen bemerkte, dass das Schloss eines Aktenschranks beschädigt war.«

»Diese Tür stand offen?« Mayfeld deutete auf die Eingangstür, die bei oberflächlicher Betrachtung unbeschädigt wirkte. »Fassen Sie die nicht mehr an, bevor die Spurensicherung sie untersucht hat. Wo ist der aufgebrochene Aktenschrank?«

Frau Meyer führte sie in einen der Büroräume. Die Aktenschränke waren wie fast alle Möbel in der Kanzlei aus massiver Eiche und strahlten Würde und Behäbigkeit aus. Sicherheitstechnisch waren sie aus dem vorletzten Jahrhundert. An einem Schloss konnte man Kratzspuren erkennen, das Holz daneben war eingerissen. »Wenn wir die Anfrage von Frau Maierhöfer nicht hätten beantworten müssen, wäre uns der Schaden wahrscheinlich erst viel später aufgefallen, und der Einbruch wäre unbemerkt geblieben.«

»Steht neben der Akte von Frau Maierhöfer die von Dr. Makaroff?«

»Vermutlich schon.«

»Schauen Sie bitte nach.«

Das tat Frau Meyer. Dann blickte sie verwirrt zu den beiden Beamten. »Sie ist nicht da.«

»Das fällt Ihnen erst jetzt auf?«, fragte Yilmaz.

Die Kanzleivorsteherin straffte ihre Haltung. »Ich habe die Mädchen angewiesen, an diesem Schrank nichts mehr anzufassen«, sagte sie mit gepresster Stimme.

»Das haben Sie richtig gemacht«, beruhigte sie Mayfeld. »Ruf die Spurensicherung und die Kollegen vom Diebstahl an«, bat er Yilmaz. Dann wandte er sich wieder Frau Meyer zu. »Sagen Sie Ihren Mädchen, sie sollen überall nachsehen, ob noch etwas fehlt. Draußen habe ich eine Videokamera gesehen. Ich würde mir gerne die Aufzeichnungen anschauen.«

Frau Meyer führte sie in die Diele zurück. »Wenn ich die Sicherheitsanlage aktiviere, wird die Videokamera automatisch eingeschaltet. Wenn ich die Anlage ausschalte, geht auch die Kamera aus.«

»Wie lange werden die Videos gespeichert?«

»Wenn die Karte voll ist, beginnt die Aufnahme von vorne und überschreibt die alte. Drei Tage können maximal gespeichert werden.«

Yilmaz ließ sich die Speicherkarte aushändigen und schob sie in den Kartenschacht seines Tablets. Mayfeld ging mit Frau Meyer in das Besprechungszimmer.

»Ich habe eine schlechte Nachricht«, sagte Mayfeld, nachdem beide Platz genommen hatten. »Wir haben gestern die Leiche Ihres Chefs gefunden. Er ist einem Verbrechen zum Opfer gefallen.«

Die freundlich-distanzierte Fassade der Kanzleivorsteherin brach zusammen. In ihrem Gesicht zeigten sich Unglauben, Entsetzen, Wut und Verstörung in schnellem Wechsel.

»Wir haben seine Leiche im Wald bei Fischbach gefunden, das liegt hinter Hausen vor der Höhe. Fällt Ihnen dazu etwas ein?«

Ihr Blick war leer geworden. Sie schüttelte den Kopf.

»Vorgestern waren Sie mit Ihren Auskünften über Müller-Himmelreich recht zurückhaltend. Sie wollten vermutlich seine Privatsphäre oder berufliche Geheimnisse schützen. Möchten Sie jetzt etwas hinzufügen?«

Mathilde Meyer begann mit tonloser Stimme zu berichten. »Er war ein Mensch, der sich ungern in die Karten schauen ließ. Seit einiger Zeit kam es mir so vor, als ob etwas in seinem Leben gründlich schieflaufe. Früher erzählte er öfter mal von seiner Frau, von ihrem Restaurant, ihren Erfolgen. Das waren nicht gerade persönliche

Enthüllungen, aber sie zeigten doch etwas vom Menschen. Vor etwa zwei Jahren hat sich das geändert. Ich glaube, er hatte eine Geliebte und wurde deswegen so verschlossen. Gleichzeitig wirkte er ziemlich aufgekratzt. In den letzten Monaten war er oft fahrig und nervös, hektisch und schlecht gelaunt. Beruflich könnte ich dafür keine Gründe anführen.«

»Wissen Sie, wer die Geliebte war?«

Sie dachte nach. »Ich bin mir nicht sicher.«

»Wir ermitteln in einem Mordfall. Jeder Hinweis ...«

»Schon gut. Ich glaube, dass er ein sehr enges Verhältnis zu Nicola Schlesinger hatte. Wie weit das ging, weiß ich natürlich nicht, ich will niemandem etwas unterstellen. Frau Schlesinger ist eine Mitarbeiterin von Dr. Makaroff, seit Neuestem seine persönliche Assistentin. Eine sehr aparte Frau.«

»Ist Dr. Makaroff ein wichtiger Mandant?«

»Ein sehr wichtiger.«

Yilmaz betrat den Raum. »Ich hab was gefunden, heute Nacht aufgenommen. Schau mal!« Er legte das Tablet auf den Tisch und startete das Video.

Eine schlanke Person betrat am Mittwoch um null Uhr neunundvierzig die Kanzlei. Sie trug einen Trenchcoat, Handschuhe, Kopftuch und eine Donald-Duck-Maske. Die Person ging auf die Alarmanlage zu und gab einen Code ein. Die Videoaufnahme brach ab. In der nächsten Videosequenz ging dieselbe Person von der Steuereinheit der Alarmanlage weg zur Tür, eine Baumwolltasche in der Hand. Die eingeblendete Zeitanzeige sprang auf null Uhr fünfundfünfzig.

»Wir nehmen die Karte mit, vielleicht können wir Details auf dem Video identifizieren«, sagte Yilmaz. »Was man jetzt schon sagen kann, ist, dass sich die Person ausgekannt hat. Sie wusste, wo die Alarmanlage ein- und ausgeschaltet wird, kannte den Code und hat schnell gefunden, was sie haben wollte.«

»Die Person ist eher weiblich als männlich«, ergänzte Mayfeld. »War Frau Schlesinger mal in der Kanzlei?«

»Zwei oder drei Mal in letzter Zeit«, bestätigte Frau Meyer. »Sie brachte Unterlagen von Dr. Makaroff.«

An der Tür der Kanzlei klingelte es. Zwei Mitarbeiter der Spurensicherung und die Kollegen vom Dezernat für Diebstahl waren eingetroffen. Yilmaz wies sie ein.

Mayfeld telefonierte. »Heike hat einen richterlichen Durchsuchungsbeschluss für Müller-Himmelreichs Konten bekommen. Sie kümmert sich mit Nina darum«, sagte er, als er das Gespräch beendet hatte. »Wir statten Frau Schlesinger einen Besuch ab.«

»Herr Makaroff ist heute leider nicht im Haus«, begrüßte Nicola Schlesinger Mayfeld und Yilmaz, als die beiden Beamten die Eingangshalle des SMARTcenters betraten. Das Kostüm, das Makaroffs Assistentin heute trug, hatte einen anderen Schnitt, aber die Trägerin die gleiche atemberaubende Wirkung wie vor zwei Tagen. Zumindest empfand das Mayfeld so – und mit ihm vermutlich jeder andere männliche Besucher.

»Wer behandelt denn die Rat- und Hilfesuchenden, wenn der große Meister nicht anwesend ist?«, fragte Yilmaz.

Nicola Schlesinger schenkte ihm ein Lächeln. »Seine Mitarbeiter natürlich, wie immer. Dr. Makaroff ist vor allem als Supervisor tätig.«

»Wir wollten mit Ihnen sprechen«, klärte sie Mayfeld auf. »Können wir uns irgendwo ungestört unterhalten?«

»Gerne, kommen Sie mit.« Nicola Schlesingers Stimme verriet die Unsicherheit, die sie mit Ihrem Auftritt überspielen wollte. Sie ging ihnen voraus durch die Halle, präsentierte ihren phänomenalen Hüftschwung und bat sie, in einen üppig ausgestatteten Raum einzutreten. Marmorboden, Möbel aus Edelholz, Blumenschmuck, alles perfekt aufeinander abgestimmt. Eine Pracht und Perfektion, die einen eher verstummen ließ, als zum Reden brachte, fand Mayfeld.

»Das Besprechungszimmer von Dr. Makaroff«, erklärte seine Assistentin mit wieder fester Stimme und bat die beiden Beamten, auf den Ledersesseln Platz zu nehmen. »Darf ich Ihnen etwas zu trinken anbieten?«, fragte sie und lächelte so freundlich, dass es kaum noch ernst gemeint sein konnte. Die Frau war extrem angespannt.

»Vielleicht setzen Sie sich lieber«, schlug Mayfeld vor. Er wartete einen Moment, bis Schlesinger Platz genommen hatte. »Wir haben eine schlechte Nachricht. Stefan Müller-Himmelreich ist tot. Wir haben seine Leiche gestern gefunden. Er wurde Opfer eines Verbrechens.«

Die Reaktion von Nicola Schlesinger überraschte ihn. Mit allem Möglichen hatte er gerechnet, aber nicht damit, dass diese so kontrollierte Frau weinte wie ein kleines Kind, heulte und flennte.

»Ich habe es geahnt«, jammerte sie.

»Was haben Sie geahnt?«

»Dass irgendetwas passiert ist, als er sich nicht mehr meldete.«

»Hatten Sie Gründe, mit einem Verbrechen zu rechnen?«

»So habe ich das nicht gemeint. Es sah ihm nur nicht ähnlich, einfach zu verschwinden.«

»Sie standen dem Verstorbenen nahe?«

Sie nickte und wischte sich die Tränen mit der Hand aus dem Gesicht.

»Sie hatten ein Verhältnis.« Was für ein banales Wort angesichts des Schmerzes.

Sie lachte bitter. »Es war mehr. Wir wollten zusammenleben. Er wollte seine Frau verlassen. Er hat mit ihr schon darüber gesprochen.«

Mayfeld horchte auf. Eifersucht war auch in Zeiten von offenen Beziehungen und Lebensabschnittsgefährten eines der häufigsten Mordmotive.

»Sind Sie da sicher?«

Sie warf ihm einen empört-verletzten Blick zu.

»Seit wann waren Sie und Stefan Müller-Himmelreich zusammen?«

»Seit über zwei Jahren. Ich war damals Leiterin des Kindergartens, in den seine Tochter Hannah ging. Er hat sich rührend um seine Tochter gekümmert. Ganz im Gegensatz zu seiner Frau.«

Kaum hatte Nicola Schlesinger sich wieder unter Kontrolle, wurde sie Mayfeld unsympathisch. Musste sie ihre Konkurrentin unbedingt schlechtmachen?

»Gab es in der letzten Zeit Probleme zwischen Ihnen?«

»Wie kommen Sie darauf?«, fragte sie spitz.

»Es ging Ihrem Freund nicht gut, er war nervös, gereizt.«

»Davon habe ich nichts mitbekommen.«

Das war mit Sicherheit gelogen. »Er sah in der Woche vor seinem Tod arg zerschunden aus.«

»Ein Betrunkener hat ihn angegriffen.«

Ihr Gesicht war jetzt nur noch eine schöne Maske. Mayfeld stellte seine Fragen ohne die Hoffnung, von ihr noch etwas Wesentliches zu erfahren.

Sie hatte ihn zuletzt am Tag seines Verschwindens gesehen, er hatte ihre Wohnung morgens verlassen, um zu seiner Kanzlei zu gehen. Ihr war nichts Besonderes an diesem Morgen oder in der Nacht zuvor aufgefallen. Sie kannte niemanden, der sein Feind gewesen war, außer seiner Frau, und niemanden, der sein Freund gewesen war, außer sich selbst.

»Er wollte seine Frau verlassen. Ihre Schlussfolgerungen daraus müssen Sie selbst ziehen.«

Das war entweder ein wichtiger Hinweis, eine rachsüchtige Verdächtigung oder ein Ablenkungsmanöver. Mayfeld hakte nach, aber weiter wollte Nicola Schlesinger sich zu diesem Thema nicht äußern.

»Heute Nacht ist jemand in die Kanzlei Ihres Freundes eingebrochen. Die Akten Ihres Chefs wurden dabei entwendet. Haben Sie eine Idee, wer an den Akten ein Interesse haben könnte?«

Schlesinger hatte sich wieder im Griff, sie verschanzte sich hinter einem kalt strahlenden Lächeln. »Dazu kann ich nur sagen, dass das sehr bedauerlich und ärgerlich ist und dass ich hoffe, dass die Polizei in der Lage ist, diese wichtigen Unterlagen wiederzubeschaffen und die Schuldigen zur Rechenschaft zu ziehen.« Gestelzter konnte man sich kaum ausdrücken.

Mayfeld und Yilmaz verabschiedeten sich von Nicola Schlesinger.

»Armselig, diese Eifersucht«, entfuhr es Mayfeld, als sie das Gebäude verlassen hatten und wieder frische Luft atmen konnten.

»›Man ist nie eifersüchtiger, als wenn man in der Liebe anfängt zu erkalten. Man traut dann der Geliebten nicht mehr, weil man dunkel fühlt, wie wenig einem selbst mehr zu trauen ist‹«, antwortete Yilmaz. »Sagte Franz Grillparzer. Frau Schlesinger ist sehr mitgenommen von Müller-Himmelreichs Tod. Aber warum musste sie die Ehefrau verdächtigen? Der Zusammenbruch war nicht gespielt, aber dennoch hat sie uns angelogen. Oder zumindest nicht die ganze Wahrheit gesagt.«

Mayfelds Handy spielte »Yellow Submarine«, Winklers Erkennungsmelodie. »Du sollst zu Heike und Nina in die Deutsche Bank in der Wilhelmstraße kommen«, sagte Mayfeld, nachdem er das Gespräch beendet hatte. »Ich fahre zu Lea Himmelreich in die Horst-Schmidt-Kliniken. Die Dame ist endlich vernehmungsfähig.«

***

»Ich will in den Weinkeller«, nuschelte die Alte.

Olga hatte an diesem Vormittag einen Arzttermin und hatte Chiara gebeten, sich um Christel zu kümmern. Sie hatte eingewilligt. Signore Fassbinder war in seiner Firma in Geisenheim, und Signora Gisela war bei Lea im Krankenhaus. Wenn ihr der *patrone* ein Wochenende in New York spendierte, wollte sie nicht kleinlich sein und auf ihren Vertrag und die darin festgelegten Pflichten pochen.

Sie saßen in Christels Zimmer im Obergeschoss. Es war noch altmodischer eingerichtet als der Rest des Hauses, mit Antiquitäten, die bestimmt schweineteuer gewesen waren. Ein Bett, ein Tisch mit gehäkelter Decke, drei Stühle, ein Schrank und eine Frisierkommode. An den Wänden hingen immerhin keine düsteren Ölgemälde, sondern Fotografien.

»Erzähl was über die Bilder«, bat Chiara.

Christel war auf den Fotografien eine schöne Frau mit einem traurigen Lächeln. In den letzten Jahren musste sie rasant gealtert sein. *Malattia maledetta.* Chiara zeigte auf eine Aufnahme, die Christel mit einem selbstbewusst in die Kamera blickenden Jungen zeigte, der seine Kommunionskerze wie ein Schwert in der Hand hielt.

»Das ist Thomas«, erklärte Christel.

Der älteste Sohn von Signore Reinhardt, Geschäftsführer in seiner Firma und designierter Nachfolger des *patrone.*

Daneben hing eine Fotografie von einem etwa zehnjährigen Mädchen, das hoch zu Ross saß und stolz auf den Fotografen herabblickte.

»Claudia, die Königin von Bingen.«

In Bingen lebte die ältere Tochter der Fassbinders.

Auf dem nächsten Bild war ein schmächtiger Junge auf einer Vespa zu sehen, der unter sich auf den Boden schaute.

»Markus, mein sogenannter Sohn.«

»Wie meinst du das?«

»Wie ich es gesagt habe.« Sie lachte, als ob sie einen besonders guten Witz gemacht hätte.

Das letzte Bild zeigte ein pausbäckiges Mädchen mit einer großen Kochmütze auf dem Kopf.

»Meine Lea.« Sie machte eine Pause, schien über irgendetwas nachzudenken. »Jetzt ist es genug mit den Andenkenbildern. Es gibt hier in der Villa einen geheimen Weinkeller, da will ich hin. Er liegt ganz in der Tiefe, unter den anderen Kellern. Viel früher, als wir noch nicht hier wohnten, habe ich ihn einmal gesehen.«

»Du hast ihn gesehen, als du noch nicht hier gewohnt hast?«, fragte Chiara.

Die Alte kicherte. »Natürlich habe ich den Keller gesehen. Ich war doch nicht blind, bloß weil ich noch nicht hier gewohnt habe. Es war ein Keller für die besonderen Flaschen, die besonderen Flaschen. Lorchhäuser Seligmacher, Lorcher Pfaffenwies, Rüdesheimer Bischofsberg, Geisenheimer Mönchspfad, Winkeler Jesuitengarten, Mittelheimer St. Nikolaus, Oestricher Gottesthal, Hattenheimer Heiligenberg, Kiedricher Heiligenstock, Rauenthaler Nonnenberg, Wallufer Gottesacker, Hochheimer Kirchenstück.«

Chiara war beeindruckt. »Das kannst du dir alles merken?«

»Nein«, versetzte die Alte. »Das flüstert mir eine Stimme zu, Stimme zu. Die Stimme von Ihrer Majestät Christel I., Weinprinzessin von und zu Geisenheim, die ich früher einmal war. Mein Mann hat den Keller verschwinden lassen. Vielleicht ist er ein Kirchenfeind.«

Chiara musste grinsen. »Und wo hat er euren Wein jetzt her?«

Christels Augen blitzten. »Aus dem Reich des Bösen! Assmannshäuser Höllenberg, Rüdesheimer Drachenstein, Johannisberger Mittelhölle, Erbacher Rheinhell, Hochheimer Hölle. Ich will jetzt hinunter, vielleicht finden wir den geheimen Weinkeller mit den guten Flaschen.«

»Für Wein ist es noch zu früh«, befand Chiara. »Erzähl mir lieber noch was aus deinem Leben.«

»Für den alten Kram interessiert sich doch niemand«, murmelte die Alte, »dabei war früher alles viel schöner.«

»Ich will es hören«, sagte Chiara.

Christel schaute betroffen zu Boden. »Ich hab dich gerade angelogen.«

»Mit dem Keller?«

»Nein.«

»Mit der Weinprinzessin?«

»Nein. Das kann so ein junges Ding nicht verstehen, aber es war früher nicht alles schöner und besser.«

»Ach so?«

Christel begann, vor sich hin zu brabbeln. »Die alte Frieda konnte Martha nicht leiden, sie hat sie Flittchen genannt, so sagt man heute nicht mehr, heute sagt man Schlampe, sagt man Schlampe, aber die alte Frieda mochte eh nur den Pfarrer und den lieben Gott und Walter, und Walter und Gertrud haben nur darauf gewartet, dass die alte Frieda endlich stirbt, endlich stirbt, weil sie das Geld hatte, und als sie dann gestorben war, da hassten sich die beiden mehr als je zuvor, je zuvor, und Walter hat sich vor Freude über den Tod von Frieda zu Tode gesoffen, zu Tode gesoffen, so was macht man doch nicht als Sohn, das hat die Gertrud gefreut, so was macht man doch nicht als Schwester, und Martha ist vor Kummer in den Rhein gegangen, haben sie gesagt, sie gesagt, und meine Lea war ganz allein, und Gertrud konnte Lea nicht leiden, Anja konnte sie auch nicht leiden, alle haben sie sich nicht leiden können, nicht leiden können, Reinhardt mochte Lea nicht, und Gisela mochte sie auch nicht, die soll mal schön die Klappe halten mit ihrem Markus, was soll denn ich sonst sagen, wenn man von Nächstenliebe redet, dann gilt das doch für alle oder für keinen, aber in dieser Familie sind sie vergiftet, und ein Fluch liegt auf ihnen, ein Fluch liegt auf ihnen …«

»Stopp!«

Christel schaute sie verwirrt an. »Siehst du, es will doch niemand hören, Olga. Olga? Was hast du denn genommen? Du siehst ja ganz anders aus, bist ja richtig hübsch geworden. Und wieder jung. Wie heißt das Mittel, das du nimmst? Das hätte ich auch gerne. Los, gib es mir!« Sie zerrte an Chiaras Pulli. »Gib es mir, gib es mir. Bischofsberg und Kirchenstück, die fehlen mir zu meinem Glück, Bischofsberg und Kirchenstück …«

»Stopp!« Chiara schrie, so laut sie konnte.

Christel erschrak. Sie schien zu bemerken, dass irgendetwas in ihrem Oberstübchen gerade schrecklich schieflief, und wurde einen Moment ganz still. Tränen liefen über ihre faltigen Wangen.

»Warum hat meine Lea das gemacht?«, fragte sie dann.

»Was meinst du damit?« Chiara dachte an Signore Reinhardts sorgenvolles Gesicht, als sie ihm von ihrer letzten Begegnung mit Lea berichtet hatte. Ihr wurde heiß und kalt zugleich.

Christel ging zum Bett, schlug die Decke zurück und verkroch sich darunter. »Warum hat meine Lea das gemacht?«

»Willst du jetzt schlafen gehen?«, fragte Chiara. »Mitten am Tag und in Kleidern?«

»Immer, wenn es ihr zu viel wurde, ist sie eingeschlafen«, brabbelte Christel vor sich hin. »Anja hat geschrien und Lea geschlafen.« Sie presste ihre Augen zu. Eine Minute später begann sie zu schnarchen.

***

Sie hatte die Psychologin in ihrem Büro aufgesucht. Der Rosenstrauß auf ihrem Schreibtisch verströmte einen süßen Duft. Julia trug ein grünes Sommerkleid, das ihr genauso gut stand wie das rote vom Vortag. Sie war eine Frau, die nicht nur betörend duftete, sondern auch blendend aussah und mit einer angenehmen Stimme sprach. Sie hatte mit ihr alle möglichen Tests am Computer gemacht, Fragen gestellt und ihr Aufgaben gegeben, die sie später üben sollte.

»Insgesamt sind Ihre Leistungen ganz hervorragend, in ein paar Wochen sind Sie wieder ganz die Alte«, sagte die Frau, die ihr Parfüm trug, Beeren, Rosen, Moschus, Sandelholz.

»Ich werde nie mehr ganz die Alte sein.«

»Natürlich ist es verstörend, wenn man plötzlich keinen Zugriff mehr auf seine Lebensgeschichte hat. Aber Sie werden sich davon erholen. Ist Ihnen schon aufgefallen, dass Ihre Sprache sich deutlich verbessert hat?«

Die Psychologin hatte recht. Seit dem Besuch des Professors hatte sie kaum noch Sprachunfälle gehabt. Aber das war leider nicht ihr einziges Problem.

»Ich träume viel und glaube, dass es sich oft um Erinnerungen handelt. Aber ich träume auch wirres Zeug von Beerdigungen und Schlachthäusern, das fühlt sich genauso an. Wie kann ich sicher sein, dass das nur Einbildung ist?«

»Sie hatten ein delirantes Syndrom, das ist eine organisch zu erklärende Erkrankung des Gehirns, eine vorübergehende Folge Ihrer Schädelverletzung und des Komas. Alpträume gehören zu den Symptomen dieser Psychose. Haben Sie etwas Geduld. Es ist erst zwei Tage her, dass Sie aus der Bewusstlosigkeit erwacht sind.«

Gesundbeten nutzte ihr überhaupt nichts. »Soll ich alles, was unangenehm ist, ertränken?« Doch wieder ein Sprachunfall. »Ist es so einfach?«

Die Psychologin seufzte. »Natürlich nicht. Alpträume sind manchmal Ausdruck schwerer Ängste, und diese Ängste können eine reale Ursache haben. Oder es handelt sich um verzerrte Erinnerungen, die das Gehirn unter starkem Stress nicht adäquat abspeichern konnte.«

Sie verstand überhaupt nicht, was die Psychologin da sagte. »Manchmal erzählen mir Leute etwas, danach kann ich mich wieder daran erinnern. Vielleicht stehle ich mir diese Dinge nur, weil ich ein Gedächtnis haben will.«

»Sie haben recht. Erinnerungen sind nichts, was wir gespeichert haben wie Dateien auf einer Festplatte oder Filmszenen auf einem Videoband. Wir alle sind Tag für Tag damit beschäftigt, unser Leben zu rekonstruieren. Wir erzählen es uns und anderen und erschaffen damit das Gedächtnis immer wieder aufs Neue. Natürlich verändern sich die Erinnerungen in diesem Prozess. Wir ergänzen sie, wo sie lückenhaft sind, lassen Dinge weg. Für Sie ist das so verstörend, weil es gerade ganz massiv passiert. Vermutlich machen Sie sich in einem Jahr aber gar keine Gedanken mehr über diese Episode Ihres Lebens, sind glücklich zurück in Ihrem Alltag und Ihrer Familie. Die Menschen sind zäh und anpassungsfähig.«

»Meine Mutter hat sich das Leben genommen, ich habe eine Zwillingsschwester, die jahrelang in der Psychiatrie war. Als Jugendliche habe ich einen Suizidversuch unternommen. So zäh bin ich also nicht. Ich lag übrigens damals schon einmal auf der Intensivstation.«

»Sie meinen, das war knapp mit dem Suizidversuch?«

Lea nickte. »Ich habe an die Zeit davor keine genauen Erinnerungen, natürlich nicht, aber ich muss es ziemlich bunt getrieben haben. Die meisten Drogen und die meisten Jungs in meiner Umgebung hab ich ausprobiert. Ich war keine Kostverächterin.«

Julia lächelte. »Aus dieser Eigenschaft haben Sie das Beste gemacht.«

»Sie nehmen mich nicht ernst!«, protestierte Lea. »Diese Alpträume ängstigen mich. Mein ganzes Leben verpuppt sich als Alptraum! Irgendetwas Fürchterliches ist in meinem Leben passiert. Stefan ist verschwunden. Ist ihm etwas zugestoßen? Ich hatte Streit mit ihm. Ist er deswegen weg? Heute kamen ein paar Erinnerungen an meine Tochter, endlich. Warum sind es so wenige?«

Julia seufzte. »Kann sein, dass diese Krise für Sie Anlass ist, Ihr ganzes Leben zu überdenken, das Schicksal der Mutter, der Schwester, Ihre Probleme als Heranwachsende, möglicherweise die Probleme in Ihrer Ehe, mit Ihrer Tochter. Höchstwahrscheinlich sollten Sie das tun. Aber Sie sollten sich erst einmal erholen, so etwas kostet Kraft, die Sie im Moment nicht haben. Sie dürfen nicht vergessen, gut für sich zu sorgen. Sich Hals über Kopf in das Abenteuer einer Selbsterfahrung zu stürzen, kann sehr verstörend sein.«

Sie war müde. Zu viele komplizierte Worte und Sätze.

»Sie sollten sich dafür professionelle Hilfe holen.«

Was hatte die Psychologin gerade gesagt?

»Was soll ich tun?«

»Sich professionelle Hilfe holen.«

»Ich habe doch Sie.«

»Hier im Krankenhaus.«

»Kann ich nicht auch anschließend zu Ihnen kommen?«

Julia schüttelte den Kopf. »Ich habe keine ambulante Zulassung.«

Warum redete sie dann überhaupt mit dieser Frau? Plötzlich

waren alle Gedanken, die sie der Psychologin in dem schicken grünen Kleid noch mitteilen wollte, verschwunden, wie das Wasser bei Ebbe nach einer Sturmflut. Vielleicht hatte sie sich in ihr getäuscht, vielleicht war sie gar nicht so vertrauenswürdig, wie ihre Stimme klang. Dass man jemanden gut riechen konnte, sagte im Grunde gar nichts. Es war nur eine Frage des Parfüms. Lea wusste nicht, ob Verzweiflung oder Wut ihr die Kehle zuschnürten.

»Sie sollten sich einen niedergelassenen Kollegen suchen. Ich kann Sie bei der Suche unterstützen.«

Das klang schon etwas besser. War sie im Moment zu empfindlich? Lag Julia am Ende richtig mit dem, was sie gerade gesagt hatte?

»Können wir Schluss machen? Das alles ist ziemlich anstrengend für mich.«

Julia lächelte ihr zu. »Ich komme später noch mal auf Station und schaue nach Ihnen. Das ist Ihnen doch recht?«

»Natürlich ist es mir recht.« Ganz sicher war sie da nicht.

Lea ging auf ihr Zimmer, sie war erschöpft und legte sich aufs Bett. Das Gespräch mit der Psychologin und der Besuch von Tante Gisela hatten sie mitgenommen.

Ihr Telefon klingelte.

»Hier ist Markus«, hörte sie eine näselnde Stimme aus dem Lautsprecher. Der Bruder mit dem Spiritusgeruch. Fast konnte sie ihn durch die Telefonverbindung riechen. »Geht es dir gut? Ich wollte fragen, ob ich mal vorbeikommen kann, ohne Tante Gisela. Verstehst du?«

Ihr wurde schlecht. Was hatte sie gegen Markus, der als Kind immer so gerne ihre armen Ritter gegessen hatte?

»Wir haben uns früher immer so gut verstanden.«

Was wollte dieser Mann von ihr? »Ich habe hier im Krankenhaus ein volles Programm. Vielleicht ein anderes Mal …«

Sie hörte ein Röcheln aus dem Lautsprecher. »Wenn du zu Hause bist, treffen wir uns dann?«

»Vielleicht.« Sie beendete das Gespräch und legte das Telefon weg. Sie starrte an die Decke.

Sie fahren die Vollradser Allee entlang, auf der Vespa von Markus. Sie sitzt hinter ihm auf dem Sozius. Die Straße verlässt den Ort, führt an Pferdekoppeln und am Winkeler Sportplatz vorbei und schlängelt sich durch hügelige Weingärten zum Schloss. Vor dem Tor biegt sie nach rechts ab und macht einen weiten Bogen um das Anwesen der Grafen von Greiffenclau. Hinter dem Schloss liegen die Waldäcker. Markus hat den Schlüssel für die Gartenhütte von einem Freund bekommen. Sturmfreie Bude, hat er gesagt und mit den Augen gezwinkert. Markus macht eine Lehre in der Firma seines Vaters, Lea geht auf das Martin-Niemöller-Gymnasium in Wiesbaden. Eigentlich hat sie keine Lust, ihre Zeit mit Markus zu verbringen. Sie kann schon lange nichts mehr mit ihm anfangen. Früher, als kleines Mädchen, hat sie ihn nett gefunden, vor allem, weil er ein zuverlässiger Abnehmer ihrer armen Ritter gewesen ist, aber seit ein, zwei Jahren bemerkt sie, dass es nichts mehr gibt, worüber sie miteinander reden könnten. Markus hört DJ Bobo, sie steht auf Björk und die Sugarcubes, er liebt Motorroller, sie liest Romane und kocht gerne. Und Markus hat verschwitzte Hände und will sie zur Begrüßung, zum Abschied und zwischendurch küssen. Er ist überhaupt nicht ihr Typ und außerdem so was wie ein Bruder.

Trotzdem hat sie sich hinter ihn auf die Vespa gesetzt, er hat immer wieder darum gebettelt, was sie ziemlich eklig gefunden hat. Tu ihm den Gefallen, dann gibt er Ruhe, hat sie irgendwann gedacht. Außerdem hat er gutes Dope besorgt, das hätte sie dem schüchternen Kerl gar nicht zugetraut. Er hat ihr ein Angebot gemacht, das sie nicht ablehnen konnte: »Ich schenke dir den Shit, und wir machen uns zusammen mit Freunden einen gemütlichen Tag in der Hütte.«

Sie hat Kekse gebacken, vom Rauchen bekommt sie immer Husten. Energiekekse nach einem Rezept der heiligen Hildegard von Bingen, mit Dinkelvollkornmehl, Eiern, braunem Zucker und Mandelblättchen, mit Nelken, Zimt und viel Muskatnuss. Und mit Haschisch, das ist ihre kreative Abwandlung. Der ollen Hildegard hätte das bestimmt gefallen. Traditionen zu bewahren heißt, das Feuer zu hüten, nicht die Asche.

Während Markus den Roller lenkt, futtert sie von den Keksen. Mit voller Dröhnung kann sie ihn bestimmt besser ertragen. Als sie an der Hütte ankommen, einem voll spießigen Schrebergartenhäuschen mit Hollywoodschaukel, Gartenzwergen und Deutschlandfahne, ist sie schon ziemlich high. Die Freunde von Markus sind noch nicht da. Sie will gerne im Freien bleiben, der Vorteil von Haschischkeksen ist, dass man sie nicht vor doofen Nachbarn verstecken muss, weil niemand weiß, was drinsteckt, doch die Nachbargärten sind an diesem Tag sowieso alle verlassen. Markus will unbedingt in die muffige Hütte, und sie ist so blöd und geht mit ihm.

Drinnen passiert es dann. Es beginnt mit Knutschen. Lea kann seine Bettelei nicht ertragen, sie denkt, sie lässt ihn ein bisschen ran, dann beruhigt er sich. Aber das ist keine gute Idee, er hört einfach nicht auf. Dann ist sie es, die bettelt. Umsonst. Markus stammelt und keucht. Nachher fragt er sie, ob es ihr auch gefallen habe.

Eine Woche später nimmt sie die Tabletten.

***

Die Zeugin von Lea Himmelreichs Unfall arbeitete als HNO-Ärztin in den HSK. Mayfeld traf Marion Lauter in der Eingangshalle der Klinik.

»Wieso interessiert sich die Kriminalpolizei für einen Verkehrsunfall?«, fragte sie, nachdem Mayfeld sich ausgewiesen hatte.

»Weil der Ehemann des Unfallopfers ermordet wurde.«

»Und jetzt prüfen Sie, ob der Unfall ein Anschlag gewesen ist? Beschädigte Bremsleitungen oder so etwas?«

Er hätte gar nicht anfangen sollen mit den Erklärungen. »Sie lesen vermutlich Kriminalromane während Ihrer Bereitschaftsdienste.«

»Wenn es ruhig ist, schon.«

»Dann wissen Sie ja, dass die Kommissare ungern mit Zeugen über den Stand der Ermittlungen sprechen. Sie haben ausgesagt, dass der Wagen von Frau Himmelreich noch in Bewegung war, also noch die Böschung hinabrollte oder -stürzte, als Sie an die Unfallstelle kamen.«

»Das ist richtig. Ich hörte ein lautes Geräusch, einen Schlag, und als ich um die nächste Kurve gefahren war, sah ich den roten Sportwagen abseits der Straße nach unten rasen, bevor er sich überschlug und im Gebüsch stecken blieb.«

»Was passierte dann? Ich weiß, dass das in der Akte steht, aber ich möchte gerne, dass Sie es mir noch einmal erzählen.«

»Ich habe meinen Wagen angehalten, habe den Notruf gewählt und den Unfall gemeldet, dann habe ich meinen Arztkoffer geschnappt und bin die Böschung zu dem Auto hinabgeklettert.

Als der Notarztwagen an der Unfallstelle eintraf, hatte ich die Erstversorgung schon erledigt«, sagte Dr. Lauter nicht ohne Stolz.

»Da hatte das Unfallopfer Glück im Unglück. War Lea Himmelreich noch bei Bewusstsein, als Sie bei ihr ankamen, hat sie etwas gesagt?«

»Sie war noch bei Bewusstsein, stand aber unter Schock. Sie murmelte vor sich hin, aber darauf habe ich nicht geachtet. Ich habe sie gefragt, ob sie Schmerzen habe, das hat sie mittels Kopfschütteln verneint, und ob sie alles bewegen könne, das hat sie mit einem Kopfnicken bejaht. Dann hat sich ihr Bewusstsein zunehmend eingetrübt, und eine Unterhaltung war nicht mehr möglich.«

»Was das Gemurmel betrifft, erinnern Sie sich an irgendetwas, das sie sagte?«

Die Ärztin überlegte eine Weile. »Das einzige Wort, das ich halbwegs verstanden habe, klang so ähnlich wie ›Brief‹. Aber ich hatte weiß Gott andere Sorgen, als mich mit ihr über Briefe zu unterhalten.«

»Natürlich. Ist Ihnen sonst noch etwas aufgefallen, vielleicht in der Umgebung des Unfallortes?«

»Später kam ein Autofahrer von Kiedrich heraufgefahren. Der hat sich nicht einmal zu mir herunterbequemt. Hat von der Straße heruntergerufen und gefragt, ob ich Hilfe brauche. Der war bestimmt ganz froh, als ich zurückrief, ich käme allein zurecht. Aber jemand mit so einer Einstellung kann doch bloß stören.« Die Ärztin dachte einen Augenblick nach, dann schien ihr noch etwas einzufallen. »Immerhin hat unser Held gefragt, anders als der andere, der gleich gewendet hat und davongefahren ist, als er das Unglück sah.«

»Wann war das?«

»Gleich zu Anfang, ich bin nach unten gestiegen, hab einmal nach oben geschaut und ihn dabei entdeckt.«

»Von wo kam er?«

»Ich denke, er kam aus Richtung Hausen.«

»Können Sie den Verkehrsteilnehmer beschreiben?«

»Ich weiß noch nicht einmal, ob es ein Mann oder eine Frau war. Er oder sie fuhr einen Geländewagen, aber fragen Sie mich jetzt nicht nach Marke, Farbe oder Kennzeichen. Ich habe nicht darauf geachtet.«

»Der Fahrer ist gar nicht ausgestiegen?«

»Nicht dass ich wüsste.«

Mehr konnte die Ärztin nicht berichten. Mayfeld bedankte sich und machte sich auf den Weg in die Neurologie.

Lea Himmelreich war eine etwas mollige Frau Mitte dreißig. Sie hatte ein hübsches, sinnliches Gesicht und traurige Augen, in denen jedoch immer wieder der Schalk aufblitzte. Sie hatte sich einen seidenen Kimono übergeworfen und bat Mayfeld, an dem kleinen Esstisch Platz zu nehmen, auf dem ein unberührtes Tablett mit Krankenhausessen stand.

»Wollen Sie vielleicht zuerst essen?«

Lea Himmelreich deutete auf das Tablett vor sich. »Das da? Niemals. Ich bin weder verrückt noch lebensmüde.«

Die Ärzte hatten recht, es gab keinen Grund, sie für vernehmungsunfähig zu halten.

»Wissen Sie, warum ich Sie aufsuche?«

»Ich hatte einen Umfall. Einen Unfall. Manchmal entgleiten mir die Worte, beschuldigen – entschuldigen Sie bitte. Es ist doch niemand außer mir zu Schaden gekommen?« In ihrem Gesicht zeigten sich Besorgnis und Unruhe.

»Bei dem Unfall? Nein, Sie sind die einzige Beteiligte.«

Sie atmete auf. »Gott sei Dank. Warum kommen Sie dann?«

Sie schien keine Ahnung zu haben, dass ihr Mann verschwunden war. »Wegen Ihres Mannes.«

»Stimmt, der wird vermisst. Ich weiß auch nicht, wo er steckt«, sagte sie trocken.

»Wir haben ihn gefunden.«

Lea Himmelreich schaute ihn irritiert an, dachte nach, dann schien sie die Bedeutung der Mitteilung zu verstehen.

»Was heißt das? Ist er tot?« Das rosige Gesicht der Köchin wurde blasser.

»Ja. Es tut mir leid.«

»Wie ist er gestorben?«, fragte sie mit gleichmütiger Stimme. Eine ziemlich sachliche Reaktion auf so eine Mitteilung.

»Wir gehen von einem Verbrechen aus.«

»Ermordet? Aha.« Plötzlich wirkte sie abwesend, ihr Blick schien nach innen gerichtet. »Das ist ja fürchterlich«, sagte sie nach einer Weile. »Wissen Sie, ich habe nur wenige Erinnerungen an meinen Mann.« Ein paar Tränen liefen über ihre runden Wangen. »Ich weiß nicht, was ich empfinden soll. Es ist furchtbar, dass er vermodert, dass er ermordet wurde.«

»Wann haben Sie Ihren Mann zuletzt gesehen?«

Sie hob hilflos die Schultern. »Ich weiß es nicht. Vielleicht auf der Begnadigung von Elisabeth Schönhell. Auf der – Beerdigung. Ihre Tochter Elke meinte, wir wären beide da gewesen.«

»Wann war das?«

»Am Montag.«

»Erinnern Sie sich an den darauffolgenden Dienstag?«

»Überhaupt nicht. Abends wollte ich mich mit meinem Vater und meiner Tante und meinem Mann treffen, aber dann hatte ich den Unfall.«

»Dass Sie eine Verabredung hatten, daran erinnern Sie sich?«

Sie zog eine Schnute wie ein Kind, das beim Naschen erwischt wird. »Meine Tante hat es mir verzählt.«

Sie wusste das also nur vom Hörensagen. »Was war Ihr Mann für ein Mensch? Was für Hobbys hatte er? Hatte er Freunde? Feinde?«

»Ich glaube, er hatte keine Hobbys, an Freunde kann ich mich auch nicht erinnern. Seine Eltern sind tot, das fällt mir ein, wo Sie mich fragen. Ansonsten: Scheiß-Amnestie.«

Allzu ergiebig verlief die Befragung Lea Himmelreichs bislang nicht.

»Wo haben Sie ihn gefunden?«

»Im Wald bei Fischbach.«

In Lea arbeitete etwas. »Was hat Stefan in Fischbach gemacht?«

»Sie haben keine Idee?«

»Retrograde Amme, Sie wissen doch.«

Das konnte eine Masche sein. Eine Masche, mit der sie alle hinters Licht führte. Möglicherweise auch sich selbst. »Das ist sehr schade.«

»Glauben Sie, mir macht das Spaß?«

»Vielleicht können Sie uns helfen. Wir würden uns gerne Ihre

Wohnung ansehen, Einsicht in Ihre Konten und in die Ihres Mannes nehmen, Ihre Telefonverbindungen überprüfen. Wären Sie damit einverstanden?«

Die Köchin schien die Luft anzuhalten. »Habe ich eine Wahl?«

»Natürlich. Sie könnten auf einem richterlichen Durchsuchungsbeschluss bestehen.«

Sie überlegte eine Weile. »Schöne Wahl. Machen Sie ruhig«, sagte sie dann.

Mayfeld holte aus seiner Umhängetasche ein paar vorbereitete Erklärungen, die er ihr zusammen mit einem Kugelschreiber zur Unterschrift über den Tisch reichte.

»Das Au-pair-Mädchen wird Sie reinlassen«, sagte sie mit resignierter Stimme. »Ich rufe sie an.«

Das hatte er geschafft. Ganz fair war diese Überrumpelungstaktik vermutlich nicht gewesen. Aber er musste die Gunst der Stunde nutzen, musste sehen, wie weit er bei ihr noch kam.

»Eine Zeugin, die kurz nach dem Unfall bei Ihnen war, meint, Sie hätten einen Brief erwähnt, bevor Sie das Bewusstsein verloren. Sagt Ihnen das etwas?«

Lea schüttelte den Kopf.

»Wir müssen uns ein möglichst genaues Bild davon machen, was Ihr Mann in seinen letzten Stunden gemacht hat, mit wem er noch gesprochen hat. Haben Sie die Anrufliste Ihres Handys durchgeschaut? Ihre Nachrichten?«

Sie schaute ihn überrascht an. »Warum bin ich da nicht selber draufgekommen?«

»Sollen wir das zusammen tun?«

Lea stand auf, ging zum Nachttischchen und holte ihr iPhone. Als Mayfeld seine Hand ausstreckte, übersah sie das geflissentlich. Sie wischte auf dem Display herum.

»Ich habe am letzten Dienstag mit meinem Mann telefoniert, mit meiner Tante und meinem Vater. Hier, sehen Sie.« Sie zeigte dem Kommissar die Liste der Telefonate.

Um dreizehn Uhr fünfunddreißig war sie eine Minute mit dem Anschluss ihres Mannes verbunden gewesen, um dreizehn Uhr achtunddreißig genauso lange mit dem von Gisela Fassbinder, um dreizehn Uhr vierzig mit dem Anschluss von Reinhardt Fassbinder.

Die Telefonate passten zu den Aussagen der Fassbinders, dass sie sich spontan für den Abend verabredet hätten.

»Sie waren ganz schön kurz angebunden«, meinte Mayfeld.

Lea zuckte nur mit den Schultern. Dann machte sie sich wieder an ihrem Handy zu schaffen. Nach einer Minute reichte sie es ihm herüber.

»Zwei Nachrichten von Stefan.«

Am Dienstag vor einer Woche war um fünfzehn Uhr eine Nachricht auf Lea Himmelreichs Handy eingegangen: »Stefan bittet Sie um einen Rückruf.« Eine zweite SMS von siebzehn Uhr dreißig lautete: »Hallo, Lea. Besser, wir sehen uns eine Weile nicht. Vielleicht tut uns der Abstand gut. Suche nicht nach mir, ich melde mich. Gruß Stefan«.

»Was hat das zu bedeuten?«, fragte Lea.

Das wäre eigentlich seine Frage gewesen. »Sagt Ihnen der Name Nicola Schlesinger etwas?«

Das Gesicht der Köchin wurde puterrot. »Das ist die Gärtnerin von Stefan. Nein, die Kindergärtnerin von Hannah. Warum fragen Sie?«

»Sie behauptet, mit Ihrem Mann ein Verhältnis gehabt zu haben.«

Leas Gesicht war noch dunkler geworden. Sie biss sich auf die Lippen.

»Sie behauptet, Ihr Mann habe sich von Ihnen trennen wollen und darüber auch schon mit Ihnen gesprochen.«

»Das sieht ihr ähnlich.«

Lea Himmelreich stand auf, ging zum Fenster, schaute eine Weile nach draußen, kam zum Tisch zurück und setzte sich wieder. Die Farbe ihres Gesichtes hatte sich normalisiert, sie hatte ihre Mimik wieder unter Kontrolle.

»Wie Sie wissen, leide ich unter Amnesie. Ich kann mich nicht erinnern. Tut mir leid. Ich bin erschöpft, ich kann nicht mehr. Bitte gehen Sie!«

***

»Jetzt haben Sie also meinen Mann kennengelernt«, sagte Julia. Sie hatte, kurz nachdem der Kommissar sich verabschiedet hatte, das Zimmer betreten. Lea saß an dem schmucklosen Tischchen mit dem unberührten Mittagessen, Julia setzte sich ihr gegenüber.

»Wie bitte?«

»Kommissar Robert Mayfeld ist mein Mann. Ich hoffe, er hat sich gut benommen.« Julia lächelte.

Ihr war nicht zum Scherzen zumute. »Das ist nicht lustig«, sagte sie mit gepresster Stimme. Verdammter Kloß im Hals.

»Entschuldigung, aber ich meinte die Frage ernst. Sie haben schlechte Nachrichten bekommen. Polizisten wollen Fälle aufklären. Sie nehmen nicht immer Rücksicht auf die Gefühle der Angehörigen.«

»Schlechte Nachrichten, so kann man das nennen. Mein Mann wurde ermordet. Wir hatten zuletzt einen heftigen Streit. Und ich erinnere mich an nichts. Das ist ein einziger Abschaum. Alptraum.«

»Der Kommissar ist wie gesagt mein Mann. Ich weiß nicht, inwieweit Sie in seine Ermittlungen einbezogen werden. Wenn Sie unsicher sind, ob ich das, was Sie mir sagen, mit der notwendigen Verschwiegenheit behandle, dann hätte ich volles Verständnis dafür und würde einen Kollegen bitten, die Behandlung fortzuführen.«

Wollte sie sie loswerden? Den Eindruck hatte sie schon vor ein paar Stunden gehabt.

»Glauben Sie, dass ich etwas zu verbergen habe?«

»Wir haben alle etwas zu verbergen. Wer etwas anderes behauptet, lügt oder hat nicht genug nachgedacht.«

»Aber nicht jeder hat in einer Mordermittlung Geheimnisse. Glauben Sie, dass ich etwas vor Ihrem Mann verstecke?«

»Nein. Aber Glauben ist nicht Wissen.«

Die Psychologin vertraute ihr nicht, aber wie sollte sie auch. Sie vertraute sich ja selbst nicht. Sie konnte nur hoffen, dass sie mit der ganzen Sache nichts weiter zu tun hatte … Ihr Mann war tot, und sie hoffte, dass es sie nichts weiter anging. Wie konnte sie nur so kalt sein? Das bin nicht ich, es ist die Amnesie, dachte sie. Es war weniger eine Überzeugung als eine Hoffnung oder ein verzweifeltes Stoßgebet an einen Gott, den sie wie alles andere fast vergessen hatte.

»Ich will weiter mit Ihnen reden.« Wenn sie sich der Frau des Kommissars anvertraute, dann konnte sie mit der Sache ja nichts zu tun haben. Der Gedanke war nicht logisch, aber irgendwie tröstlich. »Ich habe Ihrem Mann alles Mögliche unterschrieben. Dass er meine Wohnung, meine Konten, meine Telefondaten durchsuchen darf. Ist schon ein komisches Gefühl, sich der Staatsmacht so abzuliefern.«

»Er hat *was* gemacht? Er hat Sie Vollmachten unterschreiben lassen?«

»Voll Macht, ja.«

»Er hat Ihre Situation ausgenutzt.«

Julia schien wütend zu sein. Das war gar nicht so schlecht, aber im Grunde wollte sie das nicht.

»Sie passen gar nicht so schlecht zusammen, Sie und Ihr Mann.« Keine Ahnung, wie sie gerade darauf kam.

»Wie meinen Sie das?«

»Zitrone, Sternanis und Tonkabohne, Beeren, Rosen und Moschus. ›Black Code‹ und ›Insolence‹, das sind Ihre Parfüms. Sie sind mir lieber, irgendwie fruchtiger.« Das waren schwere Worte gewesen. Sie spürte, wie ihr das Blut ins Gesicht schoss. Möglicherweise ging sie gerade zu weit. Aber sie hatte es geschafft, die Psychologin von ihrem Ärger abzulenken.

»Sie haben eine feine Nase. Und wir passen wirklich gut zusammen, zumindest meistens. Sollen wir weiterreden, oder brauchen Sie Zeit, damit sich die Nachrichten setzen können?«

Wollte sie sich davonstehlen? Das würde sie nicht zulassen. »Sie sitzen schon. Ich will weiterreden. Der Mord an meinem Mann lässt mich kalt. Vielleicht bin ich froh, ihn los zu sein.« Die Worte purzelten einfach so aus ihr heraus. Was sollte das? Warum hielt sie nicht den Mund?

»Ist es das, was Sie spüren?«

»Ich spüre gar nichts.« Das war nicht die Wahrheit. Sie hatte Angst, ohne zu wissen, wovor. »Ich will nach Hause.«

»Haben Sie mit Professor Liebherr darüber gesprochen?«

Die Psychologin berief sich auf die ärztliche Autorität, wie feige war das denn? »Er will mich erst nächste Woche gehen lassen.«

»Er wird seine Gründe dafür haben. Sie sollten sich noch schonen.«

Wieso verstand die Frau sie nicht mehr? »›Seien Sie geduldig, lassen Sie sich Zeit‹, das sagen alle. Was ist, wenn ich diese Zeit nicht habe?«

»Warum sollte Ihnen die Zeit davonrennen?«

»Meine Tochter hat ihren Vater verloren. Meinen Sie nicht, dass ihre Mutter bei ihr sein sollte?«

»Sie sollten an sich denken. Ihre Tochter braucht eine Mutter, die gesund ist.«

Julia hielt sie also als Mutter für untauglich. Lea roch Beeren, Moschus, Rosen, Sandelholz. »Insolence«, das hieß Dreistigkeit, Unverschämtheit. Wie schade. Sie fühlte sich allein.

»Ich entscheide.«

Julia stand auf. »Natürlich. Tun Sie, was Sie für richtig halten.«

***

Mayfeld war mit Blum nach Eltville gefahren, Blum sollte sich Müller-Himmelreichs Rechner anschauen, Winkler und Yilmaz durchsuchten in Wiesbaden seine Konten. Chiara Tozzi öffnete ihnen die Tür und führte sie in den Wohnbereich des Hauses.

Die Küche war aus Edelstahl und perfekt in Ordnung gehalten, das sich anschließende Wohnzimmer wirkte sympathisch unaufgeräumt. Von dort ging es auf die Terrasse. Auf der von der Straße abgewandten Südseite des Hauses öffnete sich ein paradiesischer Garten zu den Rebzeilen des Rheinbergs und zum Flussufer hin, eine Oase der Stille, mit der Mayfeld in der Nähe der viel befahrenen Durchgangsstraße nicht gerechnet hatte. Weit hinten schwang Lea Himmelreichs Tochter auf einer Schaukel hin und her.

»Hast du meinen Papa gefunden?« Hannah sprang von der Schaukel und lief auf Mayfeld zu.

Was um Himmels willen sollte er dem Kind sagen? Mayfeld versuchte sich mit ungelenken Worten aus der Affäre zu mogeln. »Wir haben unsere Untersuchungen noch nicht abgeschlossen.« Die Kleine schaute ihn zweifelnd an, dann ging sie mit hängendem Kopf zurück in den Garten.

»Das arme Kind«, flüsterte Nina Blum. »Wo stehen denn die Rechner der Himmelreichs?«, fragte sie dann.

Chiara wies ihnen den Weg ins Büro, das neben dem Wohnzimmer lag. Das Fenster, das den Raum erhellen sollte, war vom Laub eines Feigenbaums fast zugewachsen. Das Arbeitszimmer schien zum größeren Teil von Lea Himmelreich benutzt zu werden, die Regale waren voll von Rezeptordnern, alten und neuen Kochbüchern. Im Zimmer standen zwei Schreibtische, ein eher chaotischer, mit Kochbüchern und verschiedenfarbigen Zetteln übersäter und ein übersichtlich geordneter, auf dem lediglich ein Notebook auf einer Schreibunterlage stand. Stefans Schreibtisch in seiner nüchternen Aufgeräumtheit wirkte in dieser Umgebung wie ein Fremdkörper. Der Inhalt der Schubladen war nichtssagend. Weißes Papier, Briefkopfpapier, Briefumschläge, Klarsichthüllen, Schreibgerät. Auf einem Beistelltisch stand ein Drucker. Stefan Himmelreich schien es vermieden zu haben, allzu deutliche Spuren zu hinterlassen. Vielleicht gab es auch nichts, womit er seiner Umgebung einen Stempel hätte aufdrücken können.

Nina klappte den Rechner auf.

»Kommst du da ohne Passwort rein?«, fragte Chiara.

Nina öffnete ihre Hello-Kitty-Umhängetasche, holte ein Notebook heraus und verband die beiden Rechner. »›Gute Mädchen kommen in den Himmel, böse Mädchen kommen überall hin‹«, antwortete sie grinsend und widmete sich Display und Tastatur ihres Computers.

»Ist dir noch etwas eingefallen?«, fragte Mayfeld das Au-pair-Mädchen.

»Nein«, antwortete Chiara, ohne nachzudenken. »Tut mir leid.« Sie wandte sich ab und ging zur Tür.

»Du weißt, dass dein Chef ermordet wurde?«

»Santa Maria!« Chiara wirbelte herum und starrte Mayfeld an. Sie war aufrichtig entsetzt. »Wer hat das getan?«

»Wir sind dabei, es herauszufinden. Deswegen ist es wichtig, dass ich Antworten auf meine Fragen erhalte. Überleg noch einmal. Wann hast du deinen Chef zuletzt gesehen, was hat er gesagt oder getan, mit wem war er zusammen?«

»Ich weiß wirklich nichts.« Wie um ihre Behauptung zu bekräftigen, presste Chiara ihre Lippen fest aufeinander, ihre Augen waren noch immer weit aufgerissen.

Er ließ ihr etwas Zeit. Sie senkte ihren Blick zu Boden, blieb aber stumm.

»Ich habe gehört, dass du mit Anja Himmelreich befreundet bist.«

Damit hatte er ein Thema angeschnitten, das Chiara offensichtlich unangenehm war. »Auf Facebook«, antwortete sie kurz angebunden.

»Wann hast du sie zuletzt in der wirklichen Welt gesehen?«

»Gestern.«

Dann war es wohl mehr als eine Freundschaft in einem sozialen Netzwerk. »Wo habt ihr euch getroffen?«

»Hier. Sie hat mich besucht.«

»Wir können sie nicht erreichen. Kannst du das erklären?«

»Sie schaltet das Handy immer nur kurz an, um Mails, Nachrichten und Facebook zu checken. Dann macht sie es wieder aus, sie hat Angst, ausspioniert zu werden. Sie schreibt auch selbst so gut wie nichts auf ihrer Seite. Anja hat voll die Paranoia.«

»Sagst du ihr, dass wir sie sprechen wollen?«

»Versprochen.«

»Lass uns jetzt bitte allein.«

Das Au-pair-Mädchen verließ den Raum. Mayfeld musterte die Bücherregale genauer und staunte über die vielen hundert Kochbücher, darunter prächtige Bildbände, wissenschaftliche Warenkunden, antike Exemplare aus dem 19. Jahrhundert.

Nach einer Weile pfiff Nina durch die Zähne. »Wow, schau dir das mal an, Robert!«

»Was gibt es?«

Nina grinste. »›Mädchen, die pfeifen, und Hühnern, die krähen, soll man beizeiten den Hals umdrehen.‹ Bei mir ist das zu spät.« Sie drehte das Display des Notebooks zu Mayfeld hin. »Stefan Müller-Himmelreich war so freundlich, PINs und TANs auf dem Computer zu speichern. Das ist, gelinde gesagt, total unvorsichtig, kommt mir aber sehr entgegen.«

Sie öffnete die Website einer Bank. »Ich fasse mal zusammen, was wir über die Finanzen der Himmelreichs seit heute Mittag wissen, ergänzt durch die Erkenntnisse, die ich gerade gewonnen habe. Stefan Himmelreich ist ein großer Zocker vor dem Herrn gewesen.

Kein Put oder Call war ihm zu riskant, kein Derivat zu windig. Wo das Geld, mit dem er spekuliert hat, hergekommen ist, das ist sein Geheimnis, wir können ihn dazu nicht mehr befragen. Leider war seine Gier größer als seine Cleverness, auch wenn er besonders schlau sein wollte. Er hat es geschafft, in Zeiten einer Börsen-Hausse pleitezugehen. Wenn du einen Affen oder eine Amöbe die Anlageentscheidungen treffen lässt, kann dir das im Moment kaum passieren. In den letzten Tagen vor seinem unfreiwilligen Ableben hat unser Finanzgenie versucht, Geld zusammenzukratzen. Er hat das gemeinsame Konto leer geräumt und wollte das auch mit den Konten, die Lea Himmelreich allein gehören, tun. Von diesem Computer aus.« Sie deutete auf das Notebook. »Lea muss das spitzbekommen haben, sie hat die TANs vorher sperren lassen. Das hat mir Heike gemailt. Ich würde sagen, die beiden hatten mehr als nur eine Beziehungskrise.«

»Ich ändere gerade meine Meinung über Mädchen, die pfeifen«, sagte Mayfeld.

»Mit denen hast du doch sowieso kein Problem. Dein Problem sind Mädchen mit rosa Angorapulli, Hello-Kitty-Tasche und weißen Lacklederstiefeln. Stimmt's?«

»Touché. Was hast du noch gefunden?«

»Ich bin noch bei der Arbeit. Unser Mann hat täglich sein Smartphone mit einer Cloud synchronisiert, zu der er auch mit dem Notebook Zugang hat. Es kann sich nur noch um Stunden handeln, bis ich das Passwort geknackt habe.«

»Wie machst du das? Mit weiblicher Intuition?«

Nina prustete los. Es war ein Böse-Mädchen-kommen-überall-hin-Lachen. »Ich hab dafür eine Software. Und zwar auf meinem Computer, nicht in meinem Herzen oder wo sonst die weibliche Intuition stecken mag. Alles nicht so professionell wie bei der NSA, aber für den Hausgebrauch reicht es.«

»Schau dir auch mal den Browser-Verlauf an.«

»Das ist bereits geschehen.«

»Und?«

»Müller-Himmelreich war zuletzt am Dienstagmittag im Netz. Hat vergeblich versucht, Leas Konten zu knacken, dann hat er noch die Website von Fassbinders Firma besucht, der FAKE KG.

Eine schöne Abkürzung für ›Fassbinder Kellereitechnik‹, findest du nicht auch? Anschließend hat er sich die Friedhofsordnung der Stadt Eltville heruntergeladen. Keine Ahnung, was das Motiv dafür war. Vorahnung oder Prophetie? Schwarzer Humor? Entscheide du, du bist der Chef. Ich bin hier übrigens fertig, das Notebook nehme ich mit.«

Mayfeld notierte sich die Internetadresse der FAKE KG. Die Seite würde er sich später in aller Ruhe ansehen. Vielleicht würde ihm dann auch eine Idee kommen, was den Verstorbenen am Tag seines Todes an der Eltviller Friedhofsordnung interessiert hatte.

***

Leas Programm war an diesem Tag sehr voll gewesen. Neben den Gesprächen mit der Psychologin und dem Kommissar hatte sie noch eine Therapiesitzung bei der Logopädin gehabt, die von ihren schnellen Fortschritten begeistert war. »Mich brauchen Sie bald nicht mehr«, hatte die junge Frau am Ende der Stunde gesagt, »noch ein, zwei Wochen, und Ihre Sprache ist wieder wie zuvor.« Auch die Krankengymnastin war mit der Patientin mehr als zufrieden gewesen.

Mit geschlossenen Augen war sie beim Gehen noch unsicher, beim Treppensteigen hielt sie sich noch gerne am Handlauf fest, vor allem wenn es bergab ging, aber ansonsten gab es kaum noch etwas zu verbessern. Ein wenig Konditionstraining würde ihr guttun, natürlich. Und ob sie sich schon mal mit Yoga oder Meditation beschäftigt habe, wollte die Physiotherapeutin wissen. Das könne helfen, die innere Mitte zu finden. Sie zeigte ihr eine einfache Achtsamkeitsübung. Die Dinge in sich und um sich herum einfach nur wahrnehmen, ohne sie zu bewerten oder festzuhalten. Lea konnte nichts damit anfangen.

Zurück in ihrem Zimmer, legte sie sich aufs Bett und schlief ein.

»Mama!«

Lea schreckte auf. Ein Mädchen rannte auf sie zu, warf sich auf das Bett und umarmte sie.

»Bist du bald wieder gesund?«

Für einen Moment löste sich alle Anspannung, der Kopf wurde

frei, der Brustkorb weit und der Bauch wohlig warm. Niemand auf der Welt roch besser als ihre Tochter, nach süßer Sahne und Sternanis. Genauso duftete das Glück!

Eine Weile war Hannah still, weil sie damit beschäftigt war, ihre Mutter zu herzen, zu küssen, zu knutschen. Wie war sie auf die verrückte Idee gekommen, eine schlechte Mutter zu sein? Die Reaktion ihrer Tochter ließ keinen anderen Schluss zu als: Alles war gut. Das war das Kind, das sie geboren, dem sie sprechen, laufen und Schokoladenpudding kochen beigebracht hatte.

»Nicht weinen, Mama. Alles wird gut!«

Sie ließ ihren Tränen freien Lauf. »Alles wird gut, mein Schatz!«

Sie sollte unbedingt einmal eine Sternanismousse ausprobieren, vielleicht mit Passionsfruchtcreme und Schokoladencrumble. Dann erinnerte sie sich, dass noch jemand im Raum war. »Vielen Dank, Chiara!«

»Das ist doch selbstverständlich, Signora Lea, ich freue mich so.« Auch dem Au-pair-Mädchen liefen Tränen über das hübsche Gesicht. »Ich bin gleich nachdem die Polizei wieder weg war, losgefahren. Sie haben den Computer von Signore Stefan untersucht und mitgenommen und wollten von mir wissen, mit wem der Signore am Dienstagmittag zusammen war.«

»Das ist der Job der Polizei.«

»Ich habe ihnen nicht weiterhelfen können.«

Warum erwähnte Chiara das?

»Wo ist Papa?«

Hannahs Frage war wie ein Schlag in Leas Magengrube. Dorthin, wo es gerade so schön warm gewesen war. Alles vorbei, sie fühlte nur noch einen ziehenden Schmerz und schnappte nach Luft. Was sollte sie dem Kind antworten? Warum war Papa überhaupt wichtig? Ohne ihn war es doch viel schöner.

»Ich weiß es nicht.« Das war eine Lüge, und sie versetzte ihr einen Stich mitten ins Herz. Sie hatte sich die Klinge selbst in die Brust gestoßen. Sie konnte nicht ewig lügen. Irgendwann musste sie Hannah sagen, was passiert war, und dann würde ihre Tochter fragen, warum sie zuvor die Unwahrheit gesagt hatte.

Lea hatte das Gefühl, keine Luft zu bekommen. »Lasst uns nach draußen gehen«, schlug sie den beiden vor.

Sie gingen nach unten in die Eingangshalle der Klinik. Das fiel ihr viel leichter als noch am Vortag. Sie spendierte ihrer Tochter ein Eis, leider gab es nur abgepacktes. Eigentlich müsste sie ihr erzählen, was mit ihrem Vater geschehen war. Aber sie traute sich nicht. Sie hatte Angst, nicht die richtigen Worte zu finden. Das war gerade doppelt schwer. Also redeten sie über »Bibi und Tina«, »Pettersson und Findus« und die »Drei Fragezeichen«.

Chiara und Hannah waren irgendwann gegangen, Lea hatte ihnen das Versprechen gegeben, in der nächsten Woche nach Hause zu kommen. Zurück in ihrem Zimmer, dämmerte sie vor sich hin.

Sie hält Kathrin eng umschlungen, liebkost ihre Lippen, ihr Haar, ihre Ohren, das Grübchen über ihrem Schlüsselbein, die runden Brüste. Dann schlägt ihr Kathrin ins Gesicht. Sie schlägt zurück und rennt davon.

Ein Geräusch ließ sie hochschrecken. Die Aromen von Vanille, Iris und Sandelholz wehten zu ihr herüber. »Wanted«. Kathrin. Sie schaute zur Tür, sah tatsächlich Kathrin im Rahmen stehen, endlich.

Kathrin betrat das Zimmer, stellte einen Korb auf den Tisch, aus dem es nach frisch gebackenem Brot und Räucherschinken duftete. Erst jetzt erinnerte sich Lea, was für einen großen und athletischen Körper ihre Freundin hatte und wie katzengleich sie sich bewegte. Eine Raubkatze mit grünen Augen schlich auf sie zu.

»Schön, dich zu sehen«, sagte Kathrin mit rauer Stimme und strich ihr zart über die Hand. »Ich hoffe, du freust dich auch.«

Lea wusste keine rechte Antwort auf die Frage. »Was ist passiert?«, flüsterte sie.

»Ich weiß es nicht. Kannst du es mir sagen?«

Was sollte die Frage? Schwang da ein Vorwurf mit? Alles, was sie wusste, musste Kathrin doch auch wissen. Lea richtete sich in ihrem Bett auf. »Mein Mann wurde vermodert. Ermordet. Ich hatte einen Unfall. Morgens war ich bei dir. Was wollte ich dort?«, fragte sie in schroffem Ton. Sie fühlte sich allein in einer kalten Welt.

»Das weißt du nicht mehr?«

Sie versuchte, ihre Gedanken zu sammeln. »Du bist Kathrin. Wir sind befreundet, und du bist die Hauptlieferantin für das ›Himmelreich‹. Bei dir gibt es Galloways, die das ganze Jahr auf der Weide stehen, Bunte Bentheimer in Freilandhaltung und Bressehühner ohne AOC. Dazu das beste Sauerteigbrot weit und breit.«

Obwohl sie voll des Lobes war, schien Kathrin nicht zufrieden. War »Hauptlieferantin« nicht das richtige Wort gewesen?

»Das ist alles, was dir zu uns einfällt?«

»Für jemanden mit einer Amnesie ist das ganz schön viel.« Sie dachte an den Traum, ihre Sehnsucht, das Herzklopfen. Sie rückte von Kathrin weg, dann wagte sie die Frage zu stellen, die ihr durch den Kopf ging. »Hatten wir eine Affäre?«

»Affäre? Hatten?«, fauchte Kathrin. Ihre grünen Katzenaugen füllten sich mit Tränen. »So siehst du mich? Ich bin eine Geschäftspartnerin, mit der du eine Affäre hattest? Wolltest mal was ausprobieren, das du noch nicht kanntest?«

Lea wurde wütend. Sie lag im Krankenhaus, versuchte, ihr Gedächtnis wiederzufinden, und Kathrin machte Beziehungsstress. »Das ist alles zu viel für mich«, schrie sie.

»Ganz ruhig, Liebes.« Kathrins Stimme hatte sich blitzschnell verwandelt. Jetzt erinnerte sie Lea an eine schnurrende Katze. »Alles wird gut.« Sie griff nach ihrer Hand.

»Seit wann sind wir zusammen?«

»Seit Dezember. Erinnerst du dich an den Ball im Kurhaus?«

Schneeflocken fallen auf den Bowling Green. Das Kurhaus erstrahlt in winterlicher Pracht, überall liegt eine feine weiße Schneeschicht. Sie eilen durch die Kolonnaden des Staatstheaters, springen die Treppenstufen zum Säulenportikus hinauf, betreten atemlos das Foyer mit den marmornen Säulen und dem bunten, schrillen Publikum. Trau dich, sagt Kathrin, als sie Lea zum Ball der Aidshilfe einlädt. Kathrin ist schön wie nie und beunruhigend maskulin. Sie hat die Haare streng nach hinten gekämmt und trägt einen schwarzen Smoking. Lea kommt sich in ihrem goldenen Cocktailkleid lächerlich vor. Das passt doch hervorragend, meint Kathrin, Smoking und Cocktailkleid. Sie schmiegt sich an die Freundin. Jede Menge Dragqueens und -kings tummeln sich unter der Kuppel des Kurhauses, die Luft vibriert, ein vielstimmiges Stimmengewirr schwirrt durch die Hallen, in denen das Amüsement eine lange Tradition hat. Sie essen eine Kleinigkeit bei Käfer's, dann verfolgen sie die Show im Friedrich-von-Thiersch-Saal, Absinto Orkestra, Joy Fleming, »Der blonde Zigeuner«, »Ein Lied kann eine Brücke sein«. Trash mit Kultfaktor.

Später tanzen sie in einem anderen Saal bis zum Umfallen. »I Can't Get No Satisfaction«. »Marmor, Stein und Eisen bricht«. Irgendwann am frühen Morgen landen sie in einer kleinen Suite im Schwarzen Bock, die Kathrin vorsorglich reserviert hatte. Lea lässt sich gern verführen.

Allmählich verstand sie Kathrins Enttäuschung. Was sie verband, war mehr als eine Affäre oder ein Verhältnis. Es fühlte sich an wie große Liebe und Leidenschaft.

Lea verließ das Bett, streifte beim Aufstehen Kathrins Schulter, ihre langen blonden Haare und spürte, wie sich die Härchen auf ihrem Arm aufstellten, ein leiser Schauder ihren Körper erfasste. Sie ging zum Tisch und sah sich den Inhalt des Korbes an, den Kathrin mitgebracht hatte. Brot, Butter, Schinken, Rotwein. Das perfekte Picknick. Ein paar Holzbrettchen und ein großes Messer, Korkenzieher und Gläser lagen praktischerweise ebenfalls im Korb.

»Setz dich doch«, bat Kathrin, nahm auf einem der Stühle Platz und bereitete für beide eine Brotzeit vor.

Sie aßen, ohne zu sprechen. Das Brot war doppelt gebacken, die knusprige Kruste mit dem Karamellton umhüllte die dezente Säure des lockeren Teigs. Zusammen mit der salzigen Butter und der milden Räuchernote des Schinkens formten sie eine ebenso einfache wie perfekte Harmonie. Dazu kamen der Beerengeschmack des Rotweins und seine sanfte Gerbsäure. Das Gute und Wahre lag oft im Einfachen.

Ohne dass sie einen Einfluss darauf hatte, verhärtete sich plötzlich etwas in ihr. »Wusste Stefan von uns?«, fragte sie in betont nüchternem Ton.

Kathrin nickte. »Genau darüber haben wir uns am Dienstagmorgen unterhalten. Ihr hattet Streit. Stefan wollte im Falle einer Trennung nicht nur Geld, er wollte, dass Hannah bei ihm lebt.«

Lea fühlte, dass ihr der Boden unter den Füßen weggezogen wurde. »Das wollte ich doch nicht zulassen?«, fragte sie.

»Nein.«

Kathrin war plötzlich einsilbig geworden.

»Und weiter?«

»Du hattest Bedenken, ob es eine gute Idee war, dass wir zusammenziehen. Obwohl das heutzutage doch kein Problem mehr ist. Du hattest Angst, dass es Stefan mit Nicola schaffen könnte, dir Hannah zu entfremden. Dabei ging es dem Typen doch nur darum, möglichst viel Geld aus dir herauszupressen.«

Eine Welle rollte auf sie zu, brach sich über ihr und riss sie mit sich fort. Kathrin irrte sich womöglich. Nicola kannte Hannah aus dem Kindergarten. Stefan wollte ihr das Kind wegnehmen, die Fassade einer neuen glücklichen Familie aufbauen, um sich an ihr zu rächen. Ihr wurde übel. Sie erinnerte sich jetzt, sie hatte mit Kathrin gestritten, die erbost darüber gewesen war, dass sie einen Rückzieher machen und das Zusammenziehen auf die lange Bank schieben wollte.

»Du hast mich eine Verräterin genannt«, sagte Lea.

»Fällt dir ein besseres Wort dafür ein?« Kathrins grüne Augen funkelten tückisch.

Damit waren die Fronten geklärt. Anspannung und Schweigen breiteten sich aus, verharrten zwischen ihnen und verdichteten sich mit jeder Sekunde. Jederzeit konnten jetzt Feindseligkeiten ausbrechen. Neben dem sanften Schmusetiger gab es eine jähzornige Wildkatze, wie sich Lea immer deutlicher erinnerte. Und die machte Lea Angst.

»Es tut mir leid«, sagte Kathrin schließlich. Ihre Stimme klang kleinlaut.

»Und mir erst«, antwortete Lea erleichtert und ergriff Kathrins Hand.

Sie verließen den Tisch und umarmten sich, küssten sich. So intensiv, wie es eben ging, wenn man jederzeit damit rechnen musste, dass eine Krankenschwester zum Blutdruckmessen das Zimmer betrat.

Später verabschiedete sich Kathrin.

Lea legte sich auf ihr Bett. Eine Welle hatte sie fortgerissen, wo würde sie landen? Die Liebe zu Kathrin, der Streit zwischen ihnen, der Streit mit Stefan, ihre Angst vor seinen Intrigen, der Unfall, sein Tod, wie hing das alles zusammen? Die naheliegenden Schlussfolgerungen schienen ihr absurd. Sie hoffte, dass alles ganz anders gewesen war. Die Lösung des Rätsels musste sich hinter der schwarzen Wand verbergen, deren Anwesenheit sie jetzt wieder ganz deutlich fühlen konnte.

So böse war sie nicht, so böse war Kathrin nicht, redete sie sich ein. Wie kannst du da so sicher sein?, flüsterte eine leise, zweifelnde Stimme.

***

»Was hast du dir dabei gedacht, als du Lea Himmelreich diese Vollmachten hast unterschreiben lassen?«

Julia war verärgert, das war nicht zu überhören. Mayfeld hatte einen anstrengenden Tag hinter sich und keine Lust auf Streit. Er saß auf dem Balkon ihrer Wohnung über dem Treidelpfad und genoss bei einem Glas Spätburgunder das Schauspiel des Sonnenuntergangs. Noch weniger Lust hatte er allerdings darauf, sich Vorwürfe anzuhören.

»Ich habe mir gedacht, dass mir diese Vollmachten meine Arbeit erleichtern und Lea Himmelreich nicht schaden werden, falls sie mit dem Mord nichts zu tun hat.«

»Wer nichts zu verbergen hat, der kann alle Informationen über sich preisgeben, und wer nicht alles preisgeben will, der hat etwas zu verbergen, ist das dein neues Motto?«

»Das habe ich nicht gesagt. Magst du ein Glas Wein? Ich habe einen vorzüglichen Assmannshäuser im Glas.«

»Die Frau ist kaum vernehmungsfähig. Wer hat das Gespräch mit der Polizei genehmigt?«

»Gibt es Kommunikationsprobleme bei euch in der Klinik? Das war Professor Liebherr.« Er hätte das freundlicher formulieren sollen.

»Ist man ein Mal nicht bei der Visite dabei …«, schimpfte Julia.

»Liebe Julia, muss ich das wirklich noch einmal sagen? Ich ermittle in einem Mordfall. Der Ehemann deiner Patientin ist bestialisch hingerichtet worden. Wir tappen im Dunkeln. Es ist in aller Interesse, dass dieses Verbrechen schnellstens aufgeklärt wird. Ich betone: in aller Interesse, mit Ausnahme des Mörders oder der Mörderin. Auch wenn es abgedroschen klingt: Falls Lea Himmelreich in dieser Sache nichts zu verbergen hat, sind diese Ermittlungen auch zu ihrem Vorteil. Und wenn sie etwas zu verbergen hat, dann sind ihre Rechte nicht meine allererste Sorge.«

»Rechte werden bei uns nicht von Fall zu Fall gewährt, man hat sie einfach. Hast du sie im Ernst in Verdacht?«

»Nicht wirklich, aber völlig ausschließen kann ich gar nichts. Ich suche einen Mörder. Sympathie oder Antipathie haben da nichts verloren, und Angehörige sind immer verdächtig. Du versuchst, eine Patientin zu verstehen, da ist Sympathie vermutlich ausgesprochen wichtig. Vielleicht sollten wir nicht weiter über den Fall reden.«

Sie schwiegen eine Weile. »Wenn wir unsere Jobs ernst nehmen, kriegen wir uns fast zwangsläufig in die Haare«, sagte Julia schließlich. Sie stand auf und ging nach drinnen. Als sie zurückkam, hielt sie ein Glas und ein Buch in Händen, setzte sich neben Mayfeld und ließ sich einschenken.

»Was liest du?«, fragte Mayfeld.

»Kurzgeschichten von Edgar Allan Poe. Ich bin gerade beim ›Entwendeten Brief‹. Ein kompromittierender Brief wird zur Erpressung einer hochgestellten Persönlichkeit benutzt, und Poes Detektiv soll ihn finden. Einer interessanten psychoanalytischen Interpretation zufolge steht der Brief – *›letter‹* heißt im Englischen ja auch ›Schriftzeichen‹ – für all das, was der Sprache und dem Bewusstsein entzogen ist und was die Person, der es abhandengekommen ist, unter Druck setzt. Gibt man es dieser Person zurück, lindert man ihre Not und macht sie frei. Insofern ist die Tätigkeit von Poes Detektiv vergleichbar mit der des Psychologen.«

»Wenn ich mich recht entsinne, wollten wir über solche Sachen eine Weile nicht reden, damit wir uns nicht in die Quere kommen«, scherzte Mayfeld.

Julia lachte. »Das war doch nur ganz allgemein gemeint. Aber du hast recht. Poe kann im Übrigen warten. Wie ging es denn mit dieser Mainzer Stiftsfehde weiter?«, fragte sie. »Gestern meintest du, jetzt käme der kriegerische Teil.«

Mayfeld war dankbar für den überraschenden Themenwechsel. Julia schien genauso wenig wie ihm an weiterem Streit gelegen zu sein. Er hielt kurz inne und besann sich, wo er in der Geschichte stehen geblieben war. Es ging um das Ende der zweiten Stiftsfehde, den Kampf zwischen Kaiser und Papst, zwischen Bischof und Gegenbischof, zwischen bischöflichem Stuhl und Domkapitel.

»Warte einen Moment, ich brauche meinen Spickzettel.«

»Schieß los«, sagte Julia, als er auf den Balkon zurückkam.

»Bischof Heinrich wurde von seinen Verbündeten Kaiser Ludwig und dem Mainzer Domkapitel kaltgestellt. Er erhielt einen Vormund und hatte politisch nichts mehr zu sagen. Die Fäden der Macht hielten das Domkapitel und ein von ihm bestellter Stiftsverweser in Händen. Heinrich durfte die Eltviller Burg bewohnen, Geld hat er natürlich genug bekommen. Der entsprechende Entsagungsvertrag wurde 1346 in Eltville geschlossen.«

»Man hat eine Fassade aufgebaut.«

»So ist es. Bald darauf starb der Kaiser, und der Gegenkönig Karl IV. erhielt Auftrieb. Der Mainzer Stiftsverweser Kuno von Falkenstein wählte mit Verbündeten einen eigenen König. Der vom Papst eingesetzte Bischof Gerlach machte der Bürgerschaft von Mainz große Zugeständnisse und bewegte sie so dazu, ein Bündnis mit ihm zu schließen, Gerlach von Nassau brauchte schließlich Truppen für den kommenden Krieg. Karl IV. zog seine Truppen bei Mainz zusammen, Gegenkönig Günther von Schwarzburg zog mit seinen Truppen von Frankfurt nach Kastel, wo die Truppen von Bischof Heinrich und Stiftsverweser Kuno aus dem Rheingau zu ihnen stießen. Günther ließ Kastel niederbrennen und zog sich nach Eltville zurück, attackiert von nassauischen Truppen.«

»Worum ging es diesmal?«

»Um Macht, Geld und Einfluss, wie immer. Kaiser Karl IV. überschritt mit seinem Heer den Rhein und belagerte Eltville. Es kam zu Verhandlungen, in denen Bischof Heinrich und Stiftsverweser Kuno Kaiser Karl anerkannten. Gegenkönig Günther wurde mit Geld abgefunden. Karl versprach im Gegenzug, den päpstlichen Bischof Gerlach nicht in seinem Kampf gegen Heinrich, Kuno und das Domkapitel zu unterstützen. Das Gegenteil versprach er ein paar Tage später Gerlach von Nassau. Drei Wochen nach dieser Einigung starb der abgefundene Günther von Schwarzburg. Er sei vergiftet worden, so lauteten damals die Gerüchte.«

»Du kriegst wohl in deinem Job nicht genug«, meinte Julia. »Wie kann man sich nur freiwillig mit so üblen Geschichten beschäftigen?«

Mayfeld wollte antworten, dass man die Geschichte nicht den

Mächtigen überlassen dürfe. Dass man sich mit der Geschichte auseinandersetzen solle, um daraus etwas zu lernen.

»So ist das Leben halt«, entgegnete er stattdessen. »Die kriegerischen Auseinandersetzungen zwischen Kuno von Falkenstein und Gerlach von Nassau gingen weiter, nur ohne Beteiligung des Kaisers, der hatte ja, was er wollte, nämlich die Anerkennung von allen Seiten. Kuno von Falkenstein beschritt neue Wege. Er schloss in Rüdesheim mit dem ›gemeinen Volk‹ des Rheingaus sowie weiteren Ortschaften des Mittelrheins einen Vertrag, in dem sie sich gegenseitige ewige Treue schworen.«

»Wie lange dauerte diese Ewigkeit?«

»Vier Jahre. Dann wendete sich das Blatt zugunsten Gerlachs. Er überschrieb Karl IV. Ländereien im Rheinhessischen und bewog ihn damit, erneut gegen Kuno von Falkenstein und Heinrich vorzugehen. Bevor es allerdings zu kriegerischen Auseinandersetzungen kam, starb Bischof Heinrich in Eltville, er hat sich vermutlich zu Tode gesoffen. Gerlach wurde unumstrittener Bischof von Mainz. Er hat die Stadt gemieden wie der Teufel das Weihwasser, und so haben es seine Nachfolger hundert Jahre lang gehalten, sie residierten allesamt in Eltville. Kuno bekam als Abfindung eine große Geldsumme und mehrere Burgen. Alle ehemaligen Gegner wurden wieder in den Schoß der Kirche aufgenommen, und Kuno von Falkenstein wurde später Erzbischof von Trier.«

»Die Menschen starben nur dafür, dass ein paar Besitztümer den Eigner gewechselt haben?«

»Ist das heute so viel anders?«

***

Sie war von der Melodie, die ihr Handy spielte, wach geworden. »Lucy in the Sky with Diamonds«. »22:43: Anja ruft an« stand auf dem Display.

»Sie wollen nicht, dass ich dich besuche, sie sagen, dass ich dich nicht aufregen soll. Hast du den Brief gelesen?«, hörte sie die gepresste Stimme ihrer Schwester.

Lea konnte die Ungeduld am anderen Ende der Verbindung körperlich spüren. »Von welchem Brief sprichst du?«

»Von dem Brief, den dir Elke gegeben hat.«

»Ich erinnere mich nicht.«

»Du bist in großer Gefahr. Sie wollen dich zu unserer Mutter bringen, sie wollen dich in ein feuchtes, kaltes Grab werfen, verstehst du?«

Anja hatte wieder einen ihrer Krankheitsschübe, das war alles, was Lea verstand.

»Ich bin müde, Anja. Ich muss schlafen. Können wir uns morgen unterhalten?«

»Wie kannst du nur so sorglos und so vergesslich sein? Erinnerst du dich denn gar nicht, was damals passiert ist?«

Lea seufzte. Jetzt war sie wieder wach, also konnte sie sich auch mit ihrer verrückten Schwester unterhalten.

»Was genau meinst du?«

»Es geht um die Sache mit Walter.«

Eine Weile herrschte Stille in der Leitung. Lea dachte nach. »Er ist vor fast dreißig Jahren gestorben«, sagte sie dann.

»Das meine ich nicht«, entgegnete die Schwester. »Ich meine vorher und nachher.«

»Das verstehe ich nicht.«

»Du verstehst mal wieder gar nichts.«

Lea begann sich über Anja zu ärgern. »Dann sollten wir das Gespräch beenden.«

»Warte, ich erkläre es dir. Ich fang ganz von vorne an. Weißt du nicht mehr, was der Mann mit unserer Mutter gemacht hat?«

»Nein.«

»Wir haben sie doch beobachtet.«

Lea liegt im Bett, sie hat gerade etwas Schönes geträumt. Die Kuhle neben ihr ist leer, schon nicht mehr warm. Bevor sie sich besinnen kann, kommt ihre Schwester wimmernd hereingerannt. Er tut Mama etwas Böses, jammert sie, du musst kommen, wir müssen ihr helfen. Sie steht auf, lässt sich in den Trakt des großen Hauses ziehen, in dem sie nichts zu suchen haben, bis sie vor einem Zimmer stehen, dessen Tür einen Spalt weit offen steht. Sie hat geschrien, flüstert Anja. Und immer noch hört man Mamas Stöhnen und das fremde Keuchen. Aber als Lea einen Blick durch den Türspalt wagt, kippt der Mann über Mama zur Seite und lässt sie in Ruhe. Es ist vorbei, flüstert sie ihrer Schwester zu, es ist vorbei.

»Ich erinnere mich. Daran habe ich seit dreißig Jahren nicht mehr gedacht.«

»Ich denke jede Nacht daran.«

»Aber Anja, das war eine harmlose Situation, die wir als Kinder völlig falsch interpretiert haben.«

»Völlig harmlos? Wie naiv bist du denn?«, schrie Anja am anderen Ende der Telefonverbindung. »Soll ich dir erklären, was anschließend passiert ist? Erst haben sie Mama gequält, dann haben sie sie im Keller eingeschlossen. Dort ist sie noch heute.«

Anja hatte schon als Kind behauptet, dass der Geist ihrer Mutter im Keller der Villa Haller spuke. Das war einer der Gründe gewesen, warum man sie in einer psychiatrischen Klinik untergebracht hatte. Lea erinnerte sich, dass sie das wirre Gerede ihrer Schwester kaum ertragen konnte und froh gewesen war, als sie endlich schwieg. Sie war nicht traurig gewesen, als Christel beschloss, die Besuche bei Anja einzustellen.

»Nimmst du deine Medikamente?«

»Was geht das dich an«, fauchte es feindselig am anderen Ende der Verbindung.

Zuletzt hatte sie gedacht, dass Anja auf einem guten Weg sei. Sie hatte ihr den Job auf Kathrins Hof verschafft, dort hatte sie Micha kennengelernt. Sie verbrachte immer mehr Zeit auf dem Bauernhof, in der Natur, mit den Tieren, und immer weniger Zeit in ihrer düsteren Wohnung in Walluf. Es war ihr so gut gegangen, dass der Arzt die Medikamente reduziert hatte.

»Ich mache mir Sorgen, Anja.«

»Das solltest du auch. Um deine Tochter und um dich. Sie werden es mit euch genauso machen wie mit unserer Mutter, und die Einzige, die euch retten kann, bin ich. Ich habe das Kriegsbeil ausgegraben.«

Lea wurde müde. »Bitte lass uns morgen über alles reden.«

»Einverstanden«, antwortete Anja zu ihrer Überraschung. »Du hörst morgen von mir. Ruf mich nicht an, ich melde mich bei dir.«

***

Vor einer Stunde hatte sie Heilerde auf die Wunde getan. Jetzt war es an der Zeit, die Vier Heiligen Pfeile zu erneuern. Das war Aufgabe der Südlichen Cheyenne, auf die Nördlichen Cheyenne konnte sie nicht bauen, ein Vergessenszauber hatte sie gelähmt. Aber das war nicht schlimm, solange sie wusste, was zu tun war. Maheo sei Dank.

Sie legte das Telefon beiseite und ging in den geheimen Teil ihrer Wohnung. Dort öffnete sie die Schatztruhe und nahm das Medizinbündel heraus. Sie legte die vier Pfeile nebeneinander auf den Tisch. Rot, weiß, gelb, schwarz. Als der Prophet zum heiligen Berg gepilgert war, stieg Maheo von den Black Hills herab und übergab ihm die Vier Heiligen Pfeile. Zwei, um Macht über die Tiere, zwei, um Macht über die Feinde zu erlangen.

Sie nahm jeden der Mahuts einzeln in die Hand und presste ihn gegen ihre Wunde unter der Brust. Dann deutete sie mit ihm auf die Bilder der Feinde. Dazu summte sie die Melodie, die sie Maheo gelehrt hatte. Schließlich nahm sie die Vier Heiligen Pfeile in ihre Hände, den roten und den weißen in die linke, den gelben und den schwarzen in die rechte Hand, schloss die Augen und tanzte den Tanz der Erneuerung, bis das Summen den ganzen Raum erfüllte und sie durchdrang.

So wurde sie wieder ganz, und alle Ängste verflogen. Sie würde die Einheit der Cheyenne verteidigen. Sie würde deren Feinde vernichten. Ihrer Macht hatten die Feinde trotz all ihrer Bösartigkeit nichts entgegenzusetzen. Beruhigt und voller Zuversicht legte sie das Bündel von Sweet Medicine wieder in die Schatztruhe, löschte die Sonne über dem Totempfahl und verschloss ihr Heiligtum. Im vorderen Wohnraum legte sie sich auf ihr Bett und fiel in eine tiefe Trance, aus der sie gestärkt hervorgehen würde, bereit, den Kriegspfad zu beschreiten.

Donnerstag, 12. September

Die herbstliche Sonne hatte die Morgennebel vertrieben. Der Konferenzraum des K11 wurde von mildem Morgenlicht durchflutet, durch die Fenster konnte man die sonnenbeschienenen Parzellen der Gartenkolonie »Unter den Eichen« überblicken.

»Was gibt es Neues?«, fragte Heike Winkler in die Runde. »Beginnst du mal, Nina?«

Nina berichtete von den finanziellen Transaktionen und gescheiterten Spekulationen Müller-Himmelreichs, von seinen Versuchen, in den letzten Wochen Geld aus Lea Himmelreichs Restaurant herauszuziehen.

»Es sieht so aus«, ergänzte Winkler, »als ob Müller-Himmelreich mit geliehenem Geld spekuliert hat. Er hatte kurzfristig hohe Beträge für seine Transaktionen zur Verfügung, die er dann aber wieder von seinen Konten abgezogen hat. Die Geldflüsse haben wir über zwei oder drei Stationen nachverfolgen können, aber es ist noch unklar, woher das Geld letztendlich stammt. In der letzten Zeit gingen etliche Spekulationen schief, er musste alle seine Reserven aufbrauchen, um seine Wetteinsätze zurückzuzahlen, an wen auch immer. Zum Schluss scheint ihm auch das nicht mehr gelungen zu sein. Lea Himmelreich hat ihm in der Woche vor seinem Tod sämtliche Vollmachten für ihre Privat- und Geschäftskonten entzogen, nachdem er ihr gemeinsames Konto leer geräumt hatte. Am Dienstagmorgen wollte Müller-Himmelreich mit seiner Bank wegen eines Kredits im hohen sechsstelligen Bereich verhandeln, ist dort aber abgeblitzt, da alle Sicherheiten, die er der Bank bieten wollte, seiner Frau gehörten.«

»Müller-Himmelreich hat sich also zumindest bei zwei Personen unbeliebt gemacht. Bei seiner Frau, deren Geld er veruntreuen wollte, und bei demjenigen, dem er die Schulden nicht zurückzahlen konnte«, bemerkte Mayfeld. »Vielleicht erklären sich so auch die Gesichtsverletzungen eine Woche vor seinem Tod.«

»Jemand hat ihn vermöbelt zwecks Hebung der Zahlungsmoral?«

»So ungefähr, Nina.«

»Dieser Makaroff schwimmt im Geld und hat viele Freunde aus seiner russischen Heimat«, setzte Nina nach. »Ich weiß, das ist zum gegenwärtigen Zeitpunkt nicht mehr als ein vager Verdacht.«

»Das Handy von Müller-Himmelreich wurde nicht gefunden?«, unterbrach sie Mayfeld.

»Leider nicht«, sagte Aslan Yilmaz. »Aber wir wissen mittlerweile, mit wem Müller-Himmelreich an den Tagen vor seinem Tod telefoniert hat. Wir haben die synchronisierten Daten aus der Cloud, nachdem Nina es geschafft hat, die Passwörter zu knacken. Vor allem hat er mit Nicola Schlesinger, mit Lea Himmelreich und mit Grigori Makaroff telefoniert. Hier ist die genaue Aufstellung.« Yilmaz reichte eine Liste über den Tisch. »Am Dienstagmorgen gibt es regen Telefonverkehr mit Makaroff und der Deutschen Bank. Um zwölf Uhr fünfundfünfzig ruft er Fassbinder an. Um fünfzehn Uhr versucht er, seine Frau zu erreichen. Um siebzehn Uhr dreißig schickt er ihr eine SMS.«

»In der SMS schlägt er Lea eine Trennungszeit vor«, ergänzte Mayfeld.

»Interessant ist der SMS-Verkehr zwischen Müller-Himmelreich und Schlesinger«, fuhr Yilmaz fort. »Den konnten wir in der Cloud nachlesen. Mal verliebtes Geturtel, mal konspirative Terminabsprachen. Aber in den Wochen vor seinem Tod ändert sich der Ton. Schlesingers Äußerungen sind abweisend. Es ist von Vertrauensbruch und feindseliger Einstellung die Rede, von einer Bringschuld, der er nachkommen müsse, wenn die Beziehung eine Zukunft haben solle. Ich hab euch die Nachrichten ebenfalls ausgedruckt.«

»Der Stimmungswandel könnte mit den finanziellen Problemen zu tun haben«, überlegte Mayfeld. »Möglicherweise ist das mit der Bringschuld ganz wörtlich gemeint. Als ich gestern in der Kanzlei das Überwachungsvideo gesehen habe, hätte ich übrigens darauf wetten können, dass die Person, die man auf dem Band gesehen hat, Nicola Schlesinger ist. Hast du die Aufzeichnungen noch mal unter die Lupe genommen, Aslan?«

»Von der Figur und dem Bewegungsmuster her könnte es Frau Schlesinger sein, auch die Ortskenntnisse sprechen dafür, aber weiter als bei der ersten Durchsicht kommst du auch bei wiederholtem Betrachten der Aufzeichnung nicht. Die Maske und das Kopftuch verdecken Gesicht und Haare vollständig.«

Sie traten weiter auf der Stelle. »Was hast du herausgefunden, Horst?«

»Die Spurenlage am Fundort der Leiche ist bescheiden. Der Stofffetzen, den wir gefunden haben, gehört zu einem Baumwollgewebe, das für eine Vielzahl von Parkas, Jagd- oder Reitjacken benutzt wird. Der Fetzen würde uns nur helfen, wenn wir die Jacke finden, aus der er ausgerissen ist. Die Reifenspuren, die nicht von Polizeifahrzeugen stammen, können nicht eindeutig zugeordnet werden. Immerhin wissen wir, dass sie zu einem Geländewagen oder SUV gehören, BMW, Mercedes, Audi, Toyota. Der Ablagezeitpunkt der Leiche am Fundort lässt sich nicht weiter eingrenzen.« Adler machte eine Pause, blätterte in seinen Unterlagen. »Etwas besser sieht es mit dem Auto von Müller-Himmelreich aus, das wir am Wiesbadener Bahnhof gefunden haben. Wir haben Bodenproben vom Fundort der Leiche mit Schmutzpartikeln auf dem Boden vor dem Fahrersitz verglichen. Sie könnten vom Waldboden stammen. Auf dem Fahrersitz haben wir ein paar Pferdehaare gefunden. Die Reifenspuren am Fundort könnten von Müller-Himmelreichs M-Klasse-Benz stammen, aber wie gesagt, sie sind nicht eindeutig zuordenbar.«

»Das war's?«

»Das war's.«

»Wie kommt Müller-Himmelreich von Wiesbaden nach Fischbach, wenn er in Wiesbaden sein Auto parkt?«, fragte Nina.

»Wenn wir damit recht haben, dass der Schmutz auf der Matte unter dem Fahrersitz vom Fischbacher Waldboden stammt, dann war Müller-Himmelreich vor siebzehn Uhr dreißig dort«, bemerkte Adler.

»Eine SMS kann jeder schreiben«, warf Yilmaz ein.

»Du meinst, zu dem Zeitpunkt könnten die Maden schon mit ihrer Arbeit begonnen haben?«, fragte Nina.

»Dann hätte jemand den Toten in Fischbach im Wald abgelegt und anschließend sein Auto nach Wiesbaden gefahren und dort mit seinem Handy eine SMS an dessen Frau geschickt«, sagte Winkler.

»Es kann sein, dass jemand gezielt falsche Spuren legt«, sagte Mayfeld. »Das kann sich auf alles beziehen, auf den Dreck im Auto, die Pferdehaare, den Parkzettel, die SMS. Wir hätten es dann mit einem besonders durchtriebenen Täter zu tun.«

»Oder mit einem, der sich besonders schlau vorkommt«, widersprach Nina. »Was haben wohl der Einbruch in der Kanzlei und der Diebstahl der Akte mit unserem Fall zu tun? Das ist noch so ein unglaublicher Zufall.«

»Jemand will nicht, dass wir die Akte von Makaroff einsehen«, vermutete Yilmaz.

»So schnell wären wir an die sowieso nicht rangekommen«, sagte Winkler. »Vielleicht wusste das der Dieb aber nicht.«

»Wir wären gar nicht auf die Idee gekommen, dass uns an der Akte etwas interessieren könnte«, ergänzte Mayfeld.

»Im Zusammenhang mit den finanziellen Transaktionen von Müller-Himmelreich vielleicht doch«, widersprach Winkler.

»Makaroff hätte seine Unterlagen von der Kanzlei einfach zurückfordern können«, sagte Mayfeld. »Aber eine Handakte wäre dort geblieben. Vielleicht war ihm das zu auffällig. Wenn der Einbrecher nicht vergessen hätte, die Tür wieder abzuschließen, wäre das Verschwinden der Akte lange unentdeckt geblieben. Es kann auch sein, dass die Akte gar nicht in Makaroffs Auftrag gestohlen wurde, sondern gegen ihn verwendet werden soll. Wir müssen mit Makaroff und Schlesinger noch mal reden.«

Mayfeld verteilte die Aufgaben für den Tag.

Nicola Schlesinger empfing sie dieses Mal schon am Eingangsportal der Villa. Auch in dem himbeerfarbenen Seidenkleid, das sie heute trug, sah sie umwerfend aus. Sie führte Mayfeld und Yilmaz wieder in den Besprechungsraum, bot etwas zu trinken an, was die Kommissare ablehnten.

»Herr Dr. Makaroff wird gleich für Sie Zeit haben«, sagte sie und lächelte über das ganze Gesicht.

Kaum zu glauben, dass sie gestern heulend in diesem Zimmer gesessen und den Tod ihres Geliebten beklagt hatte.

»Wir wollten auch mit Ihnen sprechen. Setzen Sie sich bitte«, sagte Mayfeld.

Schlesinger nahm Platz. »Womit kann ich dienen?«, fragte sie mit einem fast schon anzüglichen Augenaufschlag.

»Wie wäre es mit der Wahrheit?«, fragte Yilmaz.

»Ich verstehe nicht …«

»Mit der ganzen Wahrheit«, präzisierte Mayfeld. »Sie haben uns gestern nicht gesagt, dass Ihre Beziehung zu Mülller-Himmelreich vor seinem Tod in eine schwere Krise geraten ist. Wir haben mittlerweile den SMS-Verkehr zwischen Ihnen beiden gelesen.«

»Das dürfen Sie so einfach?«

»Warum haben Sie uns von dem Zerwürfnis nichts gesagt?«

»Weil es kein Zerwürfnis gab. Wir hatten Streit. Streiten Sie nie mit Ihrer Frau?«

»Schon. Aber sie wird anschließend nicht tot im Wald gefunden. Was meinten Sie, als Sie ihm Vertrauensbruch vorgeworfen haben, als Sie von einer feindseligen Haltung schrieben, von einer Bringschuld?«

»Ich meinte damit, dass er seine Schulden bei mir zurückzahlen sollte.«

»Wie hoch waren die Schulden?«

»Zwanzigtausend Euro.«

Das war für eine junge Frau ziemlich viel Geld, fast zu viel, um glaubhaft zu sein. Für Müller-Himmelreich hingegen waren es Peanuts gewesen.

»Haben Sie irgendwelche Unterlagen, mit denen Sie die Schulden belegen können?«

»Natürlich nicht, man lässt sich von dem Mann, den man liebt, doch keinen Schuldschein ausstellen. Deswegen war ich ja so aufgebracht. Ich befürchtete, dass er mich übers Ohr hauen wollte. Aber so war es nicht. Er wollte das Geld für mich anlegen, und irgendetwas ist schiefgegangen. Noch am Dienstagmorgen hat er mir versprochen, dass ich es bald zurückbekommen werde.«

Das war entweder naiv oder eine dreiste Lüge. Eigentlich konnte sich Mayfeld nicht vorstellen, dass Nicola Schlesinger mit einem Mann zusammen war, dem sie Kredit geben musste.

»Ihr Freund hatte erhebliche finanzielle Sorgen.«

»Dazu kann ich nichts sagen. Für mich ging es nur um diese zwanzigtausend Euro.«

Nicola Schlesinger log, das konnte Mayfeld riechen. Möglicherweise nicht in allen, aber zumindest in einigen Punkten sagte sie die Unwahrheit.

»Was haben Sie am Dienstag vor einer Woche gemacht? Und was in der Nacht von Dienstag auf Mittwoch dieser Woche?«

»Brauche ich ein Alibi? Nun, es scheint so. Lassen Sie mich überlegen.« Sie ging ins Nebenzimmer und kam mit einem Terminplaner zurück. »Am Dienstag letzter Woche habe ich bis achtzehn Uhr hier gearbeitet. Das kann Dr. Makaroff bezeugen, außerdem noch Herr Bankert und Frau Groß, zwei unserer Therapeuten. Danach bin ich nach Hause gefahren und habe mir eine DVD angesehen. ›Titanic‹. Und diese Woche hatte ich am Dienstagabend bis einundzwanzig Uhr eine Besprechung mit Dr. Makaroff, danach bin ich nach Hause gefahren.«

»Und zu Hause gab es keine Zeugen? Nachbarn, die Sie in Ihre Wohnung haben gehen sehen? Ein Anruf, der Sie zu Hause erreicht hat? Was haben Sie an dem Abend noch gemacht?«

»Ich habe eine DVD angeschaut, das mache ich gerne, wenn ich allein zu Hause bin. ›Catch Me if You Can‹.«

Die Tür des Besprechungszimmers öffnete sich, und Makaroff trat ein. Auch Makaroff beherrschte die Kunst des verbindlichen Lächelns perfekt. Erstaunlich, was positives Denken aus den Menschen machte. Der Herr des SMARTcenters setzte sich zu den beiden Beamten. Seine Assistentin zog sich zurück.

»Wie kann ich Ihnen weiterhelfen, meine Herren Kommissare?«

»Sie haben sicher schon davon gehört, dass Ihr Anwalt und Steuerberater ermordet wurde«, sagte Mayfeld.

»Ja, es ist ganz fürchterlich, was Menschen einander antun. Ich habe ihn sehr geschätzt und weiß noch gar nicht, wie ich ihn ersetzen soll. Aber ich möchte darauf hinweisen, dass er nicht nur *mein* Anwalt und Steuerberater gewesen ist. Er hatte viele Mandanten. Warum kommen Sie gerade zu mir?«

»Er hat außerdem Ihre Buchführung und einen Teil der Verwaltung erledigt, er hat an Ihren Seminaren teilgenommen, man könnte sagen, dass es sich um einen Vertrauten gehandelt hat.«

»Ein Geschäftspartner, dem ich mein Vertrauen geschenkt habe.«

Makaroff lächelte, so als ob er nicht sicher sei, dass die Kommissare diese feine Unterscheidung verstehen würden.

»Und jetzt wurden auch noch Ihre Unterlagen aus seiner Kanzlei gestohlen.«

»Das ist nicht weiter schlimm. Wir haben von allem Kopien hier bei uns.« Makaroffs Lächeln wurde immer glatter.

»War Müller-Himmelreich Ihr Schuldner?«

»Wie meinen Sie das?« Zur Abwechslung setzte Makaroff ein erstauntes Gesicht auf.

»Das ist doch ganz leicht zu verstehen. Ich will wissen, ob er Schulden bei Ihnen hatte.«

»Nein.« Makaroff lächelte von oben herab, wahrscheinlich konnte er gar nicht anders.

»Hatten Sie finanzielle Forderungen an ihn?«

»Ist das nicht das Gleiche? Nein. Wie kommen Sie darauf?«

»Er hatte am letzten Dienstag einen Termin bei Ihnen, zuvor war er bei seiner Bank und hat vergeblich wegen eines umfangreichen Kredits verhandelt, wenige Stunden später war er tot.«

»Ich ahne Unfassbares. Sie scheinen mich zu verdächtigen, irgendetwas mit dem Tod von Stefan zu tun zu haben. Das muss ich weit von mir weisen. Vielleicht bemühen Sie einfach mal die Logik. Wenn Ihr Verdacht zutreffend wäre, dass Stefan bei mir Schulden gehabt hätte, dann würde ich durch seinen Tod doch einen finanziellen Schaden davontragen. Wenn Sie mich schon so skrupellos einschätzen, dass ich einen Mord begehen könnte, dann sollten Sie mich zumindest nicht für so dumm halten, dass ich das tue, auch wenn ich einen Nachteil davon habe. Aber vielleicht sind Sie einfach auch nur voreingenommen, Herr Mayfeld.«

»Wie bitte?«

»Ihre Frau hat einen sehr unfreundlichen Artikel über mich geschrieben. Meinen Sie, so was entgeht mir? Fast hätte ich Stefan gebeten, sie deswegen zu verklagen.« Makaroff stand auf. »Haben Sie sonst noch Fragen? Meine Zeit ist begrenzt.«

»Sie bleiben hier«, befahl Mayfeld in scharfem Ton.

»Wo waren Sie am Dienstag vor einer Woche?«, fragte Yilmaz.

Makaroff öffnete die Tür zum Nebenzimmer. »Bringen Sie mir meinen Kalender, Nicola?«

Die Assistentin kam mit dem gewünschten Terminkalender, sie näherte sich ihrem Chef dabei ein paar Zentimeter mehr als nötig.

»Bleiben Sie ruhig hier«, sagte er zu ihr. Er blätterte in dem Kalender. »Am Dienstag voriger Woche war ich den ganzen Tag hier im SMARTcenter. Das kann unter anderem Frau Schlesinger bezeugen.«

»Bis achtzehn Uhr. Und wo waren Sie anschließend und in der Nacht von vorgestern auf gestern?«

»Zu Hause.«

»Allein?«

»Darauf gebe ich Ihnen eine Antwort, wenn es wirklich nötig sein sollte.« Er wechselte einen Blick mit seiner Assistentin.

»Catch Me if You Can«, bemerkte Mayfeld.

Sein Handy spielte Winklers »Yellow Submarine«. »Wir müssen sofort los«, sagte er nach dem Telefonat zu Yilmaz.

***

Lea hatte unruhig geschlafen, und entsprechend schwer waren ihr die Übungen gefallen, die sie im Büro der Psychologin am PC machen musste. Dennoch war Julia mit dem Resultat zufrieden.

»Die Konzentration und die Reaktionsgeschwindigkeit sind heute etwas schlechter als gestern, die Ausdauer und das Durchhaltevermögen sind noch nicht so, wie sie sein sollten, aber in allen anderen Bereichen schneiden Sie deutlich überdurchschnittlich ab. Neuropsychologisch werden Sie den Unfall vermutlich völlig unbeschadet überstehen. Beim Reden machen Sie trotz der schlechten Nacht gar keine Fehler mehr. Der gestörte Schlaf erklärt sich mit der Bestürzung angesichts der Ermordung Ihres Mannes. Oder gibt es dafür noch weitere Gründe?«

Madame Insolence entging nichts. Lea war sich nicht sicher, ob es klug war, weiter mit der Frau eines Polizisten zu sprechen. Wie Julia vorausgesagt hatte. Aber sie wollte darüber nicht grübeln. Sie würde reden, entschied sie aus dem Bauch heraus.

»Sie haben recht. Es gibt jede Menge Gründe für schlechten Schlaf. Mein Mann ist tot, ich weiß, dass er gewaltsam zu Tode kam, aber nicht, wie, wann, wo und warum. Und wer ihn getötet hat. Ich weiß nur, dass es mich bemerkenswert kaltlässt.«

»Eine Schutzreaktion.«

»Hoffentlich. Ich muss mich im Moment vor ziemlich viel schützen. Meine Schwester dreht gerade durch. Sie glaubt, dass unsere Mutter im Keller der Villa Haller spukt, sie befürchtet, dass böse Mächte mir und meiner Tochter etwas antun wollen. Den Unsinn mit dem Kellerspuk hat sie schon als Kind geglaubt, deswegen kam sie in die Psychiatrie. Meine Beziehung zu Anja ist ein einziges Desaster. Ich habe sie mein Leben lang im Stich gelassen. Zuletzt habe ich ihr zwar einen Job im Schönheller Hof besorgt, bei einer Lieferantin meines Restaurants, aber das hat mir gereicht. Sie schien sich irgendwie zurechtzufinden im Leben. Seit gestern weiß ich es besser.«

Es entstand eine unangenehme Pause. Themenwechsel war angesagt. »Für meine Tochter habe ich ebenfalls viel zu wenig Zeit.«

»Sind Sie jetzt nicht zu streng mit sich?«

Wenn sie etwas an ihrer Psychologin nicht leiden konnte, dann war es deren Hang zur Beschwichtigung. »Ich war zu wenig streng mit mir, das ist das Problem.«

»Wann sehen Sie Hannah denn nun?«

»Sie war gestern Nachmittag endlich da. Es war wunderschön. Kaum zu glauben, was einem Kinder alles verzeihen. Aber meine Freundin wirft mir ebenfalls vor, ich sei eine Egoistin und hätte sie verraten.«

»Eine schöne Freundin. Worum geht es?«

Lea betrat eine Region in der Landschaft ihrer neu eroberten Erinnerungen, wo es ihr ratsam erschien, nicht alles zu erzählen. »Ich habe seit Anfang des Jahres eine Liebesbeziehung zu einer langjährigen Freundin. Ich wollte meinen Mann verlassen. Vor Kurzem soll ich es mir anders überlegt haben.« Sie hatte schon wieder mehr gesagt, als sie vorgehabt hatte. Wie schaffte das diese Psychologin bloß? Wenigstens Kathrins Hang zu gelegentlichen Wutausbrüchen sollte sie für sich behalten. »Ich will nicht, dass Sie mit irgendjemandem darüber reden.«

»Natürlich nicht. Ist Kathrin Schönhell die Geliebte?«

»Wie kommen Sie darauf?«

»Sie hatten Besuch von ihr auf der Intensivstation. Da notieren sie die Namen der Besucher in der Krankenakte.«

»Sie spionieren mir nach!«

»Ich lese Ihre Krankenakte und interessiere mich für Sie.«

»Da habe ich aber Glück und kann mich freuen.« So sarkastisch hatte sie gar nicht klingen wollen.

»Gut, wir müssen das Thema nicht vertiefen, wenn Sie nicht wollen. Haben wir schon über Yoga oder Meditation gesprochen? Oder hat es die Physiotherapeutin getan?«

»Yoga? Meditation? So eine Tante bin ich nicht.«

Julia lächelte. »Eine Esoteriktante? Ich auch nicht. Aber es wird Ihnen guttun.« Sie schaute auf ihre Uhr. »Leider habe ich heute keine Zeit mehr. Dann bis morgen.«

»Schauen wir mal, was der Tag noch bringt«, antwortete Lea.

***

Er traf Winkler vor der Villa Haller.

»Rede du mit ihnen«, sagte sie zu Mayfeld. »Sie sind ziemlich aufgewühlt. Ich helfe bei der Befragung der Klassenkameraden.«

Kurz nach eins hatte Reinhardt Fassbinder im Polizeipräsidium angerufen. Seine Schwester wollte Hannah Himmelreich von der Schule abholen. Das Kind kam jedoch nicht zum vereinbarten Ausgang des Schulhofs an der Adolfstraße und blieb trotz intensiver Suche von Fassbinder, seiner Schwester und Hannahs Lehrerin verschwunden. Der Lehrerin war während des Unterrichts nichts aufgefallen, drei Klassenkameradinnen hatten beobachtet, dass sich Hannah in der großen Pause mit einer Frau unterhalten hatte. Die Frau hatten sie abwechselnd als klein, mittelgroß und groß, blond, braun oder schwarzhaarig sowie um die zwanzig, dreißig oder vierzig Jahre alt beschrieben.

Mayfeld betrat die Villa, die Tür stand offen. Die Fassbinders saßen im Salon.

»Habt ihr schon im Keller nachgeschaut? Bestimmt versteckt sie sich im Keller«, brabbelte Christel Fassbinder vor sich hin. »Im Geheimkeller. Es liegt ein Fluch auf der Familie, ein Fluch. Aber mir altem, vergesslichem Weib glaubt ja keiner, glaubt ja keiner. So vergesslich bin ich nun auch wieder nicht! Wenn wir den Markus und die Lea bei uns aufgenommen haben, warum dann nicht auch die Anja? Warum nicht auch die Anja? Ist das der neue Pfleger?« Sie deutete mit dem Zeigefinger auf Mayfeld, der gerade den Raum betrat. »Den nehme ich, der gefällt mir besser als die olle Olga. Olle Olga, olle Olga«, begann sie zu singen.

Reinhardt Fassbinder winkte den Kommissar wortlos heran und bot ihm mit einer Geste Platz an. Dann rief er nach Olga und bat sie, seine Frau endlich auf ihr Zimmer zu bringen.

Christel Fassbinder sprang auf. »Ich will nicht mit der Olga gehen, ich will den neuen Pfleger sehen«, sang sie und zupfte Mayfeld am Jackett.

Olga packte Christel am Arm und zog sie aus dem Zimmer.

Fassbinders Gesicht war immer noch sehr beherrscht, während das seiner Schwester müde wirkte und grünlich schimmerte.

»Haben Sie etwas erreicht?«, fragte Fassbinder.

»Meine Kollegen vernehmen alle Schüler und Lehrkräfte. Wo ist das Au-pair-Mädchen?«

»Die hat bis Sonntag frei. Sie wollte einen Kurztrip nach New York machen.«

Nicht schlecht für ein Au-pair-Mädchen, dachte Mayfeld.

»Kann es sein, dass sich Hannah bei einer Freundin aufhält?«

»Wir haben alle möglichen Leute abtelefoniert«, antwortete Reinhardt Fassbinder. Er gab Mayfeld eine Liste mit Namen und Telefonnummern. »Ich kann mir auch nicht vorstellen, dass eine Mutter nicht bei uns anruft, wenn die Kleine zu ihr nach Hause kommt.«

»Vielleicht hat jemand in der Rheingauer Straße angerufen und dort niemanden erreicht. Haben Sie den Anrufbeantworter abgehört?«

»Wir haben seit Tagen eine Rufumleitung zu unserem Anschluss«, erklärte Reinhardt Fassbinder.

Das war sehr umsichtig, dachte Mayfeld. Sicherlich war es auch ein wenig übergriffig, im Moment aber hilfreich.

»Ich glaube nicht, dass sie weggelaufen ist«, fuhr Fassbinder fort. »So ein Kind ist sie nicht.«

»Wir werden Ihr Telefon und das von Lea überwachen, für den

Fall, dass Hannah entführt wurde und die Erpresser sich bei Ihnen melden.«

»Natürlich.«

»Wir werden einen Beamten bei Ihnen stationieren, der Sie unterstützt, wenn ein Anruf kommt.«

»Wenn es sein muss.«

»Es ist auf jeden Fall besser. Eigentlich ist es kein günstiger Zeitpunkt für eine Entführung, wenn es den Entführern um Geld geht: Der Vater ist tot, die Mutter liegt im Krankenhaus.«

Fassbinder lächelte gequält. »Der Zahlungskräftigste in der Familie bin ich.«

»Es ist jetzt innerhalb von zehn Tagen das dritte Mal, dass die Familie Himmelreich die Polizei beschäftigt. Haben Sie eine Idee, woher das kommt?«

Fassbinder schüttelte verärgert den Kopf. Dann schien ihm doch etwas einzufallen.

»Sie sollten sich mal mit Leas Schwester Anja beschäftigen. Anja ist ein ziemlich kranker Mensch. Ich habe keine konkreten Anhaltspunkte, aber ihr würde ich alles Mögliche zutrauen. Lea hatte mit ihr Kontakt, und sie hat leider auch zugelassen, dass die Kleine mit ihr Kontakt hatte. Wenn Anja Hannah entführt hat, dann hatte sie noch nicht einmal Mühe damit.«

»Bei einer Tante würde man nicht unbedingt von Entführung sprechen«, widersprach Mayfeld. »Haben Sie bei ihr angerufen?«, fragte er, bevor Fassbinder protestieren konnte.

»Natürlich«, antwortete Fassbinder unwirsch. Die Bemerkung Mayfelds über die Tante hatte ihm offensichtlich missfallen.

Mayfeld griff nach seinem Handy und telefonierte mit Yilmaz. Er sollte die Überwachung der Telefonanschlüsse veranlassen. Dann versuchte er, Anja Himmelreich zu erreichen. Sie hatte ihr Handy ausgeschaltet.

Zuletzt rief er Chiara Tozzi an. Sie war auf dem Weg zum Flughafen. Als sie hörte, was passiert war, wollte sie ihren Flug sofort stornieren und zurück nach Eltville kommen.

***

Lea saß an dem kleinen Tisch und verspeiste gerade ein Schinkenbrot aus Kathrins Picknickkorb, als der Polizist, der mit Julia verheiratet war, nach kurzem Anklopfen ihr Zimmer betrat. Zitrusfrüchte, Tonkabohne, Sternanis, »Black Code« von Giorgio Armani. Ob man eine Crème brûlée von der Tonkabohne mit Sternanis verfeinern könnte? Wäre ein Zitrusragout eine passende Begleitung?

»Mayfeld. Sie erinnern sich?«, fragte er und setzte sich zu ihr.

»Kommen Sie doch herein. Setzen Sie sich«, antwortete Lea und betrachtete ihn.

Der Kommissar schien die ironische Zurechtweisung bemerkt zu haben, hatte aber offensichtlich andere Sorgen als höfliche Umgangsformen. Er war etwa fünfzig Jahre alt, nicht jünger, das erkannte man an seinen Lachfältchen. Über den Jeans trug er ein blaues Hemd und ein zerknittertes graues Leinensakko. Er hatte ein jungenhaftes Gesicht, das von einem Dreitagebart umrahmt wurde. Warum Männer der Meinung waren, derart unrasiert würden sie attraktiver erscheinen, hatte Lea noch nie begriffen. Man sah dem Kommissar an, dass er gerne aß und trank, aber das störte sie, im Gegensatz zu seinem Bart, überhaupt nicht. Irgendetwas schien den Polizisten zu bedrücken.

»Es tut mir sehr leid, Ihnen schon wieder eine schlechte Nachricht überbringen zu müssen. Wir sind von Ihrem Vater darüber informiert worden, dass Ihre Tochter verschwunden ist. Sie ist heute Morgen wie gewohnt zur Schule gegangen, doch als Ihre Tante sie mittags abholen wollte, war sie verschwunden. Wir haben bereits bei allen Klassenkameraden gesucht.«

Die Nachricht traf Leas Magengrube mit der Wucht eines Vorschlaghammers. Panik durchflutete ihren Körper, ihr Herz schlug plötzlich so heftig, als wollte sie ein letztes, vergebliches Mal davonrennen, kalter Schweiß brach auf ihrer Stirn aus. Anja hatte recht behalten. Sie hätte sich um Hannah kümmern müssen. Sie hatte ihre Tochter im Stich gelassen.

»Wo ist Chiara?«

»Auf dem Weg zurück nach Eltville. Sie hatte von Ihrem Vater ein paar Tage für einen Kurzurlaub freibekommen.«

Der Polizist, den sie gerade eben noch mit Neugier und Interesse gemustert hatte, erschien ihr jetzt grau und alt, seine Konturen zerflossen hinter einer Nebelwand. Seine Stimme drang aus der Ferne zu ihr, und die Farben und Gerüche der Welt waren erloschen.

»Haben Sie eine Idee, wo Ihre Tochter sein könnte? Vielleicht hat sie jemanden besucht, von dem wir nichts wissen.«

Sie werden es mit euch genauso machen, wie sie es mit unserer Mutter gemacht haben.

»Ich habe keine Ahnung.«

»Überlegen Sie genau, vielleicht gibt es ja doch einen Namen, der Ihnen in dem Zusammenhang einfällt.«

Natürlich fiel ihr ein Name ein: Anja. Ihr wurde schwindelig. Sie wollte den Gedanken nicht denken, der sich aufdrängte. Vielleicht war alles ganz anders. »Mein Mann hatte eine Geliebte, Nicola Schlesinger. Er wollte mit ihr zusammenziehen und Hannah mitnehmen. Vielleicht hat sie die Kleine zu sich genommen. Die beiden kannten sich aus dem Kindergarten ganz gut.«

Die Verdächtigung war an den Haaren herbeigezogen. Der Kommissar schien nicht sonderlich überzeugt. Außerdem hätte sie diese Information besser für sich behalten sollen.

»Wir werden das überprüfen. Aber man sollte meinen, dass sich das mit dem Tod Ihres Mannes erledigt hat.«

Für eine Entführung war das tatsächlich ein mehr als lächerliches Motiv. Sie durfte ihre Schwester nicht weiter decken. Es ging jetzt nicht mehr um Loyalität und Verrat, es ging um Hannah. Vielleicht hatte Anja sie einfach aus Angst zu sich genommen. Alles war möglicherweise ganz harmlos.

»Haben Sie schon meine Schwester gefragt, ob Hannah bei ihr ist?«

Der Kommissar kramte in seinem zerknitterten Jackett und fingerte einen Notizblock aus einer der Seitentaschen. »Ich habe sie bislang nicht erreichen können. Aber ich versuche es gleich noch mal.«

»Ich rufe sie an.« Lea stand auf, ging zu ihrem Nachttisch, wo das Handy lag, und wählte Anjas Nummer. Ohne Erfolg.

»Erzählen Sie mir von Anja!«

»Sie ist meine leibliche Schwester. Christel und Reinhardt sind meine Pflegeeltern. Nach dem Selbstmord unserer Mutter sind wir getrennt aufgewachsen. Aber in den letzten Jahren hatte ich wieder mehr Kontakt mit ihr.« Vielleicht sollte sie besser den Mund halten. Sie hatte ihre Schwester schon einmal verraten. Und außerdem war es Unsinn, was sie gerade dachte. Anja würde Hannah nie etwas antun, so verrückt sie auch manchmal war. Aber dann überlegte sie es sich wieder anders. »Sie ist manchmal sehr durcheinander. Sie hat mich vorgestern im Krankenhaus besucht. Gestern Abend haben wir miteinander telefoniert. Sie machte sich Sorgen um Hannah. Sie meinte, ich solle mich mehr um sie kümmern. Vielleicht hat sie Hannah von der Schule abgeholt und vergessen, in der Nikolausstraße Bescheid zu sagen.«

»Was meinen Sie damit, sie sei manchmal sehr durcheinander? Ist sie in psychiatrischer Behandlung?«

Lea nickte.

»Was können Sie mir sonst noch über Ihre Schwester erzählen?«

Der Polizist legte alles zuungunsten von Anja aus. Sie durfte ihre Schwester nicht denunzieren. »Das ist leider alles. Wie Sie wissen, habe ich diese Amnesie.«

»Kennen sich Hannah und Ihre Schwester, waren die beiden manchmal zusammen?«

»Aber ja. Soweit ich mich erinnere, waren Chiara und Anja auch zusammen mit Hannah unterwegs.«

»Ich habe eine Adresse in Walluf und eine in Fischbach. Wo können wir Ihre Schwester am ehesten finden?«

»Ich weiß es wirklich nicht, die Chancen stehen fifty-fifty. Anja arbeitet abwechselnd im Bauernladen in Wiesbaden und auf dem Schönheller Hof in Fischbach. Dort hat sie ein Zimmer. Glauben Sie mir, meine Schwester würde Hannah nie etwas antun.«

Das war ihre Hoffnung. Aber konnte sie sich da so sicher sein?

***

Mayfeld nahm den Weg über Frauenstein. Er war unzufrieden. Seit seinem ersten Besuch auf dem Schönheller Hof wollte er mit Anja Himmelreich sprechen, aber sie war immer wieder durch das Raster seiner Aufmerksamkeit gefallen. In Walluf angekommen, bog er von der Hauptstraße ab und fuhr durch die Bahnunterführung in die Mühlstraße, die am Rande von Wiesen und Auen durch das Wallufbachtal führte.

Kurz vor dem Ortsende lag die Paradiesmühle, ein Haus aus Bruchsteinen, an dem der Zahn der Zeit seit Langem nagte. Durch ein verwittertes Holztor gelangte Mayfeld in den Innenhof des Anwesens, das sich auf der gegenüberliegenden Seite zum Mühlengraben öffnete. Im Hintergrund erkannte Mayfeld ein riesiges Wasserrad, das seinen Dienst vor langer Zeit eingestellt hatte. Gegenüber dem Haupthaus stand eine Scheune. Vom Bach her näherte sich eine schnatternde Schar von Gänsen.

»Was suchen Sie, junger Mann?«, hörte er eine heisere Stimme. Er drehte sich um. Eine alte Frau in Jeans, Norwegerpulli und Wollmütze, für die Jahreszeit deutlich zu warm angezogen, trat aus dem Haus und ging, auf einen Nordic-Walking-Stock gestützt, auf Mayfeld zu. Der wich unwillkürlich einen kleinen Schritt zurück.

»Die Straußwirtschaft ist seit zwei Jahren geschlossen, und der letzte Wein ist verkauft. Die Weinberge sind alle verpachtet, und die Mühle ist stillgelegt, also was wollen Sie?« Ihre Kiefer mahlten ununterbrochen. Mayfeld hatte noch nie eine alte Frau gesehen, die derart ostentativ Kaugummi kaute. »Oder wollen Sie vielleicht gar nicht zu mir, sondern zu der da?«

Sie zeigte mit dem Stock zur Scheune, und in der Frage schwang eine gute Portion Empörung mit.

»Ich möchte mit Anja Himmelreich sprechen.«

Die Alte spuckte einen Pfriem Kautabak aus. »Soso, sprechen wollen Sie mit der. Na, daraus wird heute wohl nichts, das Vögelchen ist ausgeflogen. Pech gehabt, junger Mann.«

»Ich bin Robert Mayfeld von der Wiesbadener Kriminalpolizei.« Mayfeld zeigte der Alten seinen Dienstausweis.

»Und ich bin die Kaiserin von China«, frotzelte die Alte, ließ sich aber dazu herab, den Ausweis eingehender zu studieren.

»Und wie ist Ihr bürgerlicher Name?«

Sie schaute ihn verdutzt an, dann begann sie laut zu lachen, was an das Kreischen eines wilden Papageis erinnerte.

»Isolde Kaiser, wenn's recht ist.«

Das entsprach der Auskunft, die Mayfeld von der Meldebehörde eingeholt hatte. Frau Kaiser war die Besitzerin der Paradiesmühle und hatte eine Wohnung an Anja Himmelreich vermietet.

»Haben Sie Anja Himmelreich heute schon gesehen?«

Die Gänse näherten sich den beiden.

Die Alte deutete auf die Tiere. »Die sind wachsamer als so mancher Hund. Und bissiger.« Sie lachte ihr heiseres Papageienlachen. »Die Gänse haben Sie bemerkt, Herr Kommissar aus Wiesbaden. Und diese kleine Verrückte haben sie auch bemerkt. Sie ist mit ihrem Kastenwagen auf den Hof gefahren, obwohl ich das nicht leiden kann. Sie hat irgendetwas aus ihrer Wohnung geholt.«

»Wann war das?«

»Um kurz nach zwölf. Ich hab mich nicht blicken lassen, hab nur zum Fenster hinausgelinst.« Sie deutete auf ein Fenster in dem Bruchsteinhaus. »Ich hab mir nämlich gerade ein paar Scheiben Blutwurst gebraten, und ich mag die Blutwurst richtig schnurpselig. Andere sagen ›kross‹ dazu, aber ich finde ›schnurpselig‹ besser. Auf jeden Fall muss man sie scharf anbraten und dabeibleiben, bis sie fertig ist. Anja ist wieder aus der Wohnung herausgekommen, bevor die Gänse sie richtig begrüßen konnten.«

»Was ist das für ein Kastenwagen gewesen?«

»Ich kenn mich damit nicht aus. Er ist grün. Und Frau Himmelreich behauptet, es sei eine Ente.«

Die Gänse hatten die beiden mittlerweile umzingelt.

»Und ist Ihnen etwas Besonderes aufgefallen? War Anja allein?«

Die Alte blinzelte zu Mayfeld hinüber. Sie schlug mit dem Stock nach den Vögeln, die schnatternd auseinanderstoben.

»Jetzt, wo Sie mich fragen: Da saß jemand im Wagen. Aber ich hab nicht genau hingeschaut, und meine Augen sind auch nicht mehr die besten.«

»Ein Kind?«

»Ich glaub schon. Oder ein Zwerg. Wollen Sie eigentlich mal einen Blick in die Wohnung von Frau Himmelreich werfen?«

Isolde Kaiser zog ein Schlüsseletui aus ihrer Jeans und stapfte auf die Scheune zu. Mayfeld und die Gänse folgten ihr. Die Alte schloss die Tür auf. Der Kommissar betrat die Wohnung, auch wenn die Dienstvorschriften etwas anderes nahelegten.

Die Wohnung bestand aus einem großen Zimmer, dessen Wände

nur grob verputzt waren. Das Licht fiel spärlich durch ein schmales Fenster neben der Eingangstür in den Raum. Die Möbel stammten vom Sperrmüll, ein Tisch, zwei Stühle, ein Bett, ein Schrank und ein Regal. In einer Ecke des Raums standen ein Kühlschrank, eine Spüle und zwei Herdplatten, in der gegenüberliegenden Ecke eine Dusche. Eine primitive Höhle. Kaum zu glauben, dass ein solches Loch vermietet werden konnte.

»Kostet nur zweihundertfünfzig Euro«, sagte die Alte. Sie schien tatsächlich das Bedürfnis zu haben, sich zu rechtfertigen. Mayfeld wollte fragen, ob sie damit das Schmerzensgeld meine, das sie der Bewohnerin zahle, ließ es aber.

Er schaute sich um. Im Schrank hingen ein paar T-Shirts, Jeans und Pullover. Im Regal standen ein paar Fantasyromane und ein paar Bücher über die Indianer Nordamerikas. Warum war er hierhergekommen? Was hoffte er zu finden?

»Sie kann auch das Grundstück entlang des Bachs nutzen. Wir nennen es das Wallufer Paradies. Und das zweite Zimmer.« Frau Kaiser war offensichtlich noch nicht fertig mit ihren Rechtfertigungen.

»Was für ein zweites Zimmer?«

Die Alte spähte in das Halbdunkel. »Da muss noch ein zweites Zimmer sein.« Sie schaltete das Licht ein. Die trübe Ökofunzel erhellte das Zimmer nur unwesentlich.

Mayfeld sah sich um und hatte eine Idee. Er versuchte, das Regal beiseitezuschieben. Es ging ganz leicht. Dahinter verbarg sich eine Tür. Mayfeld öffnete sie und betrat das hintere Zimmer. Er tastete nach einem Lichtschalter. Eine weitere Ökolampe verbreitete ihren trüb-fahlen Schein in dem fensterlosen Raum. Es roch muffig, nach altem Staub und neuem Schweiß. Links der Tür stand eine große mit Eisen beschlagene Holzkiste, die mit einem Vorhängeschloss gesichert war. Rechts der Tür war ein Wingertstickel an der Wand befestigt, darüber hing ein Bauscheinwerfer. Gegenüber der Tür stand eine Art Schreibtisch, eine Tischlerplatte auf Holzböcken, und darüber hing eine Pinnwand aus alten Korken. Das Licht der Lampe wurde stärker.

Mayfeld ging einen Schritt auf den Tisch zu. An der Pinnwand hingen ältere und neuere Zeitungsausschnitte. Ein Bericht über die

Einweihung einer neuen Werkhalle der FAKE KG in Geisenheim erzählte davon, dass das Unternehmen in den sechziger Jahren von Walter Haller gegründet und seit über zwei Jahrzehnten von seinem Neffen Dr. Reinhardt Fassbinder geleitet wurde und dass die gute Geschäftsentwicklung sowohl eine Expansion nach Übersee als auch den Bau der neuen Werkhalle ermöglicht hatte. Ein Artikel handelte von der Geschichte der Villa Haller, die um 1900 von einem jüdischen Weinhändler erbaut wurde, der sie in den zwanziger Jahren wieder veräußerte, und die mehrere Besitzerwechsel hinter sich brachte, bis sie Walter Haller in den sechziger Jahren kaufte und liebevoll restaurierte. Ein weiterer Zeitungsartikel porträtierte Gisela Fassbinder als erfolgreiche Dressurreiterin und Pferdezüchterin, die ihr Gestüt in einem Teil des Mapper Hofs, dem Waldhof bei Kiedrich, untergebracht hatte. Daneben hingen die Kopien einiger weiterer Zeitungsartikel, die Anja vermutlich in einem Zeitungsarchiv hatte fertigen lassen und die alle die FAKE KG sowie Reinhardt oder Gisela Fassbinder zum Thema hatten. Einige Zeitungsberichte neueren Datums drehten sich um die Eröffnung des »Himmelreichs« in Erbach und die zahlreichen Auszeichnungen, die Lea Himmelreich für ihre Kochkünste erhalten hatte. In einer ausgeschnittenen Zeitungsannonce teilte Stefan Müller-Himmelreich mit, dass er sich in seiner Kanzlei als Fachanwalt auf die Vertretung von Steuerrechtssachen spezialisiert habe.

Die Ausschnitte und Kopien ergaben für Mayfeld keinen Sinn. Klar wurde lediglich, dass sich Anja Himmelreich intensiv mit ihrer Schwester und deren Familie beschäftigt hatte. Er schaute sich auf dem Schreibtisch um. Unter der Schreibunterlage fand er den Stundenplan der Klasse 1a der Freiherr-vom-Stein-Schule und einige Fotos von Hannah auf dem Pausenhof der Schule. Auf dem Stundenplan war der genaue Zeitpunkt des Unterrichtsendes für jeden Tag notiert und mit einem gelben Marker hervorgehoben worden.

Anja hatte Hannah in ihrer Gewalt. Oder in ihrer Obhut. Bis auf die Annonce deutete zwar nichts auf einen Zusammenhang zwischen Stefan Müller-Himmelreich und seiner Schwägerin hin, aber seine Intuition sagte Mayfeld, dass er auch in diesem Fall gerade eine wichtige Spur entdeckt hatte.

Er rief Heike Winkler an und schilderte ihr den Sachverhalt. Sie würde sich um einen richterlichen Durchsuchungsbeschluss für Anjas Wohnungen bemühen.

Mayfeld traf Chiara Tozzi in der Rheingauer Straße. Die junge Frau war nach dem Telefonat mit dem Kommissar an ihren verwaisten Arbeitsplatz zurückgekehrt. Sie saß auf der Dachloggia ihrer Wohnung, verbrauchte ein Papiertaschentuch nach dem anderen und heulte sich die Augen wund.

»Ich hätte diese Reise erst gar nicht antreten sollen. Das hätte doch Zeit gehabt!«

Mayfeld versuchte, sie zu beruhigen. »Du musst dir keine Vorwürfe machen. Du konntest doch nicht ahnen, dass jemand Hannah entführt. Und wenn du hiergeblieben wärst, wäre vielleicht alles genauso passiert.«

»Das glaube ich nicht.« Chiara griff nach einem weiteren Taschentuch und schnäuzte sich. »Anja wollte ganz genau wissen, wann Hannahs Schule aus ist. Sie war ganz und gar nicht einverstanden damit, dass ich die Kleine im Stich lasse, wie sie sich ausgedrückt hat.«

»Von Im-Stich-Lassen kann gar keine Rede sein. Es gibt doch die Fassbinders.«

»Anja ist verrückt. Die Villa Haller ist für sie der Hort alles Bösen, dort soll es spuken.«

»Und deswegen hat sie deiner Meinung nach Hannah entführt?«

»Sì.«

Wenn das stimmte, dann konnte man vielleicht hoffen, dass die Entführung glimpflich ausging. Aber das war nur eine ganz vage Hoffnung, und es blieben zwei beunruhigende Tatsachen bestehen, nämlich dass es erst wenige Tage zuvor in der Familie einen grausamen Mord gegeben hatte, in den Anja Himmelreich möglicherweise verstrickt war, und dass es unmöglich war, das Verhalten von Psychotikern vorherzusagen, da sie aus der Logik ihres Wahnsystems heraus handelten.

»Weißt du, an was für eine Art Spuk Anja glaubt?«

Chiara schaute ihn an, als ob er jetzt auch anfange zu spinnen. »Irgendetwas mit ihrer Mutter, die im Keller der Villa festgehalten werden soll. Meistens wirkt Anja ganz normal; bloß wenn sie sich mit diesen Gedanken beschäftigt, wird sie komisch. Und dann hat sie noch einen Spleen mit so einer Indianerreligion.«

Mayfeld erinnerte sich an die Bücher in Anjas Wohnung und den zu einer Art Totempfahl umfunktionierten Wingertstickel.

»Gab es da nicht auch Kinderopfer?«, fragte das Au-pair-Mädchen.

»Ich glaube, jetzt geht deine Phantasie mit dir durch«, antwortete Mayfeld. Hoffentlich war es nur das.

Chiara Tozzi griff erneut nach einem Taschentuch. Sie war völlig durcheinander. Natürlich konnte das wegen Hannahs Verschwinden so sein, aber Mayfeld hatte schon bei ihrer ersten Unterhaltung vor einer Woche den Eindruck gehabt, dass die junge Frau etwas verschwieg.

»Ich kümmere mich nicht nur um das Verschwinden von Hannah, wir suchen auch nach dem Mörder deines Chefs. Vielleicht hängen beide Fälle zusammen. Du warst eine der letzten Personen, die Stefan Müller-Himmelreich lebend gesehen haben. Ist dir in der Zwischenzeit noch etwas eingefallen?«

»Nein!«, antwortete Chiara heulend und griff nach dem nächsten Taschentuch. Die Antwort war zu schnell gekommen. »Ich habe alles gesagt, was ich weiß.«

Chiara Tozzi war eine schlechte Lügnerin. Aber sie blieb hartnäckig bei ihrer Aussage.

***

Lea hatte die Therapien, die Professor Liebherr für sie angeordnet hatte, an diesem Tag lustlos und unkonzentriert über sich ergehen lassen. Ihre Aufmerksamkeit galt nicht der richtigen Aussprache von Worten, nicht Konzentrations- und nicht Gleichgewichtsübungen, ihre Gedanken kreisten um die Frage, wo ihre Tochter geblieben war. Sie hielt es kaum aus in der Klinik, aber was sollte sie unternehmen? Sie lief in ihrem Krankenzimmer auf und ab wie ein Tiger im Käfig. Ein Dutzend Mal versuchte sie, Anja zu erreichen, aber deren Telefon war ausgeschaltet.

Sie verspeiste die Reste aus Kathrins Picknickkorb, trank den letzten Schluck Rotwein. Das Telefonat mit ihrer Schwester ging ihr durch den Kopf, den ganzen Tag schon kreisten ihre Gedanken immer wieder darum. Anja war wie besessen von der Idee, dass ihre Mutter im Keller der Villa Haller herumspuke. An die Begebenheit, die Anja am Telefon erwähnt hatte, hatte sich Lea erst gestern wieder erinnert. Zum ersten Mal hatte sie verstanden, wie Anja auf die Idee gekommen war, dass man ihrer Mutter etwas angetan hatte. Es war Lea unangenehm, sich ihre Mutter mit einem Mann im Bett vorzustellen, aber genau darum ging es bei dieser Erinnerung. Sie musste die Psychologin fragen, ob es Kinder verstören konnte, wenn sie Zeuge von so etwas wurden. Doch vermutlich verstörte es Kinder vor allem, wenn sich die Mutter das Leben nahm.

Lea fand es merkwürdig, dass sie keine Erinnerung an einen Abschiedsbrief ihrer Mutter hatte. Sie war sich ziemlich sicher, dass das nichts mit dem Unfall zu tun hatte. Sie kam sich vor wie beim Hochwasser, das die flussnahen Ortschaften im Rheingau manchmal heimsuchte. Man musste die Keller leer machen und nach der Flut wieder einräumen. Bei der Gelegenheit merkte man, was sich dort alles angesammelt hatte, und auch, was fehlte.

Doch warum beschäftigte sie sich mit alldem? Ihre Tochter war verschwunden, angesichts dessen waren die Gedanken an frühere Zeiten völlig nebensächlich. Wenn sie an Hannah dachte, zerriss es ihr fast das Herz. Im Verlauf des Tages waren die Erinnerungen an sie immer bunter geworden, die ersten Schritte, die ersten Worte, die Urlaube am Meer, die Einschulung.

Lea hatte kurz davorgestanden, das Restaurant abzugeben, um mehr Zeit für ihre Tochter zu haben. Aber Stefan hatte sie überzeugt weiterzumachen. Er hatte ihr Dr. Makaroff mit dem perfekten Angebot für eine besorgte Mutter und ehrgeizige Frau vorgestellt.

Wenn sie daran dachte, legte sich etwas Schweres und Dunkles auf ihre Schultern. In den vergangenen drei Jahren hatte der Kontakt zu ihrer Tochter gelitten. Die Einschulung von Hannah hatte so etwas wie eine Wende bringen sollen. Sie hatte durchgesetzt, dass Hannah in Eltville in die Freiherr-vom-Stein-Schule ging, und Chiara als Au-pair-Mädchen engagiert. Das »Himmelreich«

lief phantastisch, sie konnte es sich leisten, das Restaurant sonntags, montags und dienstags zu schließen. So blieb genug Zeit für Hannah.

Stefan hatte dafür keinerlei Verständnis gehabt. Er hatte ihr vorgerechnet, auf wie viel Umsatz sie insbesondere durch den geschlossenen Sonntag verzichtete. Aber die Umsatzeinbußen waren ihr egal. Wenn sie Geld hatte, gab sie es mit vollen Händen aus, aber sie brauchte all die teuren Klamotten, Schuhe und Handtaschen nicht. Geld war ihr nicht wichtig. Ganz im Gegensatz zu Stefan. Um Geld hatte sie sich früher nie gekümmert, hatte das ihrem Mann überlassen, weil sie der Meinung war, dass das eine langweilige Angelegenheit sei und sie sowieso nichts davon verstehe. Es war Kathrin gewesen, die das völlig unmöglich gefunden und ihr vor Augen geführt hatte, dass sie sich dadurch in eine geradezu vorsintflutliche Abhängigkeit begeben hatte.

Es klopfte an der Tür. Ihr Vater kam herein. Reinhardt dominierte jeden Raum und zog mit seinen blauen Augen jeden in seinen Bann. Lea wich dem Blick aus. Er setzte sich ihr gegenüber an den Tisch, musterte die Essensreste.

»Proviant aus der Heimat«, kommentierte er die Brotkrümel und die Speckschwarte, die auf Leas Teller zu finden waren. »Ein Gruß von Kathrin Schönhell?«

Lea nickte. Gut, dass Reinhardt die kleine Pfütze Rotwein im Wasserglas nicht weiter erwähnte.

Er ergriff ihre Hand, Lea zog sie ein Stück zurück. Unmerklich für jeden außer Reinhardt. »Es tut mir so leid, Lea. Ich mache mir Vorwürfe. Wir hätten besser auf Hannah aufpassen müssen.«

»Die Polizei sagt, Hannah sei schon weg gewesen, als Gisela sie von der Schule abholen wollte.«

»So ist es.«

»Ihr habt euch nichts vorzuwerfen.«

Reinhardt lächelte flüchtig. »Du solltest schnellstmöglich nach Hause kommen. Ich habe dir was anzuziehen mitgebracht.« Er deutete auf die Plastiktüte, die er neben sich abgestellt hatte. »Wenn du willst, packen wir deine Sachen, und ich nehme dich mit in die Nikolausstraße.«

»Die Ärzte wären nicht begeistert.«

Reinhardt hob eine Augenbraue. »Seit wann interessiert dich denn, was andere Leute sagen?«

Das hatte sie in der Tat noch nie interessiert, wenn man von der Meinung einiger Restaurantkritiker absah. Aber die Vorstellung, mit Reinhardt zusammen in die Villa Haller zu fahren, hatte etwas Unbehagliches.

»Warum ist Hannah entführt worden?«, fragte sie.

Reinhardt griff wieder nach ihrer Hand. Wieder zog sie sie ein Stück zurück.

»Eine Lösegeldforderung ist noch nicht eingegangen, aber das kann noch kommen. Wenn es aber nicht um Geld geht, wer könnte dann deiner Meinung nach für das Verschwinden von Hannah verantwortlich sein?« Reinhardt schaute sie ruhig und unverwandt an.

Die einzige Person, die Lea einfiel, war Anja. Aber das konnte nicht sein. Wieder setzte das Gedankenkarussell ein. Sie dachte an Anjas verrückte Theorie, an ihre absurde Überzeugung, dass damals beim Verschwinden ihrer Mutter nicht alles mit rechten Dingen vor sich gegangen sei.

»Gibt es eigentlich noch den Abschiedsbrief meiner leiblichen Mutter?«

»Wie kommst du denn darauf?«

»War nur so eine Idee.«

»Den Brief hat, soweit ich weiß, die Polizei damals sichergestellt.«

»Merkwürdig, dass ihre Leiche nie gefunden wurde.«

»Das soll bei Menschen, die in den Rhein gehen, immer wieder vorkommen. Es tut mir sehr leid für dich, weil es das Abschiednehmen vermutlich so schwierig macht. Aber wieso beschäftigt dich das gerade jetzt?«

»Ich versuche, mein Leben wieder in den Griff zu bekommen.«

»Kann es sein, dass du in die Vergangenheit flüchtest, weil die Gegenwart so schwer zu ertragen ist? Was ist eigentlich mit den Erinnerungen an den Tag des Unfalls?«

»Ich weiß es nicht.«

»Du hast momentan andere Sorgen, du solltest mit nach Hause kommen. Falls es eine Entführung ist, will der Entführer vielleicht mit dir reden. Falls Hannah wieder auftaucht, braucht sie ihre Mutter.«

An der Tür klopfte es. Madame Insolence betrat das Zimmer. »Störe ich?«

»Nein«, antwortete Lea, bevor Reinhardt etwas sagen konnte.

»Ich habe vom Verschwinden Ihrer Tochter gehört und dachte, ich schaue noch mal nach Ihnen. Das ist ja fürchterlich.« Sie kam auf sie zu und legte ihre Hand auf Leas Schulter. Die Wärme tat gut.

»Ich werde meine Tochter mit nach Hause nehmen. Wir können uns dort besser um sie kümmern.«

Lea hasste es, wenn jemand für sie die Entscheidungen traf. »Ob ich hier abwarte, was passiert, oder zu Hause oder bei euch, was macht das für einen Unterschied?«, entgegnete sie.

Widerspruch war Reinhardt nicht gewohnt, das konnte sie an seinem Gesicht ablesen.

Reinhardt wandte sich an Julia. »Ich mache mir Sorgen um Leas inneres Gleichgewicht. Es ist ziemlich viel, womit sie im Moment klarkommen muss. Meinen Sie nicht, dass sie im Kreis ihrer Familie am besten aufgehoben ist? Soll ich mit Professor Liebherr über die Entlassung reden?«

»Ich habe mich entschieden«, warf Lea ein. »Ich bleibe vorerst in der Klinik. Auf Wiedersehen, Reinhardt!«

»Ich glaube, Herr Fassbinder hat es nur gut gemeint«, sagte die Psychologin. Sie waren in ihr Zimmer gegangen, Lea hatte einen Ortswechsel gebraucht.

»Er kann nicht einfach so über mich bestimmen. Und wenn ich nach Hause gehe, dann in mein Haus, nicht zu den Fassbinders.«

»Warum das denn? Warum lassen Sie sich nicht ein wenig umsorgen? Das Leben ist gerade hart genug zu Ihnen.«

Lea konnte sich im Moment nicht vorstellen, dass das Leben durch Reinhardt und Gisela freundlicher würde.

»Ich will da nicht hin. Brauche ich dafür eine Rechtfertigung?«

Julia seufzte. »Natürlich nicht. Aber es schadet nicht, wenn man die Motive für seine Entscheidungen kennt.«

Sie wusste nicht, woher ihre plötzliche Abneigung kam, aber in die Villa Haller wollte sie keinesfalls. »Die beiden haben mir schon genug geholfen. Es ging damit los, dass mir Reinhardt das ›Himmelreich‹ gekauft hat.«

»Dankbarkeit ist kein einfaches Gefühl«, meinte die Psychologin. »Vor allem, wenn es mit der Angst vor Abhängigkeit oder mit Schuldgefühlen verbunden ist.«

Was redete Madame Insolence da für einen Mist? Es war an der Zeit, das Thema zu wechseln. »Ich glaube, ich habe einen Fehler gemacht. Ich habe Ihrem Mann gesagt, dass Hannah bei meiner Zwillingsschwester Anja sein könnte und dass meine Schwester in psychiatrischer Behandlung ist.«

»Und worin liegt der Fehler?«

»Meine Schwester würde Hannah nie etwas antun, auch wenn sie noch so verrückt ist. Und ich denunziere sie bei der Polizei.«

Julia widersprach heftig. »Das ist doch keine Denunziation. Sollte Hannah freiwillig bei ihrer Tante sein, wird Anja niemand einen Strick daraus drehen.«

»Sie halten es also auch für möglich, dass sie unter Zwang dort ist.«

»Das habe ich nicht gesagt.«

»Aber gedacht.«

Eine Weile herrschte Schweigen. Hinter Julia hing ein Plakat an der Wand mit einem Zitat von jemandem, der schon zweitausend Jahre tot war. »Es sind nicht die Dinge, die uns beunruhigen, sondern die Meinungen, die wir von den Dingen haben.« Typischer Psychologenspruch.

»Glauben Sie, dass Ihre Schwester etwas mit dem Tod Ihres Mannes zu tun hat? Sie haben sie heute Morgen als ziemlich verrückt beschrieben. Sie arbeitet auf dem Schönheller Hof. Die Leiche Ihres Mannes wurde dort in der Nähe gefunden. Das muss natürlich nichts bedeuten, aber ich denke, es macht Ihnen Sorgen.«

»Es macht alles keinen Sinn. Wenn mein Mann noch leben würde, hätte ich ihn in Verdacht, meine Tochter entführt zu haben. Wir wollten uns trennen, und es hätte bestimmt Streit um Hannah gegeben.« Schon wieder erzählte sie mehr, als sie vorgehabt hatte. Und wieder wunderte sie sich, wie die Psychologin das anstellte. »Aber er ist ja tot. Ich glaube, dass ich alle im Stich gelassen habe, während ich auf meinem Egotrip war. Ich habe alle verraten. Meine Mutter mit einer neuen Mutter, meine Schwester mit einer neuen Familie, meine Tochter mit meiner Karriere, meinen Mann mit einer Frau und meine Freundin mit meiner Angst und Bequemlichkeit.«

»Hören Sie auf mit diesen Selbstbezichtigungen«, antwortete die Psychologin. Ihr Gesicht war gerötet, ihre Stimme klang ärgerlich. »Dass sich bei Ihnen ziemlich viel um Sie selbst dreht, das mag schon sein; ohne ein gerütteltes Maß an Narzissmus und Eitelkeit kommt man vermutlich nicht so weit, wie Sie gekommen sind. Aber die Angst, die Sie umtreibt, die wischen Sie nicht mit diesen Selbstanklagen beiseite, die können Sie nicht übertönen, so laut Sie sich auch beschimpfen. Sie haben Angst um Ihre Tochter, das ist nur zu verständlich. Und Sie haben Angst, dass Sie oder Ihre Schwester oder Ihre Freundin in den Mord an Ihrem Mann verwickelt sind. Sie haben Angst vor dem Abgrund neben sich oder in sich. Aber machen Sie sich nicht im Vorhinein und auf Verdacht fertig. Wenn Ihre Tochter bei Ihrer Schwester ist, dann können Sie sie morgen vielleicht schon wieder in die Arme schließen, und die Aufklärung des Mordes überlassen Sie am besten der Polizei.«

»Gut, dass mich wenigstens eine Person für unschuldig hält.«

Doch davon hatte die Psychologin nicht gesprochen, fiel Lea auf, nachdem sie Julias Zimmer verlassen hatte.

***

Ein Mädchen, keine Klassenkameradin von Hannah, sondern eine Schülerin der achten Hauptschulklasse, hatte Anja Himmelreich eindeutig als die Frau identifiziert, die Hannah am Mittag von der Schule abgeholt hatte. Diese Aussage überzeugte den Richter, einen Durchsuchungsbeschluss für die beiden Wohnungen zu erlassen, sodass Heike Winkler nicht erklären musste, wie Mayfeld seine Beobachtungen in Anjas Wohnung gemacht hatte.

»Das ist völlig verrückt«, sagte Kathrin Schönhell, als sie die richterliche Anordnung gelesen hatte, dann zuckte sie mit den Schultern und führte die Beamten in ihr Haus. Mayfeld war in Begleitung Adlers und weiterer Kollegen von der Spurensicherung gekommen.

»Anjas Zimmer ist im ersten Stock.« Die Diele des Hauses schmückte der mächtige Schädel eines Wildschweins, der gegenüber einem mannshohen Spiegel aufgehängt war. Unter dem Keilerkopf hing ein etwa zwei Meter langer Spieß mit einer langen, mächtigen Klinge.

»Eine Saufeder«, erklärte Kathrin Schönhell, der Mayfelds Interesse nicht verborgen geblieben war. »Auch wenn Sie das bei einer Biobäuerin vielleicht überrascht: Ich bin passionierte Jägerin. Den Keiler da oben habe ich vor Jahren selbst geschossen. Früher kam die Jagd einem fairen Kampf etwas näher. Beim Jagen mit der Saufeder hatte das Schwein eine Chance. So würde ich das heute auch gerne machen.«

Mayfeld zeigte Kathrin ein Foto von Hannah. »Haben Sie das Mädchen schon mal gesehen?«

»Na klar, das ist Hannah, Leas Tochter.«

»Wann zuletzt?«

»Vor zwei oder drei Wochen, im ›Himmelreich‹.«

»War sie mal hier? Zusammen mit Lea oder mit Anja?«

Kathrin schüttelte den Kopf. »Es ist völlig verrückt, wenn Sie annehmen, Anja könnte das Kind entführt haben. Sie ist die Tante. Sie braucht ihre Schwester nur zu fragen, dann kann sie mit der Kleinen ganz einfach einen Nachmittag verbringen.«

»Hoffen wir, dass Sie recht haben. Aber in dieser Familie passieren in letzter Zeit zu viele unvorhersehbare Dinge. Da kann sich die Polizei bei einem verschwundenen Kind Abwarten nicht leisten.«

»Dann doch lieber die Privatsphäre einer unbescholtenen Bürgerin unterpflügen.«

Mayfeld nickte. Wenn Kathrin Schönhell vorhatte, ihm ein schlechtes Gewissen zu machen, hatte sie den falschen Tag und den falschen Anlass erwischt. »Das ist in der Tat das geringere Übel. Wie haben Sie Anja kennengelernt?«

Sie stiegen die knarrende Holztreppe nach oben.

»Über Lea, sie hat mich gebeten, ihrer Schwester einen Job anzubieten. Erst hat sie in unserem Laden in Wiesbaden gearbeitet, dann hat sie mal auf dem Hof ausgeholfen und Micha kennengelernt. Mittlerweile ist sie mit meinem Gehilfen zusammen. Sie wollte unbedingt ein eigenes Zimmer auf dem Hof haben, obwohl sie praktisch immer bei Micha übernachtet. Mir war es egal; da wir ein Zimmer leer stehen hatten, hat sie es bekommen. Hier ist es.« Kathrin deutete auf eine Tür im Flur des ersten Obergeschosses.

»Ich möchte Micha sprechen«, sagte Mayfeld, zog sich Latexhandschuhe an und öffnete die Tür zu Anjas Zimmer. »Holen Sie ihn bitte?«

Kathrin Schönhell nickte.

Das Zimmer war mit einfachen Holzmöbeln eingerichtet, selbst gezimmert und kein Schrott vom Sperrmüll wie in Walluf. Ein Bett, ein Tisch, ein Stuhl, ein Schrank. In der Tischschublade lag ein Ordner mit Kopien der Artikel, die in Walluf an der Pinnwand hingen. Im Schrank befanden sich ein paar Arbeitsklamotten und indianischer Federschmuck.

»Sieh dich hier um, Horst. Ich möchte gerne wissen, ob Hannah in diesem Raum gewesen ist. Und wenn wir schon mal dabei sind, suche nach Blutspuren und nach Spuren, die auf Stefan Müller-Himmelreich verweisen. Nicht nur hier im Zimmer, ich möchte, dass du dir den Schlachtraum anschaust.«

»Wird das vom Durchsuchungsbeschluss gedeckt?«, fragte Adler, korrekter Beamter, der er nun einmal war.

»So habe ich das verstanden«, behauptete Mayfeld.

Normalerweise protestierte Adler gegen solch pauschale und vage Arbeitsaufträge, besonders wenn sie rechtlich auf wackligen Beinen standen. Aber er kannte die Indizienlage. Er wusste, wie sehr sie ins Schwimmen geraten waren, wie wenig die Polizei in der Hand hatte. Deswegen seufzte er nur und machte sich an die Arbeit.

Mayfeld stieg die Treppe wieder hinunter. Er traf Kathrin in der Diele. Neben ihr stand ein Mann Anfang dreißig, sehr groß, sehr kräftig, mit schwarzem Lockenkopf, Engelsgesicht und Rauschebart.

»Das ist Micha Weberlein«, stellte Kathrin ihren Mitarbeiter vor. »Er ist taubstumm, kann aber von den Lippen ablesen.«

Weberlein holte einen Block und einen Bleistift aus der Brusttasche seiner Latzhose.

Warum konnte nicht ein Mal irgendetwas einfach sein in diesem vertrackten Fall …?

»Sie sind mit Anja Himmelreich befreundet?«

Der Riese mit dem Engelsgesicht nickte.
»Wann haben Sie sie zuletzt gesehen?«
Er schrieb auf: »Montag«.
»Wissen Sie, wo sie sich derzeit aufhält oder was sie tut?«
Schulterzucken.
»Hatten Sie zwischenzeitlich Kontakt, per SMS oder E-Mail?«
Kopfschütteln.
»Kennen Sie dieses Mädchen?« Er zeigte Anjas Freund ein Foto von Hannah.
Erneutes Kopfschütteln. Weberlein warf einen fragenden Blick zu Kathrin. Die wich dem Blick aus.
»Ist Ihnen in der letzten Zeit etwas aufgefallen an Ihrer Freundin?«
Wieder waren Kopfschütteln und ein fragender Blick zu Kathrin die Antwort.
»Erinnern Sie sich an Dienstag letzter Woche?«
Der Riese dachte nach, dann nickte er mit dem Kopf. »Morgens mit Anja Pferde neu beschlagen, Mittagessen, nachmittags Ausritt mit Anja«, schrieb er auf.
»Und abends?«
»Mit Anja zusammen«.
Mayfeld stellte noch ein paar Fragen, aber er kam nicht weiter. Schließlich verabschiedete er sich. Wer derartig wortkarg in seinen Aussagen war, machte sich normalerweise verdächtig. Aber wie sollte man das bei einem Taubstummen beurteilen?

»Haben Sie eine Nachricht von Hannah?« Fassbinder klang besorgt, aber weiterhin beherrscht. Er war von seinem Ledersessel aufgesprungen, als Mayfeld den Salon der Villa Haller betreten hatte. Mayfeld verneinte das, schaute zu Nina Blum. Auch sie hatte nichts Neues zu berichten.
»Kann ich mich setzen?«
Gisela Fassbinder saß zusammengefallen neben ihrem Bruder. Aus einem fernen Zimmer hörte man das Gezeter von Christel.
»Verzeihen Sie bitte, es ist unentschuldbar, seine Manieren zu vergessen. Ich werde Olga …«
Mayfeld stoppte Fassbinder mit einer Geste und bat ihn, sich wieder zu setzen.

»Erzählen Sie mir mehr über Anja Himmelreich.«

Fassbinders Augen verengten sich. Seine Schwester rutschte nervös auf ihrem Sessel hin und her.

»Hat sie Hannah entführt?«

»Das wissen wir nicht. Wir können sie nicht erreichen. Sie hat sich sehr für Sie und Ihre Familie interessiert.«

»Für uns?« Fassbinder schaute ihn ungläubig an. »Wie kommen Sie darauf?«

»Sie hat Zeitungsartikel über Sie gesammelt.«

»Also verdächtigen Sie sie. Sie haben sogar schon ihre Wohnung durchsucht. Woher wollen Sie sonst wissen, dass sie Artikel über mich sammelt?«

»Lassen Sie uns einfach unsere Arbeit machen. Also, können Sie mir etwas über Anja Himmelreich erzählen? Warum beschäftigt sie sich so mit Ihrer Familie?«

»Ich habe Ihnen schon heute Mittag gesagt, dass ich ihr alles zutraue. Aber da hat es Sie nicht interessiert.«

Fassbinder ließ ihm Zeit, sich zu rechtfertigen oder zu entschuldigen. Mayfeld schwieg.

»Sie ist ein krankes Mädchen, genauso krank wie ihre Mutter. Martha Himmelreich war die Haushälterin meines Onkels. Sie hat sich 1983 das Leben genommen. Christel und ich wollten die beiden Kinder in unsere Familie aufnehmen, weil es sonst niemanden gab. Aber mit Anja hat das nicht funktioniert. Eine Weile hat sie nur geschrien, dann hat sie nur noch geschwiegen, sie musste in die Kinderpsychiatrie, und schließlich haben wir uns von den Ärzten davon überzeugen lassen, dass wir die Belastung mit einem so kranken Kind auf Dauer nicht tragen können, wir hatten ja schon drei eigene. So kam es, dass nur eine der beiden Zwillingsschwestern bei uns groß wurde und die andere in der Psychiatrie und später in einem Heim leben musste. Natürlich kann das für Bitterkeit sorgen. In den letzten Jahren habe sie sich gefangen, behauptete Lea immer. Ich glaube das nicht. Ich hab sie immer für eine Stalkerin gehalten, die vom Neid auf die erfolgreiche Schwester zerfressen wird. Aber Lea, herzensgut, naiv und von Schuldgefühlen gesteuert, wollte das nicht sehen, meinte, es sei doch ein netter Zug von Anja, dass sie den Kontakt zu ihrer

Familie aufrechterhalte. Wir sind nicht ihre Familie! Anja gehörte mal in grauer Vorzeit dazu, aber das ist lange vorbei.«

»Anja ist es gelungen, Lea ein schlechtes Gewissen zu machen«, meldete sich Gisela Fassbinder zu Wort. »Sie hat ihr eingeredet, dass sie eine Verräterin sei. Deswegen hat Lea Anja den Kontakt mit Hannah erlaubt, deswegen hat sie ihr bei der Jobsuche geholfen. Und so dankt es ihr dieses Miststück.« Gisela machte eine Pause. »Glauben Sie, dass sie auch was mit der Ermordung von Stefan zu tun hat?«

»Wie kommen Sie darauf?«

»Ist die Frage nicht naheliegend?«

»Gibt es aus Ihrer Sicht irgendetwas, das für diesen Verdacht spricht?«

Gisela schaute unter sich. »Es ist nur so ein Gefühl. Nein, es gibt nichts, was dafürspricht. Vergessen Sie es einfach.«

Das würde Mayfeld sicherlich nicht tun. Er hatte offensichtlich zu lange eine schwer gestörte Person in einem undurchsichtigen Fall übersehen.

»Die Kacke ist ganz schön am Dampfen, was?«, fragte Nina, als sie sich kurz in der Diele besprachen.

»Fein beobachtet«, antwortete Mayfeld. Draußen fiel die Dämmerung über Straße, Häuser und Gärten. Er griff zu seinem Smartphone und schickte eine SMS an Yilmaz: »Besorg mir die Akte Martha Himmelreich. Suizid in Eltville 1983.«

***

Lea hatte sich nach dem Gespräch mit der Psychologin zurück in ihr Zimmer geschleppt. Seither lag sie erschöpft und innerlich ausgebrannt auf dem Bett. Sie fühlte sich einsam und hatte den Eindruck, dass sie sämtliche Kraft verlassen hatte. Sie verzehrte sich vor Sorge um ihre Tochter, zermarterte sich mit Selbstvorwürfen, um anschließend in eine dumpfe, lähmende Regungslosigkeit zu fallen. Sie hasste sich für ihr Selbstmitleid und ihre Hilflosigkeit.

Sie hörte, wie jemand die Tür leise öffnete. Spiritusgeruch wehte zu ihr herüber. Sie schaute von der Tür weg. Sie hörte, wie er sich zu ihr schlich und auf den Stuhl neben dem Bett setzte. Sie spürte seine feuchte Hand auf ihrer.

»Freust du dich?«, flüsterte Markus.

Sie war unfähig, etwas zu sagen, unfähig, sich zu bewegen, unfähig, einen klaren Gedanken zu fassen.

»Schön. Ich mich auch. Wir müssen zusammenhalten.«

Seine Hand wanderte zu ihrem Oberarm und begann ihn zu kneten.

»Magst du das?«

Sie war gelähmt.

»Gut. Wir sind ja keine richtigen Geschwister. Deswegen ist es auch nicht verboten, was wir machen.«

Er legte seine Hand auf ihre Brust. Wenigstens spürte sie unter dem Nachthemd seinen Schweiß nicht mehr.

»Ich werde nie vergessen, wie du mir früher die armen Ritter gemacht hast. Und wie du mich gegen den dicken Lothar mit dem Kneipchen verteidigt hast. Jetzt kann ich mich dafür bedanken.«

Er begann das Nachthemd über ihrer Brust zu streicheln.

»Der Stefan war nicht gut für dich, das hat doch jeder gemerkt. Sei nicht traurig, dass er weg ist. Das ist gar nicht schlimm. Ich hab dich schon immer lieb gehabt, ich weiß gar nicht, ob du das bemerkt hast, wir hatten ja nur einmal in den Waldäckern was miteinander. Schon als Kind hab ich dich immer genau beobachtet. Du hattest ein Versteck im Garten der Villa Haller, zwischen dem Kirschbaum und dem Haselnussbusch, da hast du dich immer hin verkrochen, wenn du allein sein wolltest. Ich hab es genau gewusst, aber ich habe mich nicht hingetraut. Du wärst vielleicht sauer gewesen und hättest mir bei den Hausaufgaben nicht mehr geholfen.«

Der Schweiß seiner Hand drang durch den Stoff des Nachthemdes und besudelte ihre Brust.

»Das war schlimm, als eure Mutter verschwunden ist. In der Nacht ist Papa zu euch in die Villa rübergegangen, ich hab es genau gesehen.«

Jetzt begann er ihre Brustwarzen zu kneten.

»Und was ihr später für ein Geschrei gemacht habt, das hab ich genau gehört. Gefällt es dir so?«

Sie wollte schreien, aber alles, was aus ihrer Kehle drang, war ein ersticktes Röcheln.

***

Sie war auf dem Kriegspfad und durfte sich vom Feind nicht entdecken lassen. Der Feind konnte überall stecken, deswegen musste sie vorsichtig sein. Hier im Wunderland fühlte sie sich halbwegs sicher. Die Geister waren ihr wohlgesinnt, sie hatte sie schon ein paarmal aufgesucht. In der Dämmerung fühlte sie sich geborgen.

Bevor sie ins Wunderland gegangen war, war sie mit einem Pony durch den Wald gezogen. Nicht mit ihrem eigenen, das auf dem Schönheller Hof stand, sondern mit einem aus dem Stall neben dem Wunderland. Ihre Intuition hatte ihr gesagt, dass es besser war, den Schönheller Hof heute zu meiden. Hannah hatte den Spaziergang mit dem Pony sehr gemocht, auch wenn sie angemerkt hatte, dass die Pferde von Tante Gisela größer waren.

Das Lager des Feindes war auf dem Hofgut. Dort würde sie noch aufräumen, aber erst einmal musste sie sich um die kleine Squaw kümmern.

Sie ging mit ihr in das Felsenlabyrinth, vorbei an den in Lumpen gehüllten Skeletten. Im Labyrinth grinsten ihnen Totenschädel und Teufel entgegen, die ein böser Geist in vergitterten Höhlen gefangen hielt. Sie kämpften sich durch Grotten, Gräber und Grüfte hindurch, bis sie das fahler werdende Tageslicht erreichten.

»Was machen wir jetzt?«, fragte die Kleine, als sie wieder im Hellen waren. »Nicht noch mal durch die Geisterbahn, es wird langweilig.«

Sie schaute auf die Uhr. Taunus Wunderland würde gleich schließen, und sie hatte immer noch keinen Plan, wo sie sich heute Nacht verstecken sollten.

»Noch mal mit dem Kanu durchs Wildwasser?«, fragte sie.

»Wann bringst du mich zu meiner Mama?«, wollte die Kleine wissen.

Das hatte sie ihr heute Mittag, als sie Hannah am Hintereingang der Schule abgeholt hatte, versprochen. Allmählich musste sie sich etwas einfallen lassen.

***

Chiara hielt es zu Hause nicht mehr aus. Sie hatte ein Dutzend Mal versucht, Anja zu erreichen, aber die hatte das Telefon ausgeschaltet, wahrscheinlich aus Angst vor Strahlen oder weil sie befürchtete, abgehört zu werden. Bei dem, was sie anstellte, konnte das durchaus passieren.

Dann hatte Chiara eine Idee: Sie würde Lea überraschen. Sie nahm den roten Kadett ihrer Chefin, eine uralte, aber tipptopp gepflegte Kiste, und fuhr nach Dotzheim in die Klinik. Auf der Fahrt dorthin dachte sie an das Gespräch mit Signore Fassbinder. Die *cuoca* musste sich erholen und brauchte keinen Ärger. Aber wie sollte das gehen, wenn es in der Familie derart drunter und drüber ging?

Sie betrat Leas Zimmer. Ein schmächtiger Typ saß am Bett der Signora und fuhr herum, als sie eintrat. Markus, der »sogenannte Sohn« von Christel. Die Signora richtete sich im Bett auf, einen derart irren Blick hatte sie bisher nur bei ihrer Schwester gesehen. Und dann schrie sie, so etwas hatte Chiara überhaupt noch nie gehört, es war ein Schrei aus dem Vorhof der Hölle.

Markus sprang auf, stieß Chiara beiseite und stürmte aus dem Zimmer.

»Brutto stronzo«, rief sie ihm hinterher. Aus irgendeinem Grund erschien ihr das passend.

Die Signora stand aus ihrem Bett auf und taumelte auf sie zu. »Du hast mir das Leben gerettet«, stöhnte sie.

So schlimm war es nicht gewesen, was Chiara gesehen hatte. Aber wer weiß, was der Mistkerl vorher mit Lea angestellt hatte.

»Alles in Ordnung?«, fragte eine Schwester, die in das Krankenzimmer gekommen war.

Lea winkte ab. »Alles in Ordnung«, sagte sie müde.

Die Krankenschwester schaute zweifelnd, gab sich mit der Auskunft aber zufrieden und zog sich zurück. Chiara und Lea setzten sich an den Tisch.

»Ist bestimmt alles in Ordnung?«, fragte Chiara. Sie schwiegen eine Weile. Chiara wusste nicht, was sie noch sagen sollte. Sie stand auf und nahm die Chefin in ihre Arme.

Lea fühlte sich steif und starr an. Nach einer Weile wurde sie weicher, ihre Lebensgeister kamen zurück. »Ich muss diesen Dreck hinter mir lassen«, sagte sie mit fester Stimme. »Hast du Nachrichten von Hannah?«

Chiara schüttelte betrübt den Kopf. »Ich hätte diesen Trip nicht machen dürfen«, jammerte sie.

»Quatsch«, widersprach Lea. Sie schien auf dem besten Weg, wieder die Alte zu werden. »Wo sollte es überhaupt hingehen?«

»Zum Shoppen nach New York.«

Lea war überrascht. »Das ist teuer! Zahle ich dir so viel Geld?«

Sie wurde wirklich wieder die Alte. »Signore Fassbinder hat mir das Geld gegeben. Er meinte, ich solle mich erholen und von dem ganzen Stress ablenken.«

»So viel Großzügigkeit hätte ich ihm gar nicht zugetraut. Aber ich habe ihn wohl insgesamt falsch eingeschätzt.«

Chiara war seit drei Monaten in der Familie Himmelreich, und in den ersten Wochen hatte sie so gut wie gar nichts mit den Fassbinders zu tun gehabt. Wie sie sich jetzt kümmerten und sorgten, war wirklich klasse. »In der Not erkennst du deine Freunde« hatte sie auf einem Kalenderblatt gelesen. Da war wahrscheinlich was dran.

»Setz dich wieder hin«, bat Lea. »Glaubst du auch, dass Hannah bei Anja ist?«

»Sì, signora.«

»Dann kann es ja so schlimm nicht kommen, sie wird bald wieder zurück sein.«

»Ganz bestimmt, Signora.« Hoffentlich war das so.

Lea richtete sich auf. Sie schien sich zu sammeln. »Dann kann ich in der Zwischenzeit ja versuchen, etwas mehr über mich herauszufinden. Wie lange haben wir uns jetzt nicht gesehen, wenn man von gestern absieht? Neun Tage?«

»Am Dienstag vor einer Woche haben wir uns gesehen.«

»Ich bin morgens auf den Schönheller Hof gefahren, das ist das Letzte, woran ich mich erinnere. Genau genommen weiß ich das nur, weil es mir Kathrin und Elke erzählt haben. Ich brauche möglichst viele Informationen über das, was ich in den Stunden vor dem Unfall gemacht habe. Ich will mein Leben zurückhaben, verstehst du?«

Jetzt wurde es schwierig. Als Chiara dem Kommissar ein paar Details vorenthalten hatte, hatte sie das getan, um Lea nicht in ein falsches Licht zu rücken. Sie hatte nicht überlegt, was sie Lea antworten sollte, wenn sie genau die gleichen Fragen wie die Polizei stellen würde. Einerseits hatte Signore Fassbinder bestimmt recht, dass Lea noch viel Ruhe und Schonung brauchte, andererseits verstand sie das Anliegen ihrer Chefin.

»Chiara?«

»Das stimmt, Signora, Sie sind am Dienstagmorgen nach Fischbach gefahren.«

»Wenn ich nur wüsste, was danach passiert ist.«

»Werden Sie doch erst mal wieder gesund, Signora.«

Die Signora schaute sie ernst an. »Verschweigst du mir etwas, Chiara? Ich bin kein kleines Kind, ich bin nicht hilflos und auch nicht unzurechnungsfähig. Ich bin deine Chefin. Ich brauche niemanden, der mich schont, auch wenn das bis auf diesen Dreckskerl alle Welt zu meinen scheint, bei der Psychologin angefangen bis zu Reinhardt. Habe ich mich klar ausgedrückt, Chiara?«

»Aber natürlich, Signora.« *Che cazzo.* Verdammte Scheiße. »Sie sind mittags wieder nach Hause gekommen.«

»Tatsächlich? Was habe ich gemacht?«

»Sie haben etwas gesucht, ich glaube, es war ein Brief. Sie haben ihn nicht gefunden.«

»Das ist alles? Wo bin ich anschließend hin?«

»Das haben Sie mir nicht gesagt.« Das war noch nicht einmal gelogen.

»Der Kommissar hat mich gefragt, wo ich am Dienstagmittag gewesen bin. Hat er dich das nicht gefragt?«

Che cazzo, che cazzo. »Ich habe es vergessen zu sagen. Jetzt bekomme ich bestimmt ganz großen Ärger.« Sie spürte, wie ihr die Tränen in die Augen schossen.

»Man kann ja mal was vergessen. Das muss niemand erfahren.«

Lea stand auf. »Ich will nach Hause. Sofort. Hilf mir meine Sachen packen.«

***

Sie fuhren über Frauenstein in den Rheingau. Chiara saß am Steuer und lenkte den 83er Opel Kadett nach Hause. Seit ein paar Monaten hatte er Oldtimerstatus, er war Lea fast so lieb wie der Jaguar, den sie zu Schrott gefahren hatte. Lea hatte die Klinik gegen ärztlichen Rat verlassen. Dem Bereitschaftsarzt, der ihr die abendliche Abreise ausreden wollte, hatte sie bloß ein freundliches Lächeln geschenkt und ihre Unterschrift unter einem Formular.

Ingwer, Moschus und Passionsfrucht. »Bellissima« war ein passendes Parfüm für Chiara. Wozu wohl eine Mayonnaise passen würde, die mit Passionsfrucht und Ingwer aromatisiert wurde? Ihre Einfälle waren auch schon einmal besser gewesen. Das hing bestimmt mit der Scheißerfahrung mit diesem Dreckskerl zusammen. Das war etwas für den Abfalleimer. Für den Reißwolf. Weg damit. Sich schütteln und die Sache hinter sich lassen. Wenn das so einfach wäre.

Die Bilder gingen ihr nicht aus dem Kopf. Vor allem das Gefühl der Lähmung, das es ihr unmöglich gemacht hatte, einfach aufzustehen und dem Dreckskerl eine zu langen, hatte sich in ihrem Kopf eingenistet und erfüllte sie mit Scham und Ekel. Der Typ hatte sie ihre ganze Kindheit über beobachtet, er hatte ihr Versteck im Garten gekannt; schon in der Nacht, als ihre Mutter verschwunden war, hatte er sie im Visier gehabt. Irgendetwas an seiner Schilderung der Nacht war ihr merkwürdig vorgekommen, aber sie wusste nicht mehr, was das gewesen sein könnte. Schließlich gelang es ihr, den Dreck abzuschütteln.

Sie kamen in Eltville an. Sie schloss die Haustür auf, betrat den Flur, eigentlich eher eine kleine Eingangshalle, und schaltete das Licht an. Endlich wieder zu Hause. Ein Bauernschrank diente als Garderobe, an den Wänden hingen vertraute Bilder, Kunstdrucke, die Stillleben von Rubens und Rembrandt zeigten: Weinkrüge, aufgeschnittene Früchte, Fische und Wildbret in gedeckten Farben und mit innerer Glut gemalt. Dazwischengeschmuggelt hatten sich die Tomatensuppendosen von Warhol und die grotesken Gemüsemenschen von Arcimboldo. Über dem großen Garderobenspiegel prangte das Geweih eines Vierzehnenders, den Reinhardt geschossen hatte. Er hatte sich einen würdigeren Platz für seine Trophäe gewünscht, aber genau in dieser Platzierung bestand ja der Witz des Arrangements.

Sie öffnete die Tür zum Wohnzimmer. Hier war sie zuletzt vor neun Tagen gewesen. Das fühlte sich an wie eine Ewigkeit, und gleichzeitig kam es ihr vor, als ob sie gerade eben erst das letzte Mal ihren Fuß auf das Parkett des Salons gesetzt hätte. Sie durchschritt den Raum und öffnete die Terrassentür. Dann musterte sie das Zimmer, als wolle sie prüfen, ob alles noch so war, wie sie es hinterlassen hatte: Ein weiß verputzter Kamin mit verglaster Feuerstelle, wuchtige Ledersessel, ein Esstisch aus altem Teakholz und Bauhausstühle prägten den Wohnbereich. Hinter der mit einer Granitplatte abgeschlossenen Theke schloss sich die Edelstahlküche an, ihr ganzer Stolz.

Sie war von Fischbach nach Hause gefahren, irgendwann in der Mittagszeit.

Sie steht an der Theke zwischen Küche und Wohnzimmer und sucht nach irgendetwas. Vor ihr steht ihre schwarze Valentino-Handtasche. Chiara betritt das Zimmer. Ich habe Hannah zu den Müllers in die Schwalbacher Straße gebracht, sagt die junge Frau. Lea geht mit der Handtasche ins Büro, stellt dem Au-pair-Mädchen eine Frage.

Lea wusste nicht mehr, wonach sie gesucht hatte. Es kam ihr allerdings so vor, als ob es mit ihrem Besuch auf dem Schönheller Hof zu tun gehabt hätte. Möglicherweise war sie deswegen sogar extra nach Hause gekommen.

Sie ging in Richtung Terrasse und betrat das Arbeitszimmer, das neben dem Salon lag und sich ebenfalls zum Garten hin öffnete. Genau das hatte sie vor gut neun Tagen auch gemacht. Sie war in der Tür, die die beiden Räume verband, stehen geblieben, war dann auf den Schreibtisch zugegangen.

Lea wurde schwindlig. Die Erinnerungsbilder waren wie festgefroren, die schwarze Wand, ihr zuverlässiger Begleiter in den letzten Tagen, versperrte den weiteren Weg ins Büro. Sie prallte zurück, wankte zum Ledersofa, kauerte sich dort zusammen und verharrte in dieser Stellung eine Weile, bis das Karussell in ihrem Kopf sich gemächlicher drehte.

»Alles in Ordnung, Signora?«

Nichts war in Ordnung. »Alles gut«, sagte sie. »Was habe ich am Dienstagmittag hier gesucht, Chiara?«

»Ich glaube, es war ein Brief.«

Wieso hatte sie das wieder vergessen? Das hatte das Au-pair-Mädchen doch schon in der Klinik gesagt. Lea fragte weiter, wollte Genaueres wissen, aber mehr konnte Chiara nicht berichten.

»Danke für alles.« Lea schickte die junge Frau auf ihr Zimmer. Dann griff sie nach ihrem Telefon. Sie wollte in dieser Nacht nicht allein sein. Sie sehnte sich nach Iris, Vanille und Sandelholz.

Sie hatte noch nicht gewählt, als jemand an der Tür klingelte.

***

Im Hintergrund spielte Herbert Mayfeld Klavier. Heute klang es nach einer Mischung aus Astor Piazzolla und evangelischem Gesangbuch. Herberts Musik war eine jazzige Variante des Tango nuevo; die Motive, über die er improvisierte, erinnerten Mayfeld an frühere Kirchenbesuche. Auf so eine Kombination kam nur sein Vater.

Er war wieder nur bis zum Stammtisch und seinen Freunden vom Straußwirtschaftlichen Quartett vorgedrungen, Julia und die Familie mussten warten.

»Jetzt haben sie auch das Kind von der Köchin entführt«, sagte Trude.

»Der Mann tot, das Kind entführt und die Erinnerung weg, was wird da noch kommen?«, fragte Zora.

Mayfeld versuchte erst gar nicht herauszubekommen, wie die Freunde so schnell an all diese Informationen gekommen waren.

»Hat das eine von euren Freundinnen auf Fatzebuck gepostet?«, fragte Batschkapp.

»Wir gehen mit der Zeit«, antwortete Zora.

»Aber heute war es ganz klassisch ein kleiner Plausch«, warf Trude ein. »Ich hab meine Cousine Gerda im Käseladen in der Marktstraße getroffen, die ist mit der Nachbarin von den Fassbinders befreundet. Wir sind auf ein Gläschen Sekt in die ›Kostbar‹ gegangen, wo sie mir alles erzählt hat. Das stimmt doch mit der Entführung, Robert?«

Mayfeld nickte verdrießlich. Diese Familientragödie eignete sich perfekt für den Rheingauer Tratsch, vorausgesetzt, es mangelte einem an Distanz, Pietät und Rücksichtnahme. Perfekte Voraussetzungen also.

»Gruselig zugerichtet war die Leiche des Mannes. Er soll enthauptet worden sein«, berichtete Trude.

»Gibt's schon Bilder auf Fatzebuck?«, wollte Batschkapp wissen.

»Wie soll man denn an die herankommen?«, fragte Gucki. »Und pietätlos wär es außerdem.«

Mayfeld konnte sich nicht erinnern, dieses Detail zur Veröffentlichung freigegeben zu haben. Irgendein Idiot musste geplaudert haben. Die Tratschsucht war in der Region endemisch.

»Stimmt doch, Robert?«

»Warst du schon mal drüben in der Valentinuskirche, Trude?«

»Natürlich.«

»Lies den Spruch auf der hintersten Bank des Laiengestühls rechts. ›Oh Mensch, du sollst vor allem lassen das dumm Geschwätz im Kirchhof und auf den Gassen.‹«

»Da gab's noch kein Fatzebuck«, bemerkte Batschkapp.

»Der Herr Kommissar ist heute sehr ungnädig«, maulte Trude. »Soll ich jetzt beleidigt sein?«

»Bitte nicht. Es ist nur alles ein bisschen viel.«

»Wie hat euch denn mein musikalischer Vortrag gefallen?« Herbert Mayfeld war an den Tisch gekommen. »Hat jemand erkannt, was ich da gespielt habe?«

»Hörte sich an wie ein verjazztes Gesangbuch.«

Der alte Mayfeld nickte begeistert. »›Wachet auf, ruft uns die Stimme‹. Choralkantate Bachwerkeverzeichnis 140. Die Kantate nimmt Bezug auf das Gleichnis von den fünf klugen und den fünf törichten Jungfrauen und spricht damit das Thema …«

»Schon gut, Herbert«, unterbrach Batschkapp und klopfte ihm jovial auf die Schulter. »Schön gespielt. Ich spendiere dir einen Schoppen.«

Herbert Mayfeld murmelte etwas, das wie »Kulturbanause« klang.

»Das Gleichnis spricht das Thema an, dass man mit allen fünf Sinnen wach sein und die Bedeutung des Augenblicks erkennen soll«, führte Zora Herberts Überlegung fort. Zora war immer für eine Überraschung gut.

»Ich dachte, es bedeutet, dass man jederzeit ins Jenseits abberufen werden kann«, widersprach Gucki.

Batschkapp rutschte unruhig auf dem Stuhl hin und her. Ihm schien die Richtung, die das Gespräch nahm, nicht zu behagen. »Geht mir fort mit der Kirche. Wenn ich an den Limburger Bischof denke, wird mir speiübel.«

»Dafür kann aber ein protestantisches Kirchenlied nichts«, warf Julia ein, die an den Tisch zu den Freunden gekommen war. Sie gab Mayfeld einen Kuss. »Erzähl unserem Bischofshasser doch mal die Geschichte von der Mainzer Stiftsfehde. Dann kann er seine Abneigung in Zukunft historisch untermauern.«

»Und das Niveau der Gesprächsrunde würde gehoben«, stichelte Herbert. »Stimmt es, dass es noch eine dritte Stiftsfehde gegeben hat?«

Mayfeld musterte die Runde. Alle schienen interessiert zu sein. Er fasste kurz zusammen, was er in dieser Woche schon ausführlicher über die erste und zweite Stiftsfehde erzählt hatte.

»Die dritte und letzte Fehde fand hundert Jahre später statt. Das Domkapitel hatte einen Bischof gewählt, Diether von Isenburg, und der Papst ernannte ihn, forderte allerdings eine hohe Gebühr dafür. So wurde Diether zum Papstkritiker, der Kirchenreformen forderte, vor allem die Abschaffung der päpstlichen Gebühren. Der Papst hat Diether daraufhin abgesetzt und exkommuniziert und einen neuen Bischof, Adolf von Nassau, eingesetzt. Allerdings blieb Diether, der die Unterstützung der Stadt Mainz genoss, im Amt. Alles war also wie immer, nur schlimmer.«

Mayfeld machte eine Pause, trank einen Schluck Riesling, bevor er fortfuhr.

»Adolf marschierte daraufhin im Rheingau ein, besetzte die Burg in Eltville und machte sie zu seinem militärischen Zentrum. Im Gegenzug versuchte Bischof Diether, Eltville zu erobern, seine Truppen wurden am Gebück bei Walluf jedoch von den Truppen Bischof Adolfs zurückgeschlagen. Darauf marschierte Bischof

Adolf von Eltville aus gegen Mainz, eroberte die Stadt in einem blutigen Straßenkampf und ließ seine Gegner in der Bürgerschaft aus der Stadt ausweisen. Bischof Diether erhielt eine finanzielle Entschädigung für den Verlust des Bischofstuhls. Adolf residierte vorsichtshalber weiter in Eltville, wo er Jahre später starb. Ratet mal, wer sein Nachfolger wurde.«

»Vermutlich wurde der Vorgänger der Nachfolger«, sagte Julia, die ihrem Mann schon etwas länger zuhörte.

»Richtig. Adolfs Nachfolger wurde genau jener Diether, mit dem er jahrelang Krieg geführt hatte. Wenn sich nun jemand in Mainz allerdings über den Erfolg des früheren Verbündeten freute, so hatte er sich zu früh gefreut. Diether schaffte die letzten politischen Rechte der Bürger ab und setzte sogar den Bau einer Residenz in Mainz durch, was die Mainzer bis zu dem Zeitpunkt immer zu verhindern gewusst hatten. Die Residenz hatte übrigens Befestigungsanlagen nicht nach außen, zum Rhein hin, sondern auf der der Stadt zugewandten Seite. Nach Fertigstellung des Baus verlor Eltville seine Funktion als Residenzstadt.«

»Die Eltviller Burg wurde also wegen der Feindschaft zwischen den Mainzer Bischöfen und der Stadt Mainz gebraucht?«, fragte Gucki.

»So ist es, sie war ein Mittel zum Machterhalt der Fürsten, die um den Bischofsthron stritten.«

»Um den Glauben ging es bei diesen Auseinandersetzungen nicht?«, fragte Trude.

»Das ist vermutlich gut so, sonst wären die Fehden noch blutiger verlaufen«, lästerte Gucki.

»Auf jeden Fall haben die Herren Heinrich von Virneburg, Balduin von Trier, Gerlach von Nassau, Adolf von Nassau und Diether von Isenburg dafür gesorgt, dass Eltville heute ein architektonisches und historisches Highlight hat, das es den Touristen zeigen kann«, scherzte Mayfeld.

Batschkapp bestellte eine Runde Riesling für alle. »Sie predigten Wasser und tranken Wein. Wir hingegen predigen und trinken Wein.«

»Heute wären die Rheingauer froh, wenn sie noch zum Bistum Mainz und nicht zu Limburg gehören würden«, bemerkte Herbert.

»Ich meine diejenigen, die sich für so was überhaupt interessieren. Aber wenn der Herr Bischof mal weg ist, mit Schimpf und Schande weggejagt oder aus Einsicht heraus zurückgetreten, wofür jeder anständige Christ täglich beten sollte, wird man vielleicht sagen, dass er der Nachwelt ein lehrreiches Beispiel geliefert und einen beeindruckenden Palast hinterlassen hat.«

»Friede den Hütten, Krieg den Palästen«, widersprach Batschkapp. »Wieso gehören wir überhaupt zu Limburg, zu diesen Nassauern?«

»Das ist die Folge der Säkularisierung, der Zerschlagung der Kirchenstaaten. Danach wurden die Bistümer neu geordnet«, antwortete Mayfeld.

»Wegen dieser Säkularisierung zahlen wir heute noch die Bischofsgehälter«, ereiferte sich Batschkapp. »Und dann noch für solche Gestalten! Wozu braucht der Herr Bischof in Limburg denn eine Privatkapelle? Kann er nicht mit dem Volk beten? Wozu braucht er eine zweisitzige Badewanne? Für den Messdiener? Reicht da nicht kalt duschen? Was für ein Egomane! Er hat in einem Interview mal gesagt, er gebe Jesus ein Gesicht. Der arme Herr Jesus. Wer solche Freunde hat, braucht keine Feinde mehr. Habt ihr euch dem sein Gesicht mal genau angeschaut? Mit dem könnte man einen Horrorfilm drehen! ›Der Exorzist Teil VI: Sie nannten ihn Bambi‹.«

Batschkapp war in Fahrt geraten. Wenn man ihn jetzt nicht bremste, musste man mit einer langen Abfolge von Hasstiraden und mehr oder weniger unterhaltsamen Schimpfkanonaden rechnen.

»Vielleicht braucht man ein wenig Egomanie, wenn man Großes bewirken will«, sagte Gucki, der gerne Batschkapps Widerpart gab.

»Ein wenig«, höhnte Batschkapp. »Wartet mal ab, was in den nächsten Monaten noch alles rauskommen wird, mit wie viel krimineller Energie der Herr Bischof die Öffentlichkeit und seine Kirche getäuscht hat.«

»Gelegenheit macht Diebe«, meinte Herbert. »Wo es keine Kontrolle gibt, läuft ein Einzelner schnell mal aus dem Ruder.«

»Fangt bloß nicht an, Mitleid mit dem zu haben«, widersprach Batschkapp. »Der hat völlig gnadenlos Leute aus dem Amt gejagt, wenn sie nicht in sein ultrakonservatives Konzept gepasst haben.

Alles hat er verdient, bloß kein Mitleid! Und dann sein Generalvikar, dieser Kaspar …«

»Gilt als größter Kunsthändler Limburgs«, scherzte Gucki. »Fragt sich, mit welchem Geld er den Handel aufgezogen hat.«

»Kaspar hat die Missbrauchsfälle in Aulhausen vertuscht, so gut es ging«, fuhr Batschkapp mit seiner Abrechnung fort.

»Was er bestreitet«, widersprach Gucki. »Er kann doch unmöglich für alle Schweinereien zuständig sein.«

»Ist halt ein Mann mit großer Energie. Sieht man ja schon an seinen Bonusmeilen.«

»Es ist natürlich leicht, auf einem Einzelnen herumzuhacken«, meinte Herbert, der zur Verblüffung seines Sohns heute der bedächtig Abwägende war. Aber vielleicht fiel ihm Batschkapps Wutrede nur nicht grundsätzlich genug aus.

»Und es macht enormen Spaß«, beharrte Batschkapp auf seiner Linie. »Außerdem sind es mittlerweile schon zwei, auf denen wir herumhacken.«

»Wer glaubt, er sei Gott besonders nahe, der hält sich möglicherweise für berechtigt, menschliche Gesetze zu ignorieren«, überlegte Julia. »Dabei ist so eine Einstellung oft nichts anderes als eine religiös verkleidete Form des narzisstischen Größenwahns. Den gibt es bei Angehörigen unserer Eliten heute wesentlich häufiger ohne die religiöse Maskerade. Wisst ihr, in welchen Berufen es die meisten Psychopathen gibt? Unter leitenden Managern und Anwälten. Geistliche kommen im Psychopathen-Ranking immerhin auf Platz acht, direkt hinter Polizisten. Wer weniger Rücksicht auf andere nimmt, setzt sich im Leben besser durch.«

»Du willst doch nicht sagen, dass dein Mann …«

»… immer mal wieder auch mit Idioten zusammenarbeiten muss«, vervollständigte Mayfeld Batschkapps Satz. »Das ist in der Vergangenheit leider ein paarmal vorgekommen.« Er dachte an seinen letzten Fall, an den Tod seines Kollegen Burkhard. »Manchmal merkt man das erst, wenn es zu spät ist. Viele dieser Typen verstecken sich perfekt hinter einer Maske der Normalität.«

»Kommt immer darauf an, was wir als Normalität zu akzeptieren bereit sind«, fuhr Julia fort. »Was wir gar nicht mögen, sind Bedenkenträger und Weicheier. Rücksichtslosigkeit und Durchsetzungsvermögen sind geduldete oder gar geschätzte Eigenschaften, Zynismus gilt als schick. Viele beginnen erst dann, solche Leute abzulehnen, wenn der Erfolg sie verlässt. Vorher sind sie schon auch mal unsere bewunderten Helden.«

Dazu fiel Batschkapp nichts mehr ein, und so konnte auch Gucki eine Pause einlegen. Mayfeld dachte an die Mainzer Stiftsfehden. Helden und Anführer waren oft merkwürdige Menschen. Erfolg, zumindest im großen Maßstab, gründete oft auf Skrupellosigkeit. Das war früher so gewesen, aber war es heute anders? Oder redete man nur nicht darüber? »Wes Brot ich ess, des Lied ich sing«, das galt noch heute.

Mittlerweile hatten bis auf die Freundesrunde alle Gäste den Ausschank verlassen. Mayfeld ging zum Weinschrank in der Ecke des Gastraums und holte die letzte Flasche Rauenthaler Rothenberg für diesen Abend.

Freitag, 13. September

»Nach der Pfarrkirche St. Peter und Paul kommen wir nun zum Höhepunkt unserer Stadtführung, zur Kurfürstlichen Burg. Dafür gehen wir zunächst ans Rheinufer, wo wir einen schönen Blick auf die Rheinfront der Burg haben, und nachher durch den Burggraben in den Burghof.«

Es war seine erste Führung, nachdem er die Prüfung als Gästeführer abgelegt hatte. Mayfeld hatte sich dafür ein paar Stunden freigenommen. Er dirigierte die Besuchergruppe zum Anleger der Köln-Düsseldorfer Schifffahrtslinie und musterte seine Kunden noch einmal: lauter rüstige Rentner, die anschließend durch die Weinberge zum Kloster Eberbach wandern wollten.

»Hier residierten, lebten und starben im 14. und 15. Jahrhundert die Mainzer Erzbischöfe, hier wurden Verträge geschlossen, hier wurde der Kaiser empfangen. Erhalten sind noch der Burggraben und der große Wohnturm, der Palas hingegen wurde im Dreißigjährigen Krieg von den Schweden zerstört, denen es als Ersten gelungen war, bei Walluf das Rheingauer Gebück zu überwinden.«

Er nannte seinen aufmerksamen Gästen ein paar Namen und Zahlen, wies auf die kleine Galerie im Turm und das »Rosenstübchen« daneben hin, bevor er sich seinem letzten Thema zuwandte.

»In Eltville erhielt der berühmte Erfinder des Buchdrucks seine einzige Ehrung zu Lebzeiten. Henne Gensfleisch, der sich später nach dem Namen seines Geburtshauses, des Gutenberghofs in Mainz, Johannes Gutenberg nannte, war bekanntlich ein Mainzer Patrizier. Seine Familie hatte verwandtschaftliche Beziehungen nach Eltville, seine Mutter hatte in der Burggrabenstraße ein Haus geerbt. Vermutlich hat er schon als Jugendlicher einige Sommer hier verbracht, möglicherweise hat die Familie wegen der politischen Auseinandersetzungen zwischen Zünften und Patriziern auch länger hier gelebt.«

»Worum ging es denn bei diesen Auseinandersetzungen?«, wollte ein Endsechziger mit Cordhut und Lederhandtasche wissen, der Mayfeld an einen aus dem Fernsehen bekannten Kabarettisten erinnerte.

»Es ging um Steuerprivilegien der Patrizier.«

»Die Reichen haben besonders wenig Steuern gezahlt?«, fragte der alte Herr in fränkischem Dialekt.

»Wie heute auch«, sagte seine Begleiterin, ebenfalls mit Cordhut und Lederhandtasche ausgestattet.

»Das waren Steuerflüchtlinge aus Mainz«, witzelte ein dritter Gast.

Da war ja eine lustige Truppe zusammengekommen.

»Wegen der Auseinandersetzungen zwischen Zünften und Patriziern verließ Gutenberg später für viele Jahre seine Heimatstadt und lebte in Straßburg. Erst als Fünfzigjähriger kehrte er nach Mainz zurück und machte dort seine epochale Erfindung, druckte das erste Buch, die Gutenbergbibel. Wirtschaftlich war Gutenberg wenig erfolgreich, er verlor einen großen Teil seines Vermögens in juristischen Auseinandersetzungen mit ehemaligen Geschäftspartnern. Und als älterer Mann geriet er noch mal in die politischen Wirren seiner Zeit. 1462 eroberte nämlich Adolf von Nassau, einer von zwei rivalisierenden Mainzer Erzbischöfen, die Stadt Mainz. Johannes Gutenberg, der ein Anhänger des unterlegenen Bischofs Diether von Isenburg war, wurde zusammen mit einigen hundert Bürgern aus der Stadt ausgewiesen, das Vermögen der Gensfleischs wurde an Parteigänger Adolfs verteilt. Und wie in seiner Jugend suchte er Zuflucht in Eltville, dieses Mal bei den Gebrüdern Bechtermünze. Denen hat er geholfen, eine Druckerei aufzubauen, hier wurden unter anderem ein lateinisches Wörterbuch, vor allem aber Ablassbriefe gedruckt, an denen wiederum der siegreiche Erzbischof verdiente. Vielleicht haben diese wirtschaftlichen Verflechtungen, vielleicht auch der Wille zur Versöhnung, Adolf II. von Nassau dazu bewogen, Johannes Gutenberg einige Jahre nach der Enteignung und Vertreibung aus Mainz zum Hofmann in Eltville zu ernennen. Als solcher durfte er an öffentlichen Empfängen und Essen des Bischofs teilnehmen und bekam eine jährliche Leibrente. Die bestand aus einem Hofkleid, zweitausendeinhundertachtzig Litern Korn und zweitausend Litern Wein.«

»Da hat er im Wein ja schwimmen können«, tönte es aus der Gruppe.

»Dann gehen wir mal in die Burg«, schlug Mayfeld vor.

Sein Telefon spielte »Obladi oblada«.

»Ich bin in einer halben Stunde dort«, sagte er, nachdem er das Gespräch beendet hatte.

***

Lea verabschiedete die beiden Polizeibeamten an der Haustür. Nach ihrem Anruf auf der Polizeistation waren sie bei ihr zu Hause erschienen, um sich davon zu überzeugen, dass Hannah tatsächlich wohlbehalten zurück bei ihrer Mutter war. Und natürlich um sich die Geschichte von dem Missverständnis zwischen Anja und Lea auftischen zu lassen, die sich die beiden in der Nacht ausgedacht hatten. Die Beamten schienen nicht restlos überzeugt von dem, was Lea vortrug, waren aber sichtlich froh, dass der zuständige Kommissar aus Wiesbaden sich darum kümmern würde. Einstweilen solle sich Anja in der Rheingauer Straße bei ihrer Schwester zur Verfügung der Polizei halten.

Sie ging zurück in die Küche, wo Anja und Hannah an dem großen Tisch in der Mitte des Raums saßen. Sie hatten Mürbeteig ausgerollt, ihn auf das Backblech gelegt und die Ei-Mandel-Masse, die Hannah unter Leas Anleitung zubereitet hatte, darübergegeben.

»Jetzt kommen die Zwetschgen drauf, stimmt's, Mama?«

Lea nickte.

»Wir haben die genommen, die schon ein bisschen schrumpelig sind. Dann wird aus denen auch noch was. Muss ich jetzt freitags nie mehr in die Schule? Kuchen backen mit dir und Tante Anja ist viel schöner.«

Anja kicherte. Lea setzte sich zu ihrer Tochter, fuhr ihr durch die blonden Haare. »Das machen wir in Zukunft an einem anderen Tag. Heute ist eine Ausnahme.« Dann half sie beim Auflegen der Zwetschgen.

»Ich habe immer noch nicht verstanden, warum du mich nicht gefragt hast, ob du mit Hannah ins Taunus Wunderland fahren kannst«, sagte Lea. »Du hast zwar versucht, es mir heute Nacht zu erklären, aber ich war wohl zu müde, um es zu verstehen.«

Sie war so froh über das Wiedersehen mit ihrer Tochter gewesen und so erschöpft von dem Tag, dass sie gar nicht genau hingehört hatte.

Anja lächelte komplizenhaft, so als ob sie beide wüssten, dass ihre Bemerkung unsinnig war. Sie warf einen vielsagenden Blick auf Hannah. »Hättest du es mir denn erlaubt?«

»Warum denn nicht?«

»Und hätte es der Herr der Villa Haller gestattet?«

»Das habe doch ich zu bestimmen.«

Anjas Lächeln bekam einen mitleidigen Zug. »Ich erklär es dir später.«

Sie fuhren fort, die entsteinten Zwetschgen auf den Teig zu legen. Als das getan war, schob Anja den Kuchen in den Backofen.

»Den haben wir vorgeheizt«, sagte Hannah stolz und bekam von Lea das erwartete Lob.

»Geh mal hoch zu Chiara, meine Süße.«

Hannah verließ die Küche ohne Protest.

»Du schuldest mir eine Antwort«, sagte Lea. »Ich habe den Polizisten die Geschichte mit dem Missverständnis erzählt, weil du meine Schwester bist und ich nicht will, dass du Schwierigkeiten bekommst. Das heißt aber nicht, dass ich mich mit einem ›Ich habe meine Gründe‹ abspeisen lassen werde.« Sie fuhr mit dem Finger durch den Topf, in dem die Mandel-Ei-Creme gewesen war, und leckte die Reste vom Finger.

»Du verstehst das ja doch nicht«, erwiderte Anja in beleidigtem Ton, stand auf und begann, die Tischplatte mit einem Wischtuch von den Mehlresten zu säubern, die von der Backaktion mit Hannah übrig geblieben waren.

»Versuch wenigstens, es mir zu erklären.«

»Wir müssen Hannah schützen.« Anja ging zur Spüle.

»Vor wem oder was?«

»Weißt du das wirklich nicht? Ist denn nicht genug passiert?« Sie warf den Wischlappen wütend ins Spülbecken.

»Für mich sprichst du in Rätseln.«

Anja drehte sich ruckartig zu ihr herum und musterte sie mit funkelnden Augen. »Du willst es nicht verstehen. Es hat vor dreißig Jahren begonnen, seither verfolgen sie uns. Das sind böse Menschen.«

»Du meinst doch nicht Reinhardt und seine Schwester? Bist du immer noch eifersüchtig?«

Anja lachte laut auf, und es klang, als ob sie mit ihrem Wiehern allen Wahnsinn aus sich herausschleudern wollte.

***

Mayfeld klingelte an der Tür der Himmelreichs. Lea öffnete ihm und führte ihn auf die Terrasse. Die sommerlichen Temperaturen der letzten Tage hatten den Garten in ein Rosenmeer verwandelt, ein Fest der Farben und Düfte. Aber dafür hatte Mayfeld kaum Aufmerksamkeit übrig. Er kam gleich zur Sache.

»Was war mit Ihrer Schwester und Hannah los?«

Lea zwang sich zu einem Lächeln. »Ich habe Anja noch vor meinem Unfall erlaubt, mit Hannah einen Ausflug ins Taunus Wunderland zu machen. Das hatte ich vergessen. Natürlich wäre es besser gewesen, Anja hätte das mit Reinhardt besprochen, aber es war alles nur ein Missverständnis. Und dass ich nicht gleich heute Nacht bei der Polizei und den Fassbinders angerufen habe, war mein Fehler. Aber es ist alles gut, und niemand ist zu Schaden gekommen.«

Mayfeld dachte an die Angst, die er in Lea Himmelreichs Gesicht gesehen hatte, als sie über Anjas Probleme gesprochen hatte. Ihre Amnesie schien sich von einer lästigen Behinderung zu einer ausgesprochen praktischen Sache zu entwickeln.

»Bitte denken Sie daran, dass wir den Mörder Ihres Mannes immer noch nicht gefunden haben …«

»Daran denke ich oft genug. Was hat das mit meiner Schwester zu tun?«

»Wir sind darauf angewiesen, dass Sie uns auch in Details die Wahrheit sagen. Auch dort, wo es keinen Zusammenhang mit dem Verbrechen zu geben scheint.«

»Sie glauben mir nicht, was Anja betrifft. Ihr Problem.« Das runde und offene Gesicht der Köchin wurde unfreundlich. »Wie kann ich Ihnen sonst noch helfen?«

Sie machte noch nicht einmal den Versuch, ihn von ihrer Lüge zu überzeugen.

»Erinnern Sie sich mittlerweile besser an die Stunden vor Ihrem Unfall?«

Lea dachte lange nach; je länger das dauerte, desto weniger kaufte ihr Mayfeld die Sache mit der Amnesie ab.

»Ich glaube, ich war mittags hier im Haus.«

Das war immerhin eine neue Information und würde zur Aussage von Kathrin Schönhell passen.

»Bestimmt hat Sie dann das Au-pair-Mädchen gesehen.« Chiara hatte das in ihrer Vernehmung aber nicht erwähnt.

»Ich kann mich nicht erinnern.«

»Natürlich nicht.«

Lea Himmelreich ging auf seinen sarkastischen Ton nicht ein. »Chiara hat Hannah auf einen Kindergeburtstag gebracht.«

»Daran können Sie sich schon erinnern?«

»Das hat mir Chiara erzählt.«

»Und was haben Sie hier gemacht?«

»Ich weiß es nicht, aber ich glaube, ich habe etwas gesucht.«

»Vielleicht einen Brief?«

»Wie kommen Sie darauf?«

»Weil Sie gegenüber der Ärztin, die sie nach dem Unfall versorgt hat, von einem Brief gesprochen haben, bevor Sie ohnmächtig wurden.«

»Tut mir leid, da kann ich Ihnen nicht weiterhelfen.«

Niemand schien ein Interesse daran zu haben, ihm die Wahrheit zu sagen. Niemand schien den Toten, dessen Ermordung er aufzuklären hatte, sonderlich zu vermissen.

»Störe ich?«

Mayfeld drehte sich um, in der Terrassentür stand eine Frau Mitte dreißig, deren Ähnlichkeit mit Lea Himmelreich nicht zu übersehen war, das gleiche runde Gesicht, die gleiche Stupsnase, die gleichen blonden Haare. Sie war lediglich hagerer und blickte missmutiger in die Welt.

»Meine Schwester Anja.«

»Ich will Sie schon eine ganze Weile sprechen. Können wir das hier irgendwo allein tun?«

Lea stand auf. »Ich gehe zu meiner Tochter. Ich habe einen Zwetschgenkuchen im Backofen; wenn der fertig ist, müssen Sie unbedingt davon probieren. Meine Tochter hat ihn gebacken.«

Mayfeld wartete, bis Lea im Haus verschwunden war.

»Sie haben für einige Aufregung gesorgt.«

Anja lächelte schüchtern. »Hat es Ihnen meine Schwester nicht erklärt?«

»Was?«

»Das Missverständnis. Vor ein paar Wochen habe ich mit Lea abgemacht, dass ich mit Hannah einen Ausflug ins Taunus Wunderland unternehme. Und ich habe vergessen, es Dr. Fassbinder zu sagen. Das war natürlich doof.«

Das war eine sehr schlichte Lüge, aber sie erfüllte so lange ihren Zweck, wie die beiden sie einhellig vertraten. Die Sache mit der angeblichen Entführung war damit vom Tisch. Vielleicht kam er im Mordfall Müller-Himmelreich weiter.

»Was haben Sie am Dienstag letzter Woche gemacht?«

Anjas Antwort kam schnell. »Ich war auf dem Schönheller Hof, erst habe ich mich um die Pferde gekümmert, dann war ich mit Micha ausreiten, dann war ich mit ihm im Bett, die ganze Nacht.«

»Wer war sonst noch auf dem Hof?«

»Kathrin hatte Besuch von meiner Schwester. Kathrins Mutter war auch da. Wann die beiden gekommen sind, weiß ich nicht, da war ich schon bei den Pferden. Wir haben alle zusammen zu Mittag gegessen.«

»Wann war das?«

»Auf einem Bauernhof muss man früh aus den Federn. Deswegen essen wir immer um zwölf zu Mittag. Anschließend, das war so gegen eins, hab ich mich für den Ausritt fertig gemacht.«

»Und Ihre Schwester?«

»Ist nach Hause gefahren.«

»Das haben Sie gesehen?«

Anja Himmelreich rollte mit den Augen. »Ich habe mein Pferd geputzt. Ich habe auf seine Hufe geachtet und nicht auf den roten Flitzer meiner Schwester. Aber sie war dabei, aufzubrechen, als ich zum Stall ging.«

Jetzt kam der schwierigere Teil des Gesprächs.

»Ich habe mir Ihre Wohnung in Walluf und das Zimmer in Fischbach angeschaut. Überall haben Sie Zeitungsberichte über Lea und die Fassbinders gesammelt. Warum? Verfolgen Sie die Familie?«

Anja lachte bitter. »Ich soll jemanden verfolgen? Ist es nicht eher so, dass ich von der Polizei verfolgt werde? Durften Sie überhaupt in meine Wohnung?« Ihr Gesicht verschloss sich. »Das alles sieht Ihnen ähnlich. Polizisten machen, was sie wollen, und verdrehen die Dinge, wie sie es gerade brauchen.«

Es war bemerkenswert dreist, so etwas zu sagen. Oder sie glaubte wirklich daran. Anja Himmelreich, die verfolgte Unschuld.

»Meinen Sie, dass Sie in der Lage sind, auch eine vernünftige Antwort zu geben?«

Ihr Gesicht verschloss sich noch mehr. »Das ist die vernünftige Antwort. Ich kann mich interessieren, für wen und was ich will.«

Sie machte eine Pause. Ihr Blick wurde unstet. Dann schien sie in eine andere Welt abzutauchen, begann leise zu sprechen, wurde allmählich lauter, deklamierte ihren Sermon.

»Sie haben uns auseinandergebracht, sie haben getrennt, was zusammengehört, sie haben mein Herz gebrochen und das von Lea gestohlen. Sie wollten nicht, dass wir zusammenleben. Sie hatten Angst davor, dass wir beide zu stark wären. Sie wollten, dass Lea unsere Mutter vergisst. Ich hätte das nicht zugelassen, ich wäre mit ihr auf die Suche gegangen, aber Lea allein war zu schwach, die Cheyenne sind immer schwach, wenn die nördlichen und die südlichen Stämme voneinander getrennt sind. Und jetzt sind Lea und Hannah in großer Gefahr, aber niemand außer mir kennt diese Gefahr und kann sie beschützen. Leas Unfall war in Wirklichkeit ein Anschlag auf sie, aber das weiß niemand außer mir, und niemand will es wissen, sie haben uns auseinandergebracht, sie haben getrennt, was zusammengehört, und jetzt ist nichts mehr heil …«

»Haben Sie irgendetwas Konkretes vorzubringen?«

Schweigen. Mayfeld wiederholte die Frage mehrfach, bis Anja schrill zu lachen begann.

»Hat er dich auch gekauft?«

Es hatte vermutlich keinen Zweck, ihr zu widersprechen. Diese Frau war hochgradig verrückt. Es ging nicht darum, sie von irgendetwas zu überzeugen, sondern darum, einzuschätzen, wie gefährlich sie war.

»Gekauft wie deinen Kollegen Krämer. Ich hab mir den Namen gemerkt. Krämer. Inspektor Krämer. Ich erinnere mich an alles, bis ins letzte Detail. Er wollte uns nicht zuhören. Es war ein abgekartetes Spiel.«

Anja sprang auf und rannte ins Haus.

Mayfeld fand Chiara, Lea und Hannah in der Küche, wo sie gerade den Zwetschgenkuchen in Stücke schnitten.

»Hast du meinen Papa gefunden?«, fragte die Kleine. Sie hatten es ihr also immer noch nicht gesagt.

»Wir sind mit den Untersuchungen noch nicht fertig«, mogelte sich Mayfeld heraus.

»Du musst den Kuchen probieren, den habe ich fast ganz allein gemacht. Ich glaube, er ist schön saftig geworden.«

Mayfeld probierte und lobte den Kuchen gebührend.

»Chiara begleitet Sie nach draußen«, sagte Lea zum Abschied.

»Ist dir noch etwas zum Dienstag voriger Woche eingefallen?«, fragte Mayfeld die junge Frau beim Hinausgehen.

Das Au-pair-Mädchen schüttelte den Kopf.

»Wann bist du mittags nach Hause gekommen?«

»Um Viertel nach zwölf.«

»Du bist dann noch mal weg, um Hannah auf den Kindergeburtstag zu bringen. Wann war das noch mal?«

»Das war um eins oder Viertel nach eins.« Chiara öffnete die Haustür.

»Und wann bist du wieder nach Hause gekommen?«

Ihr Blick wurde unsicher. »Das weiß ich nicht mehr so genau. Vielleicht um zwei? Ich hab mir Zeit gelassen, ich hatte den Nachmittag ja frei.«

Eine schlechte, aber hartnäckige Lügnerin, dachte Mayfeld, als er auf sein E-Bike stieg.

»Es ist eine Katastrophe, was wir alles nicht oder nur ungenau wissen«, sagte Mayfeld zu den Kollegen, die sich im Besprechungsraum versammelt hatten. »Noch nicht einmal die Zeitabläufe sind klar.«

»Dann tragen wir doch mal das Wenige zusammen, was wir

bislang wissen«, schlug Yilmaz vor, legte sein Tablet in die Mitte des Tischs und öffnete eine neue Datei.

»Haben wir das nicht erst gestern getan?«, fragte Blum.

»Wer bei Kleinigkeiten keine Geduld hat, dem misslingt der große Plan, sagt Konfuzius.« Yilmaz ließ sich nicht aus seinem Konzept bringen. »Betrachten wir den Dienstag, an dem Lea Himmelreich verunglückte und Stefan Müller-Himmelreich ermordet wurde.«

»Stefan Müller-Himmelreich verlässt morgens um acht Uhr dreißig die Wohnung von Nicola Schlesinger«, begann Mayfeld. »Das sagt Frau Schlesinger, und wir haben keinen Grund, es anzuzweifeln. Um neun Uhr kommt er in seiner Kanzlei an, sagt Frau Meyer.«

»Zwischen neun und zehn Uhr versucht er vergebens, Zugang zu verschiedenen Konten zu bekommen, um zehn Uhr hat er einen Termin bei seiner Hausbank, wo er erfolglos um einen Kredit nachfragt«, fuhr Winkler fort. »Um elf Uhr hat er einen Termin bei Dr. Makaroff. All diese Daten scheinen mir glaubwürdig, sie wurden von mehreren Zeugen bestätigt und stimmen mit den Eintragungen in seinem Terminplaner überein.«

»Um zwölf Uhr fünfzehn kommt Chiara mit Hannah aus der Schule und trifft Müller-Himmelreich zu Hause an«, sagte Mayfeld. »Was er dort gemacht hat, will sie nicht mitbekommen haben.«

»Er hat versucht, die Konten seiner Frau zu knacken, und hat sich im Internet über die Eltviller Friedhofsordnung kundig gemacht. Um zwölf Uhr fünfundfünfzig hat er seinen Schwiegervater angerufen«, fuhr Nina Blum fort. »Fassbinder bestätigt den Anruf. Er sagt, sie hätten sich für den Abend verabredet.«

»Um dreizehn Uhr hat Müller-Himmelreich das Haus in der Rheingauer Straße verlassen, sagt Chiara Tozzi. Danach wissen wir von niemandem mehr, der ihn lebend gesehen hat«, stellte Mayfeld fest.

»Um fünfzehn Uhr wird Lea Himmelreich von seinem Handy aus angerufen. Sie ist zu diesem Zeitpunkt schon verunglückt und bekommt eine SMS mit der Bitte um Rückruf«, ergänzte Yilmaz. »Um siebzehn Uhr dreißig wird Müller-Himmelreichs Wagen hinter dem Hauptbahnhof geparkt, und seine Frau erhält eine weitere

SMS mit dem Vorschlag, sich vorübergehend zu trennen. Spätestens sieben Stunden danach ist Müller-Himmelreich tot.«

»Was wissen wir über Lea Himmelreichs Tag?«, fragte Winkler.

»Chiara Tozzi will sie zuletzt am Dienstagmorgen gesehen haben, beim Frühstück«, antwortete Mayfeld. »Ich nehme an, das ist, bevor Hannah in die Schule geht, also irgendwann zwischen sieben und acht Uhr. Nach Angaben von Kathrin Schönhell besucht sie den Schönheller Hof, wo sie sich zwischen neun und dreizehn Uhr aufhält. Um dreizehn Uhr verlässt sie den Hof, das sagt auch ihre Schwester. Genau genommen hat sie das aber nicht selbst gesehen.«

»Elke Schönhell bestätigt diese Zeitangaben ebenfalls«, warf Nina Blum ein.

Mayfeld fuhr fort. »Lea Himmelreich erinnert sich mittlerweile, danach nach Hause gefahren zu sein. Was sie dort gemacht hat, weiß sie angeblich aber immer noch nicht.«

»Du hast Zweifel an der Amnesie?«, fragte Winkler.

»Die Amnesie hatte sie bestimmt. Allerdings benutzt sie sie meines Erachtens mittlerweile für alles Mögliche. Um dreizehn Uhr fünfunddreißig telefoniert sie über Handy kurz mit ihrem Mann oder seiner Mailbox, um dreizehn Uhr achtunddreißig mit Gisela Fassbinder und danach mit ihrem Pflegevater. Der bestätigt den Anruf und sagt, es sei um die Verabredung am Abend gegangen. Um vierzehn Uhr dreißig verunglückt sie auf der Straße zwischen Hausen und Kiedrich, von Hausen kommend.«

»Wir wissen nicht, was sie in der Zwischenzeit gemacht hat«, sagte Winkler.

»Die Zeit reicht auf keinen Fall, um ihren Mann zu ermorden und die Leiche verschwinden zu lassen«, stellte Mayfeld fest.

»Zumindest kann sie das nicht allein getan haben«, ergänzte Yilmaz. »Bei der Ermordung könnte sie schon dabei gewesen sein.«

»Und hat danach zufällig einen Unfall, weswegen die Komplizen den Leichnam allein verscharren müssen? Oder flüchtet in Panik und baut einen Unfall?«, fragte Winkler. »Bleiben wir bei den Fakten. Wie sieht es mit den Alibis der Verdächtigen aus?«

»Wer ist überhaupt verdächtig?«, fragte Blum.

»Alle.« Das zeigte, wie wenig sie wussten, dachte Mayfeld. »Grigori Makaroff und Nicola Schlesinger, Lea und Anja Himmelreich, Kathrin und Elke Schönhell, Gisela und Reinhardt Fassbinder.«

»Das Problem bei den Alibis ist, dass wir den Todeszeitpunkt von Müller-Himmelreich nicht genau kennen«, sagte Yilmaz.

»Versuchen wir es trotzdem«, schlug Winkler vor.

»Makaroff und Schlesinger sind den ganzen Dienstag im SMARTcenter. Dafür gibt es jede Menge Zeugen«, sagte Mayfeld.

»Allerdings nicht für die Abendstunden«, ergänzte Yilmaz.

»Gisela und Reinhardt Fassbinder waren am Dienstagnachmittag zu Hause und geben sich gegenseitig ein Alibi«, berichtete Yilmaz. »Ihre Hausangestellte war an dem Nachmittag mit Christel Fassbinder auf einem Treffen der Demenzhilfe Rheingau und kann deswegen ihre Anwesenheit in der Nikolausstraße erst ab achtzehn Uhr dreißig bestätigen.«

»Lea Himmelreich hat zwischen dreizehn Uhr und vierzehn Uhr dreißig kein Alibi«, stellte Mayfeld fest. »Sie selbst sagt, dass sie um kurz nach dreizehn Uhr in Eltville gewesen sei, aber es gibt niemanden, der das bezeugen könnte; Chiara Tozzi bringt in dieser Zeit Hannah auf einen Kindergeburtstag. Anja Himmelreich hat für den ganzen Dienstag von ihrem Freund ein Alibi.«

»Bleiben Elke und Kathrin Schönhell. Die habe ich befragt«, sagte Blum. »Sie geben sich bis Mittwochmorgen gegenseitig ein Alibi. Bis Dienstag dreizehn Uhr wird es von Anja und Micha bestätigt, ab achtzehn Uhr waren die vier wieder zusammen.«

»Wasserdichte Alibis sehen anders aus«, bemerkte Mayfeld. »Das gilt für alle Beteiligten. Was haben wir sonst noch?«

»Auf deinem Schreibtisch liegt die Akte Martha Himmelreich, die du angefordert hast. Was hat die mit unserem Fall zu tun?«

»Weiß ich noch nicht, Aslan. Das ist bislang nicht mehr als ein Bauchgefühl. Vielleicht kann ich dir mehr sagen, wenn ich sie gelesen habe.«

»Der Abschiedsbrief, von dem in der Akte die Rede ist, ist übrigens aus der Asservatenkammer verschwunden. Wie geht es jetzt weiter?«, fragte Yilmaz.

»Nächste Woche müssen wir alle Alibis noch mal unter die Lupe nehmen«, überlegte Winkler. »Einen anderen Ermittlungsansatz sehe ich momentan nicht.«

»Chiara Tozzis Aussage kommt mir unglaubwürdig vor«, sagte Mayfeld. »Wir laden sie ins Präsidium vor und befragen sie etwas intensiver.«

Einige Minuten später las Mayfeld die Akte Martha Himmelreich.

Am Freitag, dem 28. Oktober 1983, hatte Gisela Fassbinder um ein Uhr dreißig die Eltviller Polizeistation darüber informiert, dass man eine gewisse Martha Himmelreich vermisse. Sie selbst wohne im benachbarten Haus und sei durch das Geschrei der beiden Kinder der Vermissten, Lea und Anja, geweckt worden. Man habe einen Abschiedsbrief der Vermissten gefunden und befürchte das Schlimmste.

Die Eltviller Polizei schickte eine Streife in die Nikolausstraße. Kurze Zeit später traf dort auch Inspektor Krämer von der Kriminalpolizei ein, der später die Akte anlegte, die Mayfeld gerade las.

Die Angaben in der Akte waren ausgesprochen spärlich. Gisela Fassbinder wiederholte ihre Aussage, die sie gegenüber der Eltviller Polizeiwache am Telefon gemacht hatte. Sie sei durch das Geschrei der Kinder wach geworden, habe ihren Bruder Reinhardt geweckt und sei ins Nachbarhaus, das auf demselben Grundstück liege, gegangen. Dort habe sie die beiden sechsjährigen Töchter der Verschwundenen in aufgelöstem Zustand angetroffen. Dr. Reinhardt Fassbinder bestätigte die Aussagen seiner Schwester.

Zur Person der Vermissten gab Reinhardt Fassbinder an, sie sei seit Jahren die Haushälterin seines Onkels, Walter Haller, gewesen. Der sei vor zwei Wochen plötzlich verstorben. Von ihm wisse er, dass die vermisste Person zu starken Stimmungsschwankungen neige und deswegen auch schon einmal in stationärer psychiatrischer Behandlung gewesen sei.

In der Akte wurde ein Abschiedsbrief erwähnt, nach Schilderung von Oberinspektor Krämer in einer ungelenken Druckschrift und mit Bleistift verfasst, in dem Martha Himmelreich ihre Kinder um Verzeihung bat und kundtat, dass sie das Leben nicht mehr aushalte. Sie gehe deswegen in den Rhein, man solle sie nicht suchen.

Die beiden Kinder, so führte Oberinspektor Krämer aus, hätten einen ausgesprochen verstörten Eindruck auf ihn gemacht. Ihre Vernehmung habe keine verwertbaren Informationen gebracht.

Hinweise für eine Straftat hätten sich bei den Befragungen von Nachbarn und Bekannten nicht ergeben. Noch in der Nacht wurde eine groß angelegte Suche nach der Vermissten ausgelöst, die jedoch ohne jedes Ergebnis blieb.

Ein Vierteljahr später wurde die Akte geschlossen. Jahre später wurde die Vermisste von Amts wegen für tot erklärt.

Auf den ersten Blick war das eine ganz normale Akte. Mayfeld hatte schon Dutzende solcher Akten in Händen gehabt. Aber zumindest die Eile, mit der man sie geschlossen hatte, war merkwürdig. Merkwürdig war auch, was alles nicht in der Akte stand.

Mayfeld fand es befremdlich, dass man später nicht versucht hatte, die Kinder mit Hilfe eines Polizeipsychologen zu vernehmen. Ein Hinweis, dass man zunächst das Grundstück in der Nikolausstraße durchsucht habe, fehlte ebenfalls. Es wurde auch nicht überprüft, wann und wo Martha Himmelreich psychiatrisch behandelt worden war, eine Krankenakte wurde nirgends angefordert. Es wurde auch nicht weiter recherchiert, ob Martha Himmelreich in den Tagen und Wochen vor ihrem Freitod tatsächlich depressiv gewesen war. Die Feststellung, es habe keine Hinweise auf eine Straftat gegeben, war sehr pauschal, es wurde nicht festgehalten, mit wem über sie, über ihre persönlichen Verhältnisse, etwaige Feindschaften gesprochen worden war. Diese Nachlässigkeit stand in einem gewissen Gegensatz zu der aufwendigen Suche, die unmittelbar nach dem Verschwinden von Martha Himmelreich begonnen hatte. Sicherlich bestand zu diesem Zeitpunkt die größte Wahrscheinlichkeit, sie noch lebend zu finden, von daher war der anfängliche Aufwand zu rechtfertigen, und auch die spätere Nachlässigkeit war vielleicht nachzuvollziehen.

Am befremdlichsten blieb die Tatsache, dass der einzige eindeutige Hinweis auf einen Selbstmord, der Abschiedsbrief, verschwunden war. Und dann war da noch der Name des ermittelnden Kollegen, Krämer, der allzu schnell nach der Bereitschaftspolizei in der Nikolausstraße aufgetaucht war. Anja Himmelreich hatte ihn sich gemerkt. Zumindest an diesem Punkt waren ihre Erinnerungen also realistisch.

Mayfeld sagte der Name nichts. Aber das musste nichts heißen, vielleicht war der Kollege vor seiner Zeit in Pension gegangen. Wenn jemand so etwas wusste, dann war es Brandt.

Er hatte Glück, Brandt war noch im Präsidium.

»Ja, ich erinnere mich an Heribert Krämer. Eher ein unscheinbarer Kollege. Mir ist er bloß dadurch in Erinnerung, dass er 1986 völlig überraschend aus dem Dienst ausschied, obwohl er erst fünfzig Jahre alt war. Hat wohl eine unerwartete Erbschaft gemacht. Während seiner Dienstzeit hat er sich jedenfalls nie etwas zuschulden kommen lassen. Meines Wissens lebt er in Georgenborn.«

Brandt wollte wissen, weswegen sich Mayfeld für ihn interessierte, doch Mayfeld antwortete ausweichend. Sein Verdacht war zu monströs, als dass er ihn zum gegenwärtigen Zeitpunkt jemandem mitteilen wollte.

***

Anja und Lea saßen im Teehaus. Lea merkte, dass sie noch weit entfernt von ihrer früheren Form war, alles fiel ihr schwer, alles erschöpfte sie, sie wollte bereits ins Bett, obwohl die Sonne noch nicht untergegangen war. Aber Anja hatte darauf bestanden, mit ihr noch einmal unter vier Augen zu sprechen. Jetzt saß sie mit Verschwörermiene in Leas Teehaus und warf ihren düsteren Blick auf den von der Abendsonne beschienenen Eltviller Rheinberg.

»Du musst mir versprechen, nicht allein hier im Haus zu bleiben.«

»Kathrin wird hier sein.«

»Das ist gut. Erinnerst du dich wirklich nicht an die Nacht, als unsere Mutter verschwand? Hast du den Schattenmann tatsächlich vergessen?«

Was ist das jetzt wieder für eine Scheiße?, wollte sie Anja fragen, aber dann kam ihr ihr eigener Alptraum wieder in den Sinn.

Sie fällt in die Tiefe, ins Boden- und Haltlose, immer kälter und immer dunkler wird es. Schließlich findet sich das Mädchen in einem Kellerloch wieder, ein böser Schatten huscht durch die Tür, der Schattenmann.

»Was ist das für eine Geschichte?«

»Der Schattenmann, an den musst du dich doch erinnern. Er hat unsere Mutter in das Kellerverlies gesteckt. Ich wollte dich zu Hilfe rufen, aber wir kamen zu spät. Er steckt mit den Bewohnern der Villa Haller unter einer Decke. Sie alle bewachen unsere Mutter in ihrem Gefängnis.«

Lea seufzte resigniert. »Ist gut, Anja, ich werde darüber nachdenken. Ich werde versuchen, mich daran zu erinnern. Für heute bin ich müde und erschöpft. Kathrin muss gleich kommen.«

Anja verabschiedete sich.

Diese Geschichte war eine Variation dessen, was Anja seit Jahr und Tag erzählte. Böse Kräfte hielten ihre Mutter im Keller der Villa fest. Das war alles andere als neu. Dennoch war Lea beunruhigt. Das Bild des Schattenmanns ließ sie nicht mehr los.

***

Das Haus von Kriminaloberkommissar a. D. Krämer lag am Waldrand in einer ruhigen Seitenstraße von Georgenborn. Es stammte aus den achtziger Jahren und zeugte von einem gediegenen, jedoch unaufdringlichen Wohlstand.

Krämer war Ende siebzig, und das Alter hatte seinen Tribut gefordert. Der Mann hatte eine gebeugte Haltung und lief mit schlurfenden Schritten durchs Leben. Sein Blick war leicht verschwommen, als er Mayfeld mit einem Lächeln begrüßte.

»Ich hätte nicht gedacht, dass wegen so einer Lappalie mehr als eine Streife vorbeikommt«, sagte er, als er Mayfeld voraus ins Wohnzimmer ging. »Sie müssen die Unordnung entschuldigen, aber seit meine Frau im letzten Jahr verstorben ist, ist das Leben schwierig geworden.«

So schlimm fand Mayfeld die Unordnung nicht, bloß die offenen Schnapsflaschen auf dem Wohnzimmertisch passten nicht zu dem, was man in einer gutbürgerlichen Umgebung erwartete.

»Was meinen Sie mit Lappalie?«, fragte Mayfeld.

»Kommen Sie denn nicht wegen der eingeworfenen Fensterscheibe?«

»Erzählen Sie mir von der Fensterscheibe.«

Krämers Gesicht bekam einen misstrauischen Ausdruck. »Am Sonntag haben irgendwelche Rowdys die Fensterscheibe hier eingeworfen.« Er deutete auf das Fenster direkt vor ihm. »Sie ist schon wieder ersetzt worden. Ich dachte, für euch ist das nur ein Versicherungsfall. Ermittelt ihr jetzt doch in der Sache?« Krämer schielte zu den Schnapsflaschen und ließ sich erschöpft in einen der

Polstersessel fallen. Der Mann hatte offensichtlich Angst. »Setzen Sie sich«, bat er den Kommissar.

»Werden Sie bedroht?«

Krämer lachte auf. »Womit will man einem alten Mann wie mir denn drohen? Meine Frau ist tot, ich habe Prostatakrebs.«

»Das war nicht meine Frage. Ich will nicht wissen, ob man Ihnen drohen kann, sondern ob es jemand versucht hat.«

Krämers Lachen klang bitter und hatte etwas vom Meckern eines Ziegenbocks. »Ein paar nächtliche Anrufe in der letzten Zeit«, sagte er mit heiserer Stimme. »Sonst nichts.«

»Haben Sie eine Idee, wer das gewesen sein könnte?«

Er schüttelte den Kopf. »Mit den Nachbarn lebe ich in Frieden. Feinde habe ich keine. Und die Zeit bei der Polizei ist lange vorbei.«

»Was sagt der Anrufer?«

»Nichts. Er ruft an und legt wieder auf.«

»Wie lange geht das schon?«

»Schon eine ganze Weile. Es beginnt und hört wieder auf. Dann ist eine Weile Ruhe. Dann fängt es wieder an.« Der alte Mann klang müde und resigniert.

»Ich bin im Zuge von Ermittlungen auf die Akte Martha Himmelreich gestoßen. Erinnern Sie sich noch an den Fall? Sie haben ihn damals bearbeitet.«

Krämers Augen wurden eine Spur dunkler, der bittere Zug um seine Lippen ein wenig härter. »Wann soll das gewesen sein?«

»Im Oktober 1983.«

»Vor dreißig Jahren. Ich bin ein alter Mann, mein Gedächtnis lässt nach.«

»Versuchen Sie es. An weit zurückliegende Dinge erinnert man sich im Alter oft besser als an das, was vor Kurzem passiert ist.« Mayfeld war sicher, dass es darum nicht ging, aber er wollte etwas verständnisvoll Klingendes sagen.

Krämers Gesichtsausdruck wurde noch mürrischer. »Lassen Sie mich überlegen. Ja, das war ein Vermisstenfall. Eine junge Frau, Mutter von zwei kleinen Töchtern, hatte Selbstmord begangen. Schlimme Sache.«

»Ihre Leiche wurde nie gefunden.«

»Wenn ich mich recht entsinne, hat sie einen Abschiedsbrief hinterlassen.«

»Der ist verschwunden.«

»Verdammte Schlamperei. Man fragt sich, wo die deutschen Tugenden geblieben sind. Aber nun rücken Sie mal raus damit, Herr Kollege: Was wollen Sie von mir?«

Er könnte natürlich sagen, wie es war. Dass er in einer Mordermittlung im Dunkeln tappte und die Psyche einer verwirrten Verdächtigen besser verstehen wollte. Dass er manchmal dazu neigte, ihren bizarren Anschuldigungen einen Kern Wahrheit zuzubilligen und deswegen Zweifel an den Ermittlungen seines Gegenübers hatte, die bald dreißig Jahre zurücklagen. Dass er auf diesen abwegigen Gedanken gekommen war, weil alle möglichen Menschen im Umfeld der Verbrechen von einem Brief sprachen, der von einer alten Frau stammte, die damals zu allen Beteiligten Kontakt hatte. Und dass es ihm nicht geheuer erschien, dass der Kollege einige Zeit nach diesen Ermittlungen in den vorzeitigen Ruhestand gehen und ein Haus in bester Georgenborner Lage kaufen konnte. Da könnte er den alten Herrn auch gleich bitten, ihn hochkant aus seinem Haus zu werfen.

»Eine Tochter der damals verschwundenen Frau hatte einen schweren Unfall, ihr Mann wurde ermordet. Wir verfolgen alle Spuren. Dazu gehört auch der Fall Martha Himmelreich. Vielleicht erinnern Sie sich an irgendein Detail, das nicht in der Akte auftaucht, weil es damals nicht wichtig erschien, und das uns heute weiterbringt.« Er merkte selbst, wie vage alles war, was er vorbrachte.

Der Missmut Krämers schien stärker zu werden, falls das überhaupt noch möglich war. »Wenn ich nicht wüsste, dass Sie ein erfahrener Ermittler sind, würde ich sagen, Sie spinnen. Wie soll ich etwas finden, wenn ich nicht weiß, wonach ich suche? Wenn ich etwas damals nicht für wichtig erachtet habe, dann habe ich es längst vergessen, weil man sich nämlich nur die Dinge merkt, die man aus irgendwelchen Gründen für wichtig hält. Das habe ich zumindest vom Psychologieseminar behalten, das ich irgendwann mal besuchen musste.«

Natürlich hatte Krämer mit allen seinen Einwänden recht, aber

Mayfeld fand die mangelnde Bereitschaft des ehemaligen Polizisten, mit ihm zu kooperieren, bemerkenswert, so vage ihm der Ermittlungsansatz auch erscheinen mochte.

»Ich versuche es ganz direkt: Haben Sie damals in Erwägung gezogen, dass es sich nicht um einen Suizid gehandelt haben könnte?«

»Halten Sie mich für blöd? Für einen Stümper? Lesen Sie die Akte!« Krämer atmete schwer.

»In der steht nur, es hätten sich keine Hinweise für Fremdverschulden ergeben.«

»Dann war es auch so!«

»Mit wem haben Sie damals geredet?«

»Lesen Sie die Akte!« Krämer brüllte jetzt fast.

»Niemand will Sie wegen eines lange zurückliegenden Falles kritisieren, Herr Krämer. Ich brauche Ihre Hilfe, ich muss mir ein Bild von den Beteiligten machen.«

»Scheren Sie sich zum Teufel!«

***

Lea hatte Hannah ins Bett gebracht und ihr die Geschichte von dem Maulwurf erzählt, der überall nach demjenigen suchte, der ihm auf den Kopf gemacht hatte. Als ihre Tochter eingeschlafen war, verließ sie das Kinderzimmer und ging ins Schlafzimmer, wo Kathrin auf sie wartete.

Einen Moment zögerte sie, sich mit der Geliebten in das Bett zu legen, in dem sie bis vor zwei Wochen mit ihrem Mann geschlafen hatte, aber dann war die Lebensgier stärker als alle Bedenken.

Sie liebten sich inniger als jemals zuvor. So als ob es das letzte Mal wäre. Kathrins Hände und Zunge waren überall, ließen keine Stelle ihrer Haut unberührt, erkundeten jede Kuhle, jede Falte, die dunklen Höhlen. Lea gab sich ihrer Freundin hin. Sie liebte ihre Stärke, ihre katzenhafte Geschmeidigkeit, den erdigen Geruch ihres Körpers, der sich mit dem Magnolienduft ihres Parfüms vermischte und sie verzauberte. Eine Welle der Erregung ergriff sie und riss sie hinweg.

Sie dämmerte vor sich hin und träumte von Jakobsmuscheln, begleitet von einem Vanille-Champagner-Kraut. Oder sollte man die Muscheln doch eher mit Kreuzkümmel und Chicorée servieren?

»Ich kann nicht schlafen.«

Lea schreckte auf und starrte auf den Umriss Hannahs, der sich in der geöffneten Schlafzimmertür abzeichnete.

»Kommt der Papa nicht mehr?«

Leas Absturz war brutal. Gerade noch in einem galaktischen Wirbel emporgerissen, krachte sie hart auf den Boden der Realität. Sie hatte noch gar nicht die Zeit gefunden, mit Hannah über den Tod ihres Vaters zu sprechen. Sie hätte auch nicht gewusst, wie sie es anfangen sollte. Stattdessen konfrontierte sie ihre Tochter mit einer neuen Geliebten und ließ sich mit ihr im Bett überraschen. Sie war eine unterirdisch miese Mutter.

Lea stand auf, ging innerlich zitternd zu Hannah und nahm sie bei der Hand. Sie setzte sich mit ihr aufs Bett und erzählte alles. Hannah hörte ernst und konzentriert zu.

»Ich bin müde«, sagte sie, als Lea mit ihren Erklärungen fertig war.

»Darf ich heute Nacht in deinem Bett schlafen, und du schläfst bei Mama?«, fragte Kathrin.

»Du hast Glück, ich hab schon ein großes Bett«, antwortete Hannah.

Kathrin zog sich zurück, Hannah kuschelte sich unter Leas Decke, Lea nahm Kathrins Platz ein. Dann begann die Kleine fast lautlos zu weinen. Lea bedeckte ihr Gesicht mit Küssen und streichelte ihren Kopf, so lange, bis Hannah endlich eingeschlafen war.

Lea schlief unruhig in dieser Nacht.

Sie rast mit ihrem roten Jaguar über eine asphaltierte Forststraße. Sie ist in großer Eile und in höchster Not. Er ist hinter ihr her. Sie muss ihn abschütteln.

Immer wieder wachte sie schweißgebadet auf, vergewisserte sich, dass ihre Tochter noch neben ihr lag, um erschöpft wieder einzuschlafen. Die ganze Nacht raste sie mit ihrem Wagen durch den Wald auf der Flucht vor einem Verfolger, den sie nicht erkannte. Oder war es eine Verfolgerin? In den Morgenstunden kamen andere Träume hinzu. Oder waren es Erinnerungen?

Sie liegt im Bett. Gerade noch hat sie etwas Schönes geträumt. Die Kuhle neben ihr ist leer, schon nicht mehr warm. Bevor sie sich besinnen kann, kommt ihre Schwester hereingerannt. Er tut Mama etwas Böses, schreit sie, wir müssen ihr helfen. Sie will der Schwester gerade erklären, dass Erwachsene solche Dinge nachts miteinander machen, als ihr einfällt, dass Walter tot ist. Sie ist völlig durcheinander, steht auf. Sie gehen in Mamas Schlafzimmer. Es ist leer, das Bett ist gemacht. Anja zerrt sie in die Eingangshalle. In Walters Zimmer ist Mama auch nicht. Die Kellertür ist abgeschlossen. Anja schreit auf und deutet in eine dunkle Ecke der Halle. Ein Mann verschwindet im Schatten. Sie hat das Gefühl, diesen Mann zu kennen, aber sie kann seinen Namen nicht aussprechen. Bald darauf sind Reinhardt und Gisela da. Gisela sagt, sie habe sie schreien hören. Sie helfen ihnen, nach Mama zu suchen, Reinhardt schaut sogar im Keller nach, aber sie finden sie nicht. Später kommt die Polizei. Auch die Polizisten suchen nach Mama. Anja erzählt von dem Mann im Schatten, doch niemand glaubt ihr. Ein Polizist fragt auch Lea nach dem Schattenmann, ob sie sich ganz sicher sei, dass da ein Mann war. Dass man nicht lügen und nichts erfinden dürfe, mahnt der Polizist. Ganz sicher ist sich Lea nicht. Es hätte auch eine Frau sein können, schließlich war es dunkel. Vielleicht hast du dir alles nur eingebildet, meint der Polizist. Das kommt vor, wenn man Angst hat. Sie glauben ihnen nicht. Anja verstummt. Lea schläft ein.

★★★

Micha schnarchte schon eine ganze Weile. Wenn er mal schlief, war er vor dem nächsten Morgen kaum wach zu kriegen. Die Schnarcherei konnte ganz schön nerven, aber Micha fickte gut und redete ihr nicht dazwischen. Das war mehr, als frau für gewöhnlich von einem Kerl erwarten konnte. Taubstumme hatten ihre Vorzüge.

Sie stand vorsichtig auf, schnappte sich ihre Klamotten und den Rucksack und huschte aus der Kammer. Sie musste leise sein, denn Elke schlief im Gästezimmer, und Elke hatte einen leichten Schlaf. Sie schlich den Flur entlang, tastete den Boden mit den Zehenspitzen ab, bevor sie auftrat, vermied so jedes Knarren des Holzbodens. Sie glitt die Treppe hinab in die Diele des Hauses. Hier wagte sie es, ihre Taschenlampe anzumachen, setzte sich vor den Spiegel und holte die Farben aus dem Rucksack. Sie legte ihre Kriegsbemalung auf. Wenn sie auf dem Kriegspfad war, waren alle Ängste verschwunden. Dann hatte sie ein klares Ziel.

Reinhardt hatte ihr den Krieg erklärt, er würde Lea und Hannah nicht in Ruhe lassen. Sein Schicksal war besiegelt. Es war ein Fehler, gegen die Cheyenne Krieg zu führen.

Sie brauchte noch eine Waffe, die einer großen Kriegerin würdig war. Auch dafür hatte sie einen Plan. Sie zog in eine Schicksalsschlacht, da war Mut wichtiger als Vorsicht. Gegenüber dem Spiegel hing ein ausgestopfter Wildschweinkopf. Kurz erinnerte sie sich daran, wie Mama früher Kalbs- und Schweinsköpfe abgekocht und in Pasteten, Sülzen und Ragouts verwandelt hatte. Den Gedanken und die damit verbundenen Gefühle wischte sie weg. Sie war groß geworden, und auf dem Kriegspfad hatte sie keine Angst. Mama würde gerächt werden. Unter dem Kopf mit den mächtigen Hauern hing das Objekt ihrer Begierde: eine mächtige Saufeder, eine alte Waffe, die Königen und Rittern zu Diensten gewesen war und die schon vielen heimtückischen wilden Schweinen den Tod gebracht hatte. Sie nahm den Spieß aus der Wandhalterung und wog ihn in der Hand. Der Holzschaft der Waffe war glatt, sie lag gut in der Hand. Die Spitze aus Metall blitzte unheildrohend. Sie schloss die Augen und murmelte ein paar Beschwörungsformeln. Mit dieser Waffe würde sie unbesiegbar sein, das spürte sie.

Sie huschte in die Küche, packte eine Flasche Wasser, einen Viertellaib Brot und ein Stück Schinken in den Rucksack und warf ihn über die Schultern. Sie griff nach ein paar Hundeleckerli und verließ das Haus, fütterte draußen Conny, die Hofhündin, die brav und still blieb. Dann ging sie durch den Bauerngarten nach unten ins Tal. In zwei Stunden würde die Morgendämmerung Wald und Wiesen in kaltes rötliches Licht tauchen. Bevor die Cheyenne auf dem Kriegspfad wandelten, suchten sie die Einsamkeit, um die Nähe und die Kraft ihres Gottes Maheo zu spüren.

Samstag, 14. September

Sie war auf einsamen Pfaden gewandelt, hatte sich durch Gebüsch und dichtes Unterholz geschlagen. Seit sie bei Kathrin arbeitete, war sie immer wieder durch die Wälder gestreift und kannte mittlerweile jede Senke und jeden Hügel, jede Lichtung, jede Quelle und jeden Trampelpfad.

Als die Morgenröte den Himmel erst fahlbraun, dann altrosa verfärbte und die Vögel des Waldes ihren Gesang anstimmten, hielt sie eine Weile inne und atmete die Kraft des neuen Tages. Dieser Tag würde Verderben über ihre Feinde bringen.

***

»Es ist ein Geschenk, im September noch draußen auf dem Balkon frühstücken zu können.« Julia strahlte Mayfeld an. Sie hatte eine Strickweste über die rote Tunika geworfen, schlürfte eine Tasse Cappuccino und blinzelte in die Morgensonne.

Gestern Abend war sie spät aus dem Gutsausschank nach Hause gekommen, hatte wenig geredet und war schnell eingeschlafen. Am Morgen waren sie länger im Bett geblieben und hatten sich ausgesprochen. Julia war verärgert gewesen, dass Lea Himmelreich die Klinik vorzeitig verlassen hatte. Sie hatte Mayfeld eine Mitschuld daran gegeben, doch mittlerweile war sie anderer Ansicht. Mit der selbst verantworteten Entlassung war die therapeutische Beziehung zu Lea beendet, und Julia war froh, dass sie beide sich nicht mehr in die Quere kommen würden. Mayfeld sah das genauso. Sie hatten sich in Wort und Tat versöhnt und genossen jetzt das Frühstück in der Sonne.

»Das Wichtigste ist, dass die kleine Hannah zurück ist«, meinte Julia.

Mayfeld stimmte ihr zu. »Sie ist die einzige Person in der Geschichte, von deren Unschuld ich uneingeschränkt überzeugt bin.

Ihre Entführung beziehungsweise dieses Missverständnis ist der skurrilste Aspekt der ganzen Angelegenheit und hat mit dem Rest der Geschichte möglicherweise gar nichts zu tun.«

»Kriminalistisch vielleicht nicht, aber psychologisch gehört sie auf jeden Fall dazu. Die Schwester von Lea ist eine tief verletzte und verstörte Frau, die den Tod ihrer Mutter nicht verwunden hat. Aber jetzt sind wir schon wieder mitten in deinem Fall, der auch meiner war.«

»Dann lass uns lieber über das Kriminalistische reden, dann kommst du nicht in die Bredouille mit der Schweigepflicht.« Er schilderte Julia Chiara Tozzis Aussagen in allen Einzelheiten. »Ich hatte schon während der ersten Vernehmung den Eindruck, dass Chiara Tozzi nicht die Wahrheit sagte oder etwas verschwieg.«

»Hast du einen Verdacht, was das sein könnte und warum sie das tun sollte?«

»Was sie verschwiegen hat, ist möglicherweise die Tatsache, dass sie am Dienstagmittag Lea Himmelreich noch einmal gesehen hat.«

»Warum ist das wichtig?«

»Wenn Lea Himmelreich mittags nicht mehr in Eltville war, dann hatte sie möglicherweise die Zeit, ihren Mann zu töten, zusammen mit jemandem vom Schönheller Hof.«

»Du verdächtigst doch nicht ernsthaft jemanden von den Schönhells?«

»Ich kann gar nichts ausschließen. Mein Problem ist ein anderes: Ich kann mir nicht vorstellen, dass Chiara lügen würde, um ihrer Chefin zu schaden. Ich traue ihr eher zu, in ihrem Interesse zu lügen. Das würde bedeuten, dass sie an besagtem Dienstag etwas beobachtet hat, was Lea Himmelreich belastet.«

»Oder von dem sie glaubt, dass es Lea belastet.«

»Ein Streit zwischen Lea und Stefan würde gut passen. Aber zeitlich haut das kaum hin. Lea kann frühestens um Viertel nach eins in Eltville gewesen sein. Selbst wenn Stefan noch im Haus gewesen wäre, war Chiara schon weg. Und als sie zurückkam, war die Zeit reichlich knapp für Lea, um danach noch an irgendwelchen Verbrechen beteiligt zu sein. Chiara hatte also keinen Grund, für Lea zu lügen.«

»Die Frage ist nur, ob Chiara diese genauen zeitlichen Zusammenhänge im Kopf hatte, als sie ihre Aussage gemacht hat.«

Das hatte Mayfeld noch nicht bedacht. »Es gibt noch ein weiteres Detail, das mich beschäftigt. Anja spricht die ganze Zeit davon, dass es beim Verschwinden ihrer Mutter nicht mit rechten Dingen zugegangen sei. Sie glaubt nicht an einen Selbstmord, das ist der Kern ihrer Behauptungen, wenn man mal den ganzen verrückten Spuk drum herum weglässt. Ich habe gestern die alte Akte gelesen und hatte den Eindruck, dass zumindest nicht besonders gründlich ermittelt wurde. Der damals mit der Sache befasste Kollege reagiert ausgesprochen gereizt, wenn man ihn auf den Fall anspricht. Die Leiche wurde nie gefunden, und der Abschiedsbrief der Mutter ist aus den Akten verschwunden. Und Lea Himmelreich hat von einem Brief gesprochen, bevor sie nach dem Unfall das Bewusstsein verlor.«

»Du meinst, an Anjas Geschichte könnte etwas dran sein? Und es könnte einen Zusammenhang mit dem Mord an Müller-Himmelreich und diesem Brief geben? Da fällt mir die Kurzgeschichte von Poe wieder ein, ›Der entwendete Brief‹. Poes Meisterdetektiv Dupin findet den Brief, im Gegensatz zur Polizei, weil er ihn nicht akribisch sucht. Stattdessen versetzt er sich in die Persönlichkeit des Diebes und leitet aus dessen Charakter ab, wo er ihn versteckt hat. Der Clou ist, dass er sich an einer derart offensichtlichen Stelle befindet, dass kein Polizist dort sucht.«

»Und wie soll mir das jetzt weiterhelfen?«

Julia hob die Schultern. »Denke mehr von der Psychologie der Beteiligten her, nicht nur kriminalistisch.«

Mayfelds Handy spielte »Sympathy for the Devil«. Adler war am Apparat.

»Ich weiß jetzt, was die DNA-Analyse der Spuren, die wir auf dem Schönheller Hof gesichert haben, ergeben hat. Ein Blutstropfen im Schlachtraum war menschliches Blut. Blut von Stefan Müller-Himmelreich. Und ein paar Haare, die wir in Anja Himmelreichs Zimmer auf dem Schönheller Hof mitgenommen haben, stammen ebenfalls von Müller-Himmelreich. Was machen wir jetzt? Ich frage das, weil mir nicht ganz klar ist, auf welcher Rechtsgrundlage die Spuren in Fischbach sichergestellt wurden.«

Mayfeld war wie vor den Kopf geschlagen. Damit hatte er nicht gerechnet.

»Für das Zimmer von Anja Himmelreich hatten wir einen richterlichen Durchsuchungsbeschluss. Da wurden die Haare gefunden. Vielleicht reicht das, jetzt einen weitergehenden Beschluss zu bekommen?«

»Aber die Spur aus dem Schlachtraum können wir nicht verwenden. Wir können sie ja schlecht wieder dorthin legen, wo wir sie gefunden haben, und ein zweites Mal finden.«

Mayfeld erwog diese Variante einen Moment lang, dann schob er den Gedanken beiseite. »Natürlich nicht. Vielleicht finden wir noch etwas, wenn wir jetzt ganz gründlich suchen. Was meinst du?«

»Kann sein. Der Tropfen, den ich dort sichergestellt habe, war eigentlich mehr ein Krümel getrockneten Bluts. Kam mir komisch vor.«

»Das heißt?«

»Es gab nur den einen Tropfen an der Stelle, es fehlte das Verteilungsmuster eines Blutspritzers, das Blut war getrocknet, haftete aber dem Untergrund nicht an. Vielleicht befand sich die Spur erst woanders, wurde weggewischt und landete dann dort, wo wir sie gefunden haben.«

»Woanders?«

»In einer anderen Ecke des Schlachtraums zum Beispiel. Oder auch sonst wo. Es macht also durchaus Sinn, noch einmal genau zu suchen. Aber das kannst du den Juristen erklären.«

Mayfeld beendete das Gespräch. »Ich muss sofort weg«, sagte er zu Julia. »Ich erkläre es dir später.«

***

Es war ein langer Fußmarsch bis zum Lager des Feindes, aber sie hatte diesen Marsch schon des Öfteren unternommen. Sie ging ruhig, mit langen, gleichmäßigen Schritten voran. Wenn es das Gelände erlaubte, trabte sie eine Weile; wenn sie ermüdete, ruhte sie einen Moment aus. Sie vermied es, in die Nähe der verstreut liegenden Bauernhöfe, von Ortschaften oder stärker befahrenen

Straßen zu kommen. Sie schaltete ihr Handy aus, sie hatte gelesen, dass manche Menschen dessen Strahlen sehen konnten wie den Rauch des Feuers. Kein Cheyenne machte offenes Feuer auf dem Kriegspfad.

***

Lea hatte ungewöhnlich lange geschlafen.

Du schläfst einfach, wenn es dir zu viel wird.

So hatte sie es als Kind gehalten, in dem Jahr, nachdem ihre Mutter von ihnen gegangen war. Sie hatte geschlafen, wann immer das möglich war, während ihre Schwester in der Klinik und später im Pflegeheim nächtelang wachte, voller Angst und dunkler Erinnerungen.

Kathrin, Hannah und Lea frühstückten auf der Terrasse. Die Septembersonne schenkte ihnen einen weiteren warmen Morgen. Hannah fragte, wann der Papa beerdigt werde. Und ob sie Nicola jetzt nicht mehr sehen dürfe. Die Frage war wie ein Tritt in Leas Magengrube, sie musste tief Luft holen, um ihre Fassung nicht zu verlieren. Sie war versucht, Hannah über Nicola auszufragen, aber dann besann sie sich eines Besseren, begnügte sich damit, zu versprechen, dass sie sich um den Beerdigungstermin kümmern werde. Als ob das Hannah bei der Bewältigung ihrer Trauer helfen würde.

Die Nacht war hart gewesen. Sie hatte von der Löwin geträumt, die das Antilopenkitz adoptiert hatte. Und vom Schattenmann. Diese Träume und Anjas Worte gingen ihr nicht mehr aus dem Kopf. Sie musste mit jemandem darüber reden, und Kathrin war dafür nicht die richtige Person. Sie würde ihr raten, nach vorne zu schauen. Oder ihr in allem, was sie dachte und fühlte, recht geben und Verständnis zeigen. Außerdem arbeitete Anja bei ihr, und sie wollte ihre Schwester bei deren Arbeitgeberin nicht als Verrückte bloßstellen. Ziemlich viele Bedenken bei einer besten Freundin, aber so war es nun einmal. Zum Glück gab es noch jemanden, an den sie sich wenden konnte.

Sie stand vom Frühstückstisch auf, griff nach ihrem Handy und rief Julia an. Erst hatte sie den Eindruck, dass Julia sauer war und von ihr nichts mehr wissen wollte, aber nach kurzer Zeit hatte sie die Psychologin zu einem Termin überredet. Kathrin hatte eine SMS von Micha bekommen und musste dringend zurück auf den Schönheller Hof. So bat Lea Chiara, eine Stunde auf Hannah aufzupassen.

Lea fuhr die Strecke mit dem roten Opel Kadett. Etwas mulmig war ihr zumute, als sie sich hinter das Steuer setzte und den Wagen startete, aber da musste sie durch. Die ersten paar hundert Meter auf der Straße schlug ihr das Herz bis zum Hals, doch dann merkte sie, wie sie sich an das Autofahren wieder gewöhnte. Und nach zwei Kilometern war sie bereits bei der Wohnung von Julia angekommen.

Sie parkte unter einem Kastanienbaum und ging über den knirschenden Kies des Vorplatzes auf die alte Villa zu. Ein neuer Anstrich hätte ihr gutgetan, doch die verfallende Pracht strahlte eine Art wilder Romantik aus, die Lea warm ums Herz werden ließ. Als ob sie im Moment nicht gewichtigere Probleme hätte. Im zweiten Obergeschoss wohnten Julia Leberlein-Mayfeld sowie Lisa und Robert Mayfeld. Sie klingelte, drückte die Tür auf und stieg das Treppenhaus empor, das ihr weniger romantisch als vielmehr dringend sanierungsbedürftig vorkam.

Oben erwartete sie Julia, barfuß und am Rahmen der Wohnungstür lehnend. Heute trug sie eine lange rote Tunika und hatte eine braune Strickjacke über die Schultern geworfen. Wenn sie nicht schon Kathrin hätte, würde sie sich in diese Frau und ihren Duft verlieben. Ob Madame Insolence zu haben wäre?

»Kommen Sie rein!« Julia führte sie durch das Wohnzimmer, das einen fröhlich unaufgeräumten Eindruck machte, auf den Balkon der Wohnung. Hier hatte man eine großartige Sicht auf den Rhein und den am Flussufer entlangführenden Treidelpfad.

»Ich könnte Ihnen einen grünen Tee anbieten.« Julia deutete auf das Stövchen und die Kanne auf dem Balkontisch. Daneben standen eine Schüssel mit Apfelschnitzen und zwei Porzellanschalen. »Haben Sie Lust? Greifen Sie zu.«

Lea hatte Lust. Sie nahm einen Apfelschnitz und trank eine Schale Tee. Zusammen mit etwas Passionsfruchtpüree und klein gehacktem Rucola sollte sich daraus ein herzhaft-frisches Sorbet herstellen lassen.

»Schießen Sie los«, forderte Julia sie auf.

Lea zuckte bei den Worten zusammen. »Ihr Mann ist nicht zu Hause?«

»Wollen Sie lieber mit meinem Mann sprechen?«

Lea schüttelte den Kopf. »War nur eine Frage.« So klar und dringlich ihr Wunsch nach einem Gespräch mit Julia gewesen war, so schwierig fand sie es jetzt, einen Anfang zu finden. Dann berichtete sie von Anjas Erzählungen und ihren Erinnerungen, vom Schattenmann und vom Polizisten, der nicht zuhören wollte.

»Eine alte Frau, die meine Mutter kannte, schreibt mir einen Brief, den ich nach ihrem Tod erhalten soll. Der Brief verschwindet. Mein Mann wird ermordet. Ich habe einen Unfall. Meine Schwester erinnert sich an eine Person, die in der Nacht, als unsere Mutter verschwand, im Haus war. Mittlerweile erinnere ich mich auch daran. Was hat das alles zu bedeuten?«

Julia seufzte und goss Tee nach. »Um ehrlich zu sein, kann das alles und nichts bedeuten. Wir haben vor ein paar Tagen schon einmal darüber gesprochen, dass wir uns auf unsere Erinnerungen nicht hundertprozentig verlassen können. Manchmal werden Dinge gar nicht oder im Fall von extremem Stress nur verzerrt abgespeichert. An andere Dinge wollen wir uns nicht erinnern, wir verdrängen sie. Jedes Mal, wenn wir eine Erinnerung erzählen, festigen wir sie, wir verändern sie aber möglicherweise auch. Es gibt Erinnerungen, die sind nur lebhaft ausgeschmückte Erzählungen anderer. Und es gibt Erinnerungen, die haben wir nur, weil sie unseren Wünschen entsprechen oder weil wir uns oder andere schützen wollen.«

»Können Sie mich nicht hypnotisieren, um die Wahrheit herauszufinden?«

Julia lächelte nachsichtig. »Ich habe gerade zu erklären versucht, welche Rolle Suggestionen oder Autosuggestionen bei der Entstehung von Erinnerungen spielen können. Bei einer Hypnose würden genau die gleichen Mechanismen wirken.«

Lea spürte, wie die Hoffnung, die sie in das Gespräch mit Julia gesetzt hatte, versiegte. »Sie meinen, egal an was ich mich erinnere, ich werde nie herausfinden, was Wahrheit und was Einbildung ist, weil ich in den entscheidenden Situationen zu stark unter Stress stand, weil ich vor Kurzem einen Unfall hatte oder weil mich die Dinge emotional zu sehr mitnehmen? Dass mein Bemühen, herauszufinden, was mit mir geschehen ist, einem Lotteriespiel gleicht oder einer Märchenstunde?«

Julia dachte eine Weile nach. »Es tut mir leid, ich habe das gerade zu einseitig dargestellt. Wahrscheinlich beeinflusst mich, dass Sie in einen Kriminalfall geraten sind. Meistens reicht es, wenn Menschen eine halbwegs plausible und hilfreiche Erzählung über sich selbst entwickeln, es kommt nicht auf jedes Detail und absolute Gewissheit an. In einem Kriminalfall gelten andere, viel strengere Maßstäbe, man muss sich andauernd der Fallstricke des Gedächtnisses bewusst sein. Ihr Bemühen ist wichtig und wertvoll, und ich halte Ihre Erinnerungen keineswegs für falsch. Sie sollen sich nur nicht vorschnell in etwas verrennen und eine plausible Erinnerung nicht mit einem sicheren Beweis verwechseln.«

»Ich verrenne mich nicht, ich trete auf der Stelle, mit hoher Trittfrequenz. Das macht mich fertig, verstehen Sie?«

»Wenn Sie in dieser Sache weiterkommen wollen, sollten Sie mit meinem Mann sprechen. Falls es Verbindungen zwischen all dem gibt, was Sie beschäftigt, kann er es am ehesten überprüfen. Natürlich kann er auch auf Dinge stoßen, die Ihnen nicht gefallen.«

»Können Sie nicht mit ihm reden?«

»Das ist keine gute Idee. Kennen Sie das Spiel, das sich ›Stille Post‹ nennt? Jede Nacherzählung verändert und verfälscht das, worüber berichtet wird. Außerdem unterliege ich der Schweigepflicht.«

»Von der entbinde ich Sie.«

»Was spricht denn dagegen, dass Sie selbst mit ihm sprechen? Er ist gerade beruflich unterwegs, aber ich kann ihn anrufen.«

Lea wehrte ab. »Ich überleg es mir. Ich weiß nicht, was richtig ist, ich bin durcheinander. Was ist, wenn meine Schwester recht hat und damals in der Nacht jemand im Haus war? Was, wenn man unserer Mutter etwas angetan hat?«

»Das wäre ein Fall für die Polizei.«

»Vielleicht melde ich mich noch mal. Vielleicht ist es auch besser, wenn ich nach vorne schaue, statt über die Vergangenheit zu grübeln.«

Lea stand auf und wollte gehen. Auch Julia erhob sich und ergriff ihre Hand. »Ich rufe Sie am Montag an und nenne Ihnen die

Adressen von ein paar kompetenten Kollegen. Und reden Sie mit meinem Mann. Es kann sehr wertvoll sein, wenn man bestimmte Befürchtungen widerlegt. Soll ich ihm sagen, dass er Sie anrufen soll?«

»Vielen Dank, dass Sie mich angehört haben.« Ehe Julia zurückweichen konnte, drückte Lea ihr einen Kuss auf die Wange, drehte sich um und verließ eilig die Wohnung der Mayfelds.

Lea war wie betäubt, als sie in die Rheingauer Straße zurückkam, sie fühlte sich fremd in ihrem Körper, fremd in ihrem Leben, sie bewegte sich im falschen Film. Sie zog sich in ihr Büro zurück. Dort waren die Rollläden herabgelassen. Sie verkroch sich ins Dämmerlicht.

Das Gedankenkarussell begann sich wieder zu drehen. Julia hatte ihr mit freundlichen Worten gesagt, dass sie sich auf nichts verlassen könne, dass ein Großteil ihrer Erinnerungen genauso gut Einbildungen sein könnten. Niemand glaubte Anja ihre verrückte Geschichte, sie war der einsamste Mensch geworden, den man sich vorstellen konnte. Und jetzt, wo sie selbst über diese Dinge sprach, wurde es um sie herum genauso einsam. Je länger sie darüber nachdachte, desto plastischer erschien ihr der Schattenmann vor Augen, aber bewies das nicht nur die Kraft der Autosuggestion, von der Julia gesprochen hatte? Wie hing das mit dem Verschwinden ihrer Mutter zusammen? Und wie mit dem verschwundenen Brief? Mit dem Mord an Stefan?

Wem nutzten diese Grübeleien? Lenkten sie am Ende vom Kern der Geschichte ab? Was hatte eigentlich ihre Schwester an jenem Dienstag gemacht? Sie war ebenfalls auf dem Schönheller Hof gewesen und hatte gehört, wie Elke und sie über den Brief sprachen. Sie hatte sich darüber beschwert, dass sie nur zufällig davon erfahre. Der Brief war das Erste gewesen, wonach Anja sie gefragt hatte, als sie aus dem Koma aufgewacht war.

Lea wurde schwindlig. Hatten Anja und sie sich gestritten? War ihr Anja an jenem Dienstag gefolgt? Alles drehte sich, die Gedanken, die Wände des Büros. Vielleicht sollte sie eine Runde schlafen, um den aufsteigenden Brechreiz loszuwerden. Aber dieses Mal funktionierte ihre Strategie nicht, zum Schlafen war sie zu aufgedreht. Die Dinge um sie herum verloren ihre Konturen, Angst durchflutete sie. Wahrscheinlich fühlte es sich so an, wenn man verrückt wurde, wahrscheinlich holte sie jetzt das Schicksal der gesamten Familie ein.

Sie sollte sich ergeben. Nicht mehr kämpfen. Dann hätte sie Ruhe.

Plötzlich kehrte Stille in ihrem Kopf ein, die Gedanken schwiegen, ihr misshandeltes Gehirn ruhte aus. Vielleicht half es, sich einfach auf die Dinge um sie herum zu konzentrieren, sie achtsam, akzeptierend und ohne Wertung wahrzunehmen. Das hatte jedenfalls die Yogatante in der Klinik behauptet. Leichter gesagt als getan, aber sie konnte es ja mal versuchen.

Rollläden, die Streifen von Tageslicht in das Zimmer lassen. Lichtstreifen, in denen Staubflusen tanzen, bevor sie sich verflüchtigen. Eine dunkle Bücherwand in der Dämmerung. Ein verblichener Perserteppich. Zwei alte Clubsessel aus Leder. Ein dunkel gebeizter Schreibtisch. Eine Handtasche.

In diese Handtasche hatte sie den Brief gesteckt, den ihr Elke auf der Beerdigung gegeben hatte. Am Dienstag vor einer Woche hatte sie die Tasche von der Küchentheke ins Büro getragen.

Sie steht an der Theke zwischen Küche und Wohnzimmer und sucht nach irgendetwas. Chiara betritt das Zimmer. Ich habe Hannah zu den Müllers in die Schwalbacher Straße gebracht, sagt die junge Frau. Lea geht mit der Handtasche ins Büro, das Au-pair-Mädchen folgt ihr, sie stellt ihr eine Frage. Ich suche einen Brief. Er müsste in der Handtasche sein, aber da ist er nicht. Chiara zögert einen Moment. Den hat wahrscheinlich Ihr Mann an sich genommen, sagt sie dann. Er war vorhin hier und hat überall herumgestöbert. Lea geht zum Schreibtisch. Die Schubladen sind durchwühlt. Sie wird wütend. Wo steckt der Kerl, weißt du es?, schreit sie Chiara an. Ich habe gehört, wie er mit den Fassbinders telefoniert hat. Ich glaube, er wollte zu den Pferden. Ich bringe den Dreckskerl um, ruft Lea.

Genau so war es gewesen. Der Brief war weg, wie auch der Zettel mit den TANs für ihr Konto. Letzteres war nicht so schlimm, weil sie die TANs ein paar Tage zuvor hatte sperren lassen. Aber es hatte sie rasend vor Wut gemacht, dass ihre schlimmsten Befürchtungen eingetroffen waren, dass sie erkennen musste, was für ein dreister Schurke Stefan war. Sie hatte versucht, ihren Mann oder Reinhardt zu erreichen. Ohne Erfolg. Dann war sie losgefahren.

***

»Das ist völlig verrückt.« Kathrin Schönhells Gesicht war vor Zorn gerötet. »Anja würde so etwas nie tun, und sie könnte es auch nicht, ohne dass ich etwas davon mitbekommen würde.«

Sie standen im Bauerngarten des Hofs. Die herbstliche Idylle passte so gar nicht zu der angespannten Situation. Mayfeld hatte der Inhaberin des Schönheller Hofs den richterlichen Beschluss gezeigt und ihr in knappen Worten die Gründe für die Durchsuchung erläutert.

»Ich würde mit solchen Behauptungen vorsichtig sein, Frau Schönhell. Wenn wir weitere Spuren finden, stellt sich in der Tat nicht nur die Frage, was hier passiert ist, sondern auch, ob und wie das Ihrer Aufmerksamkeit entgehen konnte.«

»Da will jemand Anja eine Falle stellen. Oder mir. Sie wollen mir ja nicht im Einzelnen erklären, was Sie auf dem Hof gefunden haben, aber ein Haar von Stefan, das kann doch sonst wie in Anjas Zimmer gekommen sein. Ich finde in der Wohnung auch immer wieder Pferdehaare, ohne dass ein Pferd hier drinnen gewesen ist.«

»Wer will Ihrer Meinung nach Anja oder Ihnen eine Falle stellen?«

»Was weiß ich!«

»Wissen Sie, wo ich Anja finden kann?«

»Ich bin doch nicht ihr Kindermädchen. Micha meinte vorhin, sie hätte die Nacht bei ihm verbracht. Am Morgen wäre sie verschwunden gewesen. Ihre Ente steht vorne bei den Traktoren, weit weg ist sie vermutlich also nicht. Ich höre Micha in der Küche. Ich hole ihn.«

Sie verließ den Garten und ging ins Haus. Kurze Zeit später kam sie mit Micha zurück, der die Angaben von Kathrin bestätigte. Micha wirkte besorgt, gestikulierte heftig.

»Was meint er?«, fragte Mayfeld.

»Er hat alles gesagt, was er weiß. Er will wissen, ob er wieder gehen kann. Und er meint, dass alle verrückt sind.«

Taubstumm und vor Liebe blind, das war eine schlechte Kombination für einen Zeugen. »War außer Anja und Micha heute Nacht noch jemand auf dem Hof?«

»Meine Mutter. Wollen Sie sie sprechen?«

»Bringen Sie mich zu ihr«, bat Mayfeld. Elke Schönhell war eine der wenigen Personen, die mit dem Fall zu tun hatten und die er noch nicht persönlich gesprochen hatte.

Sie saß in der Küche an einem Holztisch, vor sich ein Stück dunkelrotes Fleisch, in der Hand ein großes Messer. Elke Schönhell war eine Frau Mitte sechzig mit langem silbergrauem Haar und einem wallenden bunten Kleid, das an die Hippiemode der späten sechziger Jahre erinnerte.

Mayfeld stellte sich vor, zeigte seinen Dienstausweis. Kathrin verließ die Küche. Er fragte nach Anja Himmelreich.

»Klar kenne ich Anja«, erklärte sie. »Seit ihrer Kindheit. Eine sehr verletzliche Person.« Sie schnitt eine zwei Finger dicke Scheibe von dem Fleischstück herunter und zerteilte sie mit schnellen und sicheren Schnitten in ebenso dicke Streifen.

»Mich interessieren der gestrige Tag und heute.«

»Gestern war sie nicht sonderlich gesprächig. Sie kam gegen acht Uhr abends auf den Hof und ist gleich mit Micha in dessen Zimmer verschwunden. Heute habe ich sie noch nicht gesehen. Sie hat Müller-Himmelreich bestimmt nicht umgebracht.« Elke schnitt die Fleischstreifen in Würfel.

»Was macht Sie da so sicher?«

»An dem Tag, an dem er starb, war ich auf dem Hof. So einen Mord kann man doch nicht unbemerkt begehen.« Immerhin sagte sie nicht, dass sie es Anja nicht zutraute.

»Sie kennen sie gut?«

»Kathrin, Lea und Anja sind zusammen in den Kindergarten gegangen. Ich kannte ihre Mutter. Martha war eine Kollegin meiner Mutter.«

Alle Beteiligten schienen sich seit Langem zu kennen. »Dann haben Sie bestimmt auch etwas von dem Selbstmord Martha Himmelreichs mitbekommen.«

Elke Schönhell legte das Messer beiseite. »Das hat Anja zerstört. Ich hätte Martha so etwas nie zugetraut. Sie liebte ihre Kinder. Sie war immer etwas verschlossen und nach dem Tod von Walter Haller auch recht niedergeschlagen, aber deswegen bringt man sich als Mutter zweier kleiner Kinder doch nicht um.«

»Walter Haller?«

»Das war ihr Chef. Meine Mutter war seine Sekretärin, Martha seine Haushälterin und die Pflegerin seiner Mutter. 1983 war ein fürchterliches Jahr. Erst starb Walters Mutter, dann Walter, und schließlich verschwand Martha. Kein Wunder, dass die kleine Anja durchgedreht ist. Ein Wunder ist eher, dass Lea das so gut überstanden hat.«

»Waren Sie eine gute Freundin von Martha?«

»Sie hatte nicht viele.«

»Wurden Sie nach ihrem Verschwinden von der Polizei befragt?«

Sie schüttelte den Kopf. »Ich hatte nicht den Eindruck, dass Marthas Verschwinden Ihre Kollegen damals sonderlich interessiert hat.«

Noch eine Ungereimtheit in dem alten Fall. Aber er hatte einen aktuellen Mord aufzuklären. »Ist Ihnen an Anja in den letzten Wochen etwas aufgefallen?«

»Nein«, antwortete sie knapp.

Und wenn doch, würde sie es einem Polizisten nur sagen, wenn sie sicher sein konnte, dass es Anja nicht schadete, dachte Mayfeld. Er stand auf und verließ die Küche. Elke Schönhell folgte ihm. Irgendetwas im Flur war anders als bei seinem letzten Besuch. Er deutete auf die Wand unter dem Kopf des Ebers.

»Hing da nicht etwas?«

Elke Schönhell wurde blass. »Das habe ich noch gar nicht bemerkt. Gestern hing sie noch da.«

»Was hing noch da?«

»Die Saufeder.«

***

Nach einigen Stunden kam sie in die Nähe des Lagers. Sie wusste, dass der Feind samstags bei den Pferden war, auf die Jagd ging oder seine Waffen pflegte. Sie kannte sich aus in der Kunst, sich im Wald unsichtbar zu machen. Noch nie war es dem Feind aufgefallen, wenn sie ihn ausgekundschaftet hatte.

Sie umging Hausen weiträumig und stieg den bewaldeten Berghang nach oben. Sie ging an den Feldern, Weiden und Gebäuden des Mapper Hofs vorbei, schlich die anschließende Senke nach unten und näherte sich dem Waldhof. Jetzt hieß es vorsichtig und wachsam sein. Sie umklammerte den Schaft der Saufeder, den unheilbringenden Spieß, ihre unbezwingbare Waffe.

***

Sie würde die gleiche Fahrt noch einmal machen. Lea spürte, dass sie der Lösung des Rätsels ganz nah war. Gehen Sie an bekannte Orte, machen Sie bekannte Wege, hatte ihr die Psychologin geraten. Sie stand auf, griff nach den Autoschlüsseln und ging nach draußen. Sie konnte nicht anders.

»Wohin gehst du, Mama?«, rief ihr Hannah zu, die zusammen mit Chiara ihre Puppenküche auf der Terrasse aufgebaut hatte.

»Bleib bei Chiara, ich bin bald wieder da.« Sie ging weiter zum Carport.

Das Au-pair-Mädchen lief ihr hinterher. »Du siehst nicht gut aus, Signora. Du solltest hierbleiben. Oder wir fahren zusammen.«

»Du kannst mir nicht helfen.«

»Das hast du vor zehn Tagen auch gesagt, als du losgefahren bist.« Chiara hielt sich erschrocken die Hand vor den Mund.

Ihre Erinnerungen hatten sie also nicht getrogen. »Was habe ich noch gesagt?«

»›Ich bringe ihn um.‹«

Eine Minute später saß Lea im Wagen. Sie wollte nicht nachdenken über das, was sie gerade gehört hatte. Es fiel ihr schwer, sich auf den Verkehr zu konzentrieren, immer wieder schoben sich Erinnerungen zwischen ihre Wahrnehmungen.

Sie fuhr am Bahnhof, am Hotel und an den beiden Döner-Restaurants vorbei.

Sie gibt Gas, der Motor des roten Jaguars heult auf, der Wagen beschleunigt.

Sie bog in die Schwalbacher Straße ein und unterquerte die Bahnlinie.

Sie versucht zu telefonieren, ruft ihren Mann, Reinhardt und Gisela an. Niemand geht ran.

Sie fuhr an der Grundschule vorbei und bog in die Kiedricher Straße ein.

Sie ist allein, niemand verfolgt sie.

In Kiedrich nahm sie die Straße, die an der Kirche vorbei nach Hausen führte.

Sie versteht nicht, was Stefan bei ihrem Vater und ihrer Tante zu suchen hat.

Als sie am Ortsende von Kiedrich die Mühlen passierte, begann ihr Atem zu stocken. Der Wagen kletterte die kurvenreiche Straße nach oben. Ihr Herz schlug heftiger. An einer Stelle war die Leitplanke der Landstraße durchbrochen. Hier musste die Unfallstelle sein. Als sie den Bergkamm erreicht hatte, fuhr sie auf den Parkplatz an der Förster-Bitter-Eiche.

Der Parkplatz ist menschenleer. Sie nimmt die Forststraße Richtung Mapper Schanze.

Der Weg erschien ihr länger, als sie ihn in Erinnerung hatte. Ein Lkw, der einen Baucontainer geladen hatte, kam ihr entgegen. Auf halbem Weg zum Mapper Hof nahm sie den geschotterten Weg, der bergab zum Waldhof der Fassbinders führte. Die Schranke vor der Zufahrt zum Hof war geöffnet.

Die Schranke vor der Zufahrt ist geschlossen. Sie fährt in eine Ausbuchtung und geht den Schotterweg weiter.

Sie sollte umkehren, aber sie fuhr weiter.

Der Waldhof lag hinter der nächsten Kurve. Er bestand aus einem einstöckigen Haus aus Bruchsteinen und Stallungen. Hinter den Ställen öffnete sich der Wald zu einer breiten Lichtung, wo sich die Weideflächen für die Pferde befanden. Auf dem Platz vor den Gebäuden stand Reinhardts Range Rover, daneben ein Container mit Bauschutt.

Auf dem Platz steht Stefans Mercedes. Dahinter der Range Rover von Reinhardt.

Es war nicht gut gewesen, hierherzukommen, letzte Woche nicht und an diesem Tag nicht.

Sie riecht den harzigen Geruch des Waldes. Sie hört Geräusche aus der Wildkammer.

Dort, wo das Nebengebäude mit der Wildkammer gestanden hatte, war jetzt eine Brachfläche. Gisela trat aus der Stalltür. »Lea! Wie schön, dich hier zu sehen. Reinhardt, kommst du mal? Lea ist da.«

Die Tür des Haupthauses öffnete sich. Reinhardt erschien in der Türöffnung. Er wirkte überrascht, aber er hatte seine Gesichtszüge nach einem kurzen Augenblick wieder unter Kontrolle.

Sie geht zur Wildkammer …

Lea ging wie im Traum auf die leere Fläche neben dem Haus zu, wo die Wildkammer gestanden hatte.

»Ich geh mal zu den Pferden«, rief Gisela.

… öffnet die Tür der Wildkammer …

»Hallo, Lea«, hörte sie die dunkle Stimme Reinhardts. »Ich habe die Wildkammer abreißen lassen. In einer Stunde wird der letzte Bauschutt abtransportiert sein.«

… sie riecht Rosmarin, Jasmin und Eichenmoos …

***

»Wir haben Blutspuren von Stefan Müller-Himmelreich auf dem Schönheller Hof gefunden. Anja Himmelreich ist verschwunden und mit ihr eine Saufeder. Das ist ein ziemlich martialischer Spieß, mit dem man früher Wildschweine erlegt hat. Ich befürchte, da draußen läuft eine ziemlich gefährliche Irre frei herum.«

Mayfeld war aus Fischbach zurück nach Hause gefahren, auf dem Hof hatten sie Anja nicht gefunden. Er war froh, Julia anzutreffen, der Fall beunruhigte ihn zunehmend. Er hatte das Gefühl, dass etwas mit den Ermittlungen gründlich schieflief, und befürchtete, dass es in dieser Geschichte weitere Tote geben könnte. Er sollte dringend etwas unternehmen, das spürte er, aber er hatte keine Ahnung, was das sein könnte. Im Gespräch mit Julia hatte er die besten Ideen.

»Trink einen Tee.« Sie saßen auf dem Balkon. Julia schob eine Porzellanschale mit der dampfenden goldenen Flüssigkeit zu ihm hin.

Mayfeld berichtete über die neuesten Entwicklungen. »Nach Anja wird gefahndet. Die Spuren, die wir gefunden haben, sprechen gegen sie. Aber die Sache macht keinen Sinn. Irgendwie scheint sie von der Idee besessen zu sein, dass ihre Mutter nicht Selbstmord begangen hat, sondern getötet wurde, aber warum sollte sie deswegen Stefan Himmelreich ermorden?«

»Lea war heute Mittag hier. Sie will nicht ausschließen, dass ihre Schwester damals vielleicht doch etwas gesehen hat, als ihre Mutter verschwunden ist. Eine Person, die sich im Haus verborgen hat.«

Was sollte er mit solch vagen Ahnungen anfangen? Andererseits hatte er selbst die alte Akte angefordert und den damals ermittelnden Beamten gegen sich aufgebracht. »Das passt zwar zu dem komischen Gefühl, das ich im Fall Martha Himmelreich habe. Und zu den Zweifeln, die eine Freundin von Martha Himmelreich an der Selbstmordtheorie hat. Aber Müller-Himmelreich hat mit dem Fall rein gar nichts zu tun.«

»Lea meinte, sie habe einen Brief von Kathrins Großmutter Elisabeth erhalten, der Brief sei verschwunden. Sie hat ihn am Tag ihres Unfalls gesucht.«

»Über den verschwundenen Brief haben wir schon gesprochen. Was kann in einem solchen Brief stehen, das dazu führt, dass Stefan Müller-Himmelreich sterben muss?«

Julia hob die Schultern und lächelte ihn erwartungsvoll an. »Sag du es mir.«

Mayfeld redete also weiter. »Elisabeth Schönhell arbeitete als Sekretärin für Walter Haller, für den Martha Himmelreich als Haushälterin tätig war.« Irgendwo war hier ein Zusammenhang, das spürte Mayfeld. Aber wo genau in der Flut der vielen Fakten, die er im Laufe dieser Ermittlungen zusammengetragen hatte? »Vielleicht hat Müller-Himmelreich diesen Brief gefunden. Er hat an dem Mittag im Internet nach Walter Haller und der Eltviller Friedhofsordnung gesucht.«

»Und wo siehst du da den Zusammenhang?«

»Walter Haller liegt vermutlich seit dreißig Jahren auf dem Eltviller Friedhof.«

»Was steht denn in einer Friedhofsordnung?«

»Liegezeiten, Grabgebühren, solche Sachen. Mein Gefühl sagt mir, dass ich diese alte Geschichte nicht genug beachtet habe.«

Mayfelds Handy spielte »Sympathy for the Devil« und zeigte einen Anruf Horst Adlers an.

»Wir sind jetzt fertig mit den Gebäuden auf dem Schönheller Hof. Im Schlachtraum haben wir erwartungsgemäß weitere Blutspuren gefunden, aber wir müssen abwarten, was der DNA-Abgleich ergibt. Anjas Zimmer haben wir genau unter die Lupe genommen, Ergebnisse kommen die nächsten Tage. Sollen wir uns noch die Stallungen vornehmen? Ich frage das, weil wir in Müller-Himmelreichs Wagen wie du weißt Pferdehaare gefunden haben. Auf dem Schönheller Hof gibt es jede Menge Pferde.«

»Schaut, wie weit ihr heute mit den Stallungen kommt.«

Eine Reihe von Bildern zog an Mayfelds innerem Auge vorbei, Gedanken und Gefühle aus der letzten Woche tauchten wieder auf: die kleine Hannah, die mit Tante Gisela von den Pferden kam, Anjas Wohnung, ihre Sammlung von Bildern und Zeitungsartikeln, der Bericht über das Gestüt von Gisela Fassbinder. Die Website von FAKE, die Reinhardt Fassbinder als Nachfolger von Walter Haller nannte. Die Anschuldigungen Anjas, der verschwundene Brief. Die Akte Martha Himmelreich mit den Zeugen Gisela und Reinhardt Fassbinder. Die Eltviller Friedhofsordnung. Das Gefühl, dass ihm Chiara Tozzi etwas verschwieg. Fassbinders Großzügigkeit gegenüber Chiara Tozzi.

Wo zum Teufel hatte Gisela Fassbinder ihre Pferde stehen? Der Waldhof lag in der Nähe von Hausen. So stand es in einem der Zeitungsartikel. Wieso hatte er das übersehen?

»Vielleicht ist Lea von Eltville aus zu den Fassbinders auf den Waldhof gefahren. Der liegt neben dem Mapper Hof ein paar Kilometer vor Hausen. Reinhardt Fassbinder war einer der Letzten, die mit Lea Himmelreich und ihrem Mann telefonischen Kontakt hatten.«

»Er wollte, dass sie so schnell wie möglich nach Hause kommt«, ergänzte Julia. »Meinst du, er weiß mehr, als er zugibt?«

Mayfelds Mobiltelefon spielte »Psycho Killer« von den Talking Heads. Yilmaz war am Apparat. »Man hat Anja Himmelreichs Handy heute Morgen geortet, sie hatte es da noch eingeschaltet.

Leider hat man mir das gerade eben erst durchgegeben. Sie war zwischen Hausen und Kiedrich unterwegs.«

Mayfeld besprach alles Notwendige und beendete das Gespräch mit dem Kollegen.

»Fassbinder weiß mehr oder steckt tiefer in der Geschichte drin, als ich geglaubt habe.«

Er gab Julia einen Kuss und eilte zu seinem Wagen.

***

Lea spürte ein Zittern am ganzen Körper, obwohl Arme und Beine äußerlich ganz ruhig erschienen. Sie versuchte, Reinhardt in die Augen zu schauen, klar und eisblau waren sie. Reinhardt lächelte freundlich, es war unmöglich, in seinem Gesicht zu lesen. Das innerliche Zittern wurde stärker.

»Ich war vor einer Woche hier«, stammelte sie. Mehr fiel ihr nicht ein.

Reinhardt packte sie am Handgelenk. »Komm erst mal ins Haus. Du musst dich setzen. Ich sehe doch, dass es dir nicht gut geht.« Er zog sie durch die Tür ins Haus und dirigierte sie in ein geräumiges Zimmer, das von einem offenen Kamin und zahlreichen Jagdtrophäen dominiert wurde. In einer Ecke stand ein Schrank mit Jagdgewehren. »Setz dich!« Sein Tonfall ließ keinen Widerspruch zu. Er legte ihr seine Hand auf die Schulter und zwang sie mit sanftem Druck auf einen der Stühle, die um den Kamin herumgruppiert waren. »Kommen die Erinnerungen wieder?«, fragte er sanft.

»Ja«, antwortete sie mit tonloser Stimme.

»Erzähl!« Er rückte einen Stuhl heran und setzte sich ihr gegenüber.

Reinhardts Stimme hatte einen eigentümlichen Nachhall. Das Zittern erfasste Leas Arme und Beine, jetzt konnte sie es nicht mehr beherrschen. Ihr wurde übel. Die Hirschgeweihe hingen drohend an den Wänden, die Keilerköpfe glotzten sie an. Die Augen des ausgestopften Iltisses auf dem Kaminsims funkelten arglistig. Reinhardt lächelte immer noch.

»Ich war vor einer Woche hier.«

»Das sagtest du bereits.«

Mehr wollte sie nicht sagen. Die schwarze Wand war wieder da. Sie sollte davonrennen, aber das konnte sie nicht. Sie war wie gelähmt. Sie spürte, dass sie dem Zentrum des Bösen nahe gekommen war. Die Bedrohung, die sie spürte, war fürchterlich und schwer zu ertragen, aber völlig unerträglich war die Unsicherheit darüber, von wem die Bedrohung ausging. Diese Unsicherheit musste ein Ende haben. Etwas Besseres als den Tod findest du überall.

»Stefan war auch da.«

Reinhardt nickte. »Daran erinnerst du dich also auch.«

»Was wollte er von euch?«

»Das weißt du nicht?«

Sie schüttelte den Kopf. »Hat es irgendetwas mit dem Brief zu tun, den mir Elke auf der Beerdigung ihrer Mutter gegeben hat?«

Reinhardt schien für einen Moment überrascht, dann wurde sein Gesicht wieder ruhig und kontrolliert. »Was für ein Brief? Was steht in dem Brief?«

»Ich weiß es nicht.« Das Gespräch lief völlig schief. Reinhardt sagte nichts. Stattdessen fragte er sie aus.

Sie steht in einem gekachelten Raum, an den Wänden hängen enthäutete und zerteilte Kadaver. Sie kann nicht erkennen, ob es sich um Tiere oder Menschen handelt. Auf der Schlachtbank liegt ein Mensch mit zerschossenem Gesicht.

»Stefan ist hier gestorben«, sagte sie. Es kam ihr vor, als spräche eine fremde Stimme, der sie verwundert zuhörte.

Reinhardt schwieg lange. »Das stimmt«, sagte er schließlich. »Weißt du auch, wie?«

Sie musste nur hinschauen, dann würde die schwarze Wand verschwinden. Aber sie konnte es nicht.

»Ich sag es dir. Es wird nicht leicht für dich. Du weißt wirklich nicht, was in dem Brief steht?«

»Das hab ich doch schon gesagt.« Lea wurde ungeduldig.

Reinhardt lächelte nachsichtig. »Stefan wollte uns besuchen, aber als er ankam, waren Gisela und ich nicht hier im Haus, wir waren bei den Pferden. Eines der Tiere lahmte, und Gisela bat mich, mit auf die Weide zu kommen. Die Sache hat sich übrigens als wenig dramatisch herausgestellt, ein Stein hatte sich in den Huf festgetreten, Gisela konnte ihn entfernen. Zwischendurch hörten wir einen Schuss, ich kann dir auch nicht sagen, warum ich dem nicht mehr Bedeutung zugemessen habe, wahrscheinlich war ich zu sehr mit den Hufen des lahmenden Pferdes beschäftigt. Als wir zurückkamen, war es bereits zu spät. Stefan lag auf der Schlachtbank der Wildkammer, Anja stand daneben. Ich habe jede Menge Gerät zum Aufbrechen von Wildbret. Anja hat Stefan mit einem Beil enthauptet. Nur Gott und sie selbst wissen, warum sie das getan hat. Sie hat etwas gesagt, das klang wie ›Lea und Kathrin befreien‹. Eines meiner Jagdgewehre lehnte an der Eingangstür. Damit hat sie ihn wohl erschossen. Ich Idiot hatte den Schrank nicht abgeschlossen, als ich mit Gisela auf die Weide ging.«

Sie steht in einem gekachelten Raum. Auf der Schlachtbank liegt ein Mensch mit zerschossenem Gesicht. Ein Schatten huscht aus der Tür. Durch die Gerüche von Blut und Tod weht ein Duft von Jasmin, Rosmarin und Eichenmoos zu ihr herüber …

»Ich habe Stefan auf der Schlachtbank gesehen.«

»Du kamst, kurz nachdem Anja verschwunden war. Als du Stefans Leiche sahst, bist du schreiend davongerannt. Ich bin dir hinterhergerannt, ich wollte dich beruhigen, aber du warst schneller, bist hinter der Schranke in dein Auto gesprungen und davongerast. Ich habe noch gedacht, hoffentlich passiert nicht ein weiteres Unglück. Den Rest kennst du.«

Lea fühlte sich zerschlagen, ihr war zum Heulen zumute, das Zittern war einem durchdringenden Brennen und Reißen gewichen. Ihr Kopf war eine Esse, in der das Feuer loderte, ein Amboss, auf den jedes Wort ihres Gegenübers wie ein Vorschlaghammer eindrosch.

»Warum hat Anja das getan?«

Reinhardt hob die Schultern, breitete die Arme aus. »Ich bin vollständig überfragt. Ich habe auch keine Ahnung, woher sie wusste, dass Stefan zu uns kommen wollte. Ein Zufall kann es ja eigentlich nicht sein, dass sie zum selben Zeitpunkt wie dein Mann hier aufgetaucht ist. Aber vielleicht war es genau das, ein verdammter, dummer Zufall. Er war einfach zur falschen Zeit am falschen Ort.«

Lea wollte diese Geschichte nicht glauben. Aber natürlich konnte es so gewesen sein. Wenn sie von Chiara erfahren hatte, dass Stefan zu Reinhardt und Gisela wollte, dann hatte es ihre Schwester ebenfalls auf diesem Weg in Erfahrung bringen können. Lea stöhnte auf.

»Warum bist du nicht zur Polizei gegangen?«

»Wenn du wüsstest, wie oft ich mich das in den vergangenen Tagen gefragt habe.« Reinhardts Gesichtsausdruck wirkte bekümmert. »Ich hatte Angst, und Angst ist meistens ein schlechter Ratgeber. Stefan wurde mit meiner Waffe erschossen, auf meinem Grundstück, seine Leiche wurde mit meinem Beil verstümmelt. Selbst wenn ich hätte nachweisen können, dass Anja die Mörderin ist, hätte ich Ärger wegen der frei zugänglichen Waffe bekommen. Wahrscheinlich hätte ich meinen Jagdschein abgeben müssen, oder zumindest hätte es Schwierigkeiten bei der Verlängerung des Pachtvertrags für die Jagd gegeben, die nächstes Jahr ansteht. Du weißt, wie sehr ich an der Jagd hänge. Natürlich sind das keine akzeptablen Gründe, aber für mich waren es triftige Überlegungen. Dass du mich mit Stefans Leiche gesehen hast und schreiend davongelaufen bist, machte die Sache noch komplizierter. Es war ein großer Fehler, aber ich habe ihn eben begangen. Ich habe die Leiche verschwinden lassen, und jetzt komme ich aus der Geschichte nicht mehr raus.«

»Du musst zur Polizei gehen.«

»Bist du verrückt?«, fuhr Reinhardt sie an. »Beweise diese Geschichte doch mal! Du hast Anja doch auch gedeckt! Ich wette, dass sie Hannah ohne Absprache mit dir von der Schule abgeholt hat. Wieso willst du mir nicht auch helfen? Wenn ich gestehe, dass ich die Leiche habe verschwinden lassen, wird man mich wegen Beihilfe zum Mord anklagen oder sogar wegen Mittäterschaft. Willst du das?«

Das wollte sie natürlich nicht, aber eine verrückte Mörderin frei herumlaufen lassen, das konnte auch nicht die Lösung sein. Das Gedankenkarussell nahm Fahrt auf. Warum hatte sie nicht auf ihren Pflegevater gehört? Hätte sie nach vorne in die Zukunft geblickt, statt in der Vergangenheit zu wühlen, wäre ihr das Dilemma, in dem sie jetzt steckte, erspart geblieben. Dann müsste Reinhardt allein sehen, wie er aus der Geschichte herauskam. Vielleicht sollte sie so tun, als ob sie nichts wüsste. Als ob die letzten vierundzwanzig Stunden nicht geschehen wären. Nach allem, was sie in den letzten

Tagen über ihren Mann erfahren hatte, war er ein Schuft gewesen. Er hatte sie bestohlen und wollte sie weiter bestehlen. Er wollte ihr Hannah wegnehmen. Hannah zu beschützen, das war eine Manie von Anja gewesen. Auf ihre Art war ihr das gelungen. Sollte sie dafür bestraft werden? Lea hätte wieder einmal alle Vorteile, und ihre Schwester müsste die Kosten tragen. Wollte sie Anja ein weiteres Mal verraten? Das Karussell drehte sich immer schneller, bis es abrupt zum Stehen kam. Sie würde einfach den Mund halten, das war das Beste für sie. Alles war vielleicht nur Einbildung! Ein weiterer böser Traum.

»Bist du noch da, Lea?«

»Ich bin müde und will nach Hause.«

Sie verließen den Raum. Draußen fiel Leas Blick auf den Container mit dem Bauschutt. »Warum hast du die Wildkammer abreißen lassen?«

»Ist das nicht klar? Wenn sie weg ist, gibt es keinerlei Spuren mehr, die beweisen, dass Stefan hier gestorben ist. Komm mit, sag Gisela noch auf Wiedersehen.«

Sie gingen an den Ställen vorbei, Reinhardt wies ihr den Weg und ging voran. Er dachte an alles. Er hatte die Situation wie immer im Griff. Eigentlich erstaunlich, dass jemand wie er vergaß, seine Jagdflinten wegzusperren.

Der Boden wurde morastig. Die Zweifel kamen zurück. »Anja mag verrückt sein, aber sie ist keine Mörderin.«

Reinhardt blieb stehen. Er drehte sich wie in Zeitlupe um. Sein Gesicht zeigte keine Regung, der Blick war kalt. Sie roch sein Parfüm: Rosmarin, Jasmin, Eichenmoos. »Eau Sauvage«.

Sie steht in einem gekachelten Raum. Auf der Schlachtbank liegt ein Mensch mit zerschossenem Gesicht. Sie erkennt Stefan. Davor steht ein anderer Mann, der sich langsam umdreht und seinen kalten Blick auf sie richtet. Er hat ein Beil in der Hand. Durch den Geruch von Blut und Tod weht ein Duft von Rosmarin, Jasmin und Eichenmoos zu ihr herüber.

Der wilde Duft des Todes. Sie machte kehrt und begann zu rennen.

***

Als sie die Weidegründe des Feindes erreichte, zuckte sie vor Schmerz zusammen angesichts dessen, was sie sehen musste. Die Dummheit der eigenen Schwester schien unerschöpflich zu sein. Sie eilte sich, dass sie zum Haus des Feindes kam. Dort wartete sie hinter einem dichten Haselnussbusch darauf, dass er sich zeigte.

Sie kannte sein Lager. Im großen Haus hatte er seine Waffenkammer. Auf der einen Seite schlossen sich die Ställe an, auf der anderen hatte das Schlachthaus gestanden. Irgendwer hatte es zerstört, vielleicht er selbst. Bestimmt steckte eine Teufelei dahinter.

Jetzt öffnete sich die Tür der Waffenkammer. Anja umklammerte den Schaft der Saufeder. Ihre blauäugige Schwester unterhielt sich mit dem Feind, blieb vor den Trümmern des Schlachthauses stehen. Ging mit dem Feind weg von ihr. Blieb stehen, drehte sich um und begann auf sie zuzurennen.

Der Feind setzte ihr nach.

Ihre Stunde war gekommen. Lea passierte ihr Versteck, der Feind war dicht hinter ihr. Anja durchbrach das Gebüsch, stellte sich dem Feind entgegen. Bevor er innehalten konnte, bohrte sich die Saufeder in sein finsteres Herz. Sie sah das Blut aus der klaffenden Wunde quellen. Dann wandte sie sich ihrer Schwester zu.

***

Mayfeld fuhr die Straße entlang, auf der Lea Himmelreich elf Tage zuvor verunglückt war. Yilmaz und Blum mussten bald nachkommen. Auf der Bergkuppe vor Hausen fuhr er auf den Parkplatz bei der Förster-Bitter-Eiche, nahm die Forststraße zum Mapper Hof und den Weg, der den Berg hinab zum Waldhof der Fassbinders führte. Er fuhr durch eine geöffnete Schranke. Nach einer weiteren Kurve bremste er vor einem rotem Kadett und einem grünen Range Rover und sprang aus dem Wagen.

Im Hintergrund sah er ein Haus aus Bruchsteinen, daneben einen Haufen mit Bauschutt und einen Baucontainer. Davor standen, eng umschlungen, Lea und Anja Himmelreich. Vor den beiden, auf dem Weg, der zu den Autos führte, lag ein lebloser Körper, aus dessen Brustkorb die Saufeder vom Schönheller Hof ragte. Reinhardt Fassbinder. Von unten kam eine weitere Person herangerannt. Mayfeld erkannte Gisela Fassbinder. Anja löste sich von Lea, machte einen Satz nach vorne und riss den Spieß aus Fassbinders Brust. Mayfeld kam es so vor, als ob sich der Körper bewegen würde.

»Es ist nicht so, wie Sie denken«, rief ihm Lea zu.

Mayfeld zog seine Waffe.

Anja rannte Gisela entgegen, nahm sie in den Schwitzkasten und hielt ihr die Spitze der Saufeder an den Hals.

»Keiner bewegt sich, sonst steche ich diese Sau auch noch ab«, schrie sie.

»Es ist nicht so, wie Sie denken«, rief Lea erneut. »Sie hat mir das Leben gerettet. Reinhardt wollte mich töten.«

»Was redest du für einen Unsinn«, schrie Gisela mit gepresster Stimme dazwischen.

»Schnauze«, brüllte Anja und drückte die Spitze der Saufeder fester gegen Giselas Hals.

Mayfeld ging langsam auf die Frauen zu.

»Waffe runter!«, brüllte Anja und drehte sich so, dass Mayfeld kaum schießen konnte, ohne Gisela Fassbinder zu gefährden.

»Warten Sie!«, rief Lea.

»Zurückbleiben«, schrien Mayfeld und Anja wie aus einem Mund.

Aber Lea ließ sich nicht beirren. Wie eine Schlafwandlerin ging sie auf Anja und Gisela zu, ganz langsam schritt sie aus und murmelte beruhigende Worte, die offensichtlich nur Anja verstand. Sie umfasste die Spitze des gegen ihre Tante gerichteten Spießes und nahm ihn Anja, die keine Gegenwehr mehr leistete, aus der Hand.

Hinter sich hörte Mayfeld die Geräusche eines sich nähernden Wagens. Kurze Zeit später untersuchte Yilmaz den leblosen Körper Reinhardt Fassbinders.

»Zu spät«, sagte er kopfschüttelnd.

Sie saßen in einem Vernehmungszimmer der Eltviller Polizeistation: Lea und Anja Himmelreich, Gisela Fassbinder und Mayfeld. Um sie herum standen Winkler, Yilmaz und Blum. Einzelvernehmungen hätten den Dienstvorschriften eher entsprochen, aber das war kein Fall, in dem Dienstvorschriften weiterhalfen.

»Alles begann in der Rheingauer Straße«, sagte Lea. »Am Dienstag vor einer Woche kam ich aus Fischbach zurück und habe nach dem Brief, den mir Elke auf der Beerdigung gegeben hat, gesucht. In der Hektik des Tages hatte ich es versäumt, ihn zu lesen. Ich habe ihn nicht gefunden und habe Chiara gefragt, ob sie wisse, wo er sei. Sie wollte zunächst nicht antworten, aber dann hat sie mir gesagt, dass Stefan hier gewesen sei und den Brief an sich genommen habe. Er habe ihn gelesen, dann eine Weile am Computer gearbeitet und zuletzt Reinhardt angerufen. Er habe sich mit ihm auf dem Waldhof treffen wollen. Ich habe ihn verflucht und bin dorthin gefahren. In der Wildkammer habe ich Stefan mit zerschossenem Gesicht auf der Schlachtbank liegen sehen. Reinhardt wollte ihn mit einem Beil enthaupten. Als er mich bemerkte, bin ich geflohen. Er hat mich verfolgt, aber ich konnte ihm entkommen. Ich bin mit meinem Auto so schnell ich konnte in Richtung Kiedrich gefahren. Schneller, als ich konnte, wie sich gezeigt hat.«

»Es ist nicht zu fassen, was du dir für Lügen ausdenkst, um deine kranke Schwester zu schützen.« Gisela Fassbinders Gesicht war blass, ihre Miene ungläubig und empört zugleich. »Ich appelliere an dich, Lea, komm zu Sinnen, bleibe bei der Wahrheit.«

»Die Wahrheit ist, dass ihr beide, Reinhardt und du, unsere Mutter auf dem Gewissen habt«, schrie Anja und lachte schrill. »Sie ist im Keller der Villa Haller, wo ihr sie eingesperrt habt. Und jetzt könnt ihr es nicht mehr verbergen.«

Gisela schüttelte den Kopf. »Da sehen Sie es, Herr Kommissar, sie ist vollkommen verrückt. Die Wahrheit ist, dass diese Person«, sie deutete auf Anja Himmelreich, »ohne jeden Grund hinter einem Busch hervorgesprungen ist und meinen Bruder mit einem Spieß niedergestochen hat.«

»Anja wollte mich retten«, widersprach Lea. »Und sie sagt auf ihre Art und Weise die Wahrheit, was die Vergangenheit betrifft, Gisela. Markus hat mich in der Klinik besucht, wir hatten ein interessantes Gespräch. Er hat Reinhardt beobachtet, als er in der Nacht, in der unsere Mutter verschwand, in die Villa Haller gegangen ist.«

»Und?«, fragte Gisela gereizt. »Wir haben euch schreien gehört und wollten nach dem Rechten sehen.«

»Er hat unsere Schreie später gehört. Verstehst du, Gisela? Später! Nachdem ihr in der Villa wart.«

Gisela lächelte. »Ich ahne, was du andeuten willst. Das sind ziemlich windige Spekulationen, denen du da nachhängst, meine Liebe. Vor allem, wenn man bedenkt, dass sie auf den angeblichen Erinnerungen von damals Sechsjährigen beruhen. Mal gespannt, wie sich Markus äußert, wenn er von der Polizei befragt wird. Du bist einfach noch mitgenommen von dem Unfall.«

»Alles wäre einfacher, wenn wir diesen Brief finden würden«, sagte Mayfeld zu Lea Himmelreich. »Sie beschuldigen Reinhardt Fassbinder zweier schwerer Verbrechen, aber außer Ihrer Aussage haben wir keinerlei Beweise dafür. Der Brief könnte vielleicht wenigstens Hinweise auf ein Motiv geben.«

»Wie können Sie dieser armen verwirrten Person Glauben schenken«, empörte sich Gisela.

»Verhaften Sie diese Mörderin«, fauchte Anja.

»*Sie* ist doch die Verbrecherin«, schrie Gisela und deutete auf Anja. »Das haben wir alle gesehen.«

Mayfeld seufzte. »Anja Himmelreich, Sie bleiben bis auf Weiteres in Polizeigewahrsam. Sie werden später einem Haftrichter vorgeführt.«

Er stand auf und ergriff Leas Arm. »Ich bringe Sie nach Hause, Frau Himmelreich.«

Mayfeld und Blum fuhren Lea Himmelreich in die Rheingauer Straße. Chiara Tozzi öffnete ihnen.

»Komm bitte mit, wir haben etwas zu besprechen«, sagte Mayfeld zu dem Au-pair-Mädchen.

Sie gingen ins Wohnzimmer. Als Hannah ihre Mutter vom Garten aus sah, kam sie ins Haus gerannt und fiel ihr um den Hals. »Nicht wieder weggehen«, bettelte sie.

Auch wenn das nun folgende Gespräch mit Sicherheit nichts für eine Sechsjährige war, ließ Mayfeld Hannah auf dem Schoß ihrer Mutter sitzen.

»Du bekommst jetzt noch eine letzte Chance, die Wahrheit zu sagen, Chiara. Was weißt du von dem Brief, den deine Chefin vor ihrem Unfall gesucht hat?« Mayfeld hatte die junge Italienerin fest im Blick. Sie wirkte verunsichert und schaute hilfesuchend zu Lea.

»Bitte, Chiara, sag, was du weißt, es ist wichtig«, bat Lea.

Chiara begann zu weinen. »Ich wollte Ihnen nur helfen, Signora. Als Sie merkten, dass der Zettel mit den Zahlen für das Bankkonto und der Brief verschwunden waren, da waren Sie so wütend und haben schlimme Sachen gesagt, dass Sie das Schwein umbringen werden und so was. Und als dann der *commissario* kam und all diese Fragen stellte, da habe ich mir schon gedacht, dass Ihr Mann umgebracht worden ist. Und ich wollte nicht, dass Sie Schwierigkeiten bekommen. So eine tolle Frau und so ein mieser Typ!«

»Mit wem hast du darüber gesprochen?«, fragte Mayfeld.

»Mit niemandem außer Signore Fassbinder. Er meinte auch, dass es am besten sei, wenn ich die Sache für mich behalte. Er hat mir sogar den Flug nach New York spendiert, so zufrieden war er damit, dass ich geschwiegen habe.«

»Und weißt du, was dein Chef mit dem Brief gemacht hat?«

Chiara schüttelte betrübt den Kopf. »Ich würde wirklich gerne helfen …«

»Was für einen Brief sucht ihr denn?«, fragte Hannah. »Ist Papa wegen des Briefs tot?«

Lea schluchzte und umarmte ihre Tochter.

»Wird Papa wieder lebendig, wenn der Brief gefunden wird?«

»Er würde sich bestimmt freuen, wenn deine Mama und wir den Brief finden«, sagte Nina Blum. »Ich glaube, er sitzt im Himmel bei den Engeln und überlegt sich, wie er uns einen Tipp geben kann. Wenn wir den Brief haben, können wir nämlich herausfinden, wer böse auf deinen Papa war.«

Hannah schien eine Weile nachzudenken. Dann sprang sie vom Schoß ihrer Mutter. »Darum braucht sich der Papa nicht zu kümmern. Stimmt es, dass Papa will, dass die Polizei den Brief findet? Zu mir hat er nämlich gesagt, dass es unser Geheimnis ist.«

»Solange er gelebt hat, war es euer Geheimnis, aber jetzt will er bestimmt, dass du es uns erzählst«, sagte Mayfeld. »Das meinen Sie doch auch, Frau Himmelreich?«

»Ja«, sagte Lea. »Papa will bestimmt, dass wir den Brief finden. Er ist ja tot und braucht ihn nicht mehr.«

»Also gut«, sagte Hannah. »Papa hat den Brief zu den Engeln gelegt.«

Hannah deutete auf den Kamin in der Mitte des Raums. Über der von Glas umschlossenen Feuerstelle ragte ein weißer Kubus aus Stein in den Raum hinein. Auf dem Kubus standen ein paar Figuren, die wohl Engel darstellen sollten.

Mayfeld zog sich Handschuhe an und tastete die gekalkte Fläche ab. Er hatte den Brief bald gefunden. Der Briefumschlag war aus schwerem beigefarbenem Papier und »an Lea und Anja« adressiert. Mayfeld setzte sich an den Esstisch, öffnete das Kuvert und zog mehrere mit blauer Tinte und einige mit Schreibmaschine geschriebene Blätter heraus und begann zu lesen.

Ihr Lieben!
Wahrscheinlich wundert Ihr Euch, an diesem Tag einen Brief von mir zu erhalten. Ich habe lange mit mir gerungen, bis ich ihn niedergeschrieben habe. Leider hatte ich nie die Kraft, Euch von Angesicht zu Angesicht zu beichten, was ich getan habe.
Auch jetzt fällt es mir schwer, die richtigen Worte dafür zu finden, und ich weiß noch gar nicht, wie ich diese niederträchtige Tat meinem Schöpfer erklären soll, wenn ich vor ihn treten werde.
Lest die nächsten Seiten, und Ihr werdet verstehen, worum es geht. Ich weiß, dass das, was ich getan habe, unverzeihlich ist. Ich kann nur hoffen, dass Euer Zorn gegen mich nicht ewig währen wird und Ihr mir irgendwann vergeben könnt.
Vielleicht ist es ja noch nicht zu spät, vielleicht wird wenigstens für Euch am Ende alles gut.

Liebe Lea, liebe Anja!
Bestimmt habt Ihr Euch schon oft gefragt, wer Euer Vater ist. Das beigefügte Dokument wird es Euch zweifelsfrei beweisen: Euer Vater ist Walter Haller, mein ehemaliger Chef und der Chef Eurer Mutter. Walter Haller war ein Mensch, der nie etwas getan hätte, was seiner Mutter Frieda, Gott hab sie selig, missfallen hätte. Nun ja, er hat etwas getan, was ihr sehr missfallen hätte, wenn sie es herausgefunden hätte. Deswegen hat er es der ganzen Welt verschwiegen. Er war sehr beschäftigt mit der Leitung seines Unternehmens, er hat

aus der kleinen Firma seines Vaters ein führendes Unternehmen der Kellereitechnik gemacht. Seinen beruflichen Erfolgen entsprachen leider nicht die privaten. Aus der Sicht einer alten Frau, die in ihrem Leben viel gesehen hat, war sein entscheidender Fehler die zu große Nähe zu seiner Mutter. So hat er nie eine Frau kennengelernt, oder zumindest konnten nie feste Bande zwischen ihm und einer Frau entstehen.

Bis er Martha als Haushälterin und als Pflegerin für seine Mutter engagierte und sie im Laufe der Zeit lieben lernte. Natürlich gab es Getuschel in der Nachbarschaft, als Eure Mutter schwanger wurde und Euch auf die Welt brachte. Natürlich wollte Frieda Haller das Flittchen aus dem Haus werfen. Aber mit viel Geduld, viel Charme und vielen schönen Worten gelang es Walter, seiner Mutter einzureden, dass es ein Akt christlicher Nächstenliebe sei, der sich im nächsten Leben bestimmt auszahlen werde, wenn sie Martha, die Sünderin, das gefallene Mädchen, nicht entließen. Außerdem wäre sie ihnen wegen dieser Großzügigkeit auf ewig dankbar. So konnte Martha in ihrer Stellung und mit ihrem Geliebten zusammenbleiben. Ich will nicht verschweigen, dass für dieses Versteckspiel vermutlich der Umstand nicht ohne Bedeutung war, dass Frieda Haller bis zu ihrem Tod im Besitz eines weit gestreuten Immobilienbesitzes war und Anteile an Walter Hallers Firma hielt. Es wäre ganz ohne Zweifel so gewesen, dass sie ihr Erbe komplett Walters Schwester Gertrud vermacht hätte, wäre ihr sein Fehltritt zur Kenntnis gelangt. Ich denke, dieses Argument hat auch Eurer Mutter, der ein materieller Standpunkt nicht völlig fremd war, als Zweck für die Verschwiegenheit eingeleuchtet.

Als Frieda dann zu unserem Herrgott ging, hat Walter die Eröffnung des Testamentes seiner Mutter abgewartet, das ihm bis auf einen Pflichtteil für die Schwester das gesamte Vermögen seiner Mutter zusprach. Sofort danach wollte er das eigene Testament ändern. Im neuen Testament hat er seine Vaterschaft für Euch anerkannt und Martha und Euch sein ganzes Vermögen vermacht. Für die darauffolgende Woche hatte er einen Termin beim Notar vereinbart. Noch bevor ich den unterschriebenen Vertragsentwurf an den Notar schicken konnte, verstarb Euer Vater ganz plötzlich an einem Herzinfarkt.

Martha war im Besitz einer Abschrift des Testaments und hat mich gefragt, wie sie weiter vorgehen solle. Sie war in solchen Dingen nicht sehr bewandert und vertraute mir. Wahrscheinlich war es ein Fehler, dass ich Walter Hallers Neffen, Reinhardt Fassbinder, von dem Testament in Kenntnis setzte. Reinhardt arbeitete in unserer Firma in leitender Position, er war der designierte Nachfolger seines Onkels. Über Anteile seiner Mutter Gertrud war er an der Firma auch beteiligt. Als ich ihn über das Testament informierte, bedankte er sich für das Vertrauen und schlug vor, die weitere Regulierung ihm zu überlassen.

Wenige Tage später hat Eure Mutter Selbstmord begangen. Vielleicht konnte sie das Glück, das so plötzlich über sie hereingebrochen war, nicht ertragen. Vielleicht war alles auch ganz anders und viel schlimmer. Dr. Fassbinder übernahm die Firma seines Onkels. Mir hat er versichert, er werde sich um die Kinder von Martha kümmern, und das hat er dann – zumindest was Dich betrifft, Lea – auch getan.

In dieser Zeit ist mein Mann gestorben, er war schon lange krank gewesen. Das Leben wurde schwer. Reinhardt Fassbinder hat uns, das heißt Elke und mir, geholfen. Er hat meine Schulden beglichen und hat mir sogar einen Kredit gegeben, der es mir ermöglichte, ein großes Grundstück und ein schönes Haus in Dotzheim für Elke und mich anzuschaffen. Die Rückzahlung dieses Kredits hat er nie eingefordert. Als ich vor Jahren einen Teil des Grundstücks verkaufte, konnte ich mit dem Erlös meine Enkelin Kathrin beim Erwerb des Schönheller Hofs unterstützen. Ich schreibe Euch das, damit Ihr seht, dass nicht alles schlecht war, was aus meinem Schweigen erwachsen ist.

Aber trotzdem bleibt es ein Fehler, dass ich Reinhardt Fassbinder das Testament von Walter Haller übergeben habe. So wurde Euch das Wissen um Euren Vater vorenthalten. Und vermutlich eine Menge Geld.

Ich habe damals eine Kopie des Testaments gemacht. Die habe ich zurückbehalten und übergebe sie Euch jetzt.

Ich weiß, ich hätte das viel früher tun müssen. Aber erst hatte ich Angst, dann hatte ich das Geld von Dr. Fassbinder. Und dann Angst, das Haus wieder zu verlieren und Ärger zu bekommen,

wenn ich öffentlich machen würde, was passiert war. Ärger mit der Polizei oder Ärger mit Dr. Fassbinder und seinen Anwälten oder mit allen zusammen. Und je länger man es hinausschiebt, über so eine Sache zu reden, desto schwerer wird es, desto unverzeihlicher ist der Fehler, zu dem man sich bekennen müsste.
Und so ist es spät geworden mit meiner Beichte, ich hoffe, nicht zu spät. Ich wünsche Euch alles Gute und hoffe, dass Ihr mir irgendwann verzeihen könnt.
Voller Liebe und Scham
Elisabeth Schönhell

Es folgte die unterschriebene Abschrift eines Testamentes, in dem Walter Haller die Vaterschaft für Lea und Anja Himmelreich anerkannte und sein gesamtes Vermögen ihrer Mutter Martha vermachte.

Epilog

Der Rest war Routine. Polizeiarbeit.

In dem Container mit dem Bauschutt neben Fassbinders Jagdhütte wurde Blut mit dem DNA-Muster von Stefan Müller-Himmelreich gefunden. Bei der Rekonstruktion von Fassbinders Bewegungsprofil hatte die Polizei mehr Glück als bei Müller-Himmelreich, die Funkzellendaten seines Vertragshandys hatte dessen Mobilfunkprovider noch gespeichert. In der Nacht nach dem Mord war Fassbinder nach Mainz-Gustavsburg gefahren und war über die Mainzer Südbrücke, eine Eisenbahn- und Fußgängerbrücke, Richtung linksrheinisches Ufer gegangen. Dann war er zurück nach Eltville gefahren.

In einer aufwendigen Suchaktion mit Tauchern der hessischen und rheinland-pfälzischen Polizei wurde unterhalb der Brücke eine mit Kieselsteinen beschwerte Plastiktüte mit dem Schädel von Stefan Müller-Himmelreich gefunden. In dem Schädel steckte eine kleinkalibrige Kugel, die einer der Jagdflinten von Reinhardt Fassbinder, einem Bockdrilling, zugeordnet werden konnte. Auf der Flinte fanden sich ausschließlich Fingerabdrücke von Reinhardt Fassbinder.

Durch die Aussagen von Lea Himmelreich konnte der Todeszeitpunkt ihres Mannes eingegrenzt werden. Die Polizei startete eine groß angelegte Umfrage entlang der Route, die der Wagen von Müller-Himmelreich nach dessen Tod genommen haben musste. Tatsächlich fand sich ein Zeuge, der auf dem Parkplatz an der Förster-Bitter-Eiche das Auto von Müller-Himmelreich und das von Fassbinder beobachtet hatte und Reinhardt und Gisela Fassbinder als Fahrer identifizieren konnte. In Fassbinders Jagdhaus wurde ein Parka aus gewachster Baumwolle gefunden, aus dem der Fetzen herausgerissen war, den man in der Nähe des Leichenfundortes sichergestellt hatte.

Es gelang dem Ermittlungsteam, den Untersuchungsrichter von der Notwendigkeit einer Durchsuchung der Villa Haller zu überzeugen. In einem zugemauerten Kellerraum fand die Polizei die Leiche einer Frau, die etwa dreißig Jahre alt geworden war und dort seit dreißig Jahren lag. DNA-Untersuchungen ergaben, dass es sich bei der Leiche um die Mutter von Anja und Lea Himmelreich handelte. Die Leiche von Walter Haller, die auf dem Eltviller Friedhof begraben lag, wurde exhumiert, kurz vor der Auflösung des Grabes nach dreißig Jahren. Die DNA-Analyse seiner sterblichen Überreste ergab, dass er der Vater von Lea und Anja Himmelreich war.

Unter dem Druck der Indizien und Beweise brachen die Abwehrlinien von Gisela Fassbinder zusammen. Sie legte ein Geständnis ab, bezeichnete die eigene Beteiligung an den Verbrechen allerdings als marginal.

Als ihr Bruder Reinhardt nach Onkel Walters Tod von dessen Testament zugunsten von Martha Himmelreich erfahren habe, habe er sie kurz entschlossen getötet. Reinhardts Frau Christel, die von der ganzen Sache nichts gewusst habe, habe durchgesetzt, dass sich die Familie um Marthas Kinder kümmere. Für die stabile und anpassungsfähige Lea habe das bedeutet, dass sie in der Familie Fassbinder großgezogen wurde, für die sensible und widerspenstige Anja, dass Reinhardt Fassbinder das Heim und die ärztliche Betreuung für sie aussuchte und bezahlte. Auf diese Art und Weise habe er die Kontrolle über beide Kinder gehabt.

Es sei Gras über die ganze Sache gewachsen, bis Elisabeth Schönhell kurz vor ihrem Tod ihr Gewissen entdeckt und Lea und Anja den verhängnisvollen Brief geschrieben habe. Lea habe es versäumt, den Brief noch am Tag von Elisabeths Beerdigung zu lesen. Leas Mann, vermutlich wegen windiger Finanzgeschäfte mit geliehenem Geld unter Druck, habe den Brief entdeckt und seine Chance erkannt, Gisela Fassbinders Bruder zu erpressen.

Er habe Reinhardt angerufen und gedroht, den Brief seiner Frau zu geben. Auch wenn man Reinhardt den Mord an Martha Himmelreich schwerlich hätte nachweisen können und die Echtheit der Testamentsabschrift angezweifelt werden konnte, hätte eine DNA-Analyse von Walter Hallers Leiche dessen Vaterschaft für Anja und Lea nachweisen und einen Erbschaftsanspruch der beiden begründen können. Diese Information habe Stefan Müller-

Himmelreich verkaufen wollen. Er sei bei ihrem Bruder damit aber an den Falschen geraten, bemerkte Gisela Fassbinder während ihrer Vernehmung nicht ohne Stolz.

Es sei zu einer Rangelei auf dem Waldhof gekommen. Irgendwie sei eine von Reinhardts Jagdflinten in die Auseinandersetzung geraten, ein Schuss habe sich gelöst, die Kugel der Flinte sei im Schädel des Opfers stecken geblieben, es sei ein schrecklicher Unfall gewesen.

»Mein Bruder ist kein Sadist gewesen, sondern ein sachlicher Mensch, der seinen Vor- und Nachteil abwog, ohne sich Gefühlen hinzugeben, die ihn hätten schwächen können«, gab Gisela Fassbinder zu Protokoll. Reinhardt Fassbinder habe befürchtet, die Leiche könnte gefunden werden. Seine Sorge sei gewesen, dass man ihn über die Kugel hätte identifizieren können. Deswegen habe er die Leiche enthauptet, nicht um den Toten zu entwürdigen. »So etwas lag meinem Bruder fern«, betonte Gisela Fassbinder.

Unglücklicherweise sei Lea Himmelreich zur Unzeit auf dem Gelände aufgetaucht, habe den toten Ehemann entdeckt und sofort Reißaus genommen. Fassbinder sei ihr nachgefahren, habe ihr alles erklären wollen. Bei der Verfolgungsjagd sei Lea von der Straße abgekommen und verunglückt.

Gemeinsam hätten Gisela und Reinhardt dann die Leiche im Wald bei Fischbach verscharrt und anschließend das Auto des Toten nach Wiesbaden gebracht. Dort habe Reinhardt Fassbinder die SMS an Lea geschickt. Den Kopf des Getöteten habe er im Rhein verschwinden lassen.

Anschließend sei Reinhardts Sorge gewesen, dass sich Lea nach ihrem Aufwachen wieder an die Vorgänge vor ihrem Unfall erinnern könnte. Es sei ihm daher sehr daran gelegen gewesen, sie möglichst schnell nach Hause und unter seine Kontrolle zu bringen. Sie selbst, so Gisela Fassbinder, habe alles versucht, um Lea Himmelreich vor weiterem Unheil zu bewahren. Dass ihr Bruder auf dem Schönheller Hof bei einem Besuch kurz nach Stefans Tod falsche Spuren gelegt habe, um Anja zu belasten, das habe sie nicht gewusst und könne sie sich auch nicht vorstellen.

Das Gericht folgte Gisela Fassbinders Darlegungen nicht. Sie wurde wegen Beihilfe zum Mord zu fünf Jahren Freiheitsentzug verurteilt.

DNA-Analysen im Rahmen der Ermittlungen ergaben, dass Markus Fassbinder der Sohn von Gisela und Reinhardt Fassbinder war. Er reagierte auf diese Enthüllung mit scheinbarem Gleichmut. Als seine Mutter ihre Gefängnisstrafe antreten musste, nahm er sich das Leben.

Grigori Makaroff und Nicola Schlesinger heirateten. Die aus der Kanzlei Müller-Himmelreich gestohlenen Unterlagen tauchten nicht mehr auf.

Anja Himmelreich wurde vom Vorwurf des Totschlags freigesprochen. Das Gericht erkannte im Fall des zu Tode gekommenen Dr. Reinhardt Fassbinder auf Nothilfe. Sie gab ihre Wohnung im Wallufer Paradies auf und lebt zusammen mit ihrem Freund Micha auf dem Schönheller Hof.

Lea Himmelreich und ihre Schwester Anja strengten eine Zivilklage an. Sie fordern als Walter Hallers Kinder von der Familie Fassbinder einen Anteil von deren Vermögen. Die beauftragten Anwälte räumen der Klage gute Erfolgsaussichten ein.

Lea Himmelreich konnte ihren Stern verteidigen. Sie lebt mit ihrer Tochter Hannah und ihrer Partnerin Kathrin Schönhell abwechselnd in Eltville und Fischbach.

Anhang

Der Rheingau und die Eltviller Burg im Mittelalter

Für alle historisch Interessierten hier die von Robert Mayfeld geschilderte Geschichte im Zusammenhang:

In den Mainzer Stiftsfehden kreuzen sich mehrere für die Geschichte des deutschen Mittelalters elementare Konfliktlinien.

Wie ein roter Faden zieht sich der Konflikt zwischen geistlicher und weltlicher Macht, speziell der Konflikt zwischen den deutschen Kaisern und den Päpsten, durch die mittelalterliche Geschichte. Für die deutschen Könige war der Titel des Kaisers des Heiligen Römischen Reichs Deutscher Nation untrennbar mit ihrer Königswürde verbunden, der Papst hingegen bestand auf seinem Recht, den Kaisertitel zu verleihen, was für ihn erhebliche politische Macht bedeutete.

Der Konflikt zwischen weltlicher und geistlicher Macht zeigte sich auch im Streit um das Recht der Investitur, der Verteilung geistlicher Ämter, insbesondere der Besetzung von Bischofsstühlen. Dieses Recht war im Wormser Konkordat dem Papst zugesprochen worden, doch hatten die Domkapitel, die Vereinigungen der adligen Kleriker eines Bistums, ein Vorschlagsrecht. Da Bischöfe, insbesondere die von Köln, Trier und Mainz, auch mächtige Landesfürsten waren, die im Spätmittelalter als Kurfürsten das Recht hatten, die deutschen Könige zu wählen, waren diese Ämter machtpolitisch bedeutsame Posten, um die sich der deutsche Hochadel, der amtierende König und der Papst stritten.

Ein weiterer bedeutsamer Konflikt war der zwischen den »alten Mächten« Klerus und Adel und der neuen, aufstrebenden Macht des Bürgertums, das sich in den Städten formierte. Das Bürgertum wiederum war gespalten in Patrizier – eine Art Geldadel – auf der einen Seite und die Zünfte, die die Interessen der Handwerker vertraten, auf der anderen Seite.

Die Konflikte zwischen weltlicher und geistlicher Macht führten immer wieder, vor allem im 14. und 15. Jahrhundert, zur Kirchenspaltung. Häufig stand einem Papst ein Gegenpapst gegenüber, beide vertraten jeweils unterschiedliche Interessengruppen. Diesem Schisma entsprach die Ernennung von Bischöfen und Gegenbischöfen, die entweder der Partei des Königs und Kaisers oder

der des Papstes anhingen. Häufig bekriegten sich auch ein König und ein Gegenkönig.

Für den Rheingau und insbesondere für Eltville sind diese Auseinandersetzungen insofern von Bedeutung, als in deren Verlauf die Eltviller Burg, das Wahrzeichen der Stadt, entstanden ist.

Vorgeschichte

Bereits im 12. Jahrhundert forderte Papst Alexander III. die Unterwerfung von Kaiser Friedrich I. Barbarossa unter die päpstliche Autorität, was dieser nicht akzeptierte. In der Folge war Papst Alexander mit vier Gegenpäpsten konfrontiert. Papst und Gegenpäpste schlossen sich gegenseitig aus der Kirche aus, belegten sich mit Bann und Fluch und exkommunizierten die Anhänger der jeweiligen Gegenseite. Friedrich Barbarossa befahl im Zuge dieser Auseinandersetzungen eine Strafaktion gegen den mit dem Papst verbündeten Mainzer Erzbischof Konrad von Wittelsbach und ließ die Eltviller Residenz des Bischofs niederbrennen. Der Bischof wurde seines Amtes enthoben. Nach der Versöhnung von Friedrich und Alexander erhielt Konrad von Wittelsbach, nach dem Tod seines Nachfolgers, das Amt des Mainzer Erzbischofs zurück.

Im 13. Jahrhundert griff der Stauferkönig Ludwig IV., ein Sohn von Kaiser Friedrich II., den Mainzer Bischof Siegfried III. an, weil dieser das Bündnis mit dem vom Papst exkommunizierten Friedrich II. verlassen hatte. Der Rheingau wurde von königlichen Truppen niedergebrannt. Die Stadt Mainz griff in den Konflikt ein, zerstörte Kastel und Burg Weisenau, zwei Festungen der Staufer, und wurde freie Stadt.

Ende des 13. Jahrhunderts wählten die deutschen Kurfürsten auf Betreiben des Mainzer Erzbischofs König Adolf I. von Nassau ab und inthronisierten Albrecht I. von Habsburg. Kaum an der Macht, begann Albrecht einen Krieg gegen die rheinischen Kurfürsten, in dem er ihnen die Zollrechte für den Rheinhandel streitig machte. Bingen und der Rheingau gingen in Flammen auf, die Eltviller Residenz des Mainzer Bischofs wurde erneut zerstört. Albrecht wurde später wegen Erbstreitigkeiten ermordet und neben seinem Widersacher Adolf I. im Speyrer Dom beerdigt.

Die Mainzer Stiftsfehden
Im 14. Jahrhundert spitzten sich die Konflikte zwischen Papst und König, zwischen Mainzer Bürgerschaft, Domkapitel und Bischofsstuhl zu.

Die Historiker unterscheiden zwei oder drei Mainzer Stiftsfehden. Ich folge der Unterteilung in drei Fehden.

Erste Stiftsfehde (1328–1337)
Das Mainzer Domkapitel wählte Balduin von Trier, einen Anhänger von König Ludwig dem Bayern, zum Mainzer Erzbischof; der Papst ernannte stattdessen Matthias von Buchegg. Matthias führte Krieg gegen die Landgrafen von Hessen und brauchte dafür Verbündete. Deswegen kappte er zunächst die Privilegien der hohen Geistlichkeit, z. B. die Immunität bei nächtlicher Ruhestörung, und gewann damit die Zustimmung der Mainzer Bürgerschaft. Später verlieh er dem Domkapitel neue Privilegien und brachte damit die Bürgerschaft gegen sich auf.

1324 exkommunizierte Papst Johannes XXII. König Ludwig den Bayern und seine Anhänger und verbot den Gottesdienst in dessen Ländern. Ludwig zog nach Rom, ließ sich vom Volk zum Kaiser wählen und ernannte einen Gegenpapst.

1328 wählte das Mainzer Domkapitel den Trierer Erzbischof Balduin zum zweiten Mal zum Erzbischof von Mainz. Der Papst akzeptierte diese Wahl wieder nicht und ernannte stattdessen Heinrich III. von Virneburg, einen Neffen des Kölner Erzbischofs zum Bischof von Mainz. In Mainz waren Klerus und Bürgerschaft gespalten, die Mainzer Patrizier entschieden sich schließlich für Heinrich III. von Virneburg.

Balduin von Trier beharrte auf seinen Rechten, er wurde deswegen vom Papst zusammen mit dem Mainzer Domkapitel exkommuniziert. Balduin ließ daraufhin in Eltville und Flörsheim Festungen errichten, die er »Trutz Mainz« nannte. Sie sollten die Stadt Mainz vom Handel auf Rhein und Main abschneiden.

In Eltville wurde die neue Burg auf dem Gelände der einige Jahrzehnte zuvor im Zollkrieg niedergebrannten Residenz der Mainzer Bischöfe errichtet. Die Kurfürstliche Burg von Eltville erblickte das Licht der Welt. König Ludwig der Bayer verhängte die

Reichsacht über die Stadt Mainz und verlieh Eltville das Stadtrecht, insbesondere das Recht zur Befestigung. Mainz unterschrieb ein Jahr später in Eltville einen Sühnevertrag, der mit hohen Geldzahlungen verbunden war.

Der neue Papst Benedikt XII. akzeptierte Balduin nicht als Erzbischof von Mainz, exkommunizierte ihn erneut. Balduin zog sich schließlich nach Trier zurück, wo er ebenfalls Erzbischof war.

Zweite Stiftsfehde (1337–1354)

Die päpstlichen Gesandten, die die Installation Heinrichs III. von Virneburg als Erzbischof überwachen sollten, traten in Mainz derart arrogant auf, dass es zu Aufständen kam. Bischof Heinrich wechselte die Seiten und verbündete sich mit Domkapitel und König Ludwig gegen die Stadt Mainz und den Papst.

Heinrich III. von Virneburg verließ Mainz und baute die Burg Eltville aus. Der Wohnturm wurde zwischen 1337 und 1345 errichtet. Ludwig der Bayer besuchte Eltville, eine Solidaritätsurkunde zwischen dem deutschen Kaiser und dem Mainzer Erzbischof wurde in der Burg unterschrieben.

Papst Clemens VI. schloss 1346 Heinrich III. von Virneburg aus der Kirche aus und ernannte Gerlach von Nassau zum Bischof von Mainz. Der wählte zusammen mit anderen Kurfürsten Karl IV. zum Gegenkönig. Ludwig der Bayer starb an einem Schlaganfall, Karl IV. wurde als König anerkannt, Heinrich III. von Virneburg behielt seine geistlichen Würden und die Burg von Eltville, verlor aber die Verwaltungshoheit über das Erzbistum Mainz. Das Domkapitel setzte als Verweser Kuno von Falkenstein ein.

Kuno von Falkenstein wählte zusammen mit anderen Kurfürsten Günther von Schwarzburg zum Gegenkönig Karls IV. Die Truppen von Günther von Schwarzburg und Heinrich III. von Virneburg setzten sich in Kastel fest. Als sie ihre Stellung räumten, setzten Karl IV. und Bischof Gerlach mit ihren Truppen über den Rhein und belagerten Stadt und Burg von Eltville. Gegenkönig Günther ließ sich die Königswürde abkaufen und starb einige Zeit später in Frankfurt, damals kursierenden Gerüchten zufolge wurde er vergiftet. Karl IV. versicherte Heinrich III. von Virneburg und

Kuno von Falkenstein seine Neutralität in ihrem Konflikt mit Bischof Gerlach. Bischof Gerlach sicherte er Tage später seine Unterstützung zu.

Bischof Heinrich verbündete sich mit dem Mainzer Domkapitel und den Rheingauer Gemeinden. Zwischen Bischof Gerlach und Bischof Heinrich wurde in Eltville ein Waffenstillstand geschlossen. Als Heinrich von Virneburg in Eltville starb, wurde Gerlach von Nassau endgültig und unangefochten Bischof von Mainz. Er residierte wie seine Vorgänger in Eltville, seine Nachfolger taten es ihm für hundert Jahre gleich.

Zwischenzeit

In der Zeit zwischen der zweiten und der dritten Stiftsfehde nahmen die Spannungen zwischen Patriziern und Zünften innerhalb der Mainzer Bürgerschaft zu. Vorübergehend mussten die Patrizier den Zünften mehr Mitspracherechte einräumen. Mehrfach verließen Mainzer Patrizierfamilien aus Protest gegen die Rücknahme von Steuerprivilegien die Stadt und suchten in ihren Besitztümern in der Umgebung Unterschlupf, so auch die Familie von Johannes Gutenberg in Eltville (s. u.). Mainz verschuldete sich zunehmend bei Bankiers in Frankfurt, was die Bürgerschaft schwächte und den Patriziern ermöglichte, den Einfluss der Zünfte wieder zurückzudrängen.

Die Mainzer Erzbischöfe residierten in dieser Umbruchzeit in Eltville. Einer von ihnen, Bischof Johann II. von Nassau-Wiesbaden-Idstein war als Kurfürst ebenfalls in Auseinandersetzungen um die Wahl von deutschen Königen und Gegenkönigen verstrickt.

Die Atmosphäre der damaligen Zeit illustriert eine kleine Geschichte am Rande: Johann ließ um 1400 eine Hostie, der Kirchenbesucher in Niedergladbach Wunderkräfte zugeschrieben hatten, als heilige Hostie aus dem kleinen Taunusdorf nach Eltville bringen, manche sagen, er habe sie stehlen lassen. Seither fand rund um die Eltviller Kirche St. Peter und Paul eine Wallfahrt samt Prozession statt, die den teilnehmenden Gläubigen einen Ablass von vierzig Tagen Fegefeuer und dem Bischof neue Einnahmen brachte.

Dritte Stiftsfehde (1461–1463)
Das Mainzer Domkapitel wählte 1459 Diether von Isenburg zum Bischof von Mainz, der Papst ließ sich die Bestätigung teuer bezahlen. Diether wurde wegen der hohen Gebühren zum Kirchenkritiker, forderte Reformen, vor allem bei den päpstlichen Gebühren, und wurde deswegen 1461 vom Papst abgesetzt.

Der Papst ernannte Adolf II. von Nassau zum Bischof, Diether wurde exkommuniziert, blieb jedoch im Amt. Aufseiten von Adolf II. standen die Bischöfe von Trier, Metz, Speyer und der Markgraf von Baden, aufseiten von Diether standen die Stadt Mainz und der Kurfürst von der Pfalz. Der Badisch-Pfälzische Krieg begann. Einige seiner Schlachten wurden in Mainz und im Rheingau geschlagen.

Adolf II. von Nassau marschierte im Rheingau ein und machte Eltville zu seinem militärischen Zentrum. Diether versuchte zusammen mit Pfalzgraf Friedrich und Philipp von Katzenelnbogen 1462 bei Niederwalluf in den Rheingau einzudringen. Der Angriff wurde zurückgeschlagen. Im Oktober 1462 eroberten die Soldaten von Adolf II. von Nassau im Gegenzug über das Gautor die Stadt Mainz und gewannen nach einer Straßenschlacht den Krieg. Adolf II. von Nassau wies fünfhundert Mainzer Bürger aus und kassierte die Privilegien des Bürgertums. 1463 trieb er weitere vierhundert Bürger ins Exil. Er zerschlug die politische Macht des Mainzer Bürgertums, die Zünfte durften sich politisch überhaupt nicht mehr betätigen.

1463 wurde Diether abgefunden. Adolf starb 1475 in Eltville.

Danach wurde Diether zum zweiten Mal Erzbischof. Er gab der Stadt Mainz ihre Rechte nicht zurück, er wechselte stattdessen die Koalition und ließ sich in Mainz ein Stadtschloss, die Martinsburg, bauen. Eltville verlor seinen Status als Residenzstadt des Bischofs. Die neue Residenz des Mainzer Bischofs, die Martinsburg, hatte einen Wassergraben zur Stadt hin und lag direkt am Rhein. So war man schnell in Aschaffenburg, der zweiten Residenz der Mainzer Erzbischöfe.

1809 wurde die Martinsburg von den Truppen Napoleons geschleift.

Johannes Gutenberg und die Stadt Eltville

Über die frühen Jahre von Johannes Gutenberg gibt es nur wenige gesicherte Erkenntnisse. Er wurde um 1400 als Henne Gensfleisch im Mainzer Gutenberghof als Sohn des Patriziers Friele Gensfleisch geboren.

1411 zogen die Gensfleischs wegen Auseinandersetzungen zwischen Zünften und Patriziern, die ihre Steuerprivilegien verteidigten, nach Eltville. Die Mutter von Gutenberg hatte in der Eltviller Burghofstraße ein Anwesen geerbt.

1418 schrieb sich ein Johannes de Alta Villa an der Universität Erfurt ein, was von einigen Historikern als Beweis für die Verbundenheit von Johannes Gutenberg mit Eltville gewertet wird.

Die Spur von Gutenberg verliert sich vorübergehend. Es kam zu Erbstreitigkeiten mit seinen Geschwistern, der ältere Bruder Friele erhielt das Anwesen in Eltville, die Schwester den Mainzer Gutenberghof und Henne eine Leibrente. Gutenberg verließ Mainz. In den dreißiger und vierziger Jahren lebte er in Straßburg und prozessierte wegen seiner Rente gegen die Stadt Mainz.

1448 kehrte er nach Mainz zurück. Hier machte er seine epochale Erfindung, den Buchdruck mit beweglichen Lettern. Zwischen 1452 und 1455 entstanden die Gutenbergbibel und zahlreiche Ablassbriefe. 1455 unterlag er in einem Prozess gegen einen Geschäftspartner, er verlor eine seiner beiden Druckereien.

Als Adolf II. 1462 Mainz eroberte, wurde Gutenberg zusammen mit vielen anderen Bürgern aus der Stadt gewiesen. Der Familienbesitz der Gensfleischs, der Gutenberghof, wurde beschlagnahmt und an Anhänger von Bischof Adolf verpachtet. Vermutlich flüchtete Gutenberg zu Gretgen Swalbach, der Nachfahrin eines Mainzer Bürgermeisters, die mit Heinrich Bechtermünze verheiratet war, nach Eltville.

Gutenberg half den Brüdern Heinrich und Nicolaus Bechtermünze bei der Gründung einer Druckerei. Die Gebrüder Bechtermünze druckten unter anderem ein lateinisches Vokabular. Wirtschaftlich erfolgreicher waren Ablassbriefe für die Eselsbrüder (so wurden die Mitglieder des Trinitarierordens genannt), ein Teil der Einnahmen aus diesen Ablässen ging an den Mainzer Erzbischof Adolf II.

1465 wurde Johannes Gutenberg von Adolf II. von Nassau zum Hofmann in Eltville ernannt. Er hatte das Recht, bei offiziellen Empfängen des Bischofs zugegen zu sein, und bekam als Unterstützung für die Erfüllung seiner repräsentativen Pflichten jährlich ein Hofkleid, zweitausendeinhundertachtzig Liter Korn und zweitausend Liter Wein. Diese Ernennung blieb seine einzige Ehrung zu Lebzeiten.

In seinen letzten Jahren lebte Johannes Gutenberg im Algesheimer Hof in Mainz. 1468 starb er.

Wissenswertes über den Rheingau

Im Text werden einige sehenswerte Orte erwähnt:

Eltville
Die Sekt-, Wein-, Rosen- und Gutenbergstadt ist mit sechzehntausend Einwohnern die größte Stadt des Rheingaus. Der Name leitet sich von *Alta Villa*, »die hohe Stadt« ab. Eltville liegt etwas höher als andere Rheingauer Rheingemeinden und bleibt deswegen oft vom Hochwasser verschont.

Sebastiansturm
Der südwestliche Eckpfeiler der Eltviller Stadtbefestigung steht heute auf dem Gelände der Sektkellerei Matheus Müller. Er wurde in den Jahren nach 1332, als Eltville die Stadtrechte erhielt, errichtet. Der heilige Sebastian, dessen Standbild vor dem Turm steht, war Schutzpatron gegen die Pest.

Martinstor
Das einzige noch erhaltene Stadttor Eltvilles. Es führt zum Rheinufer, wo in historischen Zeiten ein Verladekran für Weinfässer stand. Das Martinstor wurde zeitweise als Stadtgefängnis genutzt. Heute ist es Teil des Eltzer Hofs.

Eltzer Hof
Die weit verzweigte Adelsfamilie derer von Eltz stammt ursprünglich von der Mosel, ihr Stammsitz ist die Burg Eltz. Der Eltzer Hof wurde im 16. Jahrhundert erbaut. Seit 1745 ist die Familie dort ansässig. Eines ihrer Mitglieder, Philipp Karl von Eltz-Kempenich, war im 18. Jahrhundert Erzbischof von Mainz und Kanzler des Heiligen Römischen Reichs Deutscher Nation. Das Anwesen beherbergt heute unter anderem die Gräflich Eltz'sche Güterverwaltung, das Weingut der Familie von Eltz.

Kurfürstliche Burg
Die Burg wurde ab 1329 von Balduin von Trier erbaut und von Heinrich von Virneburg fertiggestellt. Sie war im 14. und 15. Jahr-

hundert Residenz der Mainzer Erzbischöfe. 1635 wurde sie im Dreißigjährigen Krieg bis auf den Wohnturm von den Schweden zerstört. Der Ostflügel wurde Ende des 17. Jahrhunderts wieder aufgebaut. Die Gutenberg-Gedenkstätte erinnert an den Erfinder der Buchdruckerkunst. Für weitere Informationen lesen Sie die Anmerkungen »Der Rheingau und die Eltviller Burg im Mittelalter«.

Burg Crass
Der ehemalige Freihof lag außerhalb der Stadtmauern von Eltville. Ein erstes Anwesen ist vermutlich im 11. Jahrhundert entstanden und gehörte der Mainzer Familie Judens. Die Burg wurde im Dreißigjährigen Krieg zerstört. Nach vielen Besitzerwechseln erstand ein Konsortium von Eltviller Bürgern die Burg und verkaufte sie 1873 an die Familie Crass, die dort eine Gaststätte einrichtete.

Rauenthaler Rothenberg
In unmittelbarer Nachbarschaft der Weinlagen Baiken und Wülfen liegt der Rauenthaler Rothenberg. Seinen Namen hat er vom rötlichen Ton des Bodens, der einen hohen Anteil von Phyllitschiefer aufweist. Der verleiht dem Wein seine spezielle mineralische Note. Im Rothenberg wird seit dem 12. Jahrhundert Wein angebaut, einen großartigen Riesling dieser Lage erzeugt das Weingut August Eser aus Oestrich.

Treidelpfad
Er wird auch Leinpfad genannt. Vor der Erfindung der Dampfschifffahrt wurden Lastkähne auf dem Rhein flussaufwärts durch Pferde- oder Menschenkraft mit Hilfe einer Leine geschleppt (getreidelt). Der Treidelpfad verläuft im Rheingau von Wiesbaden-Biebrich bis Rüdesheim und wird heute als Spazier- und Radwanderweg genutzt.

Oestricher Weinverladekran
Mit dem Kran ließen die Mönche von Kloster Eberbach den Wein verladen, der vor allem rheinabwärts nach Köln verschifft wurde. Die Tretmühle wurde 1744 erbaut, das Betreiben des Krans war ein erzbischöfliches Privileg. Er wurde mit Menschenkraft betrie-

ben, die Technik stammt von den Römern. In den Treträdern im Inneren des Krans setzten Kranknechte ihr Gewicht in Hebekraft um. Als Radläufer wurden oft Gefangene eingesetzt, die Hebekraft des Oestricher Krans betrug zweieinhalb Tonnen. Da die Treträder keine Bremsen besaßen, kam es bei Stürzen der Radläufer oft zu schweren, auch tödlichen Unfällen. Der Kran war bis 1925 in Betrieb. Im Innenraum des Krans befindet sich heute eine Ausstellung.

Kiedrich

Der Ort wird erstmals im 10. Jahrhundert erwähnt. Im 12. Jahrhundert bauten die Mainzer Erzbischöfe die Burg Scharfenstein zur Bewachung der Straße zwischen Eltville und Hausen. In den folgenden Jahrhunderten diente sie den Bischöfen als Fluchtburg. In der Folge siedelten sich Adelsfamilien in der Nähe der Burg an, wovon die vielen prächtigen Adelshöfe Kiedrichs noch heute Zeugnis ablegen. Der Ort erlebte einen wirtschaftlichen Aufschwung, als die Mönche des nahe gelegenen Klosters Eberbach der Kiedricher Pfarrkirche die Reliquien des heiligen Valentinus vermachten und Kiedrich dadurch zu einem bedeutenden Wallfahrtsort wurde. Die damals erbaute Valentinuskirche beherbergt eine der ältesten Orgeln Deutschlands und ein reich geschmücktes Laiengestühl. Weitere Informationen kann man in den Anmerkungen zu »Tod im Klostergarten« nachlesen.

Rheingauer Gebück

Das Gebück ist die im 12. Jahrhundert errichtete Grenzbefestigung des Rheingaus. Auf einem etwa sechzig Meter breiten Waldstreifen wurden Buchen, Eichen und Hainbuchen angepflanzt, die Stämme in unterschiedlicher Höhe abgeschlagen und die nachsprießenden Zweige zur Erde »gebückt« und miteinander verflochten. Das so entstehende Gestrüpp verlief an der Westseite des Wallufbachs von Nieder- und Oberwalluf über Martinsthal nach Schlangenbad, dann in westlicher Richtung entlang des Taunushauptkamms über Hausen und Hof Mappen zu den Sieben Wegweisern, von dort nordwestlich über den Weißen Turm zur Kammerburg an der Wisper, um in westlicher Richtung über Sauerthal zum Rhein zurückzukehren und bei Lorchhausen zu enden. An seiner Ostflanke, bei Walluf, fand während der Mainzer Stiftsfehde eine

Schlacht zwischen den Truppen verfeindeter Mainzer Bischöfe statt. Erstmals überwunden wurde das Gebück von den Schweden im Dreißigjährigen Krieg. Im 18. Jahrhundert wurde das Gebück weitgehend gerodet, heute ist es nur noch an wenigen Stellen, z. B. an der Mapper Schanze, zu sehen.

Fischbach

Die kleine Taunusgemeinde gehört zur Stadt Schlangenbad. Dort liegt der Fischbachhof, ein landwirtschaftlicher Biobetrieb, der dem Schönheller Hof, den ich im Roman beschreibe, nicht unähnlich ist. Seine Bewohner haben mit denen des Fischbachhofs allerdings nichts gemeinsam.

Schloss Vollrads

Das Schloss wurde Anfang des 14. Jahrhunderts von der Familie von Greiffenclau, dem ältesten Adelsgeschlecht im Rheingau, erbaut. Es gilt als eines der ältesten Weingüter Europas. Weitere Informationen finden sich in den Anmerkungen zu »Tod in zwei Tonarten«.

Walluf und das Mühlental

Walluf ist die östlichste Gemeinde des Rheingaus und wurde urkundlich erstmals 770 erwähnt. Im 12. Jahrhundert wurde der Ortskern nach der Errichtung des Rheingauer Gebücks auf die westliche Seite des Wallufbachs verlegt. In Walluf stand das mächtigste und am meisten umkämpfte Tor des Gebücks, der sogenannte Backofen. Parallel zum vierzehn Kilometer langen Wallufbach verläuft auf dem Gebiet der Gemeinde der Wallufer Mühlengraben, an dem seit dem 13. Jahrhundert zahlreiche Wassermühlen angesiedelt waren, einige sind heute noch zu besichtigen. Das Gebiet rund um die Walluf und den Mühlengraben nennen die Wallufer des idyllischen Grüns und der Ruhe wegen das Paradies.

Taunus Wunderland

Ein Freizeitpark zwischen Schlangenbad und Bad Schwalbach. Gegründet 1966 als Märchenpark und Streichelzoo, besteht der Park heute vor allem aus Fahrgeschäften verschiedenster Art.

Kurhaus Wiesbaden
Das Kurhaus wurde zwischen 1905 und 1907 unter Leitung von Friedrich von Thiersch für sechs Millionen Goldmark erbaut. Kaiser Wilhelm II. nannte es in der für ihn typischen Bescheidenheit »das schönste Kurhaus der Welt«. Das zweiflügelige Gebäude besteht aus zwei großen Festsälen und mehreren kleineren Räumen, es beherbergt eine Gastronomie und die Wiesbadener Spielbank. An seiner Ostseite liegt der Wiesbadener Kurpark, an der Westseite, vor dem Portikus, eine große Rasenfläche, genannt Bowling Green. Sie wird umrahmt von den nördlichen und südlichen Kolonnaden. Im Kurhaus findet seit 1988 die Ballnacht der AIDS-Hilfe Wiesbaden statt.

Rezepte

Die Rezepte, die sich Lea Himmelreich im Laufe der Geschichte ausdenkt oder an die sie sich erinnert, stammen im wirklichen Leben größtenteils von Léa Linster und Tanja Grandits.

Mascarponecreme mit Quittengelee
Für 8 Portionen:

1 Bio-Zitrone
250 g Mascarpone
375 g Schlagsahne
75 g Zucker
4 EL Quittengelee
½ Vanilleschote

Für die Creme zunächst die Zitrone abreiben und auspressen. Abrieb und Saft mit der Mascarpone, der Sahne und dem Zucker vermischen, aufschlagen und kalt stellen.
Für das Gelee die Vanilleschote längs aufschneiden und das Mark herauskratzen. Das Quittengelee leicht erwärmen und das Vanillemark einrühren. Das Ganze leicht abkühlen lassen und, solange es noch flüssig ist, über die Quarkmasse geben.

Maronensuppe mit Parmesantalern
Für 4 Portionen:

3 kleine Schalotten
6 Zweige Thymian
250 g Maronen (vakuumverpackt)
20 g Butter
0,6 l Hühnerfond
150 g Schlagsahne
0,2 l Milch
Meersalz
Piment d'Espelette
70 g Parmesan (frisch gerieben)
1 EL Olivenöl

Für die Suppe Maronen grob hacken und 2 EL beiseitelegen, Schalotten klein hacken, Blätter von 2 Zweigen Thymian abzupfen. Maronen, Schalotten und Thymian in Butter dünsten, Fond und Sahne zugeben und 20 Minuten kochen. Danach pürieren, Milch zugeben, erhitzen und mit Salz und Piment d'Espelette abschmecken. Vor dem Servieren restliche Maronen und Thymianzweige in Olivenöl braten und die Suppe damit dekorieren.
Für die Taler 12 kleine Häufchen Parmesan auf Backpapier geben, Blech in den auf 130 Grad (Umluft) vorgeheizten Backofen geben und 12 Minuten backen.

Schokoladenküchlein mit weichem Kern
Für 12 Stück:

250 g Schokolade (70% Kakao)
125 g Butter
50 g Zucker
5 Eier
40 g Mehl
Schokospäne

Schokolade im Wasserbad schmelzen, Butter, Zucker, 3 Eier und 2 Eigelb einrühren. 2 Eiweiß steif schlagen und zusammen mit gesiebtem Mehl unter die Schokomasse heben. Backofen auf 190 Grad (Umluft) vorheizen, Teig in gefettete Muffinförmchen geben und 9 Minuten backen, mit Schokospänen dekorieren.

Aprikosenbrot mit Kreuzkümmel
Für 2 kleine Laibe:

20 g Sonnenblumenkerne
2 EL Leinsamen
20 g Kürbiskerne
50 ml Wasser
10 g Hefe
0,15 l Wasser
1 EL Sauerteigpulver
1 TL Kreuzkümmel

175 g Weizenmehl
75 g Roggenmehl
1 TL Salz
75 g getrocknete Aprikosen
50 g Rosinen
Haferflocken

Sonnenblumenkerne, Leinsamen und Kürbiskerne 2 Stunden in Wasser einweichen, das Wasser abgießen. Die Hefe in Wasser auflösen. Sauerteigpulver, Kreuzkümmel, Mehle und Salz vermengen, mit der aufgelösten Hefe und den Kernen 8 Minuten kneten. Aprikosen und Rosinen zugeben, 5 Minuten lang kneten. Den Teig abgedeckt 45 Minuten gehen lassen, in 2 Teile teilen, zu Laiben formen, in Haferflocken wälzen, noch mal 45 Minuten gehen lassen. Bei 230 Grad 25 Minuten backen.

Erbsen-Apfel-Gazpacho
Für 4 Portionen:

Gazpacho
800 g blanchierte Erbsen
80 ml Olivenöl
0,5 l Gemüsebrühe
Saft einer Zitrone
15 g Korianderblätter
0,5 l Apfelsaft
1 TL Kreuzkümmel
½ TL Fenchelsamen
¼ TL Anis
2 Kardamomkapseln

Einlage
1 saurer Apfel
200 g blanchierte Erbsen
Erbsensprossen
Zutaten mixen, abschmecken, durch ein Sieb streichen. Aus dem Apfel Kugeln ausstechen, zusammen mit den Erbsen als Einlage in die Gazpacho geben, mit Sprossen garnieren.

Calamaretti mit Zimttomaten und Ricottacreme
Für 4 Portionen:

Calamaretti
8 kleine Calamaretti
Salz
1 Prise Piment d'Espelette
2 EL Olivenöl

Zimttomaten
4 kleine Tomaten
5 EL Olivenöl
Fleur de Sel
½ TL Zimt
Saft von ½ Zitrone

Ricottacreme
2 EL Ricotta
1 EL Frischkäse
½ TL Tomatenpüree
1 Spritzer Zitronensaft
1 Prise Piment d'Espelette
1 Prise Zimt

Calamaretti ausnehmen, Köpfe abschneiden, Körper längs halbieren, innen rautenförmig einschneiden, würzen, im Öl sautieren. Von den Tomaten das obere Drittel abschneiden, Tomaten aushöhlen, Tomaten und Deckel mit Olivenöl, Salz und Zimt würzen, im Ofen bei 100 Grad eine Stunde konfieren lassen. Das Olivenöl aus den Tomaten mit Zitronensaft mischen, Tomatendeckel würfeln, unter die Öl-Zitronensaft-Mischung geben, den Tomatensalat in die Tomaten füllen. Für die Ricottacreme alle Zutaten verrühren und mit Salz abschmecken.

Lammrücken mit Cassisartischocken
Für 4 Portionen:

Lamm
4 Stücke à 120 g
Salz
Öl

Veilchenglasur
1 EL Sherry
2 TL Salz
2 EL Zucker
2 EL Sojasoße
½ EL Veilchensirup
1 EL getrocknete Veilchenblüten

Cassisartischocken
4 gesäuberte Artischocken
50 g Butter
½ rote Zwiebel, fein gewürfelt
0,1 l Himbeeressig
0,3 l Cassissaft
50 ml Veilchensirup
0,4 l Gemüsefond
1 TL Salz

Cassis-Sellerie-Püree
400 g Sellerie
1 rote Zwiebel
½ Knoblauchzehe
50 g Butter
Salz
6 EL Crème fraîche
2 EL Cassissaft

Veilchensalz
½ TL Kreuzkümmel
2 EL Fleur de Sel
1 TL getrocknete Veilchenblüten

Lamm salzen, anbraten, im Ofen bei 170 Grad 5 Minuten garen. Mit Veilchenglasur einstreichen, warm stellen, vor dem Servieren noch mal 3 Minuten in den Ofen geben. Für die Cassisartischocken die Artischockenböden in Scheiben schneiden. Restliche Zutaten aufkochen, Artischocken einlegen und 10 Minuten kochen. Fond einkochen und Artischocken anschließend darin warm halten. Für das Püree Sellerie, Zwiebeln und Knoblauch in grobe Würfel schneiden, in ofenfeste Form geben, Butter darauf verteilen, salzen und mit Alufolie abdecken. Im Ofen bei 170 Grad 25 Minuten garen. Danach mit Crème fraîche und Cassissaft mixen. Für das Veilchensalz den Kreuzkümmel rösten, mörsern und mit Salz und Veilchen mischen. Das Lamm vor dem Anrichten mit Veilchensalz würzen.

Trifle mit Pistazienbiskuit, Mango und Pfirsich
Für 6 Portionen:

Biskuit
3 Eier
50 g Zucker
50 g Mehl
50 g Pistazien

Obstfüllung
1 Mango
2 gelbe Pfirsiche

Sirup
0,5 l Wasser
120 g Zucker
1 Bio-Limette
1 EL getrocknete Verveine (oder Lavendel)

Creme
250 g Mascarpone
1 Vanilleschote
2–3 EL Milch
75 g Zucker
Zitronensaft

2 Blatt Gelatine
150 g Sahne
Salz

Dekoration
Veilchenblüten
gehackte Pistazien

Für den Biskuit die Eier mit dem Zucker schaumig schlagen, Mehl und fein gemahlene Pistazien untermischen, den Teig auf ein Backblech fingerdick ausstreichen und bei 150 Grad (Umluft) 12 Minuten backen. Die Mango würfeln, beiseitestellen. Die Pfirsiche blanchieren und die Haut abziehen. Für den Sirup Zucker und in Scheiben geschnittene Limette mit Verveine in Wasser aufkochen. Die Pfirsiche halbieren, mit Kern im Sirup pochieren, beiseitestellen. Für die Creme Mascarpone, Vanillemark, Milch, 60 g vom Zucker und Zitronensaft verrühren. Gelatine in Wasser einweichen, in 2 EL Sahne und dem Rest des Zuckers auflösen, mit einer Prise Salz abschmecken. Die Gelatinesahne unter die Mascarponecreme ziehen, die Sahne steif schlagen und unterheben. Zuunterst die Mango in Gläser füllen, darüber den ausgestochenen Biskuit, dann die Creme, darüber den in Streifen geschnittenen Pfirsich und darauf noch mal etwas Creme. Mit Mangowürfeln, Pistazienkrümeln und eventuell getrockneten Veilchenblüten dekorieren.

Sternanismousse mit Passionsfruchtcreme und Schokoladencrumble
Für 4 Portionen:

Sternanismousse
50 g Zucker
140 ml Sahne
5 Sternanis
2 Eigelb
200 g Kuvertüre (70 % Kakao)
0,4 l halb geschlagene Sahne

Passionsfruchtcreme
1 Eigelb
1 EL Zucker
85 g Passionsfruchtpüree
85 ml Sahne
85 g Vollmilchkuvertüre

Schokoladencrumble
100 g Butter
100 g brauner Zucker
100 g gemahlene Mandeln
1 Prise Salz
80 g Mehl
20 g Kakaopulver
10 g zerstoßene Kakaobohne
1 Prise Sternanis

Dekoration
Fenchelblüten

Für die Mousse den Zucker karamellisieren lassen, Sahne einrühren, Sternanis 5 Minuten ziehen lassen und abseihen. Die Eigelbe mit aromatisierter Sahne über einem Wasserbad aufschlagen. Die Kuvertüre schmelzen lassen, die Ei-Sahne unterrühren, rühren, bis die Masse nur noch lauwarm ist, dabei ein Drittel der Sahne hinzufügen und den Rest am Schluss unterheben. Für die Passionsfruchtcreme die Kuvertüre schmelzen, die restlichen Zutaten vermischen und bis 85 Grad erhitzen. Die Masse unter die Kuvertüre mischen und kalt stellen. Für den Crumble alle Zutaten mischen und die kleinen Teigstücke bei 170 Grad 15 Minuten backen.

Crème brûlée von der Tonkabohne mit Zitrusragout
Für 4 Portionen:

Creme
0,2 l Sahne
0,1 l Milch
60 g Zucker
1 Tonkabohne
6 Eigelb
Zucker

Zitrusragout
2 Orangen
2 rosa Grapefruit
2 Limetten
1 Vanilleschote
50 g Quittengelee

Für die Creme Sahne, Milch, Zucker und geriebene Tonkabohne aufkochen, 10 Minuten ziehen lassen. Die Eigelbe einrühren, erhitzen, bis die Creme bindet, dann durch ein Sieb abseihen und kühl stellen. Für das Ragout die Früchte filetieren, den Saft auffangen, Saft mit Vanillemark und Vanilleschote auf die Hälfte einkochen, zum Schluss das Quittengelee unterrühren und abkühlen lassen. Die Früchtefilets einlegen. Vor dem Servieren Creme mit Zucker bestreuen und mit dem Bunsenbrenner abflämmen.

Pflaumenkuchen
1,5 kg Pflaumen

Ei-Mandel-Masse
100 g gemahlene Mandeln
1 TL Speisestärke
100 g Butter
100 g Puderzucker
2 Eier

Teig
1 Vanilleschote
500 g Mehl
200 g Zucker
1 Prise Salz
2 Eier
300 g Butter

Für den Mürbeteig alle Zutaten kalt und schnell zusammenkneten, den Teig ½ Stunde im Kühlschrank ruhen lassen. Für die Ei-Mandel-Masse Butter und Zucker schaumig schlagen, die Eier untermischen und weiterschlagen, bis die Masse cremig ist, dann Speisestärke und Mandelmehl untermischen. Die Pflaumen halbieren. Den Teig ausrollen, die Ei-Mandel-Masse daraufgeben und mit Pflaumen belegen. Bei 180 Grad auf der unteren Schiene 40 Minuten backen.

Jakobsmuscheln auf Vanille-Champagner-Kraut
Für 6 Portionen:

Muscheln
18 Jakobsmuscheln
20 g Butter
½ Bund Schnittlauch
Meersalz

Champagnerkraut
300 g Sauerkraut
50 g Butter
1 EL Zucker

1 Vanilleschote
0,1 l Winzersekt
100 g Sahne
Meersalz

Das Sauerkraut zweimal waschen und fest ausdrücken. 30 g der Butter zerlassen, den Zucker karamellisieren, Sauerkraut und Vanillemark dazugeben, den Sekt aufgießen und 20 Minuten köcheln lassen. Danach die geschlagene Sahne und die restliche Butter unterheben und mit Salz abschmecken. Die Muscheln in der Butter von beiden Seiten je 2 Minuten braten, anschließend salzen und mit Schnittlauchröllchen bestreuen.

Kreuzkümmel-Tataki und Chicorée-Ceviche von der Jakobsmuschel mit Zitronenmarmelade
Für 4 Portionen:

Tataki
0,1 l Fischfond
1 Zitrone
½ TL Kurkuma
1 Prise Kreuzkümmel, geröstet und gemahlen
4 Jakobsmuscheln
Fleur de Sel
Öl zum Braten

Ceviche
Saft von 3 Zitronen
abgeriebene Schale von 1 Zitrone
1 Chili, entkernt und gehackt
125 ml Kokosmilch
45 ml Olivenöl
1 TL Salz
1 Frühlingszwiebel, fein gewürfelt
1 Prise Kurkuma
1 Prise Kreuzkümmel, geröstet und gemahlen
½ Chicorée, gewürfelt
4 Jakobsmuscheln in Würfeln von 1 cm Kantenlänge

Zitronenmarmelade
250 g Zitronen
250 g Gelierzucker
4 Kardamomkapseln
1 Prise Kurkuma
75 ml Orangensaft

Dekoration
1 Chicorée
frittierte Krabbenchips

Für das Tataki Fischfond mit Zitrone und Gewürzen aufkochen, auf Körpertemperatur abkühlen lassen, die Muscheln einlegen und 1 Stunde ziehen lassen. Von beiden Seiten kurz anbraten, halbieren und die Schnittstellen mit Kreuzkümmel und Fleur de Sel würzen. Für das Ceviche alle Zutaten außer Muscheln und Chicorée mischen und 12 Stunden ziehen lassen. Dann den Chicorée und die gewürfelten Muscheln untermischen. Für die Marmelade die Zitronen im Ganzen in Wasser 20 Minuten kochen, abgießen, abkühlen lassen. Die Schalen ohne Fruchtfleisch würfeln, mit Gelierzucker, Orangensaft und Gewürzen 40 Minuten köcheln und abkühlen lassen. Das Ceviche auf Tellern verteilen, einen Klecks Zitronenmarmelade dazugeben, Chicoréeblätter und die gebratenen Jakobsmuscheln daraufsetzen. Frittierte Krabbenchips dazu reichen.

Apfel-Rucola-Sorbet
Für 4 Portionen:

150 ml Apfelsaft
85 ml Orangensaft
80 ml Limettensaft
40 g Passionsfruchtpüree
80 g Zucker
30 g Traubenzucker
35 ml Wasser
12 g Zitrus-Grüntee
50 g Rucola, fein geschnitten

Fruchtsäfte und Püree mit den beiden Zuckern und dem Wasser aufkochen. Den Tee hinzufügen und 5 Minuten ziehen lassen, abseihen und 4 Stunden im Kühlschrank ziehen lassen, Rucola dazugeben, mixen und in einer Eismaschine gefrieren lassen.

Quellen: Léa Linster, »Kochen mit Genuss«, Tanja Grandits, »Gewürze« u.a.

Danksagung

Ich danke Urs Mergard für seine Beratung in kriminalistischen Fragen und Desiree Eser für ihre Informationen über die Arbeit im Weinberg.

Meiner Lektorin Marion Heister danke ich für die gute Zusammenarbeit und Christel Steinmetz und dem Emons Verlag für die freundliche Unterstützung.

Meine Frau Ingrid hat mich auch bei diesem Roman mit konstruktiver Kritik und kreativen Einfällen unterstützt. Ihr gilt mein ganz besonderer Dank.

Eltville, im Herbst 2014